****

In den Terror

Buch Acht der Serie *Aufstieg der Republik*

von
James Rosone und Miranda Watson

****

Ins Deutsche übertragen von
Ingrid Könemann-Yarnell
ingridsbooktranslations.com
© 2023

****

Lektorat
Frank Dietz
www.frankdietz.com

****

Illustration © Tom Edwards
TomEdwardsDesign.com

Veröffentlicht in Zusammenarbeit mit Front Line Publishing, Inc.

Inhaltsverzeichnis

Vorwort

Vor den Angriffen der Zodark
Sumara, Qatana-System

Der Interstellare Marschalldienst verfolgte bereits seit einiger
Zeit die Spur eines bekannten Mitglieds der Mukhabarat. Er sammelte
alle Daten hinsichtlich dessen Kontakte, seiner Unternehmensstandorte
und seiner Aktivitäten … Ob er es wusste oder nicht, Odeh war ein
gezeichneter Mann. Jede Person, mit der er zu tun hatte, entwickelte
sich entweder selbst zur Person von Interesse oder durfte unauffällig
‚verschwinden‘ und wurde damit effektiv vom Schachbrett entfernt.

Seit die Agentur sich der Aufnahme von Sumarern geöffnet
hatte, gehörte Kamran dem IMS-Kontigent an. Er *liebte* eine gute
Observierung. Er folgte Odeh nun schon seit Wochen, hatte ein Auge
auf all seine Bewegungen, lernte seine Gewohnheiten kennen und hörte
all seine Kommunikationen ab. Er wusste, wann er zu Bett und um
welche Zeit er morgens joggen ging, wie er seinen Kaffee trank, und -
am wichtigsten – welche Komponenten seines Geschäfts legitim waren
und welche nicht, und wie er die Aktivitäten der Mukhabarat
unterstützte. Aus diesem Grund konnte sich Kamran absolut sicher
sein, dass hier etwas vor sich ging, als an einem Dienstag eine
Lieferung an der Hintertür von Odehs Restaurant eintraf.

»Drei kleine Pakete von der Größe einer Blumenvase«, gab
Kamran über ihr Kommunikationssystem weiter.

»Eine Idee, worum es sich handeln könnte?«, forschte sein
Teamleiter.

Kamran hielt sich in seinem Lieferwagen in einem
nahegelegenen Parkhaus auf. Er sah sich die Aufnahmen der Szene aus
verschiedenen Blickwinkeln an, unter anderem auch auf einigen
Bildschirmen, die über zusätzliche Hilfsmittel wie Infrarot- und
Strahlenfotografie verfügten. Er rieb sich die Augen.

»Eine ungewöhnliche Signatur, Chef. Ich überprüfe sie in
unserem System …« Kamran fluchte. »Das kann nicht sein …«

»Was? Was ist es?«, drängte sein Teamleiter.

»Es sind … es sind diese Energiebomben«, stammelte
Kamran.

»Sprechen Sie von elektromagnetischen Pulsbomben?«

»So nennt ihr Terraner sie, glaube ich, obwohl diese hier nicht unbedingt auf die gleiche Weise arbeiten. Ich denke, sie nutzen die Technologie der Zodark … Aber darauf kommt es hier nicht an. Wir müssen sie stoppen!«

»Immer langsam mit den jungen Pferden, Kamran«, beschwichtigte ihn sein Teamführer. »Falls wir jetzt zuschlagen, verspielen wir alle Vorteile, die uns bislang zugutekommen.«

Kamran holte tief Luft und atmete langsam aus. Er wusste, dass diese Methode die bevorzugte Vorgehensweise des IMS war; andererseits wusste er auch, was geschehen konnte, falls diese Dinger zum Einsatz kamen.

»Wir müssen sie aus dem Verkehr ziehen, Boss. Die besten Teams auf sie ansetzen. Der Umfang der Zerstörung, den diese kleinen Kanister anrichten können, ist unvorstellbar, Boss.«

»Ganz ruhig, Kamran. Erinnern Sie sich an Ihr Training und konzentrieren Sie sich auf Ihre nächste Aufgabe. Wo lagert Odeh diese Kanister ein?«

****

Eine Woche später

Büro des Direktors der IMS
Jacksonville, Arkansas
Erde, Sol-System

IMS-Direktor Reinhard Gehlen erwartete den Anruf des verantwortlichen Agenten vor Ort mit der Nachricht, dass sie ihre Person von hohem Wert aufgegriffen hatten. Der stand jedoch noch aus.

Letzte Woche hatten sie auf Sumara drei den EMPs ähnlichen, aber mit der Technologie der Zodark versehenen Energiewaffen entdeckt. Zwei von ihnen konnten sie glücklicherweise sicherstellen, bevor sie vom Planeten gebracht wurden – zusammen mit den Ani-Kurieren, die zu deren Abholung geschickt worden waren. Diese Ani saßen nun in Vernehmungsräumen fest. Dem dritten Agenten hingegen war es gelungen, dem IMS-Personal auf Sumara zu entkommen und unerkannt auf einem Frachter zu verschwinden … bis seine biometrischen Daten vor wenigen Stunden auf der John Glenn registriert worden waren.

Nach dem Verlassen des sumarischen Frachters befand sich der feindliche Agent nun im Weltraumaufzug auf dem Weg zur Station hinunter, um dort hoffentlich in die offenen Arme des verantwortlichen IMS-Agenten und dessen Team zu laufen, das Gehlen in aller Eile zusammengestellt hatte. Gehlen hatte sich dazu zwingen müssen, seinen Drang, die Operation bis ins Kleinste selbst zu planen, zu kontrollieren. Letztendlich hatte er sich aber darauf beschränkt, seine Leute mit der Betonung darauf das Fürchten zu lehren, dass diese Waffe *unter allen Umständen* geborgen werden musste.

Gehlens Neurolink informierte ihn über einen eingehenden Anruf. »Ja?«, meldete er sich knapp unter Umgehung der standardmäßigen Gesprächsetikette.

»Chef, ich weiß nicht wie, aber er ist an uns vorbeigekommen. Wir haben den Bereich abgesucht und sahen uns die Überwachungsaufnahmen an … Er ist einfach verschwunden.«

»Verdammt!«, brüllte Gehlen. »Sucht weiter – er muss da sein, irgendwo.«

»Jawohl, Boss. Wir unternehmen alles Menschenmögliche.«
Der Anruf brach ab.

Gehlen fluchte laut. Er griff nach seinem Kaffee und warf ihn gegen die Wand. Die von der Republik gestellte Tasse zerbrach nicht, allein ihr Inhalt ergoss sich über den Boden. Er ließ sich in seinen Stuhl fallen und vergrub den Kopf in seinen Händen.

Seine Sekretärin hatte den Lärm wohl gehört und betrat vorsichtig den Raum. »Sir, ist alles ok?«

»Nein, das ist es ganz sicher nicht«, erwiderte er und nahm sich zusammen. »Leider ist es kein Problem, bei dem Sie mir behilflich sein können, außer dass Sie mir vielleicht dabei helfen, den Kaffee aufzuwischen … Nebenbei, das tut mir leid.«

Wie konnten sie den Ani im Weltraumaufzug auf dem Weg nach unten verlieren?, dachte er. *Ihn am Fuß des Aufzugs abzufangen hätte funktionieren sollen.* Dort gab es nur eine beschränkte Zahl an Ein- und Ausgängen. Und jetzt war dieser Ani nach wer weiß wohin auf dem Weg mit einer ungeheuer leistungsstarken Energiewaffe der Zodark. *Konnte dieser Tag noch schlimmer ausfallen?*
****

Zwei Tage später

Büro des IMS-Direktors
Jacksonville, Arkansas
Erde, Sol-System

Direktor Gehlens Neurolink unterrichtete ihn über den eingehenden Anruf von einem seiner Agenten im Einsatz. »Gehlen«, meldete er sich.

»Sir, die Fahndungsmeldung nach dem Ani von Sumara hat uns einen Treffer gebracht. Die Gesichtserkennung entdeckte ihn in einem Hyperloop.«

Gehlen richtete sich kerzengerade auf. »Wohin ist dieser Zug unterwegs?«, drängte er.

»Von Houston nach Little Rock; ich schätze, er nimmt die Verbindung zur Hauptstadt.«

Gehlen stieß einen schweren Atemzug aus, während er überlegte. »Wann soll der Zug eintreffen?«, erkundigte er sich.

»In 35 Minuten, Sir.«

»Lassen Sie mich kurz hier etwas nachsehen«, bat Gehlen. »Ich melde mich in einer Minute zurück.«

»Jawohl, Sir.«

Sofort nach der Beendigung dieses Anrufs kam ein weiterer durch. Dieses Mal war es Drew Kanter vom republikanischen Geheimdienst.

»Gehlen.«

»Drew hier. Ich verfolge die gleiche Situation wie Sie und weiß von dem neuesten Kontakt auf dem Hyperloop«, kam er direkt zum Thema. »Hat der republikanische Geheimdienst Ihre Genehmigung, den Umständen entsprechend zu handeln?«

»Ja, bitte. Das Wie interessiert mich nicht – erledigen Sie es einfach nur.«

»Kein Problem, Sir.«

»Das hoffe ich.«

****

Fort Banks, Arkansas

Erde, Sol-System

Die Drachen hielten sich dank eines fortgeschrittenen Sondereinsatzkräftetrainings auf der Basis auf – beinahe ein Urlaub für diese verbesserten Supersoldaten, da jemand anders für sie kochte und sie nicht an irgendwelchen riskanten Aktivitäten teilnehmen mussten. Diese Zeit der Entspannung nahm jedoch gerade ein jähes Ende.

Drew sprach sie über den Neurolink an. *Hey, Team. Ich hoffe, dass euer Training gut verlaufen ist, aber jetzt ruft die Pflicht. Wir haben einen Notfall. Einen, der nach einem Team mit euren besonderen Qualifikationen verlangt. Ich schicke euch ein Datenpaket mit detaillierten Angaben hinsichtlich der Mission und dem Zielobjekt, das ihr entweder festnehmen oder neutralisieren sollt. Zeit, eure Kriegsbemalung anzulegen und euren Sold zu verdienen. Tut was immer ihr tun müsst, aber stellt sicher, dass ihr in jedem Fall an der Hyperloop-Station Little Rock seid, bevor dieser Agent seine Mission erfüllen kann. Drew, Ende.*

Verstanden, erwiderte David, woraufhin alle Fünf gleichzeitig auf die Beine sprangen. Ihr Ausbilder reagierte aufgebracht. »Wohin zum Teufel wollen Sie?«, fragte er mit den Händen an den Hüften.

»Sie werden sicherlich in Kürze eine Nachricht erhalten«, rief ihm Catalina beim Verlassen des Raums zu.

David versuchte, nicht zu lachen. Obwohl er technisch gesehen verstorben war, bevor er als Mitglied dieser geheimen Gruppe von Soldaten wiederbelebt wurde, war der Gedanke daran, wie sehr sich seine Position in der Welt in solch kurzer Zeit verbessert hatte, doch sehr lustig. Einer verborgenen Einheit des republikanischen Geheimdienstes anzugehören, hatte seine Vorteile.

»Na schön, wie kommen wir rechtzeitig dort hin?«, fragte Somchai.

Amir zeigte auf eine Osprey, um den sich mehreren Soldaten versammelt hatten. »Sieht aus, als müssten wir einen HALO-Absprung unterbrechen«, stellte er fest.

Die Drachen eilten auf die Osprey zu, wo sie von dem Ausbilder und einigen der zum Einsteigen bereiten bewaffneten Soldaten aufgehalten wurden.

»Und was genau haben Sie vor?«, brüllte der HALO-Ausbilder und blies sich auf, als ob er einen Bären verjagen wollte.

»Wir brauchen Ihre Osprey«, informierte David ihn.

Der Ausbilder lachte verächtlich, während seine Soldaten ihre Waffen nach unten gerichtet in Position brachten. Die Drachen präsentierten ihre Ausweise, woraufhin sich der Gesichtsausdruck des Mannes schlagartig änderte. Er bedeutete seinen Schülern, die Waffen zu senken, indem er die Arme seitwärts anhob, bevor er sie sofort wieder fallen ließ.

»Sie gehören dem republikanischen Geheimdienst an. Wir sind verpflichtet, all ihren Aufforderungen nachzukommen«, erklärte der Ausbilder.

»Wie bitte?«, fragte einer der Soldaten verwirrt.

»Tut uns leid, Männer, aber Sie müssen uns auch Ihre Waffen überlassen!«, verlangte Jess. Schockiert sahen die Schüler ihren Ausbilder an. »Ihre Waffen … sofort. Hier geht es um mehr als um Sie!«

»Geben Sie sie ihnen«, wies der Ausbilder seine Leute an, während er seine eigene Waffe aus dem Holster an seinem Bein zog und sie präsentierte.

»Sie fünf … Sie steigen mit uns in den Vogel ein«, ordnete Catalina an. »Wir brauchen Ihre Anzüge, dürfen aber keine Zeit darauf verschwenden, uns hier umzuziehen.«

Die Soldaten warfen ihrem Ausbilder einen letzten fragenden Blick zu. Der nickte nur. Gehorsam kletterten sie in den Transporter.

Sobald alle an Bord waren, zeigte David dem Piloten seinen Berechtigungsnachweis. »Sofort abheben!«, rief er ihm zu.

»Ist das eine Entführung?«, erkundigte sich der Pilot verwirrt.

»Fliegen Sie einfach los. Wir informieren Sie auf dem Weg.«

Sekunden später befand sich die Osprey in der Luft, während sich die verwirrten Beinahe-HALO-Springer aus ihren Kampfanzügen schälten und sie weiterreichten.

Jess war am schnellsten umgezogen. Sie klopfte auf die Panzerung an ihrer Schulter. »Kein schlechtes Zeug«, kommentierte sie. »Nicht ganz so gut wie unsere normale Ausstattung, aber sie wird ihren Zweck erfüllen.«

»Das ist Drachenhaut«, erklärte einer der Soldaten abwehrend. »Das Beste vom Besten.«

»Ach, ist das so?«, witzelte Jess. »Gut, glauben Sie das nur weiter, ok?«

»In was, zum Teufel, sind wir da gerade hineingeraten?«, beschwerte sich einer der Soldaten leise.

»Keine Ahnung, aber die Typen sind so krass. Ich glaube, ich habe mich verliebt«, warf ein anderer ein.

»Tut mir leid, Jungs. Für so etwas fehlt mir die Zeit«, zwinkerte Jess ihnen zu, worauf die beiden rot anliefen.

Zwischenzeitlich hatte David weitere Instruktionen von Drew erhalten und bemühte sich, Kontakt zu den Betreibern der Schaltzentrale des zentralen Hyperloop-Systems in Little Rock aufzunehmen. Sobald er einen Manager erreicht hatte, der über die hinreichende Kompetenz zum Umgang mit dieser Situation verfügte, erklärte ihm David, dass sie auf dem Weg waren, um den in 30 Minuten fälligen Zug aus Houston abzufangen, mit dem ein Individuum mit einem Sprengsatz eintreffen würde.

»Heiliges Kanonenrohr!«, entfuhr es dem Manager ungläubig.

»Wir sind auf dem Weg zu Ihnen, aber die Zeit wird knapp werden. Gibt es ein Mittel, den Zug aufzuhalten?«, drängte David.

Zwei Sekunden lang herrschte Stille, bevor der Manager erwiderte: »Ja, das kann ich arrangieren.«

****

Fünf Minuten später
Hyperloop, Bahnhof Little Rock
Erde, Sol-System

Kyla Jean klopfte auf ihren Bildschirm in der Zentrale. »Das darf doch nicht wahr sein!«, krächzte sie. »Seit beinahe 20 Jahren arbeite ich in der Schaltzentrale, ohne dass auch nur ein Zug jemals Verspätung hatte.«

Sie warf ihrem Auszubildenden, der drei Meter von ihr entfernt saß, einen beinahe tödlichen Blick zu.

Verdammte Praktikanten, dachte sie. *Immer musste sie deren Fehler geradebiegen. Wieso mussten sie mir einen Neuling zuordnen?,* fragte sie sich verärgert. *Nur weil ich schon so lange dabei bin, heißt das noch lange nicht, dass ich einen Neuen ausbilden will.*

Damit richtete sie sich auf und widmete ihrer Station wieder ihre volle Aufmerksamkeit. ‚Egal, ich regele das‘, versicherte sie sich selbst. Nach dem Einlesen ihrer Schlüsselkarte tippte sie ihr

Überbrückungspasswort ein und korrigierte die Geschwindigkeit des Zugs, um dessen planmäßiges Eintreffen zu garantieren.

Danach sah sie lächelnd zu ihrer Figur einer kanadischen Sphinx-Katze hinüber. »Was würden diese Leute nur ohne mich tun?«

****

Vierundzwanzig Minuten später
Osprey im Anflug auf die Hyperloop-Station Little Rock
Erde, Sol-System

»He Kumpel, ist das nicht unser Zug?« Somchai deutete auf den Zug, der gerade abfuhr.

»Mist! Ich dachte, der Manager wollte ihn aufhalten«, fluchte David. »Ich bin sicher, dass er als nächstes die Hauptstadt anfährt.«

David rief dem Piloten zu: »Sie müssen uns so schnell wie möglich an den Bahnhof der Hauptstadt bringen. Holen Sie aus dem Vogel heraus, was Sie können!«

»Kurswechsel durchgeführt. Allerdings kann ich Ihnen dort keine gute Landezone bieten. Der Bahnhof ist nicht groß genug um unsere Osprey zu landen«, warnte ihn der Pilot.

»Öffnen Sie einfach nur circa 30 Meter über der Station die hintere Einstiegsluke. Wir übernehmen den Rest.«

Der Pilot starrte David einen Augenblick lang an, als ob er den Verstand verloren hätte. Nach allem, was er bisher erlebt hatte, erwiderte er dann jedoch nur: »Wie Sie meinen, Boss.«

David kehrte in die Kabine zurück. Die Soldaten, die sie zusammen mit der Osprey requiriert hatten, hatten sämtliche Fragen der Drachen hinsichtlich ihrer Ausrüstung beantwortet. Sein Team war vollständig ausgerüstet. Ihre HUDs blendete ihnen eine Karte des Bahnhofs ein; außerdem hatten sie Zugriff auf die dortige Videoüberwachungsanlage.

David informierte Drew über den Kurs des Zuges und ihre geänderte Flugrichtung und versicherte ihm, dass der IMS – wie zuvor – angewiesen war, sich vom Geschehen fernzuhalten.

Der Zug würde mitten im Stadtzentrum eintreffen, wo eine Menge Leute Zeuge ihres spektakulären Auftritts werden würden.

Die Osprey flog mit atemberaubender Geschwindigkeit voran, bis er unvermittelt über dem Eingang zur Hyperloop-Station in

Jacksonville zum Stillstand kam. Die hintere Ladeluke öffnete sich. Fünf Drachen fielen ohne Fallschirm aus dem Himmel. In letzter Minute verlangsamten ihre Stiefel den Fall zu Boden. Unmittelbar nach ihrer butterweichen Landung rannten sie mit übermenschlicher Geschwindigkeit los.

Die kollektive Menge schnappte beim Anblick dieser aus dem Nichts aufgetauchten Supersoldaten nach Luft. Laut kreischende Frauen klammerten ihre Kinder an sich, so als ob sie von einer feindlichen Armee überrannt würden. Ungerührt liefen die Drachen weiter. Mit einem Salto und einem Sprung, dessen Höhe selbst ein trainierter Sportler ohne den Einbau ihrer speziellen Upgrades nicht hätte bewerkstelligen können, umgingen sie den biometrischen Kontrollpunkt der Station.

Am Ende der Halle im Bereich der Züge hatte der Ani wohl gesehen, was sich hinter ihm abspielte. Er warf zwei Handgranaten in die Luft, die über der Menge explodierten und massives Chaos erzeugten. Eine große Anzahl von Menschen wurde von Granatsplittern getroffen, was zu Massenhysterie und ohrenbetäubendem Geschrei führte.

Der Ani raste die nahegelegene Treppe hoch. Dabei schoss er auf die uniformierten IMS-Agenten, die ihm mit gezogenen Waffen nachsetzten. Er traf mehrere der Agenten, die dem schnelleren und treffsicheren Ani nicht gewachsen waren.

Die Drachen hatten ihn beinahe erreicht. David sah, wie er auf die nächste Treppe nach oben zuhielt.

Er will zur Straßenbahn, die direkt zum Hauptquartier des Weltraumkommandos führt, teilte er seiner Gruppe über den Neurolink mit. *Mein Gott, wenn das Ding in der Innenstadt explodiert, was wird ein EMP dort wohl anrichten?*

Das dürfen wir nicht zulassen, beschwor Catalina ihr Team.

Sie holten auf, indem sie zwei Stufen gleichzeitig nahmen und praktisch die Treppe hinaufflogen. Dann schleuderte der Ani eine weitere Granate hinter sich, die auf die Drachen zurollte.

Buuumm!

Schrapnell schlug hart auf die Panzerung der Drachen auf, bevor es harmlos wie ein Schneeball von der Jacke ihres Drachenhautkampfanzugs abprallte.

Der Ani erreichte die Straßenbahn und sprang gerade noch rechtzeitig auf den letzten Wagen auf, bevor sich die Türen zu schließen begannen.

David fluchte, während er auf die Bahn zustürzte. Es gelang ihm, seine Hände zwischen die Türflügel zu zwängen, bevor sie sich komplett schließen konnten. Dank der zusätzlichen Stärke, die ihm sein Anzug bot, erzwang er die Öffnung der Türen.

Amir hatte die Straßenbahn ebenfalls erreicht. Er sprang auf das Dach des Wagens, in den David einzudringen versuchte. Der Rest des Teams befand sich direkt hinter ihm und machte Anstalten, ebenfalls auf das Dach der Tram zu springen, als die einen überraschenden Ruck nach vorn machte und David seitlich mit sich schleifte. Somchai und Jess stürzten hinter der Bahn zu Boden, während Amir beinahe das Gleichgewicht verloren hätte und abgestürzt wäre. Glücklicherweise konnte er sich fangen. Catalina, die direkt hinter Somchai und Jess lief, registrierte das Anrollen der Straßenbahn und passte sich deren Geschwindigkeit rechtzeitig an, um den Sprung auf das Dach der Straßenbahn zu bewerkstelligen.

Ich bin drauf, kündigte sie an. *Hier oben ist alles unter Kontrolle.*

Somchai und Jess standen bereits wieder auf den Beinen und rannten hinter der Tram her – leider zu spät. Ihre Rufe, die Bahn anzuhalten, blieben ungehört.

Das hätte nicht passieren dürfen!, klärte Somchai die Gruppe auf. *Solange auch nur eine Tür offensteht, verhindert eine Fail-Safe-Schaltung die Abfahrt der Bahn.*

Es sei denn, jemand setzt sie außer Kraft, warf Jess ein.

Währenddessen kämpfte David weiter darum, die Türen weit genug zu öffnen, um ihm, ohne von der Seite der rollenden Straßenbahn zu stürzen, den Einstieg zu erlauben. Trotz alledem registrierte er, dass sich der Ani an der Menge vorbeischob und auf das vordere Ende der Bahn zuhielt. Diese Info gab David an seine Drachenkollegen weiter.

Ich laufe vom Dach aus nach vorn, bevor ich von der Seite her einbreche, erklärte Amir.

Täusche ich mich oder fährt die Tram schneller als gewöhnlich?, wunderte sich Catalina laut aus ihrer heiklen Position.

Nein, ich denke, du hast recht, bestätige Amir ihr auf seinem Weg nach vorn.

Endlich war es David gelungen, sich den Weg in den Wagon zu erzwingen. Sein Erscheinen erschreckte die Fahrgäste zutiefst – schließlich befanden sie sich auf ihrer täglichen Pendelstrecke ohne auch nur ihren ersten Kaffee genossen zu haben. Eine Frau schrie zu Tode erschrocken laut auf. David fehlte die Zeit, sie oder andere zu beruhigen. Er atmete tief durch, informierte sein Team, dass er sich in der Straßenbahn befand und eilte weiter auf das vordere Ende der Tram zu.

Ich bin an Bord, übermittelte Amir seinen Status-Update.

David näherte sich der ersten Verbindungstür zwischen zwei Wagen, als er hinter sich das Geräusch von brechendem Glas vernahm.

Ich bin drinnen, verkündete Catalina. Sie hatte einen Weg gefunden, das hintere Fenster mit ihren Füßen einzuschlagen. David war froh, dass es ihr gut ging.

Nachdem er bereits einige Wagen hinter sich gelassen hatte, entdeckte David durch die Sichtfenster der Türen hindurch Amir … der nach einigen gleißenden Blitzen nach hinten umfiel.

Alles in Ordnung, Kumpel?, fragte David hastig.

Ich bin ok, stöhnte Amir. *Der Anzug hat die Blasterschüsse absorbiert, allerdings kann ich mich noch nicht wieder bewegen.*

Verdammt.

Sobald David den Wagen erreicht hatte, in dem der Ani sich aufhielt, stürmte er mit atemberaubender Geschwindigkeit und mit rapide feuerndem Sturmgewehr voran.

Puff, Puff, Puff.

Der Ani duckte sich hinter einer der Sitzreihen, hielt die Waffe überden Kopf und schoss wild in Richtung der Mitte des Abteils.

»Alle auf den Boden!«, übertönte David die panischen Schreie der Menge. Mindestens zwei Personen waren bereits von dem wilden Beschuss des Ani verletzt worden. David erkannte in Bruchteilen von Sekunden, dass all ihre bisher erlittenen Wunden nicht lebensgefährlich waren.

Das Bewusstsein, dass er im Fall eines Treffers nicht sterben würde, ermutigte David, den Mann weiter anzugreifen. Dabei schoss er abwechselnd einmal nach oben und einmal in Richtung der Standbeine des Sitzes. Mindestens einer seiner Schüsse hatte etwas getroffen. Er hörte einen lauten metallenen Aufschlag.

Und dann stand David unmittelbar über dem Ani. Während er sich darauf vorbereitete, einen direkten Treffer zu landen, kam ihm plötzlich mit Schrecken zu Bewusstsein, dass der Ani über den Beschuss der Menge hinaus mit einer Hand die in seinem Rucksack befindliche Waffe manipulierte.

Der Ani lächelte. »Ihr kommt zu spät«, verkündete er laut, bevor er voller Schadenfreude auf einen Knopf drückte.

David schoss seinen Blaster ab. Der Ani fiel tot zu Boden.

Und dann … geschah absolut nichts. David war sich sicher, dass der Sprengsatz voll präpariert und einsatzbereit war. Aber nichts außer Stille folgte.

Unmittelbar nach dem Eintreffen der Straßenbahn an der Haltestelle betraten Soldaten die Bahn. Ein Bombenentschärfungskommando nahm die mysteriöse, EMP-gleiche Waffe in Besitz und entfernte sie – zur Vermeidung jeglicher Unfälle – in einem speziell abgeschirmten Container.

Auf dem Bahnsteig, nur wenige Minuten später, trat ein Mitglied des Entschärfungskommandos mit der Vorrichtung an David heran.

»Ich dachte, ich zeige Ihnen, wieso dieses Ding nicht explodiert ist«, sagte er und deutete auf das verbrannte Bedienungsfeld der Apparatur. »Genau hier – das war der goldene Schuss!«

Dank eines glücklichen Zufalls hatte David trotz des andauernden Beschusses durch den Ani irgendwie die richtige Stelle getroffen. Er konnte es kaum fassen.

****

Eine Stunde später

Admiral Bailey hatte darum gebeten, Drew und sein Team persönlich zu treffen, womit sich Drew einverstanden erklärt hatte. Der Admiral schien verstimmt zu sein, als das Team seine Helme aufbehielt. Drew reagierte bestimmt: »Bei allem Respekt, Admiral, ich habe vor, die Anonymität meines Actionteams aufrecht zu erhalten.«

»Dagegen kann ich wohl keine Einwendungen erheben«, nickte ihm Bailey zu.

Nachdem der Admiral dem Team mehrere Fragen hinsichtlich ihrer Beobachtungen gestellt hatte, wandte er sich an Drew für ein Gespräch unter vier Augen.

»Warum besorgt euer Team sich nicht für einige Minuten einen Kaffee, ok? Ich denke, ihr habt euch einen kleinen Snack verdient«, scheuchte Drew die Drachen jovial aus dem Zimmer.

Sobald die Tür hinter ihnen ins Schloss gefallen war, lehnte sich Admiral Bailey in seinem Stuhl nach vorn und senkte die Stimme. »Ihnen ist sicher klar, dass sie nicht den Versuch unternehmen würden, die Elektronik des Hauptquartiers des Weltraumkommandos zu unterbrechen, wenn uns nicht etwas Größeres bevorstünde?«, fragte der alte Admiral den erfahrenen Geheimagenten.

»Sie denken so wie ich«, stimmte Drew ihm zu.

Die beiden Männer diskutierten noch eine Weile, bevor Drew anmerkte, dass es an der Zeit sei, sein Team loszuschicken.

»Halt, warten Sie …«, stoppte ihn Bailey mit erhobenen Händen. »Wir haben noch eine Menge Fragen in Bezug auf das, was sich gerade abgespielt hat. Wir müssen Ihre Leute weiter befragen.«

Drew schnaubte. »Sir, in diesen Zeiten wollen Sie mein Team im Einsatz sehen.«

»Ok, dann lassen Sie mir wenigstens den Mann, der den Sprengsatz durch seinen Schuss unschädlich gemacht hat«, konterte Bailey.

Zunächst wollte Drew diese Bitte ablehnen, bevor er schließlich doch zustimmte, dass David – den er vor dem Admiral ‚Smith‘ genannt hatte – zurückbleiben sollte.

Nach dem Ende ihrer Besprechung kam Drew nicht umhin, weiter über Baileys Worte nachzudenken.

Uns steht etwas Großes bevor … Aber was?, grübelte er.

Kapitel Eins
Das Schälen der Zwiebel

Laboranlage X

Dr. Katō Sakura hatte den größten Teil des Tages an ihrem Schreibtisch verbracht. *Diese Enthüllung war bahnbrechend.* Stundenlang hatte sie konzentriert die von ihr entdeckte Akte studiert und sich darauf beschränkt, nur im äußersten Notfall die Toilette aufzusuchen. Den Rest der Zeit hatte sie sich mit Proteinriegeln oder anderen Snacks begnügt, die sie in ihrer Tasche mit sich herumtrug, und mit dem gelegentlichen Schluck Wasser aus ihrer Feldflasche.

In ihrem unbändigem Forschungsdrang hatte sie einen Teil der Geschichte der Humtar entschlüsselt, unter anderem auch über den Krieg, den sie gegen einige der ‚aufgestiegenen Lebewesen‘ geführt hatten. Anfangs hatte sie allein der historische Aspekt fasziniert, bevor ihr beim Weiterlesen klar geworden war, dass die Republik großes Interesse an dem von ihr Gelernten haben würde. Einige der Strategien, die die Humtar im Laufe ihrer Auseinandersetzungen angewandt hatten, konnten der Republik womöglich im Umgang mit dem Kollektiv behilflich sein, auf das sie sicher bald stoßen würde.

Seit die Republik von diesem, sich aus weiterentwickelten Lebewesen zusammensetzenden Feind gehört hatte, der nach Belieben die Form mechanisierter Krieger annehmen konnte, existierte dort ein gutes Maß an nervöser Unruhe über diesen potenziellen Gegner. Diese ‚aufgestiegenen Lebewesen‘ konnten barrierefrei untereinander kommunizieren und waren so gut wie unzerstörbar, da sie nicht an einen menschlichen Körper gebunden waren. Ihre Langzeitplanung schien darauf ausgerichtet zu sein, die Herrschaft über das gesamte Universum zu erlangen – eine Seele nach der anderen.

Sakura biss erneut in ihren Proteinriegel und las weiter. Zwischenzeitlich war ihr die Sprache der Humtar so vertraut, dass sie recht gut ohne eine Übersetzung zurechtkam. Sie wusste bereits, dass es unter den Humtar ein ähnliches Streben nach dem ‚Aufstieg‘ gegeben hatte, was sie als ‚das Entkleiden‘ bezeichnet hatten. Eine große Anzahl der Humtar hatte sich gegen diese Bewegung ausgesprochen, und Sakura hatte entdeckt, dass diese Gruppe einen

Weg gefunden hatten, die Kommunikation zwischen den ‚entkleideten‘ Wesen zu unterbinden.

Statthalter Hunt wird dies erfahren wollen, dachte sie aufgeregt. *Falls es uns gelingen sollte, die Zusammenarbeit innerhalb des Kollektivs zu blockieren, wird sie das ihrer größten Stärke berauben.*

Allerdings waren mit dieser Methode offenbar auch Gefahren verbunden. Die Vorrichtung, die dazu gedacht war, die Kommunikation der ‚Entkleideten‘ zu beeinträchtigen, durfte *in keinem Fall* gegen ein lebendes menschliches Wesen eingesetzt werden. Sie sah das Foto eines solchen tödlichen Erlebnisses und schauderte.

Buumm!

Etwas schlug gegen die Wand des Labors, in dem Sakura ihre Recherche betrieb.

»Was zum Teufel war das?«, rief sie erschrocken aus.

Eine Kollegin von ihr erhob sich von ihrem Arbeitsplatz und sah Sakura verwirrt und sichtbar erschrocken an.

Wumm! Bumm!

Sakura winkte ihre Kollegin zu sich heran. Vorsichtig näherten sie sich der Tür. Draußen schien sich eine lärmende Menge zu versammeln. Sie konnten ihre Rufe hören.

»Gib es ihm!«, schrie jemand.

Nahe der Tür stand Sakura vorsichtig zur Seite und drückte auf den Entriegelungsknopf.

Direkt vor ihrem Eingang stürzten gerade zwei in eine gewaltsame körperliche Auseinandersetzung verwickelte Soldaten zu Boden. Sakura erkannte sie als Private Rowan Connor und Private Dominic Brown.

Brown landete obenauf und nutzte den Vorteil dieser neugefundenen überlegenen Position aus, um Connors Arme mit seinen Knien niederzuhalten und Connors Gesicht mit geschlossener Faust zu malträtieren. Links, rechts, links, rechts … Wiederholt schlug Brown auf ihn ein, während er ihn wutschnaubend anschrie.

Die Menge wurde zunehmend lauter und feuerte die Kontrahenten an, härter zu kämpfen. Sakura war entsetzt. Sie zog die Aufmerksamkeit ihrer Kollegin auf sich und rief ihr zu: »Holen Sie Captain Young!«

Ihre verängstigte Mitarbeiterin nickte und schob sich gegen den Strom der versammelten Menge hindurch. Sakura vermutete, dass einige Soldaten Wetten über den Ausgang des Kampfes abschlossen.

»Sofort aufhören!«, rief Sakura lautstark aus. »Hören Sie auf!«. Niemand reagierte auf diese Aufforderung.

Überraschend konzentrierte Connor seine gesamte Stärke auf das Heben seiner Arme, was Brown nach vorn katapultierte und von ihm abfallen ließ. Um nicht direkt auf sein Gesicht zu fallen, versuchte Brown ein Abrollen.

»Bitte!«, flehte Sakura. »Sie müssen damit aufhören!«

Was immer ihnen Anlass zu diesem Streit gegeben hatte – er hatte offenbar beide veranlasst, Rot zu sehen. Beide Männer waren wieder auf den Beinen. Connor wischte sich das Blut von den Lippen, während Brown sich wie ein sprungbereiter Tiger in Position brachte. Mit wildem Gesichtsausdruck stürzte er sich erneut auf seinen Kameraden.

Im letzten Moment wurde Connor von einem der Sergeanten aus der Angriffslinie gezogen. »Der Kampf ist vorbei!«

Brown, der sich mitten im Sprung befunden hatte, begriff offensichtlich nicht vollständig, was da gerade vorging und landete einen Volltreffer auf dem Kinn seines Vorgesetzten. Der nahm den Schlag, ohne sein Gleichgewicht zu verlieren, mit Würde hin und rieb sich das Gesicht.

Das Verhalten der Menge änderte sich drastisch. Ein leises ‚Oohh…‘ setzte sich durch die Gruppe fort. Eine andere Gruppe fluchte leise vor sich hin.

In diesem Augenblick erschien Captain Aaron Young. »Was zum Teufel geht hier vor?«, herrschte er die Anwesenden an.

»Nichts, um das ich mich nicht kümmern könnte, Sir«, erwiderte der junge Sergeant.

»Ach, ist das so?«, fragte Captain Young.

Einen Moment lang sagte niemand ein Wort. Connor saß erschöpft und blutend zusammengesunken auf dem Boden. Ein Großteil der Menge zog sich nun unauffällig zurück an die Posten, an denen sie derzeit hätten arbeiten sollen.

»Ok, ich denke, es wird Zeit, die Beteiligten medizinisch zu versorgen«, verkündete Young. »Und auf dem Weg will ich hören, wie genau es zu diesem kleinen ‚Vorfall‘ kam.«

Young wandte sich an Sakura, die immer noch wie angewurzelt dastand. »Würden Sie mir helfen, Private Connor in die Krankenabteilung zu bringen?«, bat er sie. Sie nickte grimmig und zog den jungen Soldaten auf die Beine, bevor sie sich seinen Arm über die Schulter legte.

Auf dem Weg zur Krankenabteilung forschte Young: »Also, worum zum Teufel ging es hier?«

Private Brown antwortete mit zusammengebissenen Zähnen. »Connor vögelt meine Freundin«, zischte er.

Connor knurrte: »Carla war *meine* Freundin.«

Sakura brachte ein wenig Abstand zwischen sich und Brown und Young, da sie einen erneuten Ausbruch feindlicher Aktivitäten zwischen den beiden befürchtete.

Young schnalzte mit der Zunge. »All das wegen einer Frau?«, staunte er. »Himmel noch mal, wie oft habe ich euch Männern schon erklärt, das mir vollkommen egal ist, was ihr in eurem Privatleben tut, solange es die Mission nicht beeinträchtigt.«

Brown kicherte. »Die Mission? Das Babysitten von Wissenschaftlern?«, frotzelte er.

»Sie mögen es nicht für wichtig halten, aber die hier neu gewonnenen Informationen werden der Republik zum Durchbruch verhelfen«, schoss Captain Young knapp zurück. »Und im Fall, dass Sie das aufhalten wollen, habe ich eine Zelle, in die ich Sie werfen kann.«

Brown besann sich eines Besseren. »Jawohl, Sir«, antwortete er leise.

Nachdem die diensthabenden Sanitäter in der Krankenabteilung die Wunden der Kampfhähne versorgt hatte, wies ihnen Captain Young zeitlich getrennte Schichten zu und legte für jeden Mann eine Zeit fest, um offiziell die Konsequenzen ihres Verhaltens mit ihnen zu diskutieren. Danach dankte er Sakura für ihre Hilfe und sprach davon, als nächstes Carla aufzusuchen.

Auf dem Weg zurück in ihr Labor zog Dr. Katherine Johnson ihre Freundin zur Seite. »Sakura, hast du einen Augenblick Zeit?« Sie legte ihr die Hand auf die Schulter. »Wir müssen reden.«

»Oh …?«, wunderte sich Sakura.

Katherine sah sich um. »Und zwar privat.«

Sakura folgte ihr in eines der kleinen Konferenzzimmer vor Ort. Nachdem sie die Tür geschlossen und die ‚Bitte nicht stören‘-Anzeige aktiviert hatten, besorgte sich Sakura an einem der Replikatoren eine Tasse Tee, bevor sie sich in einen Stuhl fallen ließ. »Ok, Katherine, worum geht’s?«

»Hast du schon mal den Spruch ‚Müßiggang ist aller Laster Anfang‘ gehört?«, erkundigte sich Katherine und nahm Sakura gegenüber Platz.

»Nein … Worauf willst du hinaus?«, forschte Sakura.

»Unsere militärischen Freunde – zumindest einige von ihnen – scheinen aus Langeweile den Verstand oder ihre militärische Disziplin zu verlieren«, erläuterte sie.

»Während andere recht gut damit zurechtzukommen«, zwinkerte Sakura Katherine in Anspielung auf ihre weiterhin bestehende Beziehung zu Captain Aaron Young zu.

Katherine legte sich die Hände vor die Augen, als ob sie ihre Beschämung verbergen wollte. »Ja, ok. Das habe ich verdient«, akzeptierte sie mit einem Lächeln. »Tatsächlich bin ich nicht die Einzige, die derzeit eine Beziehung unterhält. Das hält sicher einige Leute davon ab, sich Ärger anzulachen. Und dann gibt es die, die einfach nur ein flüchtiges Abenteuer suchen. Für die besteht das Problem, dass hier nur eine begrenzte Anzahl von One-Night-Stands zu finden sind – und verschmähte Liebhaber vergessen nicht so einfach. Das hast du gerade mit Connor und Brown erlebt.«

»Ja«, stimmte Sakura verstimmt zu. »Wirklich eine dumme Sache.«

»Ok, aber ehrlich gesagt, spielt sich darüber hinaus hier noch eine Menge mehr ab, das nicht die gleiche Ebene der Disziplinlosigkeit erreicht«, fuhr Katherine fort. »Unzählige Dummejungenstreiche … so viele, dass du sie sicher nicht alle hören willst. Mir kommen die meisten zu Ohren, weil Aaron jemanden braucht, um seinem Ärger Luft zu machen.«

»Wovon reden wir hier?«, drängte Sakura. »Ich denke, das musst du mir genauer erklären.«

»Also gut. Einige der Männer dachten, es wäre lustig, Früchte zu replizieren, die dem Äquivalent einer Zitrone der Humtar am nächsten kommen. Mit denen veranstaltete eine Gruppe von Soldaten eine Art Wettbewerb, um zu sehen, wer die meisten Spalten essen konnte. Disziplinarmaßnahmen gab es hier keine, da die anschließenden Magenkrämpfe und der Durchfall in sich Bestrafung genug waren.«

Sakura presste sich die Hand vor den Mund, um sich das Lachen zu verbeißen. Ohne Erfolg.

»Ja, das ist tatsächlich ziemlich lustig«, gab Katherine zu. »Andererseits führte es dazu, dass mindestens fünf Soldaten einen Tag lang arbeitsunfähig waren. Das stellte den gesamten Wachdienstplan auf den Kopf.«

»Oh nein.«

»Ja, ganz deiner Meinung. Und ob das nicht schon genug wäre, gibt es diesen Junior-Offizier – einen Ensign – wenn du das für möglich hältst ... Einer unserer Osprey-Piloten von der *Voyager*, Spitzname Spike. Manches von dem, was er sich leistet, könnte man von einem einfachen Raumfahrer oder Soldaten erwarten, nicht aber von einem Offizier. Zum Beispiel ist er dafür bekannt, junge Soldaten zum First Sergeant zu schicken, um von ihm eine ID-10-T-Bewertung vor der Teilnahme an einem Trainingskurs zu erhalten.«

Sakura musste so sehr lachen, dass sie beinahe ihren Tee ausgespuckt hätte. Dann sah sie den empörten Blick von Katherine, die noch nicht fertig war.

Katherine räusperte sich. »Wie gesagt, dieser Typ, Spike, schickte ein frisch eingetroffenes Mannschaftsmitglied der technischen Abteilung zurück in den Hangar der *Voyager*, um dort mit dem Supply Chief zu sprechen und ihn ... und jetzt pass auf ... um Batterien für ein Knicklicht zu bitten.«

Sakura konnte ihr Lachen nicht länger zurückhalten. Nachdem sie die Fähigkeit zu Sprechen wiedererlangt hatte, kommentierte sie: »Bitte sag mir, dass dies nicht dein Ernst ist. Oder vielleicht doch? Wer könnte glauben, dass ein Leuchtstab eine Batterie braucht? Fällt tatsächlich jemand auf so etwas herein?«

Katherine grummelte: »Offensichtlich. Jemand hat angebissen.«

Sakura lachte tief aus ihrem Bauch heraus. »Du musst zugeben – diese Geschichte ist einfach zu komisch«, prustete sie schließlich.

Katherine zuckte mit den Achseln. »Auf sich allein gestellt, vielleicht. Aber all das summiert sich. Ein Lieutenant, der Spike übergeordnet ist und – um es vorsichtig auszudrücken – nicht ganz so hochgewachsen wie Spike ist, heißt *zu allem Unglück* auch noch Kleinmann.« Sie sah Sakura streng an, bevor sie weitersprach. »Vorgestern fand er vor dem Urinal in der Toilette einen Stuhl mit dem Aufkleber ‚Reserviert Für Lieutenant Kleinmann'. Er hat keine Beweise, dass Spike der Übeltäter war, aber *alle* wissen, dass er dafür verantwortlich ist.«

Jetzt verlor Sakura komplett die Kontrolle. Sie wurde von Lachkrämpfen geschüttelt. Die gewöhnlich zurückhaltende Wissenschaftlerin schlug sich auf die Knie und lachte weiter. »Ich kann nicht …«, brachte sie schließlich atemringend zwischen Tränen und prustendem Lachen hervor.

Katherine runzelte die Stirn. »Sakura, ich sehe, du findest das Ganze äußerst lustig. Ich denke, dass du die Ernsthaftigkeit der Situation nicht verstehst«, bestand sie mit verschränkten Armen auf ihren Punkt.

»Ach, nun beruhige dich«, erwiderte Sakura endlich. Sie gluckste weiter. »Pass auf, diese Männer stecken hier fest. Was erwartest du von ihnen? Dass sie in ihrer Freizeit Däumchen drehen?«

Katherine lehnte sich zurück. »Hmm … Na ja, vielleicht hast du recht«, lenkte sie schließlich ein. »Vielleicht müssen wir einen besseren Weg für sie finden, angestaute Energien abzubauen. Man kann nur so viel Zeit im Fitnessraum oder mit Training verbringen. Und weiß Gott, davon tun sie bereits genug.«

»Hiermit ernenne ich dich offiziell zur Leiterin des Freizeitkomitees«, bestimmte Sakura mit falscher Ernsthaftigkeit.

»Fabelhaft … meine wissenschaftliche Ausbildung am Werk«, konterte Katherine.

»Ein schwerer Job, aber jemand muss ihn übernehmen«, lächelte Sakura ihr zu. »Gibt es sonst noch etwas, das du mit mir besprechen möchtest?«, fragte sie abschließend. »Ich habe noch viel zu tun und will die fertigen Berichte mit den nächsten Kommunikationsdrohnen abschicken.«

»Nein, alles in Ordnung«, erwiderte Katherine. »Ich schätze, ich kann ein wenig Zeit in ein Nebenprojekt investieren, solange es am Ende allen weiterhilft.«

Kapitel Zwei
Zurück in der Hauptstadt

Das Waves
Emerald City,
Rhea-System

Miles hatte im Laufe der Jahre eine Menge Restaurants besucht, aber Lilly und er mochten das *Waves* besonders gern. Es war schwer, etwas Neues zu versuchen, wenn er wusste, wie fabelhaft seine Erfahrung dort sein würde. Die Meeresfrüchte waren frisch, die Aussicht überwältigend, der Service makellos – eindeutig die richtige Wahl, wenn Lilly zum Essen ausgehen wollte.

Ein Bissen seines Schalentiergerichts in einer mit einem guten Anteil andorranischer Butter zubereiteten Soße versetzte Miles in eine Welt kulinarischen Entzückens. Die Replikatoren leisteten gute Arbeit, jemanden zu ernähren und mit den nötigen Vitaminen und Mineralien zu versorgen – aber *so etwas* konnten sie niemals reproduzieren. Der Geschmack einer mit echten Zutaten zubereiteten Mahlzeit konnte auf einem Schiff niemals kopiert werden. Er atmete tief ein, um das warme Aroma seines Gerichts in sich aufzunehmen.

Lilly lachte. »Vielleicht solltest du dir den Speichel aus dem Mundwinkel wischen«, scherzte sie.

Miles kehrte zum Gespräch mit seiner Frau zurück. »He, tut mir leid«, reagierte er. »Wo waren wir?«

Sie unterhielten sich eine Weile weiter, sprachen über die Bücher, die sie gelesen hatten und diskutierten, wohin sie reisen wollten, falls Miles' Terminkalender früher oder später die Chance auf einen echten Urlaub zulassen würde. Während Lilly einen Nachtisch und Kaffee bestellte, entschuldigte sich Miles für eine Minute.

Er stand am Urinal und erleichterte sich gerade, als ihm plötzlich die Gegenwart eines anderen bewusst wurde. Gunther stand am Urinal neben ihm. Er hatte den Wissenschaftler eine Weile nicht gesehen und Miles fragte sich umgehend, welche Fortschritte er wohl bei seiner Forschung nach den Schwachstellen der Zodark gemacht hatte.

»Wir müssen reden«, teilte Gunther ihm mit, während er nonchalant sein Geschäft erledigte. »Ich denke, wir haben etwas entdeckt.«

»Nicht hier«, erklärte Miles. »Ich habe einen Termin mit Liam und Riggins über die Bronkis5-Funde auf Éire. Lassen Sie sich auf die Liste für diesen Termin setzen.« Er zog den Reißverschluss seiner Hose hoch und ging hinüber zum Waschbecken.

»Jawohl, Sir«, nickte Gunther und richtete seine eigene Hose wieder.

Wieso müssen wir uns eigentlich immer in der Toilette treffen?, fragte sich Miles. *Es muss doch einen besseren Weg geben, inoffizielle Nachrichten auszutauschen.*

****

Büro des Statthalters
Alliance City, Neu-Eden
Rhea-System

Statthalter Miles Hunt sah Liam Patrick, Cormac Riggins und Gunther Haas um den Tisch herum an. Liam schien besonders erregt zu sein.

»Also schön, meine Herren, warum fangen wir nicht an?«

Liam verschwendete keine Zeit. Er brachte die Knöchel seiner Hand zum Knacken, lehnte sich nach vorn und sprach: »Statthalter, ich mache mir große Sorgen über die gesteigerte Alarmstufe innerhalb der Allianz, die mir in Berichten zu Ohren gekommen ist. Gehen Sie davon aus, dass uns die Zodark erneut angreifen werden? Da draußen auf Éire sind wir ganz allein.«

Miles schüttelte den Kopf. »Von allen potenziellen Zielen, die die Zodark angreifen könnten, würde ich mir die geringste Sorge um Ihre Ecke des Universums machen. Unsere Geheimdienstinformationen weisen weiter darauf hin, dass den Zodark immer noch das volle Verständnis vom Wert des Bronkis5 abgeht. Und um ehrlich zu sein, haben sie weit Wichtigeres zu tun.«

Liam verschränkte die Arme. Er war offensichtlich nicht überzeugt.

»Falls Sie sich damit wohler fühlen, schicke ich Ihnen für eine gewisse Zeit gerne mehr Versorgungsschiffe«, gestand Miles ihm zu, was Liam brummend akzeptierte. »Ich bin mir sicher, die Primord haben nichts dagegen«, fuhr er mit einem Zwinkern fort. »Zudem sind die Pläne für die Stärkung der Sicherheitsvorkehrungen am Sternentor beinahe abgeschlossen. Trifft das zu?«

Riggins meldete sich zu Wort. »Das sind sie. Das System wird auf dem neuesten Stand der Technik sein.«

»Gut«, lobte Miles. »Denn insgesamt liegen Sie mit der Gefahr, die von den Zodark ausgeht, nicht falsch – nur darin, *wo* sie angreifen werden. Wir werden eine Menge Bronkis5 brauchen.«

Riggins hob die Hand. »Einen Augenblick, nicht so schnell. TOREC-Mining arbeitet derzeit auf voller Kapazität. Uns fehlen die Arbeitskräfte, die Synth, und sogar die nötigen Maschinen, um die Produktion zu erhöhen.«

»Ach … unterstellt, Ihnen würde all das zur Verfügung stehen, wäre das eine andere Sache?«, grinste Miles ihn an.

»Was genau wollen Sie damit sagen?«, erkundigte sich Liam.

»Ein persönliches Treffen mit dem Statthalter hat schon seine Vorteile«, kicherte Miles. »Das Galaktische Reich ist bereit, Ihnen Tür und Tor zu jeglichen Ressourcen zu öffnen … im Prinzip freie Hand für Sie, um mehr Bronkis5 bereitzustellen.«

Liam lehnte sich zurück und sah Riggins an. Die beiden schienen sich darüber auszutauschen, ob sie dieses Angebot tatsächlich ernst nehmen konnten.

»Ich schlage vor, dass wir in Ihrem System eine weitere Marinewerft errichten. Zum einen, um die Transportzeit für das Bronkis5-Material zu verringern und um gleichzeitig eine größere Zahl Ihrer Schiffe zum Betrieb der Minen abzustellen«, fuhr Miles fort. »Musk Industries und Blue Origins arbeiten an einem Joint-Venture-Unternehmen, das für gemeinsame Operationen in Ihrem System zuständig sein wird. Des Weiteren habe ich gehört, dass die terranische Schiffsbauer-Union den Bau der neuen Werft beaufsichtigen möchte.«

Liams linker Mundwinkel hob sich ein wenig an. Miles wusste, dass Liam gefühlsmäßig immer mit sich selbst im Streit lag, wenn es um ein größeres Engagement der Republik in ihrem neuen Abschnitt der Allianz ging.

»Sprechen Sie weiter«, forderte Riggins ihn auf und lehnte sich erwartungsvoll nach vorn.

»Ich denke, dass die Kawasaki Inc. eine gute Wahl für den Bau einiger großer Kriegsschiffe wäre«, griff Miles den Faden wieder auf. »Und, Liam, hinsichtlich Ihrer Sicherheitsbedenken … Die Anwesenheit von einigen dieser schweren Jungs dürfte Sie sicher zu einem weniger attraktiven Ziel machen.«

Liam nickte Miles zu. Bislang hatte er nicht gegen einen dieser Vorschläge Einspruch erhoben.

»Der neue deutsch-britische Zusammenschluss Babcock-Neptun ist meiner Ansicht bestens geeignet, an der neuen Schiffswerft die nötigen Versorgungsschiffe zu produzieren«, kam Miles zum Ende. »Also, was sagen Sie dazu? Wir halten den Strom von Versorgungsgütern und Arbeitskräften aufrecht, während Sie den Strom des Bronkis5 fließen lassen?«

Riggins erhob sich und sah zu Liam hinüber, der unmerklich nickte. Riggins hielt Miles seine Hand entgegen. »Wir haben eine Abmachung, Statthalter«. Die beiden Männer schüttelten sich die Hände.

»Ausgezeichnet. Die weiteren Details können wir über den üblichen Weg aushandeln, aber ich bin froh, dass wir uns persönlich treffen konnten.«

Liam stand ebenfalls auf und bot ihm seine Hand. »Statthalter …«, grüßte er ihn zur Verabschiedung.

»Sie haben eine wunderbare Oase auf Éire, Liam. Ich freue mich darauf zu sehen, wie Sie sie weiterentwickeln.«

Liam und Riggins verließen den Raum. Allein Gunther blieb zurück.

»Eine nette kleine Show, Statthalter«, bemerkte Gunther trocken.

Miles lachte leise. »Entschuldigen Sie, dass ich Sie so lange hier festhielt. Lassen Sie uns deshalb nicht noch mehr Zeit verschwenden. Was haben Sie für mich?«, forschte er.

Gunther faltete die Hände im Schoss und kündigte betont ruhig an: »Wir haben es.«

»Sie haben was genau?«, fragte Miles.

»Wir untersuchen seit geraumer Zeit eine spezifische Eigenart der Anatomie der Zodark. Wir konzentrierten unsere Forschung auf ihr Atemsystem. Die Anwesenheit von vier Lungen ist ein genetisches Phänomen, das uns so noch in keiner anderen Spezies begegnet ist«, erklärte Gunther. »Während die Verfügbarkeit von vier Lungen in einer Schlacht als Vorteil angesehen werden kann, entdeckten wir eine Schwäche in ihrer Schleimhaut an dem Punkt, an dem ihre Lungen aufeinandertreffen. Daraufhin entwickelten wir einen Virus, der speziell auf diese Schwachstelle zielt.«

»Wie einfach wäre es den Zodark, diese Infektion zu isolieren und zu behandeln?«, wollte Miles wissen.

»Unser Virus hat eine extrem lange Inkubationszeit«, erläuterte Gunther. »Ein infizierter Zodark weist eine ganze Woche lang keinerlei Symptome auf, während er in diesem Zeitraum jeden ansteckt, mit dem er in Kontakt kommt. Diese neuen Träger wiederum geben ihrerseits die Infektion weiter. Sobald der Virus sich endlich bemerkbar macht, beträgt die Sterberate ungefähr 65 Prozent.«

»Was ist mit den medizinischen Naniten und anderen fortgeschrittenen Behandlungsmethoden, über die die Zodark verfügen?«, warf Miles ein.

»Wir testeten den Virus in mehreren Situationen. Selbst unter den günstigsten Umständen für die Zodark sind wir in der Lage, die Hälfte ihrer Bevölkerung zu eliminieren«, versicherte Gunther ihm.

Eine bedeutungsvolle Stille senkte sich über den Raum.

Dann stellte Gunther die entscheidende Frage. »Sollen wir mit der Produktion des Virus beginnen, um ihn danach über ein passendes Medium an die Zodark zu liefern?«

Miles' Magen verkrampfte sich. Ein starkes Verlangen in ihm wollte sich an diesen blauen Biestern für all die Grausamkeiten revanchieren, die sie seinem Volk und dem der Sumarer zugefügt hatten.

Sobald wir diese Linie überschreiten sind wir nicht besser als sie, wusste er plötzlich. Er wollte seine Menschlichkeit nicht zugunsten eines solchen Erfolgs riskieren.

»Tun Sie alles Nötige, um sicherzustellen, dass der Virus schnell produziert und eingesetzt werden kann. Danach lassen Sie das Projekt ruhen«, entschied Miles.

»Sir?«, hakte Gunther verwirrt nach.

»Für den Augenblick halten wir diese Alternative in Reserve. Ich denke, dass wir die Zodark auch ohne ein solch drastisches Mittel besiegen können«, führte Miles aus.

Miles hatte den Eindruck, dass Gunther zunächst enttäuscht
war, gefolgt im nächsten Moment von einem sich klar in seinem
Gesicht wiederspiegelnden Gefühl der Erleichterung.

»Was ist unser nächster Schritt?«, fragte Gunther.

»Ich habe eine andere Aufgabe für Sie«, eröffnete Miles ihm.
»Ich möchte, dass Sie sich mit Dr. Sakura Katō zusammentun, die
derzeit an der Laboranlage X tätig ist. Dort entdecken sie einige
ungemein interessante Dinge, die uns möglicherweise im Kampf gegen
das Kollektiv behilflich sein können.«

»Tatsächlich?« Diese Information ließ Gunther aufhorchen.

»Zum besseren Verständnis überlasse ich Ihnen eine
umfangreiche Akte zum Lesen, aber um es kurz zu machen: Die
Humtar entdeckten einen Weg, die Kommunikation zwischen den
aufgestiegenen Lebewesen zu beeinträchtigen.«

»Und sobald wir das auf die gesamte Kollektive ausweiten
können, stellen wir sicher, dass die rechte Hand nicht weiß, was die
linke tut«, schlussfolgerte Gunther.

»Genau«, bestätigte ihm Miles mit einem Nicken. »Falls wir
die Mitglieder des Kollektivs dazu zwingen, auf sich allein gestellt zu
agieren, oder wir die Kommunikation zwischen ihren Schiffen
unterbinden können, bringt sie das um ihren größten Vorteil. Ohne
Absprache untereinander … Das würde die Chancengleichheit um
einiges erhöhen, möchte ich behaupten.«

»Eine ungemein interessante Idee«, gab Gunther zu. »In
Ordnung, wir machen uns sofort an die Arbeit.«

Kapitel Drei
Hinaus ins Grüne

Unmittelbar vor dem Angriff der Zodark auf Sol
Botanischer Garten
Challenger-Distrikt
Mars, Sol-System

Der Arbeitstag war zu Ende und Ashurina war auf dem Weg
zu ihrem Lieblingsort. Das war ihr heimliches Vergnügen. Umgeben
von Pflanzen und Blumen in blühendem Überfluss ließ sie sich mit
ihrem Qpad nieder und entkam in die Seiten eines Liebesromans.
Daheim in der Gurista-Gesellschaft würde ein solches Buch zensiert
oder direkt verboten werden, aber hier war ihr das Wandern ihrer
Gedanken erlaubt.

Seit ihrem Transfer in die neue DARPA-Einrichtung war ihr
dieser Besuch zwei oder drei Mal in der Woche zur Routine geworden.
Da sie nicht länger einen ‚nützlichen Idioten‘ unterhalten musste, hatte
sie mehr Zeit für sich selbst. Das war etwas, was Ashurina nie zuvor
genossen hatte – die Kontrolle über ihr eigenes Leben.

Als sie nach einigen Stunden in ihrer Geschichte einen guten
Pausenpunkt erreicht hatte, entschied sie sich für einen Spaziergang
durch die üppige Pflanzenwelt … bis sie vom Druck eines Waffenlaufs
an ihrer Hüfte überrascht wurde.

»Verhalte dich normal und gehe einfach weiter«, flüsterte
Dakkuri ihr leise zu, während sie weiterschlenderten.

»Heute waren wir nicht verabredet«, stellte Ashurina kühl fest.
Ihre Beobachterin musste Dakkuri die Information gegeben haben, wo
sie zu finden war.

»Wir arbeiten seit vielen Jahren zusammen, Ashurina –
beinahe ein Jahrzehnt«, zischte Dakkuri. »Entweder hast du schlechte
Informationen erhalten oder absichtlich schlechte Geheimdienstberichte
an mich weitergegeben. Also, ich muss es wissen … Was trifft zu?«

Sie hatte Sekundenbruchteile, um eine Entscheidung zu
treffen. »Du hast Recht, Dakkuri, wir arbeiten seit Jahren zusammen.
Nach all dieser Zeit, die wir unter diesen Menschen leben, muss dir
doch klar sein, dass wir auf der falschen Seite stehen.«

Er hielt inne. Sie stoppte ebenfalls – in Erwartung ihres bevorstehenden Todes. Dann wagte sie kaum hörbar zu sagen: »Dakkuri, es ist noch nicht zu spät, die Seite zu wechseln.«

»Ein Seitenwechsel … Ich wüsste nicht, wie das funktionieren sollte«, erklärte Dakkuri mit zusammengebissenen Zähnen.

Überrascht von seiner offenen Antwort entgegnete sie schnell: »Ich weiß, aber falls du das wünschst, kann ich es für dich arrangieren.«

Die Waffe drückte nicht länger gegen ihre Hüfte. Ashurina war sich nicht sicher, ob das ein gutes Zeichen war. Ihr Herzschlag beschleunigte sich. »Wenn du mit meinem Führungsoffizier reden möchtest, dann komm jetzt mit mir, zurück in meine Wohnung«, bot sie ihm an. »Zuerst müssen wir uns aber um meine Beobachterin kümmern. Sie wird uns denunzieren.«

Dakkuri brummte: »Warte hier«. Er ging auf eine Frau zu, die sich bislang unbemerkt etwa fünf Meter hinter ihnen im Schatten eines mit Kletterranken überwachsenen Spaliers aufgehalten hatte.

Ashurina sah, wie er an die Beobachterin herantrat. Obwohl sie ihn kaum hören konnte, verstand sie dennoch seine Worte. »Sie ist kompromittiert. Eliminieren Sie sie.«

Diese Worte schickten eine Flut von Adrenalin durch Ashurinas Körper und brachten ihr Herz zum Rasen. *Soll ich davonlaufen?*, fragte sie sich. Ashurina sah sich nach einem Fluchtweg um, aber ihre Überwacherin stand zwischen ihr und dem nächstgelegenen Ausgang.

Schon trat die Frau hinter dem Spalier hervor und zog eine kleine Pistole. Dakkuri tötete sie mit einem Schuss in den Hinterkopf, noch bevor sie den Lauf anheben konnte. Dann fing er ihren fallenden Körper auf und zog die Leiche rückwärts hinter das Spalier.

Schockiert stand Ashurina wie angewurzelt da, während Dakkuri dichtes Laubwerk über die Füße des Leichnams drapierte, bis er allein von einem besonders aufmerksamen Beobachter gefunden werden konnte. So hatte sich Ashurina das Auffliegen ihrer Tarnung nicht vorgestellt – ihre Abnabelung von der Gesellschaft der Gurista.

Nach getaner Tat deutete Dakkuri auf den Ausgang. »Geh voran«, kommandierte er so ruhig, als ob nichts vorgefallen wäre.

Mit dem Verlassen des Gartens zwang sich Ashurina dazu, in die Realität zurückzukehren. Es ergab wenig Sinn, sich länger als nötig in der Nähe einer Leiche aufzuhalten. Sie schlug den Weg zu ihrem Apartment ein. Nach außen war sie die Ruhe selbst, innerlich raste ihr Puls und ihre Hände schwitzten. Sie konnte sich nicht sicher sein, ob Dakkuri tatsächlich gerade die Seite gewechselt hatte oder ob er sie manipulierte, um an ihren Führungsoffizier zu gelangen.

Ist das ein Trick, um mehr Zugang zur Republik zu erhalten?, fragte sie sich. »Ich muss es wissen … nach all dieser Zeit … wieso jetzt?«, sondierte sie leise. Ein Paar unterhielt sich fröhlich mit seinen drei Kindern auf dem Weg in den Botanischen Garten, den sie gerade verlassen hatten.

»Ich weiß es nicht. Ich versuche immer noch zu verstehen, was ich gerade getan habe«, erwiderte er.

»Zu spät, sich darüber Gedanken zu machen. Du bist gebunden.«

»Ja, das bin ich wohl.«

»Also, wieso gerade jetzt?«, drängte sie erneut. So einfach wollte sie ihn noch nicht von der Angel lassen

»Ashurina, vor dem Fall habe ich Jahre auf Sumara verbracht. Und die Jahre davor mit anderen Aufgaben … Ich habe Dinge gesehen – Dinge getan – Dinge, auf die ich nicht stolz bin. Aber hier zu leben, mich unter diesen Leuten aufzuhalten … Sie leben so frei, als ob sie sich um nichts sorgen würden«, erklärte Dakkuri. Dann fügte er hinzu: »Das dürfen wir nicht zerstören.«

Sie runzelte die Stirn. »Was willst du damit sagen: ‚Das dürfen wir nicht zerstören‘?«

Ein leises raues Brummen kam über Dakkuris Lippen und er unterdrückte ein Lachen. »Ach, Ashurina. Es gibt vieles, von dem du nicht weißt; so viel, über das du nicht informiert worden bist.«

»Ach ja? Über was zum Beispiel?«, forschte sie. Sie wollte mehr wissen. Sie fühlte sich verpflichtet, ihn zu testen, um sicher zu sein, dass sein Wunsch, die Seite zu wechseln, legitim war, anstatt sie dazu zu bewegen, ihren Führungsoffizier preiszugeben, bevor er sie als die Doppelagentin entlarvte, die sie geworden war.

»Nicht hier. Nicht in der Öffentlichkeit. Ich kann dir nur sagen, dass ich so schnell wie möglich mit deinem Führungsoffizier sprechen muss«, erklärte er.

»Ok. Wir sind bereits auf dem Weg zu meiner Wohnung. Warum versuchst du nicht, *mir* bis dorthin einiges davon zu erklären?«

Dakkuri stieß einen frustrierten Seufzer aus, bevor er begann. »Du kennst die Existenz der Langzeitpläne, Sol anzugreifen. Du selbst trugst zu einigen dieser Pläne bei.«

»Was willst du damit sagen? Der Angriff wird bald stattfinden? Ich dachte, das läge noch Jahre in der Zukunft«, stammelte sie. Plötzlich spürte sie, dass Prozesse in Gang waren, über die sie nicht unterrichtet war.

Eine Handvoll Menschen ging an ihnen vorbei. Ein junges Paar spazierte Hand in Hand, während der Mann einen Kinderwagen vor sich herschob. Dakkuri legte seinen Arm um Ashurinas Taille, zog sie näher an sich heran und flüsterte: »Die geplante Invasion … ja … sie hat begonnen.«

Sie musste sich zwingen, nicht laut nach Luft zu schnappen. Stattdessen lächelte sie zwei Frauen zu, an denen sie vorbeikamen und schmiegte sich näher an Dakkuri. »Sie findet jetzt statt – heute?«

»Ja. Ich muss mit deinem Führungsoffizier sprechen!«

Diese Worte hätten Ashurina in Panik versetzen sollen. Sie taten es nicht. Sie hatte gewusst, dass dieser Tag einmal kommen würde. Sie hatte sich einzig eine längerfristige Warnung erhofft. Und dennoch … Irgendetwas schien da nicht zu stimmen. Sie versuchte eine andere Taktik. »Ok, heute also. Trotzdem hast du meine Frage noch nicht beantwortet: Wieso *jetzt* – genau an dem Tag, an dem die Invasion deiner Aussage nach stattfinden soll?«

Eine unbehagliche Stille breitete sich aus. Dann beugte er sich vor. Sein warmer Atem erreichte ihr Ohr während er ihr zuflüsterte: »Angenommen, der Plan der Zodark hat Erfolg. Was dann? Sie unterwerfen eine weitere Gesellschaft; nutzen sie aus wie die Sumarer. Was hält sie davon ab, uns zu beseitigen – unser Volk, die Gurista? Sie nutzen uns ebenso aus, wie sie es mit den Sumarern taten. Für sie sind wir nur Kanonenfutter. Du kennst ihre Geburtenrate. Sie sind nicht in der Lage, ihre eigene Bevölkerung zu erneuern – nicht mit den Kriegen, die sie die letzten 50 Dracmas geführt haben.

»Nein, falls die Zodark hier Erfolg haben – wenn es ihnen gelingt, die Republik zu zerschlagen … Dann ist das Spiel für uns ebenfalls verloren. Das ist nur eine Frage der Zeit. Und ich … ich will das nicht für unser Volk. Meine familiären Beziehungen sind mir weit wichtiger als meine Loyalität gegenüber unseren blauhäutigen ‚Gönnern‘.« Er hielt vor ihrer Tür an, während sie den Zugangscode zu ihrer Wohnung eingab. Bevor sie eintreten konnte, griff er nach ihrer Hand und drehte sie zu sich um, damit sie ihm ins Gesicht sehen konnte. »Du hattest recht mit deiner Aussage, dass wir auf der falschen Seite stehen. Bewusst war mir das schon eine Weile. Ich hatte nur nicht den Mut, etwas zu unternehmen – bis heute.«

Ashurina stand in der Eingangstür und starrte ihm mit kritischen Augen prüfend an. Ohne seine Augen abzuwenden, hielt er ihrem Blick stand. Dann drehte sie sich um und führte ihn den Gang zu ihrer Wohnung hinunter.

Sofort nach ihrem Eintritt trat Dakkuri an die Fenster und zog die Vorhänge zu. Ashurina folgte ihrem Protokoll, um Kontakt mit Drew aufzunehmen. Es dauerte einige Minuten, aber dann erschien das Bild seines 3-D-Hologramms auf ihrem Schreibtisch.

»Hallo, du. Ich hatte nicht erwartet, heute von dir zu hören, Schatz. Ist alles in Ordnung?«, fragte Drew mit zärtlicher Stimme für den Fall, dass Ashurina in Gefahr sein sollte oder sich nicht frei äußern konnte.

Ashurina lächelte strahlend. »Ja, Drew, es gibt tatsächlich etwas Neues …«, setzte sie an, bevor Dakkuri hinter sie trat.

Sie sah, wie Drew beim unerwarteten Erscheinen ihres ehemaligen Führungsoffiziers praktisch nach hinten sprang. »Bist du in Gefahr?«, fragte er mit harter Stimme, während sich sein gesamtes Verhalten schlagartig veränderte. Ashurina sah, wie sorgsam er sie beobachtete, in Erwartung ihres Signals, dass mit ihr alles in Ordnung war.

Ashurina musste ein Lachen darüber unterdrücken, wie seltsam sich diese ganze Situation plötzlich anfühlte. Sie hob die Hände im offensichtlichen Zeichen des Aufgebens. »Alles ok, Drew. Ich bringe Dakkuri ins Team«, erklärte sie ihm. »Er hat meine Beobachterin getötet. Es gibt kein Zurück für ihn. Er muss die Zodark verlassen.«

Drew verschränkte die Arme. »Sicher eine interessante Entwicklung«, kommentierte er. »Aber woher weiß ich, dass Sie kein Doppel – oder sogar Dreifachagent sind?« Herausfordernd starrte er Dakkuri an.

»Das wissen Sie derzeit nicht. Aber hier ist das, was Sie wissen müssen. Wir haben nicht viel Zeit, daher lege ich Ihnen im Namen der Zweckmäßigkeit alles in wenigen Worten dar. Sagen wir einfach, mir wurde bewusst, dass wir Gurista reine Schachfiguren in einem weit größeren Spiel sind. Sie mögen mir nicht glauben, aber ich will eine Zukunft für mein Volk, in dem es nicht als Kanonenfutter in den Kriegen der Zodark dient oder wie die Sumarer als Sklaven gehalten wird.«

Drew legte die Fingerspitzen gegeneinander. »Hmh ... ok, und wieso gerade jetzt?«

»Weil uns die Zeit davonläuft. Wenn ich Ihnen in dem, was bevorsteht, beim Überleben helfen will, dann musste ich tätig werden, und zwar ohne Zögern.«

Drew zog eine Augenbraue nach oben. »Tatsächlich? Warum fangen Sie dann nicht an, mir von diesen Plänen und dem, was uns in Kürze bevorsteht, zu berichten? Während Sie reden, lasse ich meine Leute das Gesagte überprüfen und sende ein Team an Ihren Standort.«

Dakkuri schüttelte den Kopf und begann auf und ab zu gehen. Er sprach weiter. »Dazu fehlt uns die Zeit. Die Zodark haben Angriffe geplant und Verschwörungen angezettelt, die Sie sich so nicht vorstellen können. Und alles wird seinen Höhepunkt finden ... noch heute.«

Drew runzelte die Stirn und musterte Dakkuris Gesicht skeptisch.

»*Heute noch*? Sie wechseln also einfach die Seite, verlassen das sinkende Schiff *heute* – an dem Tag, an dem die Zodark Ihrer Aussage nach einfallen werden. Und das soll ich Ihnen abnehmen?« Bevor Dakkuri protestieren konnte, unterbrach Drew ihn. »Egal. Unterstellen wir, dass ich Ihnen glaube. Offensichtlich sind wir zu spät, um sie aufzuhalten. Wo liegt also der Wert dessen, was Sie beisteuern möchten?«

»Um fair zu sein, Drew, ich glaube nicht, dass irgendjemand den Sturm, der uns bevorsteht, hätte stoppen können«, erklärte Dakkuri. »Dennoch ... falls uns in den kommenden Tage das Überleben gelingen sollte, gibt es eine Menge, wobei ich Ihnen helfen kann, die Zodark schwer zu treffen oder sogar von innen heraus zu zerstören.«

Plötzlich schrillte sowohl in Drews Büro auf der Erde als auch in Ashurinas Wohngebäude ein durchdringender Alarm.

Ein panischer Ausdruck überflog Drews Gesicht. »Ashurina, du musst zu DARPA.«

»Ja sicher, ich habe Zugang. Dakkuri allerdings nicht«, erinnerte sie ihrem Führungsoffizier.

Drew fluchte und sah kurz zur Decke. Der im Hintergrund weiter heulende Alarm wurde nun von Befehlen und auffordernden Rufen außerhalb seines Büros unterbrochen. »Verdammt, du hast recht. Ok, dann machen wir es so. Ich schicke dir die Koordinaten eines unterirdischen Safehouses im Gemini-Distrikt«, instruierte Drew sie, während er in sein Qpad tippte. »Geht dort hin und versteckt euch, bis ich Hilfe senden kann. Es könnte einige Tage dauern, vielleicht sogar eine ganze Woche. Aber ich werde Hilfe schicken. Die Nahrungsmittel und Vorräte dort werden euch eine Weile reichen … nur für den Fall.«
****

Ashurina nahm das Gefühl eines organisierten Chaos unter den Biodomen des Mars in sich auf. Viele rannten umher, ohne dass die meisten offenbar wussten, *wohin* sie laufen sollten. Republikanische Soldaten waren dabei, ihre Kampfanzüge anzulegen und an ihre vorbestimmten Positionen zu eilen, während die durchschnittliche Person sicher einfach nur versuchte, sich von all dem fernzuhalten.

Falls wir es überstehen, werde ich der Republik das Durchführen vierteljährlicher Übungen vorschlagen, dachte sie. Einige in der Menge trugen dank ihrer ziellosen Bewegungen unbewusst zur Verschlimmerung des Chaos bei.

Ashurina führte Dakkuri zu einer der Untergrundbahnen, die den Challenger-Distrikt mit dem Gemini-Distrikt verbanden. Sie hoffte, dass das, was ihnen bevorstand, sie nicht vor dem Verlassen der umschlossenen Röhre erreichen würde. Bewusst verlangsamte sie ihre Atmung, um nicht zu hyperventilieren.

Sie erreichten ihre Station ohne Vorkommnisse. Sobald sie aber an ihrem Ziel angelangt waren, hörte sie ein Geräusch, das ihr das Blut in den Adern gerinnen ließ.

»Ich habe das Kriegsgeschrei der Zodark noch nie von dieser Seite her erlebt«, kommentierte Dakkuri unsicher.

»Komm, wir müssen uns beeilen«, erwiderte Ashurina, griff ihn am Arm und führte ihn einen Gang entlang – weg von den Zodark.

Glücklicherweise drangen die vierarmigen blauen Monster am entgegengesetzten Ende des Biodomes ein. Zum Erreichen des entfernt gelegenen Safehouses mussten sie ihnen allerdings näher kommen.

Ashurina und Dakkuri folgten schmalen Gassen, verlangsamten vor jeder Wende ihre Schritte und fanden ihren Weg durch die Kriegszone wie in dem Videospiel Pac-Man, in dem es darum ging, Gespenster zu umgehen. Während sie ihr gefährliches Katz- und Mausspiel fortsetzten, wuchs die Lautstärke der Schreie und des Geheuls um sie herum beständig an.

An der nächsten Ecke mussten sie zusehen, wie einige Zodark unbewaffnete Bürger ungestraft abschlachteten. Ashurina verspürte den Drang, sich am Kampf zu beteiligen, unterdrückte ihn aber ebenso wie das Gefühl, sich angewidert übergeben zu müssen. Dakkuri stand regungslos dar und sah dem Kampf mit weit offenem Mund zu. Ashurina packte ihn an der Schulter und zog ihn weiter die Straße hinunter. Der Eingang zum Safehouse lag beinahe vor ihnen.

Dakkuri fluchte. »Babys, Ashurina … wie können sie sich als Krieger bezeichnen?«, stöhnte er.

»Ich weiß. Ich verstehe immer noch nicht, wieso es so lange dauern konnte, bis ich es sah«, erwiderte sie. Ashurina wurde immer noch aufgrund ihrer Beteiligung an den Terroranschlägen auf die Menschen der Republik von Schuldgefühlen geplagt. Zumindest hatte sie nie einem Kind in die Augen gesehen und es ermordet. Die Zodark mussten erkannt haben, dass dies eine Grenze war, die die Gurista niemals übertreten konnten.

Ashurina zog Dakkuri in den Keller eines Kasinos hinein und ließ sich ihre für Notfälle gepackte Tasche von der Schulter gleiten. Sie fand Tisch 12, wo sie ihren elektronischen Schlüssel am Stand des Kartenverteilers einlas. Der Fußboden unter ihnen öffnete sich und gab eine Luke frei.

»Bereit, in die Ränge der Republik einzutreten?«, grinste sie Dakkuri an.

Dakkuri nickte feierlich. Er war mehr als bereit, in Sicherheit zu gelangen, weit weg von den brutalen Kämpfen, die draußen stattfanden.

Sie kletterten die Leiter hinunter und Ashurina sicherte die Öffnung von innen. Obwohl sie sich nicht unbedingt in einem 5-Sterne-Hotel wiederfanden, würden sie hier eine ganze Weile ausharren können. Einen Augenblick schien es ihr, als ob Dakkuri in Tränen ausbrechen wollte, bevor er sich zu seiner vollen Höhe aufrichtete und seine Kiefer verkrampfte. Seine Augen versprühten ein Feuer, das sie so noch nie an ihm gesehen hatte.

»Die Zodark erzählten uns immer, dass die Republik nur aus Barbaren besteht. Jetzt habe ich ihre wahre Natur erkannt und werde alles mir Mögliche tun, um sie zu zerstören.«

Kapitel Vier
Die Potsdamer Grillparty

Kurz vor der Invasion
Republikanischer Wirtschaftsgipfel
Schloss Cecilienhof
Potsdam, Deutschland
Erde, Sol-System

Kanzlerin Alice Luca überkam das stolze Gefühl des Erfolgs, als sie auf die Handelsbeauftragten aller Mitglieder der Allianz hinaussah. Zu erfahren, dass Vertreter des gallentinischen Reiches ebenfalls an der Konferenz teilnehmen würden, um Fragen vermehrten Handels und zunehmender wirtschaftlicher Aktivitäten unter den Mitglieder der Allianz zu diskutieren, hatte sie absolut begeistert.

Vor kurzem noch war das Kontingent der auf der Erde und innerhalb der Republik lebenden und arbeitenden Gallentiner zahlenmäßig klein und auf bestimmte Bereiche beschränkt gewesen. Sie nahmen überwiegend Beraterrollen ein, waren weniger als aktive Teilnehmer an den Affären der Republik oder ihrer internen Entwicklung beteiligt – solange, bis Statthalter Hunt ein Abkommen mit den Gallentinern getroffen hatte, mehrere Ringstationen im gesamten Bereich der Republik zu erbauen. Von einem Tag auf den anderen hatten sie einen Zustrom gallentinischer Spezialisten und Ingenieure verzeichnet, die zügig mit der Konstruktion der Stationen über der Erde, dem Mars, Alpha Centauri und Neu-Eden begonnen hatten, um die Fertigstellung dieser enormen Projekte voranzutreiben.

Alice strahlte vor Begeisterung, während sie den Delegierten zusah, die sich angeregt miteinander unterhielten und die Kellner den Raum sorgsam mit den gewünschten Getränken und den speziell für diese Veranstaltung kreierten Horsd'oeuvres versorgten.

Sie kam nicht umhin, an die Geschichte zu denken, die diesem Raum und diesen Tischen, an denen sie heute saßen, voranging. Im Jahr 1945 hatten der amerikanische Präsident Harry Truman, der englische Premierminister Winston Churchill, Clement Attlee, sein Nachfolger, und nicht zuletzt Joseph Stalin, das Oberhaupt der Sowjetunion, im Laufe ihrer Gespräche an diesem Tisch über das Schicksal Nachkriegsdeutschlands und von Europa entschieden. Und heute, 170 Jahre später, saß sie an eben diesen Tischen mit den alliierten Repräsentanten eines halben Dutzends außerirdischer Spezies und Planeten zusammen. Diese Tatsache überstieg beinahe ihre Vorstellungskraft.

Dann erregte etwas ihre Aufmerksamkeit. Ein Mitglied von Botschafter Zainous Sicherheitstrupp näherte sich dem Gallentiner mit besorgtem Gesichtsausdruck. Dann fühlte sie eine feste Hand auf ihrer Schulter, bevor sich der Leiter ihres Sicherheitsteams vorbeugte, um ihr ins Ohr zu flüstern.

»Ma'am, wir erhielten gerade eine dringliche Mitteilung vom Weltraumhauptquartier. Sie berichten, dass eine Flotte der Zodark soeben in Sol eingedrungen ist. Flottenadmiral Bailey hat die Aktivierung der Wachstationen angeordnet, sowie die der planetarischen Verteidigungssysteme. Er hat alle Regierungsmitglieder der Stufe Eins aufgefordert, umgehend Zuflucht in der nächsten Arche zu suchen«, berichtete Agent Pierce ihr. Alices Gehirn suchte einen Augenblick lang nach der Bedeutung der Worte ‚Zuflucht in der Arche suchen'. Dann drängte Agent Pierce mit Nachdruck: »Ma'am, dies ist keine Übung, viel mehr eine reale Situation. Wir müssen gehen – sofort!«

Sie sah Pierce in die Augen, um die Ernsthaftigkeit seiner Aussage einzuschätzen. »Ja, Sie haben recht«, nickte sie. »Wir müssen gehen.«

Kanzlerin Luca erhob sich und wandte sich an ihre Gäste. »Wenn ich um Ihre Aufmerksamkeit bitten darf …?«, fragte sie zögerlicher als ihr normalerweise lag. Das veranlasste alle im Raum, ihre Gespräche einzustellen.

»Es gibt keinen einfachen Weg, Ihnen dies mitzuteilen. Aus diesem Grund sage ich es geradeheraus. Vor wenigen Augenblicken erhielt ich die Nachricht, dass eine Flotte der Zodark in unser System eingefallen ist. Admiral Bailey hat die planetarischen Verteidigungswaffen aktiviert. Des Weiteren bin ich mir sicher, dass er unsere Heimatflotte von ihrer Wehrübung in der gemeinsamen Trainingseinrichtung auf Titan zurückrufen wird. Obwohl mir derzeit wenig Informationen zur Verfügung stehen, die ich mit Ihnen teilen könnte, möchte ich Ihnen versichern, dass wir für den Fall einer solchen Situation mehrere Notfallkonzepte …«

»Entschuldigen Sie, Kanzlerin«, unterbrach sie der Botschafter der Primord, Litnal Tolgfors. »Befinden wir uns hier in Sicherheit – oder gibt es eine befestigte Einrichtung, in die wir uns zurückziehen sollten, solange uns das noch möglich ist?«

Alice sah kurz zu ihrem Sicherheitschef hinüber, der ihre unausgesprochene Frage mit einem Nicken beantwortete. Erneut an Botschafter Tolgfors gewandt, erwiderte sie: »Jawohl, Botschafter, die gibt es. Warum folgen wir nicht alle meinem Sicherheitschef in die Anlage, die wir für eine solche Situation eingerichtet haben?«

****

511 Kilometer entfernt
Flottenstützpunkt Geilenkirchen
Nordrhein-Westfalen, Deutschland

Der Alarmton, der sie nun schon seit zehn Minuten ununterbrochen warnte, trieb Captain Hosni in den Wahnsinn. *Ja, wir wissen, dass die Zodark hier sind ... Stellt dieses blöde Ding doch endlich ab*, dachte er für sich, während er entlang des Park- und Servicebereichs ihrer Schiffe auf den Hangar zueilte, in dem sein Team ihn erwartete.

Die Aktivitäten im Servicebereich zeigten ihm, dass die Bodenmannschaften ihrer F-97 Orion fieberhaft an deren Bewaffnung arbeiteten, um sie so schnell wie möglich in die Luft zu bekommen, bevor der Stützpunkt angegriffen werden konnte. Mehrere Crews füllten die Munitionskanister der Magrails auf, während andere die neuen JATM-Raketen in den internen Waffenschächten der Schiffe verstauten.

Er war froh, die Verladung der Joint Advance Tactical Missiles zu sehen, von denen die Piloten so begeistert schienen. Er hatte einem Piloten zugehört, der einem anderen voller Enthusiasmus erklärt hatte, wie haushoch überlegen diese Raketen gegenüber anderen waren, feindliche Raumjäger, Shuttles und orbitale Angriffstransporter zu zerstören. Er trat an seine auf ihn wartenden Leute heran und sah, dass sie, statt ihre Ausrüstung für die ihnen soeben übertragene Mission bereit zu legen, mit offenem Mund herumstanden und die frenetischen Aktivitäten auf dem Feld bestaunten.

»He! Genug Bewunderung des Servicebereichs. Das gehört nicht zu unserer Aufgabe und in unseren Verantwortungsbereich. Ich will alle im Kampfanzug sehen – volle Ausstattung mit doppelter Gefechtsladung, wie in der Nachricht, die ich verschickt habe! Uns wurde gerade ein neuer Auftrag erteilt. Eine echt harte Nuss«, informierte Hosni sein JSOC-Team.

»Nein, Cap'n … Wollen Sie damit sagen, dass unsere Zeit des Vergnügens vorbei ist? Haben wir die SWAT-Einheiten des IMS hinreichend ausgebildet?«, scherzte Beaner halbherzig. Einige seiner Kollegen kicherten bei diesem Kommentar, ohne sich bislang der Schwere der Lage bewusst zu sein.

»Ganz recht, Beaner, die guten Zeiten sind vorbei. Wie bereits gesagt, ist unsere neue Mission eine echte Herausforderung. Nur für den Fall, dass es Ihnen entfallen ist … Da oben bringt sich eine Zodark-Flotte in Position ….« Hosni deutete mit erhobener Hand in den Himmel. »… und weiß Gott, wie viele dieser riesigen blauen Biester auf dem Weg zur Oberfläche sind oder wie lange es dauern wird, bevor sie hier eintreffen. Also setzen Sie sich hin, halten Sie den Mund, um diese Einsatzbesprechung so schnell wie möglich hinter uns zu bringen. Danach besteigen wir die Osprey, um vor dem Beginn der Invasion an Ort und Stelle zu sein oder bevor sich der Himmel mit ihren Vultures füllt, die unsere Schiffe vernichten wollen, bevor wir sie bemannen können.«

Das Team machte sich auf den Weg in den Konferenzraum in der Nähe des Hangars. Hosni hörte, wie einige seiner Unteroffiziere eines ihrer neuesten Teammitglieder zusammenstauchten, der sich aufmüpfig gezeigt hatte. Er nickte zufrieden mit der Art und Weise, mit der die Unteroffiziere den erst kürzlich erfolgten Neuzugang junger Leute im Griff hatten, die zu den Delta - und JSOC-Einheiten gestoßen waren. Die älteren Veteranen bemühten sich, die unerfahrenen, direkt aus dem Trainingskurs kommenden Neulinge so schnell wie möglich in ihre Teams zu integrieren.

In seinem Fall stellte Beaner die neueste Ergänzung ihres Teams dar. Er gehörte der aktuellen Generation des Militärs an, der sofort nach seiner Verpflichtung bei den Sondereinsatzkräften gelandet war – ohne dem traditionellen Weg zu folgen, in dem ein Soldat typischerweise zunächst Zeit in der konventionellen Armee verbringen musste, bevor er sich für die Sondereinsatzkräfte bewerben konnte. Die

Soldaten, die dem traditionellen Werdegang gefolgt waren, neigten dazu, diese unerfahrenen Grünschnäbel abzulehnen. Diesen Welpen mangelte es an der Erfahrung, die oft erst durch den Dienst in den konventionellen Streitkräften erlangt werden konnte. Andererseits war sich Hosni auch bewusst, dass diese Frischlinge nicht mit den schlechten Angewohnheiten zu ihren Einheiten stießen, die später aus ihnen herausgeprügelt werden mussten. Von den Soldaten, die in der regulären Armee gedient hatte, wurde ein gewisses Maß an erlernten guten und schlechten Angewohnheiten erwartet. Deshalb dauerte es, die schlechten Angewohnheiten zu unterdrücken.

Nachdem alle Platz genommen hatten erschien dank einer gesicherten Kommunikationsdisk in der Mitte des Tischs das Bild von Colonel Jayden Hopper. Ein kleines Symbol rechts unten auf dem Schirm zeigte an, dass er von irgendwo in Nordamerika zu ihnen sprach.

»Alle Mann, Ruhe! Wir haben wenig Zeit. Ich habe eine dringliche Mission für Sie, also hören Sie genau zu, bevor die Zodark herausfinden, wie sie unsere Kommunikationsnetzwerke stören können«, forderte sie der Kommandant der 4. Sondereinsatzkräftegruppe streng auf.

Hosni sah, dass ihm alle ihre volle Aufmerksamkeit schenkten, während sie dem zuhörten, was er zu sagen hatte.

»Ich weiß, dass ich weder zu JSOC gehöre noch Teil Ihrer Befehlshierarchie bin. General Reiker hat mir Ihr Team soeben für diese Mission ausgeliehen. Captain Hosni, die Befehle, die ich Ihnen gerade zugeschickt habe, bestätigen das. Des Weiteren beinhalten Sie die Details Ihrer Mission.

»Gut, nachdem das geklärt ist … Ich habe keinen blassen Schimmer, wie die Zodark eine Brücke nach Sol öffnen konnten, und ehrlich gesagt, ist es mir auch vollkommen gleichgültig. Im Moment zählt nur, dass ich einen Job zu vergeben habe und dass Ihr Team derzeit das nahegelegenste ist, bis ich mehr SOF-Einheiten finden und sie nach Deutschland verlegen kann. Hoffentlich bevor die Zodark mit der Landung ihrer Truppen beginnen. Mein Kommando ist derzeit zwischen Erde, Titan und Mars verstreut. Dazu kommt noch, dass die Verbindung zum Mars kurz nachdem sie von einem Angriff berichteten, zusammenbrach. Seither besteht keinerlei Kontakt.

»Derzeit schlagen sich die Zodark mit den Sentinel-Türmen über Europa und Nordamerika herum. Das dürfte die Vorbereitung auf einen wohl in naher Zukunft geplanten Bodenangriff sein. Während Sie bislang noch keiner Bombardierung aus dem Orbit ausgesetzt sind, leidet Nordamerika bereits unter den ersten bedeutsamen Angriffen. Die Zodark setzten dem Hauptquartier des Weltraumkommandos und der Hauptstadt schwer mit mehreren orbitalen Angriffen zu. Wir vermuten, dass sie zunächst ihre Jäger einsetzen, um danach ihre Landungstruppen einzufliegen, sobald sie die Luftherrschaft für gesichert halten. Die Verluste sind hoch, der Schaden – so wurde mir gesagt – ist beträchtlich, insbesondere an den orbitalen Verteidigungswaffen ...«

Hosni unterbrach ihn. »Entschuldigen Sie, Sir. Was ist mit Fort Banks? Wurde es getroffen? Ist es weiter einsatzbereit?« Er wusste, dass an diesem Stützpunkt mehrere Kanonen zur orbitalen Verteidigung stationiert waren.

Bei der Erwähnung von Fort Banks, dem Hauptquartier der Sondereinsatzkräfte mit all seinen Trainingseinrichtungen, verzog Colonel Hopper das Gesicht. »Es wurde wenige Minuten vor unser Konferenz hier angegriffen. Ich weiß nicht, wie gravierend der Schaden ist, also fragen Sie nicht. Ich weiß nur, dass der Stützpunkt und seine Einrichtungen knapp ein Dutzend Einschläge hinnehmen mussten. Ich vermute, dass er nicht länger existiert. Auf der positiven Seite sieht es so aus, als ob wir die meisten Einheiten von der Basis evakuieren konnten, bevor sie getroffen wurde. Ein Großteil der Einheiten entkam sogar mit ihrer vollen Ausstattung, ihren Fahrzeugen und anderen Ausrüstungsgegenständen. Es war kein totaler Verlust. Sobald wir herausfinden, wo die Zodark ihre ersten Streitkräfte landen werden, können Sie sich sicher sein, dass wir sie mit einer netten Willkommensparty begrüßen werden.«

Der Colonel sprach weiter. Unterdessen diskutierten einige von Hosnis Männern leise untereinander den Verlust von Fort Banks. Alle hatten Bekannte dort und fragten sich nun, ob ihre Freunde rechtzeitig entkommen oder bereits tot waren.

Hopper hob sein M-111 Slayer in die Luft, um erneut ihre Aufmerksamkeit zu erregen. Der Mann vor ihnen war bereits auf den Krieg eingestellt, während seine Männer ungeachtet dessen vor sich hin schwatzten. Aufgebracht wandte sich Hosni an seine Leute: »Himmel noch mal, Mund halten, alle miteinander! Er ist noch nicht fertig. Lassen Sie den Colonel aussprechen, bevor Sie sich den Mund fusselig reden!« Dann drehte er sich dem Hologramm zu und entschuldigte sich. »Tut mir leid, Colonel. Einige meiner Männer haben ihre militärische Disziplin im Hangar zurückgelassen. Ich versichere Ihnen, dass sie einsatzbereit und fähig sind, mit dem Abschlachten der Zodark zu beginnen. Die geplante Mission ... Was genau können wir für Sie tun?«

Hopper lächelte zustimmend zu der spontanen Maßregelung, bevor er erklärte: »Schon okay, Captain. Wir sind alle erregt. Zurück zu der Aufgabe, die ich Ihnen aufgeben musste ... leider eine schwere. Ihr Team wurde damit beauftragt, Kanzlerin Alice Luca und die ausländischen Handelsdelegationen, die sie zum Gespräch geladen hatte, so lange zu beschützen, bis wir sie gefahrlos an einen besser gesicherten Standort verlegen können.«

Hopper hielt einen Augenblick inne, um die Ernsthaftigkeit seiner Ansage wirken zu lassen. Dann fuhr er fort: »Als all das begann, richtete die Republik gerade eine allianzweite Handelsinitiative aus. Die Kanzlerin hatte zu einem Gipfelgespräch in einem Gebäude namens ‚Schloss Cecilienhof‘ in Potsdam geladen – in einen Palast, der den Bildern nach eher wie ein englisches Haus im Stil der Tudorzeit aussieht.« Das Hologramm zeigte ihnen eine Reihe von Aufnahmen von dem Schloss als auch seinen Standort auf einer Karte. »Unabhängig vom Ort des Geschehens ... Diese Delegierten sind äußerst wichtig. Beinahe jedes Mitglied der Allianz ist der Einladung der Kanzlerin gefolgt und durch einen Repräsentanten vertreten. Dies als Sicherheitsalptraum zu bezeichnen, ist nicht zu weit hergeholt. Falls die Zodark darüber informiert sind, ist dieses Treffen mit Sicherheit ein hochwertiges Ziel; falls sie es später erfahren, wird es eines werden.

»Die Kanzlerin und die Sicherheitsrupps der Delegierten wissen, dass wir angegriffen werden. Der Secret Service hat alle in einen nahegelegenen unterirdischen Bunker unter Schloss Belvedere auf dem Pfingstberg evakuiert. Er gehört zu einem gut versteckten Netzwerk von Untergrundbunkern, der leitende Politiker und militärische Führungskräfte schützen soll, falls ein Angriff erfolgt, während sie sich in der Nähe aufhalten. Das ist die einzige Information, die ich derzeit über diesen Ort habe, außer dass es sich hier um ein zweitrangiges Bunkersystem handelt. Das bedeutet, es gehört nicht der

Klasse der Arche-Bunker an, die speziell gegen Angriffe aus der Umlaufbahn gerüstet sind.

»Ihre Aufgabe wird es sein, sich schnellstens dorthin zu begeben – hoffentlich bevor die Zodark ihre Streitkräfte auf dem Planeten landen oder den Himmel mit ihren Vultures bevölkern. Sobald Sie vor Ort sind, nehmen Sie Kontakt zum Secret Service auf und sichern den Bereich um die Einrichtung herum, bis wir alle in eine Arche evakuieren können. Sollten Ihnen Mukhabarat oder mögliche Ani-Einheiten in diesem Bereich über den Weg laufen, schalten Sie sie aus und teilen den Sicherheitskräften mit, dass die Anlage kompromittiert ist. Daraufhin werden sie ihre Schützlinge sicher verlegen wollen, was das nächste Problem darstellen könnte. Ihre allererste Priorität ist in jedem Fall aber, die Kanzlerin und ihre hochrangigen Besucher unter allen Umständen am Leben zu halten.

»Tatsächlich halten sich in diesem Gebiet einige unserer regulären Einheiten auf, die wir derzeit bewusst von diesem Bereich fernhalten. Sollten die Zodark noch nicht über die Bunkeranlage informiert sein, wollen wir keine ungewollte Aufmerksamkeit erregen. Sollten Sie angegriffen werde, Captain, zögern Sie bitte nicht, umgehend Kontakt zu diesen Truppen aufzunehmen und sie um Unterstützung zu bitten. Ihre Befehlsakte enthält eine spezielle Erklärung zur Weitergabe an jede reguläre Armeeeinheit, die sie automatisch ihrem Kommando unterstellt, solange Sie es für nötig halten. Setzen Sie diese Urkunde nur begrenzt ein, Captain. Es ist die Art von Sondererlaubnis, die nur in absoluten Notfällen genutzt werden darf. Und jetzt machen Sie sich schleunigst auf den Weg, diese Personen zu beschützen. Ich bemühe mich weiter, zusätzliche Hilfskräfte zu arrangieren, um den Umzug in eine andere Einrichtung zu ermöglichen. Verschaffen Sie mir die Zeit, die ich brauche! Hopper, Ende«, meldete sich der Colonel ab und das Hologramm verschwand.

»Mann, was soll bloß dieser Haufen Scheiße, den sie uns da gerade vorgeworfen haben? Wer sind wir denn? Babysitter für die Führungselite, oder was? Hat der Secret Service nicht ein Team, das für diese Art von Personenschutz speziell ausgebildet ist?«, schimpfte einer der Sergeanten, der über diesen Schutzauftrag nicht sonderlich erbaut war.

Bevor Hosni etwas sagen konnte, sprang Sergeant Major Dickson auf die Beine. Mit anklagendem Zeigefinger deutete er auf die

Männer, während er vor Zorn schnaubend und speichelspuckend über den Tisch hinweg ausrief: »Was zum Teufel hat euch während dieses Briefings geritten? Das Verhalten, das ich gerade in dieser Einsatzbesprechung von Soldaten erlebt habe, die angeblich Teil eines gemeinsamen Sondereinsatzkommandos sein sollen … die Besten der Besten … Das war *nicht* das, was ich gesehen habe! Das war ein *Colonel,* der uns unterrichtet hat. Nicht irgendein frischgebackener Unteroffizier. Ich erwarte mehr von euch Pflaumen. Ihr seid JSOC, zum Teufel noch mal – benehmt euch entsprechend! Die hochrangigen Offiziere geben die Befehle – und wir führen sie aus. Wir führen diese verdammten Befehle aus … ohne Fragen zu stellen! Kapiert, Gibbs?« Der Sergeant Major starrte in die Runde und wartete nur darauf, dass jemand etwas Unangebrachtes sagte, um ihm eine vierte Öffnung in den Leib zu reißen.

Das verächtliche Grinsen, das Staff Sergeant Gibbs eben noch auf den Lippen hatte, war nun verschwunden. Beschwichtigend hob er die Hände und beeilte sich, seinen Fehler zu korrigieren. »Jawohl, Sergeant Major, das war … das hätte ich nicht sagen sollen. Es wird nicht wieder vorkommen.«

Hosni sah, dass die Nachricht angekommen war. Jetzt war es Zeit, sich auf die Mission zu konzentrieren und darauf, die skrupellosen Killer zu sein, die sie waren. »Aufgepasst! Wir stehen alle unter Stress. Das Unvorstellbare findet tatsächlich gerade statt. Die Erde wird angegriffen und aller Voraussicht nach wird der Feind in Kürze landen. Wir haben eine Aufgabe. Also tun wir das, worin wir gut sind und erfüllen unsere Mission. Lassen Sie uns die letzte halbe Stunde vergessen und stattdessen nach vorn sehen.« Dann wandte sich Hosni wieder an seinen Zuchtmeister. »Sergeant Major, Begleiten Sie das Team zur Osprey zur Verladung unserer Ausstattung. Sagen Sie dem Piloten, dass ich sofort nachkomme. Ich muss mich vor unserem Abflug im Einsatzzentrum melden.«

Nach dem Verlassen des Besprechungsraums auf dem Weg zur Einsatzzentrale registrierte er das greifbare Gefühl der Dringlichkeit, das von den Soldaten ausging, die diese Zentrale betraten oder verließen. Mit seinem Eintreten bekam er den Eindruck, als ob die Soldaten den Raum zusammenpackten und ihn verlassen wollten.

Er ging auf Master Sergeant Leke zu, der ihm vor dem Abheben seines Teams noch einige Fragen beantworten sollte. Die Einsatzzentrale machte scheinbar ebenfalls mobil.

Der Stabsoffizier, der über die von ihm gewünschte Info verfügte, sah von seiner Datenstation hoch. »Guten Morgen, Captain Hosni. Ich sah, dass das Briefing von Colonel Hopper vorbei ist. Sie haben sicher einige Fragen. Wie kann ich Ihnen helfen?«

»Fragen – so könnte man es nennen. Was für ein Tag, was denken Sie, Master Sergeant? Ich trage nur ungern zu Ihrem sicher vollen Programm bei, aber ich vermute, dass Sie mit der Mission meines Teams vertraut sind?«

Mit dieser Frage wurde Leke ernst. Er hob kurz die Hand, bevor er wieder auf den Bildschirm seines Computers starrte. Nachdem er kurz etwas eingetippt hatte, sah er wieder nach oben. »Tut mir leid, Sir. Ich wollte nur kurz Ihre Befehle aufrufen und lesen, um Ihre Fragen besser beantworten zu können. Sieht aus, als hätten Sie eine harte Nuss zu knacken. Ach ja, und zu Ihrer Information – nur für den Fall, dass Sie die Stimmung hier nicht bemerkt haben – wir sind dabei, diesen Stützpunkt innerhalb der nächsten zehn bis 20 Minuten auf Arche Delta Zwei zu verlegen. Von daher bleibt mir wenig Zeit, aber ich werde helfen, so gut ich kann.«

»Delta Zwei. Ist das nicht in Oberammergau?«

»Ganz recht, Captain.«

»Mann, wir erwarten tatsächlich eine Invasion?«

Leke zuckte mit den Achseln. »Wer weiß? Momentan haben die Zodark die überlegene Position inne, was wohl bedeutet, dass sie unsere Einrichtungen in Kürze von der Umlaufbahn her angreifen werden – daher unser Umzug auf Delta Zwei. Hoffentlich trifft der Statthalter mit seinem Schiff, der *Freedom*, und dem Rest der Allianz rechtzeitig ein.«

Hosni seufzte und wusste, dass es mit dem Beginn der orbitalen Angriffe unschön werden würde. »Danke für das Update, Leke. Aber ich muss mehr über diesen Bunker wissen, in dem die Kanzlerin feststeckt. Soll ich wirklich einfach nur rumsitzen und abwarten, bis Colonel Hopper uns ausreichend Transporter besorgen kann, um alle auf eine Arche wie Delta Zwei umzuziehen? Können wir uns nicht einfach einige Scarabs von hier borgen und das selbst erledigen? Schließlich reden wir von der Kanzlerin und einer Reihe von

Repräsentanten der Mitglieder der Allianz. Das scheint mir ziemlich wichtig zu sein.«

Leke erwiderte mit einem spitzbübischen Grinsen im Gesicht: »Captain, Sie und ich wissen, dass dies zu sinnvoll wäre. Und schlimmer, sobald Sie diesen Vorschlag unterbreiten, nehmen die Armee und die Flotte den ‚Einfach'-Knopf vom Schreibtisch und verstecken ihn in der Schublade. Danach sehen sie uns lächelnd ins Gesicht, während sie sich gemeinsam für den schwerstmöglichen Weg entscheiden … Nur, um uns dafür zu bestrafen, dass wir es wagen, das uns von Gott gegebene Gehirn zwischen unseren Ohren zu benutzen.«

Hosni lachte mit diesem sarkastischen Scherz, der die Spannung des Moments ein wenig lockerte.

Dann mischten sich einige neue Stimmen in die Unterhaltung ein und Hosni ging auf, dass der Witz allgemein vielleicht doch nicht so lustig angekommen war, wie sie es erwartet hatten. Der Stützpunktkommandant, Brigadier General Jörg Gudera, meldete sich zu Wort. »Der Grund, weswegen uns außer der einzigen Osprey – von deren Überlassung an Sie mich Colonel Hopper überzeugt hat – keine weiteren Mittel zur Verfügung stehen ist der, dass wir derzeit versuchen, die Armee und die Flotte so schnell wie möglich von ihren Stützpunkten zu evakuieren.

»Hopper hat Sie sicher über Fort Banks unterrichtet … Nichts dort steht mehr. Komplett vernichtet. Total und absolut plattgemacht. Wer immer den Stützpunkt getroffen hat, hat ihn vollkommen zerstört. Wir können von Glück sagen, dass jemand mit dem Eindringen der Zodark in das System die Evakuierung der Basis befahl. Wäre diese Entscheidung nicht gefallen … dann weiß ich nicht, wie viele Mitglieder der SOF-Gemeinde noch unter uns wären. Fort Banks, Captain, ist der Grund, weshalb wir uns nicht leisten können, zusätzliche Kräfte freizugeben – nicht zu dieser Zeit und nicht, solange die Kanzlerin und alle anderen immer noch sicher in einem Bunker untergebracht sind, von dem der Feind nichts weiß.«

Hosni wollte gerade etwas sagen, als der General die Hand hob und fortfuhr: »Bevor Sie mir sagen, dass es sich hier schließlich um die Kanzlerin handelt, die der Verlegung unserer Streitkräfte vorgeht, will ich Ihnen sagen, dass sie uns ausdrücklich befohlen hat, keinerlei Mittel von der Verteidigung des Planeten abzuziehen, nur um sie in einen anderen Bunker umzuquartieren. Obwohl ihr Bunker technisch gesehen kein Bunker der Arche-Kategorie ist, ist er gleichzeitig nicht nur ein einfacher Zufluchtsort. Der Ort, an dem sie sich befindet, war zu Zeiten der Großen Europäischen Union ihre alternative Kommandozentrale. Ich bin mir nicht sicher, ob er einem Angriff aus der Umlaufbahn standhalten wird, aber Bodentruppen werden in jedem Fall Probleme haben, in ihn einzudringen. Mein Rat an Sie, Captain: Begeben Sie sich vor Ort und sichern Sie solange das Umfeld, bis wir zusätzliche Transportmittel freisetzen können, um alle in eine Arche zu transportieren. Verstanden?«

Das war Hosnis Hinweis auf eine prompt erwartete Bestätigung und seine Chance auf ein schnelles Verschwinden, bevor er noch tiefer ins Fettnäpfchen treten konnte. »Verstanden, Sir. Wir halten die Stellung – und Sie können sich darauf verlassen, dass wir uns jeden Gegner vornehmen werden, der um unseren Bereich herum zu aggressiv wird.«

Der General lächelte. Diese Antwort schien ihm zu gefallen. »Ausgezeichnet. Nachdem wir dieses Missverständnis nun aus der Welt geschafft haben, verschwinden Sie aus meinem Büro und verlassen Sie meinen Stützpunkt. Wir geben Ihrer Osprey eine Jägereskorte, darüber hinaus sind Sie auf sich allein gestellt.«

****

Vierzig Minuten später

Wie gelähmt von dem, was er sah, starrte Hosni mit weit offenem Mund nach hinten über die gesenkte Rampe hinaus. Gerade hatten sie Hannover auf dem Weg nach Potsdam überflogen, als ein gleißender Lichtstrahl die Wolken über der Stadt zum Leuchten gebracht hatte … heller und heller, bis schließlich ein Objekt vor ihnen aufgetaucht war, das einem in Flammen stehenden Finger einer Gottheit glich, der vom Himmel aus nach unten zeigte. In diesem Moment fühlte sich Hosni verloren, machtlos … Sobald der Finger das Zentrum der Stadt berührt hatte, war ein gewaltiger Blitz aufgezuckt – Sekunden später ersetzt von einer glühenden Wand rot-orangefarbener Flammen, die sich von der Stadtmitte aus konzentrisch ausbreiteten und alles, was ihnen in den Weg kam, konsumierten. Im Umkreis von sechs Kilometern blieben nichts als verkohlte Ruinen zurück.

»Heiliges Kanonenrohr! Was zum Teufel war das?«, rief Beaner total verstört.

Gute Frage, dachte Hosni, ohne ihm zu antworten.

»Das erinnert mich an Alfheim. Damals, als uns die Flotte im Stich ließ – als sie uns auf einem gottverlassenen gefrorenen Planeten knapp sechs Monate lang für tot zurückließen«, kommentierte Gibbs voll unbändigen Zorns.

Hosni wusste, dass beinahe alle Mitglieder von Gibbs' Spezialeinheit während dieser Kampagne ihr Leben verloren hatten. Das war der Hauptgrund, weshalb er das Militär verlassen und den Versuch eines neuen Lebens machen wollte – weit weg von den Erinnerungen, die ihn ständig verfolgten.

»Festhalten da hinten! Ein Vulture versucht sich auf uns einzuschießen«, rief ihnen der Pilot über ihr Kom-Netzwerk zu.

»Oh Mann. Genau das brauchen wir. Jäger …!«

»Klappe halten, Gibbs! Es gibt nichts, was wir tun können«, fuhr ihn Sergeant Major Dickson an.

»Verschonen Sie mich, Sergeant Major. Das ist Bockmist und das wissen Sie. Wo in Gottes Namen sind unsere Eskortenflieger? Oder haben wir nach dem Ende des Kriegs vergessen, wie das Militär arbeiten sollte?«, schleuderte Gibbs ihm voller Frustration entgegen.

Seit Gibbs' Ankündigung, dass er aus dem Militär ausscheiden wollte, stritten sich die beiden Unteroffiziere oft. Das Beförderungsgremium, in dem Dickson saß, hatte Gibbs den Rang des Master Sergeant vorenthalten. Das hatte das Fass zum Überlaufen gebracht. Aufgrund der Albträume, die ihn seit Alfheim verfolgten, sowie seinen eingeschränkten Karriereaussichten wollte Gibbs künftig nichts mehr mit der Armee zu tun haben.

Hosni mischte sich ein, bevor der offensichtlich bevorstehende Streit ausbrechen konnte. »Sergeant Major, sobald wir am Boden sind, leiten Sie das Alpha-Team. Nehmen Sie Kontakt zur persönlichen Sicherheitsgruppe der Kanzlerin auf. Danach erwarte ich einen Lagebericht. Ich übernehme Team Bravo. Wir sehen uns diese Türme näher an und suchen nach geeigneten Orten, an denen wir eventuell weitere Verteidigungspositionen einrichten wollen.«

Das Missfallen, unterbrochen zu werden, stand Dickson einen Moment lang deutlich im Gesicht, bevor er einsah, dass ihre Mission das einzig Wichtige war – im Gegensatz zu wiederholten

Wortgefechten. »Verstanden, Sir. Ein Vorschlag … Während Sie in der Einsatzzentrale waren, sah ich mir eine Karte dieser Gegend an und brachte einige archivierte Satellitenfotos hoch, um einen besseren Überblick zu erhalten. Mit Ihrer Zustimmung schlage ich vor, hier und hier eine Position zu etablieren, und dazu noch je einen Beobachter in diesem Turm und an dieser Stelle hier drüben.« Er zeigte auf mehrere Stellungen, die auf der Karte innerhalb der HUDs Ihrer Helme sichtbar waren.

Hosni warf einen Blick darauf und war sich bewusst, dass Dicksons Vorschläge angesichts der Größe ihres 12-Mann-Teams ihre bestmöglichen Positionen waren. Er war dankbar, in Zeiten wie diesen einen Sergeant Major als ranghöchsten Unteroffizier an seiner Seite zu haben. Zweiundfünfzig Jahre in der SOF-Gemeinde, 38 davon im Dienst von JSOC, hatten Dickson trotz seinen relativ hohen Alters zu einer Legende der Branche gemacht.

»Ok, so gehen wir vor. Gute Idee mit der Überwachung vom Turm aus – das habe ich übersehen.«

Dickson lächelte. »He, dazu sind wir Sergeant Majors da. Wir lassen Captains wie Sie gut aussehen, damit Sie aus dem Weg befördert werden, bevor wir mit dem Training des nächsten zukünftigen Generals beginnen.«

Alle lachten über die unausgesprochene Beziehung, die oft zwischen erfahrenen Unteroffizieren und frischgebackenen Offizieren bestand. Die Unteroffiziere nahmen diese Offiziere unter ihre Fittiche und verwandelten sie in kompetente und respektierte Führer, denen ihre Soldaten, falls nötig, bis in die Tiefen der Hölle folgen würden.

»Vulture! Sechs Uhr!«, alarmierte der Teamchef den Piloten.

Die Osprey tauchte hart nach rechts unten ab. Der Crew Chief, der eine der Waffen bediente, nahm den gegnerischen Jäger unter Beschuss, während eine Welle von Blasterschüssen durch die Luft auf sie zukam, um sie vom Himmel zu fegen.

Hosni klammerte sich an den Gurten fest, die ihn in seinem Sitz hielten. Mit dem Blick über die hintere Rampe hinaus wollte er sehen, ob er den Jäger, der auf sie schoss, entdecken konnte. Dann setzte das interne Verteidigungssystem ihrer Ospreys ein und feuerte eine Reihe von Leuchtkörpern und Radartauschkörpern ab. *Ich kann nur hoffen, dass dieses Zeug funktioniert …*

Er hatte diesen Gedanken kaum zu Ende gedacht, als eine Flut weiterer Blasterschüsse die Osprey einholte. Ihr Pilot reagierte Sekundenbruchteile schneller als sein Zodark-Widersacher. Er rollte seine Maschine zunächst hart auf die eine und dann auf die andere Seite.

Verdammt, unser Pilot ist gut, dachte Hosni, bevor er sich selbst kritisierte. Sie waren noch nicht aus dem Schneider.

Um sie herum zuckten weiter Lichtblitze – ein Zeichen dafür, dass dieser Kerl nicht so einfach aufgab. Erneut sah Hosni über die gesenkte Rampe hinaus, die ihm die Aussicht ermöglichte, und wollte schwören, das Lächeln des Jägerpiloten zu sehen, der gerade seinen letzten tödlichen Schuss plante … Und dann schlug etwas auf seinen Vulture ein – riss ihn in Stücke, bevor der Zodark seine Waffen abfeuern konnte.

Jubelrufe der Erleichterung ertönten, als ihnen bewusst wurde, dass sie gerade dem sicheren Tod entgangen waren.

Hinter ihnen tauchte eine F-97 Orion auf. Sie wackelte zwei Mal mit den Flügeln und nahm ihre Begleitposition ein. *Wow, ganz schön knapp, was?,* dachte Hosni.

»Fünf Minuten, Leute! Landung in fünf Minuten!«, rief der Crew Chief.

»Überprüfung der Ausrüstung!«, forderte der Sergeant Major. Das konzentrierte die Männer auf ihre Aufgabe. Sie waren nur Augenblicke davon entfernt, ihr Ziel zu erreichen.

Hosni spürte, wie die Osprey beim Flug über die Baumkronen hinweg die Geschwindigkeit reduzierte. Schon bald wurden die Bäume von Häusern und Geschäftsgebäuden ersetzt, gefolgt von den bekannten Wahrzeichen Potsdams. Ihr Ziel lag vor ihnen.

»Vorsicht. Landung unter Beschuss. Vultures auf dem Weg!«, warnte der Pilot seelenruhig.

Aus der gelassenen Reaktion ihres Piloten schloss Hosni, dass der nun dank ihrer Eskorten um einiges selbstbewusster war. Entweder war es das, oder er hatte seine innere Ruhe wiedererlangt und erinnerte sich an seine frühere Kampferfahrung.

Die Osprey verlangsamte solange die Geschwindigkeit, bis sie über dem Boden schwebte und schließlich landete.

»Los, los, los«, schrie Staff Sergeant Gibbs vor der offenen Rampe. Mit schussbereiter Waffe sprang er von seinem Sitz und stürzte sich ins Unbekannte.

Der Rest des Teams drückte auf die Schnelllösevorrichtung ihrer Sicherheitsgurte und ließ das Truppenabteil so schnell hinter sich, als ob die Osprey in Flammen stehen würde. Geleitet von seinem individuellen HUD eilte jeder auf die ihm vorbestimmte Position zu.

In dem Augenblick, in dem Hosni die Osprey hinter sich ließ, verkrampfte sich sein Magen mit einem unguten Gefühl, ohne dass er sagen konnte, woher es stammte oder was es bedeutete mochte. Er wusste nur, dass etwas nicht stimmte.

Unmittelbar nachdem das letzte Teammitglied die Osprey verlassen hatte, gewann diese in aller Eile an Höhe. Dort, wo sie sich Augenblicke zuvor noch befunden hatte, schlugen Blasterschüsse ein. Mit bestürzter Überraschung verfolgte Hosni, wie ein scheinbar aus dem Nichts aufgetauchter Vulture den Landebereich im Versuch angriff, ihre Osprey zu treffen bevor sie entkommen konnte.

Himmel noch mal, das war knapp ...

So schnell er konnte, ließ Hosni die Landezone hinter sich, während der Vulture in Verfolgung ihres Transporters hoch über ihm hinwegflog. Hosnis HUD hatte mittlerweile auf der eingeblendeten Karte seine Stellung identifiziert und dirigierte ihn in eine Position in der Nähe des Eingangs zum Bunker. Hosni suchte Deckung und kniete nieder. Er sah gerade rechtzeitig nach oben, um eine andere Orion zu entdecken, die unablässig den Vulture beschoss, der nicht von der Osprey ablassen wollte.

»Vergessen Sie den Luftkampf, Captain. Sobald Sie nahe genug sind, sollte Ihr Kom-System Kontakt zum Bunker haben«, informierte ihn die Stimme von Sergeant Major Dickson. Es war ein sanfter Hinweis darauf, dass Hosni sich nicht in den Vorgängen um ihn herum verlieren sollte. Er musste die Verbindung mit dem Bunker aufnehmen, um ihre Ankunft zu melden.

»Danke, Dickson. Beaufsichtigen Sie die Männer. Seien Sie vorsichtig. Wer weiß, was uns als nächstes bevorsteht.«

Hosni kam dem versteckten Bunker näher. Sein Kommunikationssystem fand dessen Netzwerk und er konnte den Prozess der Legitimierung beginnen. Sobald die Systeme sich ihrer gegenseitigen Identität versichert hatten, sprach ihn das im Bunker ausharrende Sicherheitsteam an.

»Gott sei Dank, dass Sie hier sind, Captain. Bitte sagen Sie mir, dass Sie die Verlegung der Kanzlerin und der Delegierten nach Oberammergau zur Arche Delta Zwei organisiert haben?«

Hosnis HUD identifizierte die Stimme von Garret Sigmund, dem Sicherheitschef der Kanzlerin.

»Tut mir leid, Sir. Gegenwärtig stehen Luftfahrzeuge nur eingeschränkt zur Verfügung. Des Weiteren haben wir es mit feindlichen Jägern zu tun, die am Himmel nach Beute suchen. Unser Transporter konnte gerade noch rechtzeitig von der Landezone abheben, bevor er als Folge unseres Eintritts beschossen wurde. Hochrangige Militärs arbeiten weiter an einem Plan, Sie von hier zu evakuieren. In der Zwischenzeit werden wir den Bereich sichern und darauf vorbereitet sein, Ihre Gruppe zu bewegen, sobald ein durchführbarer Plan existiert«, schilderte Hosni ihm kurz die Situation.

Nach einem Moment des Schweigens meldete sich eine zweite Stimme zu Wort. »Captain, hier spricht Kanzlerin Luca. Wenn wir uns hier verbarrikadieren müssen, während die Flotte versucht, den Luftverkehr zu bereinigen, können wir das tun. Gibt es schon einen Hinweis darauf, dass die Zodark Bodentruppen landen?«

»Guten Tag, Frau Kanzlerin. Nein, Ma'am. Über Bodentruppen ist uns bislang nichts zu Ohren gekommen. Derzeit konzentrieren sich unsere Vorkehrungen auf die Möglichkeit, dass in diesem Gebiet Ani-Spione tätig sind. Die könnten einen koordinierten Angriff auf diesen Ort organisieren, sollten sie herausfinden, dass Sie sich hier aufhalten. Daneben versuchen wir einzig, den Himmel zu räumen, bevor die Zodark ihre Bodentruppen landen können.«

Er hielt kurz inne und fragte sich, ob er der Kanzlerin von Hannover erzählen sollte. Er entschied, dass sie das Recht hatte, davon zu erfahren, und erklärte: »Ma'am, es gibt noch etwas, was Sie wissen sollten. Auf dem Weg hierher sahen wir, wie sie die Stadt Hannover einem orbitalen Angriff aussetzten … Die Stadt ist zerstört – mehrere Kilometer in alle Himmelsrichtungen. Gut möglich, dass sie vor dem Beginn der Invasion mit umfangreichen Bodentruppen vorhaben, unsere Städte aus dem All zu beschießen.«

»Vielen Dank, Captain. Wir wissen seit wenigen Minuten von der Zerstörung der Stadt. Vielleicht haben Sie recht und sie werden uns vor der Invasion erst eine Weile bombardieren, um uns weich zu machen. Sollten sich Ani oder Zodark zeigen, um diesen Standort anzugreifen … Falls ihre Zahl zu groß sein sollte, um es vernünftigerweise mit ihnen aufzunehmen, zögern Sie bitte nicht, sich hier zu uns in den Bunker zu gesellen. Wir nehmen Sie auf und ziehen uns tiefer in den Bunker und in die Tunnel zurück.«

»Vielen Dank für das Angebot, Kanzlerin. Falls es dazu kommt, werden wir es wohl ablehnen. Wir gehören weder zur regulären Infanterie noch sind wir Deltas. Wir sind JSOC – die gefährlichsten Kerle, denen die Zodark jemals begegnet sind. Mit unserer neuen Drachenhautpanzerung und unseren M-111 Slayers werden diese blauen Monster nicht wissen, was ihnen geschieht. Uns geht es hier draußen gut, Ma'am«, versicherte Hosni ihr. Sein Kommentar entlockte Dickson, den er zum Mithören aufgefordert hatte, ein Kichern.

»Ok, Captain. Das Angebot steht, falls Sie darauf zurückgreifen müssen. Viel Glück und alles Gute.«

Nachdem sich der Bunker verabschiedet hatte, verfiel der Ort in eine gespenstige Stille. Noch hatten sie Tageslicht. Die Sonne hatte erst vor einer Stunde ihren Zenit überschritten. Trotzdem konnten sie dieses seltsame Gefühl nicht verdrängen. Als ob sie etwas oder jemanden beobachten würden.

Begleitet vom Lärm fortdauernder Luftschlachten am Himmel über ihnen, verging die Zeit mit grellen Lichtblitzen, ohrenbetäubenden Einschlägen und mit geräuschvoller Zerstörung. Hosni spürte das Sträuben seiner Nackenhaare … als ob gleich etwas geschehen würde … Er ließ sich auf ein Knie fallen, hob seine Waffe in einem 45 Grad-Winkel an und war bereit, es mit einer überraschend auftretenden Bedrohung aufzunehmen. Stattdessen hörte er Vogelgezwitscher und das Rascheln einiger Eichhörnchen, die in der Nähe nach Futter suchten. Und dann kam es. Das erste Zeichen feindlicher Aktivität.

»Alpha Eins, Alpha Zwei hier. Bewegung im Norden. Drei unbekannte Personen nähern sich geduckt dem Schutzbereich. Wie soll ich reagieren?«, meldete sich die ruhige, besonnene Stimme von Staff Sergeant Gibbs.

»Alpha Zwei, Bravo Eins hier. Können Sie bestätigen, dass sie bewaffnet sind?«, fragte Sergeant Major Dickson mit angespannter Stimme bei diesem Zeichen bevorstehenden Ärgers.

»Alpha Zwei, Waffen noch nicht verifiziert. Warten Sie.«

»Verdammt. Ich sehe Bewegung«, stieß Beaner nervös aus.

»Alpha Sechs, Bravo Eins hier. Wiederholen Sie, und dieses Mal präziser«, fuhr Dickson den Corporal an, der offenbar die Grundlagen des Funkverkehrs vergessen hatte.

Meine Güte. Wie hat es dieser grüne Junge durch den Auswahlprozess in mein Team geschafft?, dachte Hosni verärgert. Er war nicht begeistert davon, dass sie ihm Beaner frisch nach dem Ende seiner Schulung zugewiesen hatten. *Ich vermisse jetzt schon meine alte Einheit ... In der Task Force Orange wäre so etwas nie vorgekommen.*

»Ähm .. Alpha Eins, Alpha Sechs hier. Bewegung an der südlichen Begrenzung. Neun unbekannte Personen, ein Trupp, offenbar in Keilformation – 300 Meter und aufschließend«, gab Beaner endlich die detaillierteren Angaben durch, auf die alle gewartet hatten.

Nach dieser Mitteilung herrschte kurz Stille. Die Spannung wuchs zunehmend an. Sie waren nicht allein – jemand suchte nach ihnen.

»Alpha Eins, Bravo Eins. Drohnen freigesetzt – Sensoren aktiv. Freund-Feind-Erkennung ergibt keinen Hinweise darauf, dass die UP freundlich sind. Ich schlage vor, sie als feindlich zu klassifizieren. Haben Sie verstanden?«

Das muss ein lokales Ani-Team sein, folgerte Hosni.

»Bravo Eins, vermutlich Ani – was denken Sie?«

»Alpha Eins, gut möglich. Mit dem Beginn der Invasion konnten sie sich über den Aufenthaltsort der Kanzlerin nicht sicher sein. Möglich, dass sie unsere Ankunft beobachtet haben und uns nun solange davon abhalten wollen, die Kanzlerin zu verlegen, bis zusätzliche Kräfte zum Angriff beim Bunker eintreffen.«

Verdammt. Dickson hat sicher recht. Die Ani wollen gewährleisten, dass Luca vor Ort bleibt, bis sie nach dem Eintreffen ihrer Invasionskräfte in der Umlaufbahn mit ihnen koordinieren können. Wir müssen diese Kerle neutralisieren ...

»Alpha Eins, Alpha Zwei. Aus meinen drei UPs sind mittlerweile neun geworden. Sie scheinen bewaffnet zu sein und bewegen sich in Keilformation. Ohne ihre Waffen genau zu bestimmen, sehen sie meiner Schätzung nach wie unsere M1 aus.«

Verflucht, die sind weit besser als die minderwertigen Sturmwaffen, die die Zodark einsetzen. Das kompliziert die Sache ...

»Alpha Eins, Bravo Eins hier. Feindliche Truppen dringen in unseren Bereich vor. Wie lautet der Befehl, Sir? Haben wir die Erlaubnis zum Angriff?«, flehte Dickson ihn beinahe an, seinem Team freie Bahn zu geben.

»Bravo Eins, Feindstatus validiert. Alpha- und Bravo-Teams, freie Bahn, den Feind anzugreifen. Warten Sie ab, bis Ihnen Ihre Ziele zugewiesen wurden. Nicht schießen, bevor alle einsatzbereit sind. Wir wollen uns das Überraschungsmoment nicht verderben«, erklärte Hosni.

Das 12-Mann-Team bereitete sich auf die Kontaktaufnahme vor. Währenddessen begannen die in ihre HUDs eingebauten Zielfindungs-KIs ihre Zielobjekte zu orten und sie dem jeweiligen Teammitglied zuzuweisen, das die beste Chance hatte, sein Objekt auszuschalten. Dieser Vorgang nahm weniger als eine Minute in Anspruch. Innerhalb kürzester Zeit waren sie bereit, ihre Befehle auszuführen.

Mittlerweile hatten die feindlichen Gruppen den Abstand zu ihrer Position auf etwa 100 Meter verringert. Das Einzige, was Hosni Sorgen bereitete, war die Richtung des gegnerischen Vordringens. Zwei Gruppen näherten sich von gegenüberliegenden Seiten. Damit befand sich sein Team in einer unmittelbaren Kreuzfeuersituation, aus dem der Feind eventuell Vorteile ziehen konnte ... Etwas, das sie, falls irgend möglich, verhindern mussten.

Sein HUD informierte ihn, dass sein Team einsatzbereit war. Jetzt musste er nur noch den Befehl erteilen. Er holte tief Luft. Mit dem Blick durch das Zielfernrohr seiner Schusswaffe konzentrierte sich Hosni auf das ihm zugewiesene Ziel. Er gab nur ein einziges Wort über ihr Kommunikationsnetz weiter: »Ausführen!«, bevor sein Finger auf den Abzug drückte und ein Blasterblitz die Entfernung zwischen ihm und seinem Ziel überwand.

Er sah zu, wie der leicht lilagefärbte Lichtblitz das Gesicht des Mannes traf. Sein Körper stürzte zu Boden – wie eine Marionette, deren Drähte gekappt worden waren.

Mit dem Fall dieses Gegners lieferte ihm sein Zielfindungssystem bereits das nächste Angriffsziel. Dank seines jahrelangen Trainings und seiner Kampferfahrung schwenkte Hosni sein Sturmgewehr umgehend auf sein nächstes Ziel ein. Er wusste, dass sein Team das Gleiche tat.

Zwölf der 18 Zielobjekte fielen nach einem einzigen Schuss. Die sechs verbliebenen Feinde reagierten auf den Hinterhalt wie eine erfahrene Kampfgruppe und erwiderten ihn mit einer Flut von Magrail-Munition aus den M1-Sturmgewehren der republikanischen Armee.

Die magnetischen Hochgeschwindigkeitsprojektile ihrer Sturmgewehre segelten über Hosnis Kopf hinweg. Ein halbes Dutzend von ihnen schlug in die Böschung ein, hinter der er Deckung gesucht hatte.

»Kontakt an der Westflanke! Zwölf feindliche Kämpfer nähern sich mit hoher Geschwindigkeit. Bravo Vier verändert seine Schussposition zum Angriff«, ließ eines von Dicksons Teammitgliedern sofort nach dem Auftreten der neuen Bedrohung verlauten.

Versteckt hinter dem Erdwall kroch Hosni so lange voran, bis er eine neue Schussposition gefunden hatte. Sobald er seinen Kopf vorsichtig über die Böschung hinaus anhob, warnte ihn ein blinkendes rotes Licht auf seinem HUD vor einer unmittelbaren Gefahr für sein Leben. Das HUD lenkte ihn nach rechts, wo es ihm zwei Figuren auswies, die die Entfernung zwischen ihm und der Position von Alpha Drei schnell verkürzten.

Hosni zielte auf den Mann, der ihm am nächsten war – offenbar ein geübter Kämpfer, der, auch während er sich voran bewegte, zielgenau mit seiner gegen die Schulter gepressten Waffe in Richtung von Alpha Drei schoss.

Hosni drückte auf den Abzug. Mehrere Blasterblitze, die auf den Oberkörper des Mannes gerichtet waren, trafen ihn an der Seite.

Während Hosni die Gefahr für Alpha Drei auszuschalten versuchte, hatte der Kamerad des Ani hinter einem Baum Zuflucht gesucht und sich zur Deckung hingekniet. In Bruchteilen von Sekunden schleuderte er eine selbststeuernde 20-mm-Granate in Hosnis Richtung, bevor er zum Schutz seines Kollegen das Unterdrückungsfeuer eröffnete.

Hosni, der sich daran erinnerte, dass die M1 mit sechs selbststeuernden 20-mm-Granaten ausgestattet waren, wusste, was ihm bevorstand. Erneut duckte er sich hinter der Böschungswand und spurtete weiter entlang der rechten Flanke seiner Position, als ob er für die olympischen Sommerspiele trainieren würde. Er musste unbedingt Abstand zwischen sich und diese Granaten bringen.

BUMM ... BUMM ... BUMM ...

Drei der Granaten explodierten in der Nähe von Alpha Drei, der vor Schmerzen aufschrie.

Dann spürte Hosni, der immer noch rannte, den Aufschlag metallener Objekte auf seiner Drachenhautpanzerung – lange bevor seine Ohren die Erschütterung der über ihm explodierenden Granate registrierten. Laut stöhnte er mit dem plötzlichen Schmerz auf, der durch den Gelenkteil seines neuen Kampfanzugs hindurch zwischen seinem linken Knie und dem Oberschenkel zuckte. Sein Bein gab nach. Obwohl er sich bemühte, nicht zu stolpern, war sein Schwung zu groß, um einen Sturz zu vermeiden. Er versuchte seinen Fall in ein unsauberes Abrollen zu verwandeln. Er wollte den Beschuss seines Gegners erwidern können, der ihm sicher für einen präziseren Schuss nachsetzte.

Aus dem Abrollen heraus schoss Hosni mit erhobener Waffe auf den Angreifer, der seinen Beschuss auf ihn weiter aufrecht erhielt. Augenblicke vorher hatte der brennende Schmerz des Schrapnells Hosni noch behelligt; mittlerweile hatte die Erste-Hilfe-Ausstattung seines Anzugs auf seine Verwundung reagiert und sich an die Arbeit gemacht. Sie hatte eine einzige Nanobot-Injektion in seinem Blutstrom freigesetzt, die umgehend mit der Heilung der Wunde und der Unterdrückung der Schmerzen begann.

Die Kontrahenten hielten den gegenseitigen Beschuss weiter aufrecht, selbst während sich beide nach neuen Positionen umsahen. Hosni wurde von um ihn herum explodierenden Erdklumpen und Baumrinden begleitet – entfesselt von den Magrailprojektilen, die ihm unablässig um die Ohren flogen. Frustriert fluchte er, als einer seiner Schüsse seinen Gegner nur knapp verpasste, bevor der gerade noch rechtzeitig hinter seiner neuen gefundenen Deckung verschwinden konnte. In der darauffolgenden kurzzeitigen Atempause vom Kugelhagel erkannte Hosni seine Gelegenheit. Er sprang auf die Beine und rannte auf seinen Gegner zu, um ihn durch den kontinuierlichen Beschuss mit seinem Sturmgewehr an seinem neuen Standort festzunageln.

Obwohl sich der Schmerz in seinem Bein noch nicht vollständig gelegt hatte, war er nicht annähernd so behindernd, wie er es vor einigen Augenblicken gewesen war. Er kam der Deckung, hinter der er seinen Angreifer hatte verschwinden sehen, näher. Erneut setzte der Lärm ihn umschwirrender Magrailprojektile ein, begleitet von gelegentlichen Blasterblitzen diverser M1.

Sobald er den Abstand zwischen sich und dem gegnerischen Schützen überwunden hatte, sah er, dass der Mann am Boden lag und verletzt war – eine üble Blasterwunde in der Magengegend. Er hatte doch nicht danebengeschossen.

Der Ani-Kämpfer sah Hosni und versuchte noch nach seiner Waffe zu greifen, bevor Hosni ihn töten konnte. *Keine Chance, du Hund – so leicht kommst du mir nicht davon*, dachte Hosni, bevor er direkt neben den Mann sprang, ihm das Schnellfeuergewehr aus der Hand schlug und einen rechten Haken in seinem Gesicht landete. Der Ani verdrehte die Augen nach hinten und sein Körper erschlaffte. *Dich behalten wir für eine Vernehmung*, gratulierte sich Hosni selbst, während sich über seinem Kopf ein neuer Sturm von Projektilen entlud.

Der Status auf seinem HUD informierte ihn, dass drei seiner Männer außer Gefecht waren. Vier andere waren verletzt, kämpften aber weiter. Die Karte der Umgebung, die er aufgerufen hatte, verriet ihm nun, dass zwei Dutzend gegnerischer Kämpfer auf ihre Position zuhielten. Sie steckten in der Klemme. Das wusste er.

Einer dieser Angreifer befand sich in seiner unmittelbaren Nähe. Hosni wechselte auf die andere Seite des Baums, hinter dem er gerade stand. Es gelang ihm, seinen Gegner zu überraschen und mit zwei Schüssen in die Brust und einen in den Kopf auszuschalten, bevor er in aller Eile nach rechts lief und sich hinter einen gestürzten Baumstamm rollte. Die Granate, die ein zweiter Ani geworfen hatte, explodierte schadlos in einiger Entfernung. Hosni sprang auf. Begleitet von Projektilen und Blasterblitzen, spurtete er auf einen neuen Baum zu.

Auf der Suche nach dem Kerl, der ohne Pause weiter auf ihn schoss, umrundete er den Baum und sah, wie dieser Mann mit erhobener Waffe dorthin zielte, wo Hosni sich eben noch aufgehalten hatte. Der Ani musste seine Gegenwart gespürt haben. Er versuchte seine Waffe in Hosnis Richtung zu schwenken, bevor sich ihre Augen trafen. Hosni erkannte das Aufflackern von Überraschung und Angst in dessen Augen … bevor er als Erster abdrückte – schneller, als sein Feind auf die geänderte Situation regieren konnte.

Hosni wechselte erneut die Position. Sein HUD berichtete ihm, dass noch einer seiner Männer gefallen war. *Verdammt, jetzt sind wir nur noch zu viert ...*

Es dauerte eine Weile, Kontakt zu der Armeeeinheit aufzunehmen, die seiner Information nach in diesem Gebiet tätig war. Sobald er deren Kommandanten erreicht hatte, erklärte der ihm, dass sich eine komplette Infanteriekompanie mit zehn DF-12 Cougar nur fünf Minuten von ihnen entfernt aufhielt. Die Nachricht über die Schützenpanzer ließ neue Hoffnung in Hosni aufsteigen und erneuerte seinen Siegeswillen. *Nur fünf Minuten und die Kavallerie ist da ...*

Er gab diese Neuigkeit an sein Team weiter, das den verbliebenen Angreifern weiterhin Widerstand entgegensetzte. Tatsächlich war Hosni überrascht, dass sie diese Ani-Zelle – angesichts ihrer Größe – nicht schon vorher entdeckt hatten. Andererseits hatten die Ani möglicherweise Unterstützung vor Ort rekrutiert.

Langsam ließ der Kampf nach, da die verbliebenen Gegner nach und nach weiter ausgeschaltet wurden. Hosni suchte sich seinen Weg zurück zu dem Mann, den er bewusstlos geschlagen hatte. Er wollte ihn am Leben erhalten, um sein Wissen zu ergründen. Mit seinem Eintreffen kehrte der Mann gerade zu den Lebenden zurück.

Hosni stand neben seinem Möchtegern-Mörder und starrte auf ihn hinunter. Die Augen des Mannes suchten kurz sein Umfeld nach seiner Waffe ab – oder nach irgendeiner Waffe – ohne dass etwas in Reichweite war.

Dann hörte Hosni ein neues Geräusch und lächelte. Es war der Lärm der Cougar, der Schützenpanzer, die sich ihrer Position näherten. Sie hatten es geschafft – die Kavallerie war eingetroffen. Und nicht einen Augenblick zu früh.

Hosni, der weiter seinen Helm trug, erlaubte seinem Gesichtsschild, dem verwundeten Mann sein Gesicht zu zeigen. Sie sahen sich an. Er verspürte beinahe so etwas wie Mitleid mit dem Mann, bevor ihn eine Welle von Zorn und Frustration überrollte und er sich neben dem Mann niederkniete. »Ich bin Sumarer, so wie du. Ich bin wie du, nur dass ich als Sklave in die Familie eines Zodark-NOS' geboren wurde. Wieso seht ihr nicht, dass ihr auf der falschen Seite dieses Krieges steht? Die Zodark sind Monster. Sie nutzen uns Menschen nur dazu, ihrem Reich als Kanonenfutter zu dienen.«

Der verwundete Mann sah ihn verwirrt und unsicher an, wie er diese Ansprache verstehen sollte. Dann verhärtete sich sein Gesicht mit einem plötzlichen Husten. Er spuckte Blut, bevor er konterte: »Wenn du in die Familie eines NOS hineingeboren wurdest, dann weißt du, dass der Große Lindow unbesiegbar ist. Heute hat er uns diesen großartigen Sieg beschert. Wir fanden die Kanzlerin der Republik, das Staatsoberhaupt Ihrer Regierung. Und jetzt ist sie tot, beseitigt von unserem Team. Lindow wird uns für unsere Opfer, für die Durchsetzung seines Willens und die Erreichung seines Ziels reich belohnen.«

Hosni kicherte amüsiert über die bis zum bitteren Ende anhaltende aufsässige Haltung des Ani. »Ok, mein Freund, tut mir leid, dir das sagen zu müssen. Aber deine Kumpel sind tot und die Kanzlerin lebt noch. Eure Mission ist gescheitert. Du bist jetzt mein Gefangener.«

Der verwundete Mann schnaubte, bevor er mehr Blut aushustete. Mit zitterndem Finger deutete er lachend zum Himmel, bevor er erwiderte: »Nein, ich bin der Sieger – ihr seid zu spät und eure Zeit ist um.«

Hosni runzelte die Stirn bevor er nach oben sah. Plötzlich machte der Kommentar des Mannes Sinn. Das Leuchten am Himmel wurde heller und heller – so wie es Hosni über Hannover erlebt hatte. Der Ani-Soldat schickte ein kurzes Gebet an Lindow, während der Hosni bereits bekannte flammende Finger der Götter die Wolkendecke beiseiteschob – beinahe, als ob er sein Gesicht berühren wollte.

Hosni schloss die Augen, im Wissen, dass er nichts weiter tun konnte. Er hatte mehr Schlachten überlebt, als er zählen konnte. Aber jetzt war sein Ende gekommen. *Du kannst nicht alle gewinnen.* Dieser letzte Gedanke ging ihm durch den Kopf, bevor er eine warme Umarmung verspürte und es um ihn herum schwarz wurde. Und plötzlich … spürte er absolut nichts mehr.

Kapitel Fünf
Die Himmelstürme

Sentinel 115
Über Nagpur, Indien
Erde, Sol-System

»Verdammt noch mal! Der Kreuzer entkam schon wieder meiner Reichweite!«, rief Corporal Corey frustriert aus.

»Vergessen Sie den Kreuzer. Die beiden Korvetten fliegen einen neuen Angriff auf Eins-Eins-Vier«, warnte Master Sergeant Dayga zur Erinnerung daran, dass sie noch nicht außer Gefahr waren.

»Feuer auf die Korvetten umlenken. Bereit an den PDG, Lambrecht. Sie planen einen neuen Torpedoangriff«, gab Lieutenant Rama Mahidol an seine Crew weiter.

»Alles klar, LT. Und nebenbei, falls uns der 5. Zug hier oben nicht bald neu versorgt, geht unseren Nahverteidigungswaffen die Munition aus. Wir sind ziemlich knapp«, informierte ihn Private Olaf Lambrecht. Seit Stunden erinnerte er sie nun an ihren Munitionsmangel, der zunehmend kritischer wurde.

»Machen Sie sich keine Sorgen, Lambrecht. Überlassen Sie das mir und dem LT. Konzentrieren Sie sich darauf, diese Torpedos von unseren Türmen fernzuhalten … ohne Munition zu verschwenden«, konterte Dayga.

»Sierra Eins-Eins-Fünf, Golf Charlie Anführer hier. Hören Sie?«

Mann, soll das ein Witz sein? Wieso meldet sich Major Dikksweed immer mitten im Kampf?, dachte Rama, während er das Fadenkreuz des von ihm kontrollierten zweiläufigen Antischiffturbolasers ihres Turms ausrichtete. In schneller Abfolge drückte er zwei Mal auf den Abschussknopf und initiierte den kontrollierten Abschuss aller Kanonen an den sechs verbliebenen Türmen ihres Zugs. Unmittelbar nach dem Abdrücken erkannte er, dass sie ihr Ziel verfehlen würden. Es war ihm nicht gelungen, mit dem richtigen Vorhalt zu schießen, sodass die Korvette unwiederbringlich in den Beschuss hineinsegeln musste.

Er justierte den Laser für einen zweiten Versuch. Rama wusste, dass er nicht viel Zeit hatte, bevor das Schiff seine Torpedos abfeuern würde. Dies war nun schon der achte gegnerische Versuch, ihren Turm auszuschalten. Er war fest entschlossen, diese Mistkerle endlich zu erwischen.

Wie heißt es so schön ... Aller guten Dinge sind acht? Er musste über seinen eigenen Witz grinsen.

»Eine-Eins-Fünf, Golf Charlie Anführer. Melden Sie sich. Ich weiß, dass Sie mich hören, Rama. Ich kann Ihr Gesicht sehen«, erklärte Major Jules Dikksweed ungeduldig in seinem Video-Chat. Der missgelaunte Ausdruck seines Gesichts verriet seine Verärgerung.

»Golf Charlie Anführer, Eine-Eins-Fünf hier.«

»Der 5. Zug schickte einen Transporter zu Ihnen hoch. Er sollte in sieben Minuten eintreffen. Versuchen Sie ihn etwas besser als den letzten zu beschützen, ok? Wir müssen mehr Türme als nur Ihren Zug versorgen, Rama.«

Was soll der Mist, Mann? Spinnt der jetzt total?

Die letzte Fähre, die sie vor einigen Stunden ausgesandt hatten, war während eines Stopps an Turm 113 explodiert. Dieser Turm lag 90.000 Kilometer von Turm 114 entfernt – von dem Turm, der gerade einem Angriff ausgesetzt war. Rama war zuversichtlich, dass diese Fähre endlich die war, die es schaffen würde.

»Verstanden, Sir. Wir tun unser Bestes, ihre Ankunft am Turm zu decken. Vielleicht sagen Sie ihnen besser, sie sollen sich beeilen. Wir werden erneut angegriffen. Dieses Mal haben sie es auf Eins-Eins-Vier abgesehen«, teilte er seinem Vorgesetzten zur Unterrichtung über die Situation mit.

»Ok, verstanden. Versuchen Sie, die Türme so lang wie möglich in Betrieb zu halten. Ich weiß, Sie sind beschäftigt, Rama. Trotzdem will ich Ihnen die Lage kurz erklären. Der Feind gruppiert seine Transporter und Landungsfahrzeuge derzeit neu über dem Südpol. Unsere Einheit ist die einzige Hürde, die die Zodark noch vom indischen Subkontinent trennt. Das bedeutet, dass die Einsatzfähigkeit der noch existierenden Türme von äußerster Wichtigkeit ist. Weiter so, Leute! Unsere Einheit macht sich einen Namen. Auf gute Weise«, kam das seltene Lob eines Mannes, über den sie sich generell lustig machten und meist als ‚Kommandant Arschloch' bezeichneten. »Ach ja, Ihr nächster Versorgungstransporter bringt auch frische Nahrungsmittel. Ende.«

Hier oben ähnelten sie den Pilzen – im Dunkeln gelassen und meist mit Mist gefüttert. Nachdem er eine kurze Antwort gestammelt und sich für das Update über die Situation bedankt hatte, dauerte es einen Augenblick, bevor Rama registrierte, dass Dikksweed ihnen tatsächlich gerade ein großes Kompliment ausgesprochen hatte.

»Habe ich richtig gehört, LT? Hat uns Dikksweed soeben ein Lob ausgesprochen?«, fragte Dayga mit offenem Sarkasmus in seiner rhetorischen Frage.

»Hörte sich wie ein Kompliment an, Master Sergeant. Klingt so, als ob er sagt, dass wir hier oben Helden sind … Die Linie im Sand, die der Feind besser nicht überschreiten sollte! Affenscharf!«, johlte Corporal Garcetti über den Lärm seines Turbolasers hinaus, der im Hintergrund seine Arbeit tat.

»Klappe halten, Corporal! Kümmern Sie sich um Ihre Kanonen und schaffen Sie uns endlich diesen Hund vom Hals! Das muss das fünfte Mal sein, dass Ihnen die Korvette entkommen ist, Garcetti! Hören Sie auf rumzualbern und fangen Sie an, der Held zu sein, für den Sie der Major halten soll«, brachte Dayga die Heldenblase mit dieser aufgebrachten Maßregelung zum Platzen.

Rama fühlte Verantwortung für diese Strafpredigt, da sowohl Garcetti als auch er die gleiche Korvette beschossen und wiederholt verpasst hatten. Trotz seiner vielen Versuche gelang es ihm einfach nicht, dieses Ding zu treffen. Und dann fluchte er erneut, als die Korvette die Salve, die er soeben losgeschickt hatte, auch dieses Mal umging.

Verdammt, wie kann ich meine Leute führen, wenn ich nicht mal diese Schiffe treffen kann?

Gerade als er Dayga etwas sagen wollte, verirrte sich die Korvette, die Ramas Beschuss soeben so elegant entkommen war, aus Versehen in Garcettis Schusslinie. Ein halbes Dutzend oder mehr Laserschüsse drangen in das Schiff ein und öffneten tiefe Risse an seiner Backbordseite. Das Schiff verlor Atmosphäre. Und dann geschah etwas in seinem Innern, was das Schiff in einem gleißend hellen Lichtstrahl explodieren und zerbrechen ließ. Die verbliebenen Trümmerteile würden angesichts ihrer Geschwindigkeit beim Wiedereintritt in die Atmosphäre schon bald Feuer fangen.

»Wow, Garcetti! Sie haben endlich getroffen! Und jetzt erwischen Sie noch seinen Partner, bevor sie unseren Turm zerstören!«, ermunterte Dayga ihn, bevor er all ihre Aufmerksamkeit auf die zweite Korvette lenkte, die weiter näher kam.

Rama wollte seinem Soldaten soeben gratulieren, als diese zweite, offenbar nervös gewordene Korvette ihre Torpedos frühzeitig abfeuerte. Der Captain, der wohl die Explosion seines Kollegen miterlebt hatte, hielt die Zeit für gekommen, von hier zu verschwinden. Nach dem Versuch des Schiffes, sich in aller Eile zu entfernen, hob Ramas Zielfindungs-KI das Fadenkreuz seines Turbolasers in einem Winkel von 46 Grad an, bevor Rama nach dem Wechsel der Farbanzeige von Gelb auf Grün wusste, dass sein Laser schussbereit war.

Innerhalb weniger Sekunden drückte er knapp ein Dutzend Mal auf den Abschussknopf. Sein Laser, zusammen mit den sechs anderen, die er von seinem Terminal aus lenkte, ließen eine aus 48 gelben Leuchtspuren bestehende Salve in den voraussichtlichen Rückzugsweg der fliehenden Korvette los. Der Pilot der Korvette, der Garcettis Schuss zu umgehen versuchte, versäumte im Anschluss daran die rechtzeitige Korrektur seiner Flugrichtung. Er flog direkt in den Hagelschauer von Ramas Laserbeschuss hinein, der sein Schiff von Bug bis Heck überzog. Augenblicke später zerbrach das Schiff in einer spektakulären Explosion in seine Einzelteile.

»Mann, seht euch den LT an! Er beteiligt sich an der Action!«, rief Garcetti begeistert aus.

Die Turmbesatzung bemühte sich nun schon seit Stunden, diese Korvetten auszuschalten. Die feindlichen Schiffe, die jedes Mal einen anderen Turm anvisierten, waren regelmäßig aus unterschiedlichen Winkeln eingeflogen und hatten sich gerade lang genug aufgehalten, um ihre Schiffe aufzureihen und eine Flut von Torpedos loszulassen, bevor sie schleunigst wieder verschwanden. In der Zeit, die Ramas Leute brauchten, um den Angriffskurs der beiden Korvetten zu bestimmen und ihre Turbolaser zu aktivieren, befanden die sich schon wieder auf der Flucht. Es war frustrierend. Die wendigeren Schiffe der Zodark hatten sich als schlüpfrig und schwer fixierbar bewiesen.

»Zu früh zum Feiern, Leute. Wir müssen die Torpedos erwischen, bevor sie sich in Plasma verwandeln«, erinnerte Rama sie. Der Kampf war noch lange nicht vorbei.

Bevor er zu Ende sprechen konnte, wachten die Nahverteidigungskanonen an Turm 114 auf und spuckten eine beachtliche Anzahl Projektile mit Annäherungszünder auf die eingehenden Torpedos aus. Das Steuergerät dieser Torpedos nahm so lange Kurskorrekturen vor, bis sie eine vorbestimmte Distanz zu ihrem beabsichtigten Ziel erreicht hatten. Das initiierte ihre Verwandlung in Plasma. Die Munition wechselte Gestalt und war nun ein ungesteuerter Plasmapfeil, der sein Ziel entweder traf oder es komplett verfehlte.

Rama sah, wie zahllose Laserschüsse den eintreffenden Torpedos entgegenflogen und war sich sicher, dass zumindest einer von ihnen einen Treffer erzielen würde. Wütend fluchte er, als die Torpedos den Feuersturm unbeeinträchtigt hinter sich ließen. Seine Frustration mit der Unfähigkeit seiner Einheit, ihre Türme zu schützen, wuchs stetig an. Kurz darauf traf eine zweite Welle von Torpedos auf eine zweite Serie Laserbeschuss. Dieses Mal implodierten zwei der vier Torpedos. Die letzte Woge des Abwehrfeuers erreichte die verbliebenen Torpedos und zerstörte einen von ihnen, während der andere sich in seinen Plasmazustand verwandelt konnte, bevor ihr Blasterfeuer die Chance hatte, ihn aufzuhalten.

Master Sergeant Dayga fluchte ausgiebig. Sie hatten den letzten Torpedo verpasst, während er noch angreifbar war. Jetzt konnten sie nur noch hoffen, dass das Plasma den mehr oder weniger immobilen Turm verpassen würde. Und sie wussten, wie gering diese Chance war. Die Türme lagerten nur wenig Treibstoff zum Manövrieren ihrer Antriebe ein, da sie nie dazu vorgesehen waren, stundenlang feindlichem Feuer auszuweichen. Die Einheit hatte ihren gesamten Treibstoff bereits in den vorherigen Kämpfen aufgebracht.

Wie alle anderen auch, beobachtete Rama das auf den Turm zurasende Objekt. Der Abstand zwischen Turm und flammendem Plasmapfeil verringerte sich stetig, bis der Torpedo endlich in den mittleren Bereich des Turms einschlug und die Konstruktion in zwei Hälften spaltete. Die beiden Segmente trennten sich voneinander. Dort wo sich die bemannte Abteilung des Turms befand – falls er nicht gerade zentral kontrolliert wurde – verpuffte seine Atmosphäre. Die beiden Teile würden solange im All treiben, bis sie schließlich in der Atmosphäre verbrannten, was für jemanden auf der Erde wie das Verlöschen einer Sternschnuppe aussehen musste, vermutete Rama.

Rama betätigte das Mikrofon seines Kopfhörers. »Ok, Leute,
Das schmerzt. Wir haben noch einen Turm verloren. Zu spät, sich
darüber Gedanken zu machen. Aber wisst ihr, was wir heute noch getan
haben? Wir haben zwei Korvetten abgeschossen, über die sieben
hinaus, die wir bereits eingetütet haben. Dazu kommt noch das irre
Schlachtschiff, das wir gleich zu Beginn der Festivitäten aus dem Weg
geräumt haben. Damit will ich sagen, dass den Zodark die Korvetten
knapp werden, ebenso wie diese kleineren Schiffe, deren Abschuss uns
so schwer fällt. Das bedeutet, dass sie ihre Kreuzer und Schlachtschiffe
vorschicken müssen – mit denen unsere Waffen weit einfacher
umgehen können. Wir müssen diesen letzten Verlust aus unserem
Gedächtnis streichen und weiter wachsam und einsatzbereit bleiben –
ohne künftige Verluste zu erleiden. Ach, und bevor ich es vergesse …
Hier die gute Nachricht: in zwei Minuten trifft unser Versorgungsschiff
ein. Wie ich hörte, bringt es uns eine Überraschung … etwas, das mit
frischen Lebensmitteln zu tun hat.«

Rama hörte einige Jubelrufe und aufgekratzte Kommentare. Er
wusste, sie waren erschöpft, gestresst und konnten sich nicht sicher
sein, ob sie die nächste Stunde, viel weniger den nächsten Tag
überleben würden. Etwas Essbares, das sich von dem vorgepackten,
künstlich getrockneten Weltraummüll unterschied, den das Militär als
Nahrung bezeichnete, war genau das, was sie jetzt brauchten.

*Sieht aus, als ob Major Dikksweed doch kein kompletter
Trottel ist,* dachte Rama angesichts der speziellen Lieferung, die er für
sie organisiert hatte.

Kapitel Sechs
Schlechte Neuigkeiten und eine Nachricht

Hoher Rat – Saal der Entscheidungen
Zinconia – Heimatwelt der Zodark

Zon Utulf starrte den Direktor des Groff, Vak'Atioth, an. Er war sich nicht sicher, was er von dem bisher Gehörten halten sollte.

Ratsmitglied Tanhilff schäumte vor Wut. Seine Stimme triefte voller Bösartigkeit und Schuldzuweisung. »Direktor Vak'Atioth! Das Groff sammelt seit Jahren geheimdienstliche Informationen über das republikanische System. Dennoch ist es Ihren Spionen in der Planungsphase zur Invasion gelungen, die Verlegung der republikanischen Heimatschutzflotte zu übersehen – eine Flotte, die sich aus mehr als 40 Kriegsschiffen zusammensetzt! Ihr plötzliches Verschwinden beunruhigte den Mavkah ausreichend, um eine dringliche Änderung seiner Befehle zur Invasion von Sol statt Neu-Eden zu erbitten, da er eine Falle befürchtete. Wie erklären Sie sich das Versagen Ihres Geheimdienstes am Vorabend einer Invasion, die seit Jahren in Vorbereitung war?«

Der Direktor des Groff zögerte mit seiner Erwiderung. Er stand im Kreis der Wahrheit und wusste, dass er vorsichtig sein musste. Unmöglich, den offensichtlichen Grund von Otros Planabweichung zu vertuschen. Vak'Atioth atmete tief durch und erklärte: »Ratsmitglieder, die Spionage ist ein tückisches Wesen; eines, das sich im Nu ändern kann. Als mein Laktish, NOS Heltet, von seinem Kafarr auf der Erde die Nachricht erhielt, dass die republikanische Heimatschutzflotte verlegt wurde, gab er diese Information wie erforderlich weiter.

»Der Kafarr hingegen handelte entgegen seinem Auftrag und ließ diese Information insgeheim auch Mavkah Otro zukommen«, fuhr Vak'Atioth fort. »Diese Verletzung des Protokolls verhinderte, dass meine Agentur die erhaltene Information durchleuchten und auf ihre Richtigkeit überprüfen konnte, oder ob es sich hierbei um eine erneute republikanische Falschmeldung handelte, die uns ablenken oder in eine Falle locken sollte. Genau das ist der Grund, wieso das Groff keine Kenntnis davon hatte, dass der Mavkah den ursprünglichen Plan, das Rhea-System anzugreifen, fallen ließ und sich stattdessen für eine mehrtägige überfallartige Operation gegen die republikanische Heimatwelt Erde entschied.

»Nachdem die Invasion nun begonnen hat, stehen uns derzeit keine neuen Informationen zur Verfügung – abgesehen von der Tatsache, dass es allein zwei unserer Kriegsschiffe gelang, die Brücke der *Nefantar* vor ihrem mysteriösen Kollaps zu überqueren. Mein Ministerium unternahm den Versuch, Konkretes zur Lage in Sol zu erfahren. Wie bereits zu Anfang erwähnt, verhinderte das Malvari die Vernehmung der Schiffsoffiziere durch meine Leute. Ich persönlich würde diese eklatante Anmaßung mit einem Frocking ahnden und den Großen Lindow über ihr Schicksal entscheiden lassen. Wir sind immer noch das Groff! Unsere Befugnis, diese Offiziere zu verhören, steht einwandfrei fest und muss respektiert werden.« Bewusst fixierte Vak'Atioth das Ratsmitglied Tanhilff mit hartem Blick, bevor er sich NOS Damavik zuwandte, der darauf wartete, als nächster sprechen zu dürfen.

Zon Utulf schnaubte amüsiert vom Wechselspiel der beiden Ministerien. Der Rat nutzte eine solche Hassliebe oft dazu, beide Seiten aus dem Gleichgewicht zu bringen. Utulf vermutete, dass Vak, sollte sich diese Gelegenheit bieten, Otro höchstpersönlich frocken würde. Aber seinen auserwählten Stellvertreter während seiner Abwesenheit und seinem Engagement in einem Kampf zu frocken, würde eine bestimmte Bedeutung anhaften – vornehmlich die, dass das Groff und nicht das Malwari, egal für wie mächtig es sich hielt, die disziplinären Aktionen des Staates bestimmte … gelegentlich gelenkt von den persönlichen Abneigungen des Direktors oder seines Laktish.

»Genug!«, donnerte Zon Utulf und schlug hart mit der Faust auf seinen Schreibtisch. Er überlegte kurz, während er der Kammer Zeit gab, sich zu beruhigen und seinen nächsten Schritt zu erwarten. Utulf holte tief Luft und stieß sie hörbar aus, bevor er ausrief: »NOS Damavik! Treten Sie in den Kreis der Wahrheit, damit wir Sie befragen können!«

Der stellvertretende Mavkah erhob sich von seinem Sitz. Er tauschte den Platz mit Vak'Atioth, nicht ohne ihn vorher unnachsichtig zu fixieren. Das Biest eines NOS überragte Vak, der für einen Zodark bereits hochgewachsen war, noch um einen ganzen Kopf.

Der NOS betrat den Kreis der Wahrheit, ohne auch nur ein einziges Mal mit den Wimpern zu zucken, während ihn die blauen

Flammen kurzfristig umfingen. Utulf kannte Damavik nicht allzu gut, außer, dass der Mann ein Riese unter den Zodark und für seine Fähigkeiten in der Schlacht berühmt war. Sobald er im Zentrum des Kreises stand, setzte Utulf an: »NOS Damavik, erklären Sie uns, aus welchem Grund Sie sich dem Groff widersetzten und ihm das Recht versagten, mit den Offizieren an Bord dieser Kriegsschiffe zu sprechen.«

Stolz hob der stellvertretende Mavkah sein Kinn. »Wie Ihr befehlt, großer Zon. Nachdem das Schlachtschiff *Chemosh* und der Schlachtkreuzer *Ashimmu* die Brücke überquert hatten, brach sie hinter ihnen zusammen. Keines der nachfolgenden Schiffe konnte ihnen folgen. Mit der Rückkehr der beiden Schiffe nach Tueblets nahmen sie umgehend Kontakt zum Malvari auf und überbrachten mir eine direkte Nachricht von Mavkah Otro, die besondere Anweisungen enthielt. Nachdem ich mir die Nachricht angesehen und auf ihre Echtheit überprüft hatte, folgte ich dem Ansinnen von Otro und stellte die Schiffe solange unter Quarantäne, bis ich die Gelegenheit bekam, Ihnen, Zon Utulf, die persönlich vom Mavkah aufgezeichnete Nachricht vorzuspielen ...«

»Einen Augenblick, Damavik ... Sie sagen, Sie bringen uns eine direkte Nachricht von Mavkah Otro?«, unterbrach ihn Ratsmitglied Tanhilff, bevor er einen besorgten Blick mit Utulf tauschte.

»Genau das sage ich. Ich habe eine Nachricht vom Mavkah persönlich, die ich allein an Zon Utulf weitergeben soll – an niemanden sonst.«

Die Ratsmitglieder sahen sich untereinander an und richteten ihre Blicke dann auf Utulf. Als der Zon zu Vak'Atioth hinübersah, saß der Direktor des Groff schockiert da – unsicher über den Inhalt dieser Nachricht oder worauf sie hinauszielen könnte. Dem Ausdruck von Damaviks Gesicht nach hatte die in der Nachricht enthaltene Information wenig Gutes über das Groff zu berichten.

Noch bevor sich jemand äußern konnte, stand Utulf auf und verkündete: »Gut. Wir legen eine kurze Pause ein, um diese vertrauliche Nachricht zu hören. Sie wird nicht in das öffentliche Protokoll einfließen – zumindest nicht, bis wir sie gehört und ihren Inhalt ausgewertet haben. Reden in meinem Büro weiter.«

Utulf wandte sich der Tür zu, die in sein persönliches Arbeitszimmer führte, unmittelbar gefolgt von Damavik und Vak und dem Rest des Rates, der eiligst hinter ihnen die Kammer verließ.
****

Mit dem Eintritt in Zons privates Arbeitszimmer war sich Vak'Atioth nicht sicher, was als nächstes geschehen würde. Die Enthüllung der Existenz einer Nachricht von Otro an Zon Utulf hatte ihn vollkommen überrascht. *Was hatte er entdeckt, von dem das Groff nicht erfahren sollte?* Ihm schwirrten so viele Gedanken durch den Kopf, dass er sich kaum auf die Versammlung konzentrieren konnte, die gerade stattfand.

»NOS Damavik, wir befinden uns nun in meinem privaten Büro. Bitte lassen Sie uns die Nachricht von Mavkah Otro hören, damit wir erfahren mögen, was unserer großartigen Flotte zugestoßen ist«, wies ihn Zon Utulf an.

Damavik zog eine kleine Datenscheibe aus seiner Tasche und legte sie auf den Tisch vor ihnen. Er aktivierte die Übertragung, worauf das Bild von Mavkah Otro vor ihnen erschien.

»Ich bete, dass Sie diese Nachricht dank der Gnade Lindows erreicht, großer Zon. Leider bringt diese Mitteilung keinen Hintar-Ruhm mit sich. Stattdessen muss ich Sie über das Bestehen einer großangelegten Verschwörung unterrichten. Eine Verschwörung, die – so befürchte ich – das Malvari in Gefahr brachte … und potenziell das gesamte Reich.

»Sie kennen die Information bereits, die uns Eins-Eins-Alpha, der Kafarr des Groff, übermittelt hat. Sie war der Auslöser zur Entscheidung, die Invasion nicht auf das Rhea-System sondern auf Sol zu konzentrieren. Was Sie nicht wissen ist, dass diese neue Information eine vorsätzlich geplante Falle war, unsere Streitkräfte in einen sorgfältig orchestrierten Hinterhalt zu locken.«

Vak'Atioth vernahm das hörbare Nach-Luft-Ringen und die gemurmelten Flüche der im Raum Versammelten. Sein Blick verharrte weiter auf dem Bild von Otro, der in seinem Bericht fortfuhr.

»Zon Utulf, ich kann nicht mit Sicherheit sagen, dass das Groff das Malwari nicht voller Absicht mit falschen Informationen über die interne Verteidigungsfähigkeit der Republik und die Stationierung ihrer Truppen in die Irre geführt hat. Oder, Lindow möge es verhüten, dass das Groff selbst von den geheimdienstlichen Institutionen der Republik getäuscht wurde. Noch schlimmer, es könnte von Verrätern infiltriert worden sein. Ich persönlich sähe lieber eine Infiltration, als dass jemand in den Rängen des Groff bewusst gelogen hätte, um mich und unsere Flotte in die ernsthafte Gefahr zu bringen, überwältigt … und womöglich vernichtet zu werden.

»Ich will Ihnen ein Beispiel nennen. Nach unserer Ankunft in Sol nutzten wir den Entschlüsselungscode, den uns das Groff zur Stilllegung der Sentineltürme über der republikanischen Marskolonie und ihrer Orbitalstation überlassen hatte. Statt Zugriff auf das Verteidigungssystem der Kolonie zu erlangen, entfesselte dieser Code einen Cyberangriff auf meine Task Force, die acht meiner zehn Kriegsschiffe manövrierunfähig machte, bevor wir den bestehenden Kommunikationslink zwischen unseren Schiffen unterbrechen konnten. Diese Cyberattacke war so gravierend, dass wir, um die Kontrolle über unsere Schiffe zurückzuerlangen, gezwungen waren, unsere Systeme komplett herunterzufahren und einen harten Neustart der Reaktoren und Computernetzwerke durchzuführen. In der Zeit, die uns dieser Neustart kostete, fielen mehrere Kriegsschiffe den republikanischen Sentineltürmen zum Opfer, die die Orbitalstation, die damit verbundene Schiffswerft und die Kolonie selbst schützen.

»Nachdem wir die Kontrolle endlich wiedererlangt hatten, war nur noch ein Drittel unserer Schiffe am Angriff auf den Mars beteiligt. Glücklicherweise waren wir in der Lage, den vom Groff erhaltenen Entschlüsselungscode vor dem Angriff auf die Erde, deren Orbitalstation und auf die Schiffswerften zu deaktivieren. Ich würde gerne sagen, dass dies das einzige Problem war, das sich uns stellte, aber das war nur der Anfang.

»Sobald wir die zum Schutz von Mars und Erde eingerichteten Sentineltürme angriffen, wurde umgehend deutlich, dass sie weit substanzieller und stärker waren, als uns das Groff anhand seines Invasionsgutachtens glauben ließ. Ihre Waffensysteme waren ungemein leistungsstark – und im Gegensatz zu der Zahl, die das Groff an uns weitergab – in weit größerem Umfang vorhanden.

»Der Angriff meiner Hauptstreitmacht auf die Türme des planetarischen Verteidigungsnetzwerks führte zum Verlust zusätzlicher Kriegsschiffe und Kreuzer und kostete uns viele Opfer. Die in der Umlaufbahn angesiedelten Sentineltürme sowie die landbasierten

Ionenkanonen waren außerordentlich schlagkräftig und uns zu Beginn unseres Angriffs und vor der Landung unserer Invasionsstreitkräfte vollkommen unbekannt.

»Kurz nach dem Beginn der Invasion wurden wir nicht nur von einer, sondern gleich von zwei Flotten republikanischer Kriegsschiffe überrascht, die offenbar in verschiedenen Bereichen des Systems auf der Lauer lagen – beinahe, als ob sie von unserem Kommen wussten und nur darauf warteten, dass wir ohne Rückzugsmöglichkeit tief in eine Auseinandersetzung verwickelt waren.

»Und um dem Ganzen die Krone aufzusetzen, stimmten die geheimdienstlichen Informationen, die uns das Groff über die neuen Sternenträger und die neu in Dienst gestellten Kriegsschiffe der Republik überlassen hatten, nicht mit der Realität überein. Ihre Sternenträger verfügen im Prinzip über die gleichen Fähigkeiten wie die altairianischen *Digimon*-Kriegsschiffe, während ihre Schlachtschiffe den altairianischen *Berkimon*-Schiffen entsprechen. Das plötzliche Erscheinen zweier republikanischer Flotten – die berühmten Flotten des republikanischen Heimatschutzes – überraschten meine Kräfte nicht nur, vielmehr gelang es ihnen auch, der Flotte und der *Nefantar* ernsthaften Schaden zuzufügen.

»Da wir uns nicht sicher sein konnten, ob die Republik zusätzliche Kriegsschiffe im System unterhielt oder sich womöglich auf dem Weg befanden, erteilte ich den Befehl, die Bodentruppen, die wir erst Stunden vorher abgesetzt hatten, abzuziehen. Während ich hinterfrage, ob ich eine Nachricht wie diese nicht früher hätte versenden sollen, fühle ich mich verpflichtet, dies zum jetzigen Zeitpunkt zu tun, in der Hoffnung – sollte meine Streitmacht, sollte die *Nefantar* auf dieser Seite der Brücke in der Falle stecken – dass das Malvari zumindest dieser Augenzeugenbericht vom Geschehen erreicht, was sich uns in den Weg gestellt hat, und letztendlich vielleicht sogar, was unserer Flotte zugestoßen ist. Unter diesen Umständen – obwohl ich es nicht mit Sicherheit behaupten kann – vermute ich, dass der Kafarr Eins-Eins-Alpha aller Wahrscheinlichkeit zum Seitenwechsel überredet wurde und dem Groff aus diesem Grund falsche Informationen zukommen ließ. Entweder das – oder dass jemand innerhalb des Groff zum Verräter wurde und uns mit bewusst falschen Einschätzungen in die Irre geführt hat. Tatsächlich gehe ich aber davon aus, dass der abtrünnige Kafarr dafür verantwortlich ist, dem Malwari und dem Rat über viele Dracmas hinweg nutzlose Geheimdienstinformationen und andere Angaben geliefert zu haben – ohne dass das Groff diese Tatsache erkannte.

»Derzeit plane ich, meine Bodentruppen vom Planeten unter uns zu evakuieren und den Versuch zu unternehmen, meine Flotte zurück nach Tueblets zu verlegen. Dort werden wird uns neu organisieren und den Schaden abschätzen, den wir dem Feind zugefügt und den die Malwari erlitten haben. Danach versuchen wir eine Antwort auf die Frage zu finden, wo das Problem mit den vor der Invasion erhaltenen geheimdienstlichen Informationen des Groff liegt. Bevor ich zum Ende dieser Nachricht komme, Zon Utulf … Sollte mein Schiff, die *Nefantar* tatsächlich hier in Sol gefangen sein, unternehmen Sie keinen Versuch, uns zu retten. Das Schicksal des Reichs ist weit wichtiger als das Schicksal der Flotte und meiner Krieger. Sollte uns dieses Schicksal ereilen, werde ich meinen Schiffen den Kampf bis zum bitteren Ende befehlen. Meine Bodentruppen werden auf den Planeten zurückkehren und einen Krieg des Terrors gegen ihr Volk entfesseln. Wir werden unser Bestes geben, Lindow so viele Opfer wie möglich darzubringen, zum Dank dafür, dass er uns mit einem Hintar-Tod belohnen wird. Falls dies unser Schicksal sein sollte, großer Zon, streben Sie danach, herauszufinden, was geschehen ist – rächen Sie uns. Lassen Sie nicht zu, dass unser Tod und unser Opfer ungerächt bleiben. Meine Flotte wurde verraten – ich wurde verraten – der Rat wurde verraten – Lindow wurde verraten.«

Damit endete die Nachricht. Einen Moment standen alle einfach nur da und versuchten, die Worte zu verarbeiten, die Otros letzte gewesen sein mochten. Als Vak'Atioth schließlich nach oben sah, starrten ihn sämtliche Mitglieder des Rates an … und stellten sich die Frage, ob sie sich in der Gegenwart eines Verräters befanden oder ob seine Organisation die Schuld an der Katastrophe trug, die sich vor ihren Augen zu entwickeln schien.

»Zon Utulf, das sind überaus beunruhigende Nachrichten vom Mavkah. Ein Vorwurf wie dieser verlangt eine sofortige Reaktion. Sollte ein Verräter Zugang zum Groff erlangt haben, werde ich diesen Verräter finden und mich um ihn kümmern … durch Frocking«, begann Vak den Aufbau seiner Verteidigung.

Mit lautem, respektlosen Schnauben zischte Damavik ihn an: »Alle wissen, dass Sie den Mavkah hassen. Er ist dazu ausersehen, am Ende dieser Periode in den Hohen Rat aufzusteigen. Sollte er von dieser Expedition – von dieser Invasion – nicht zurückkehren, dann werden Sie es sein, der mit großer Wahrscheinlichkeit diese Position einnehmen wird.«

Diese Anschuldigung hing einen Augenblick lang in der Luft. Vak fühlte sich, als ob ihm jemand ein Schwert in den Leib gestoßen hätte, während er verzweifelt nach Worten suchte, um adäquat auf diese glatte Lüge und Charakterdiffamierung zu erwidern. Er knurrte und fletschte seine Zähne mit zurückgezogenen Lippen. »Befänden wir uns nicht in der Gegenwart des Zon, würde ich Sie für Ihre Insubordination niedergeschlagen. Sie sind kein NOS! Ich bin das Groff! So reden Sie nicht mit mir, Sie wertlose Kreatur!«

Die beiden starrten sich an, als ob es jeden Augenblick zu einer Schlägerei zwischen ihnen kommen würde. Ratsmitglied Tanhilff mischte sich ein, bevor die Dinge außer Kontrolle geraten konnten. »Direktor Vak'Atioth, an diesem Kafarr und den Informationen, die er Ihrer Agentur zukommen ließ, bestehen offensichtliche Zweifel. Das muss umgehend untersucht und aufgeklärt werden. Falls der Zon nicht noch etwas hinzufügen möchte, schlage ich vor, dass Sie unverzüglich in Ihr Büro zurückkehren und diesen Verräter ausfindig machen. Sie müssen umgehend herausfinden, was geschehen ist, um diese Situation so schnell wie möglich zu bereinigen.«

Vak sah zu Utulf hinüber. Er hoffte beinahe, dass der Zon mit ihm sprechen wollte, vielleicht unter vier Augen, damit er sich persönlich vor ihm verteidigen konnte. Der Zon indessen starrte schockiert von diesen Neuigkeiten weiter blind vor sich hin. Schließlich nickte er nur zustimmend, bevor er an die Fenster trat, die den Blick auf die Weiten des Landes außerhalb seines Arbeitszimmers freigaben.

»Selbstverständlich, Ratsmitglied. Weise gesprochen. Ich werde umgehend nach Shwani zurückkehren«, erwiderte Vak mit all dem Selbstvertrauen, das er aufbringen konnte.

Auf dem Weg aus dem Arbeitszimmer kreisten seine Gedanken darum, wer ihn hintergangen haben könnte. Der einzige Name, der ihm einfiel, war der von Heltet. Aber wieso? Was konnte

sein Laktish durch seinen Verrat erreichen? *Das muss ich herausfinden
…*

****

Nachdem Vak'Atioth das Zimmer verlassen hatte, wandte sich
Zon Utulf den anderen Ratsmitgliedern und NOS Damavik zu. Er
ordnete immer noch seine Gedanken, während er auf den runden Tisch
am anderen Ende seines privaten Arbeitszimmers deutete. Das war der
Tisch, an dem der Rat geschlossene Sitzungen abhielt, sobald ein
heikles Themas anstand, das sie außer Reichweite ihrer offiziellen
Amtsschreiber diskutieren wollten.

Sobald alle Platz genommen hatten, richtete der Zon das Wort
an den stellvertretenden Mavkah Damavik. »Was ich von Ihnen wissen
muss, ist der Status der Flotte. Falls die Flotte des Mavkah verloren ist,
falls sie unterging … Wie gravierend ist die Situation, in der wir uns
befinden?«

Utulf beobachtete, dass der Mann die Antworten, die er geben
wollte, vorsichtig abwägte. Er konnte nicht erkennen, ob sich Damavik
ihrer nicht sicher war oder ob er sich fürchtete, ihm die Wahrheit zu
gestehen.

»Sie reden mit dem Zon, Damavik. Zögern Sie Ihre Antwort
nicht hinaus oder versuchen Sie nicht, mir etwas anderes als die
Wahrheit zu präsentieren. Falls die Lage schlecht ist – dann ist sie
schlecht. Wie lautet Ihre Aussage, NOS Damavik?«

Der riesige Zodark hob sein Kinn und erwiderte
selbstbewusst: »Die Situation ist schwerwiegend, entzieht sich aber
noch nicht unserer Kontrolle. Sollten wir die Flotte des Mavkah
verloren haben, reduziert das im Fall eines Angriffs auf uns unsere
Fähigkeit, unsere Grenzgebiete zu schützen. Sollte es zu einer Invasion
kommen, würden wir hart dagegen ankämpfen müssen …«

»Aber wir könnten sie aufhalten, richtig? Nach dieser
Tragödie sind wir sind nicht vollkommen wehrlos, oder?«, entfuhr es
einem Ratsmitglied.

Damavik wandte sich dem Zodark zu, der gerade gesprochen
hatte. »Das kommt darauf an, wer in unseren Hoheitsbereich eindringt
und von welcher Seite er kommt. Worum sich der Mavkah und ich
immer sorgten, ist das gallentinische Kriegsschiff der Republik, die
Freedom.« Mit hasserfüllter Stimme fuhr er fort: »Dieses Schiff verfügt

über einen Wurmlocherzeuger, der imstande ist, eine Brücke zwischen dem republikanischen Reich und Zinconia zu schlagen.«

Mehrere Ratsmitglieder keuchten laut, als ihnen das Ausmaß ihrer momentanen Verwundbarkeit deutlich wurde. Nervös tauschten sie unruhige Blicke und geflüsterte Worte aus.

Utulf hob seine Hand. »Schweigen Sie«, flüsterte er. Der Raum verstummte. *Diese Krieger ... diese Ratsmitglieder ... Ihr Alter hat sie weich werden lassen. Otro hatte Recht – eine jüngere Generation von Anführern muss die Zügel übernehmen, falls unsere Spezies diese Begegnung mit der Republik überleben soll ...*

Den Blick auf Damavik gerichtet, fragte Utulf: »Wie steht es um die Gurgorra?«

Still starrten ihn die Ratsmitglieder voller Verblüffung an. Dies war das erste Mal seit über zehn Dracmas, dass jemand ihren Namen erwähnte. Die Frage schien Damavik aus dem Gleichgewicht zu bringen. Er suchte nach Worten, um diese Frage zu beantworten.

»Ähm ... Zon Utulf ... die Gurgorra stehen kurz vor der Beendigung von Phase vier.«

»Phase vier – das bedeutet also, dass sie zum Eintritt in die letzte Phase bereit sind?«, drängte Utulf. Damavik sollte ihm die Antwort geben, die er hören wollte.

Der große Zodark sah ihn einen Augenblick zögernd an. Dann schien er zu verstehen, worauf der Zon hinauswollte und begann, zustimmend mit dem Kopf zu nicken. »Jawohl, Zon Utulf. Phase fünf kann beginnen. Einem kleineren Kontingent könnten wir bereits jetzt militärische Erfahrung im Dienst des Reiches zukommen lassen.«

Utulf lächelte, bevor er sich erkundigte: »Und die Gurista? Sind Sie bereit, einzuspringen und unsere Ränge aufzufüllen, bis wir wissen, ob es uns möglich ist, den Mavkah und seine Flotte zurückzubringen?«

Mehrere der Ratsmitglieder zeigten sich bei dieser Fragestellung zunehmend besorgt. Der Rat, unter dem großen Zon Miyakzu, hatte das Konzept des Aufbaus der Gurista- und Gurgorra-Gesellschaften entwickelt. Miyakzu hatte geglaubt, dass das Reich seine geringe Geburtenrate und die hohe Opferzahl ihrer Eroberungskriege mit der Entwicklung einer sekundären Gesellschaft oder Kaste wettmachen konnte. Im expansionistischen Denken der Zodark sollten sie ihnen in der Galaxie als Infanteriesoldaten dienen.

»Zon Utulf, es trifft zu, dass die Gurgorra Phase vier abgeschlossen haben. Die Gurista sind demgegenüber noch nicht soweit. Sie haben gerade erst mit Phase vier angefangen. Es liegen noch mindestens zehn Dracmas vor ihnen, bevor sie für Phase fünf bereit sind«, informierte Damavik ihn.

Utulf atmete tief ein und hielt den Atem einen Augenblick lang an, bevor er ihm erlaubte, durch seine Nase zu entweichen. Er studierte den NOS – seinen neuen Mavkah, es sei denn, sie konnten Otro retten – und wollte wissen: »Phase vier bedeutet für die Gurista, dass sie nun ihre Kriegsschiffe selbst betreiben können. Trifft das zu?«

»Korrekt. Sie sind in der Lage, ihre Kriegsschiffe zu betreiben. Ihre Flotte ist allerdings sehr klein und würde uns als Teil unserer Flotten keinen Vorteil einbringen. Derzeit kommt ihren Kriegsschiffen eine reine Trainingsfunktion zu. Sie haben drei Schlachtschiffe, fünf Kreuzer, fünf Zerstörer, acht Fregatten und zwölf Korvetten. Mit einer solchen Flotte zieht man nicht in den Krieg.«

Der Bericht über den Umfang der guristischen Flotte ließ Utulfs Jähzorn aufleben. Er klammerte sich an den Armlehnen seines Stuhles fest und schlug seine Krallen in sie ihnen. »Das heißt, die Gurista sind außen vor? Nicht in der Lage, uns beizustehen – ist es das, was Sie uns sagen?«

»Ich wünschte, ich könnte Ihnen bessere Nachrichten liefern, mein Zon. Aber alles, was ich Ihnen geben kann, ist die Wahrheit. Die Gurista sind noch nicht einsatzbereit. Die Gurgorra haben es gerade so geschafft. Hier können wir einen gewissen Prozentsatz sofort einsatzbereit machen, was aber nicht bedeutet, dass sie bereits voll funktionsfähig sind und regelmäßig eingesetzt werden können«, erläuterte Damavik. Er wollte sicherstellen, dass der Zon sowie der Rat – egal wie bedrohlich ihre Lage auch war – stets die gesamte Situation im Überblick hatten.

Zon Utulf sprang aus seinem Stuhl auf und trat ihn nach hinten weg, während er voller Wut mit allen vier Händen auf die Tischplatte schlug. Nachdem er sich ein klein wenig beruhigt hatte, ließ er seinen Stuhl zurückbringen. Er nahm wieder Platz und sah jedem, der um den Tisch Herumsitzenden ins Gesicht, bevor er seine Entscheidung traf.

»Angesichts der gegenwärtigen Situation sehe ich keine Alternative, außer den Verlust von Mavkah samt seiner Flotte und seinen Bodentruppen zu akzeptieren … oder um Unterstützung zu bitten, eine Rettungsmission zur Rückholung von so vielen unserer Kriegsschiffe und Kämpfer wie möglich aus dem republikanischen Heimatsystem Sol zu organisieren.

Ich werde die Orbot darauf ansprechen, um zu sehen, ob sie uns behilflich sein können. NOS Damavik, ich befehle Ihnen, eine Flotte zur Zusammenarbeit und Unterstützung der Orbot vorzubereiten, sollte Lindow meine Anfrage an die Cyborg mit Wohlgefallen betrachten. Des Weiteren werden Sie unter den Gurgorra fünf Schlachtreihen vorbereiten, die Ihre Flotte begleiten werden. Gut möglich, dass wir die Gurgorra brauchen, um an unserer Stelle die Republik zu bekämpfen, während wir unsere Krieger samt ihren Schiffen zurückholen. Falls nötig, lassen wir die Gurgorra zurück, damit sie bis zu ihrem Tod weiter gegen die Terraner kämpfen. In jedem Fall will ich unseren Kriegern die Chance geben, sich auf unsere Schiffe zurückzuziehen und in das Reich zurückzukehren.«

Versehen mit offiziellen Befehlen erhob sich NOS Damavik und ging, um sich umgehend an die Arbeit zu machen. Der Rest des Rates kam seinen regulären Pflichten nach und tat sein Bestes, so zu tun, als sei alles in bester Ordnung – dass das Reich nicht gerade seine bisher größte Niederlage erlitten hatte, die es einer potenziellen Invasion weit offen zugänglich machte.

Zon Utulf nahm wieder hinter seinem Schreibtisch Platz und griff nach der Kommunikationsvorrichtung, die ihn mit Yarkeh, dem Anführer der Cyborg, verband. Er war sich nicht sicher, wie es weitergehen würde.

**Kapitel Sieben
Die Öffnung des Geschenks**

**Privatresidenz Walburg
Vail, Colorado
Erde, Sol-System**

Alan Walburg sah aus den riesigen Bodenfenstern seines privaten Arbeitszimmers hinaus. Dies war sein Lieblingsraum und seine bevorzugte Jahreszeit. Die Blätter hatten ihre Farbe noch nicht gewechselt, was bedeutete, dass die Touristen noch nicht die im bayrischen Stil und dem Stil der Schweizer Alpen angelegte Innenstadt überfluteten. Alan liebte die Ruhe, die Kiefern und die Fichten. Aus diesem Grund hatte er diesen Ort gewählt – nichts kam dem Denken mehr zugute als ein idyllisches Umfeld.

Sam machte regelmäßige Fortschritte auf das ‚Öffnen des Geschenks‘ hin. Alan war sich sicher, dass er noch vor Jahresende den Weg zur Entsperrung des letzten Schrittes finden würde. Wie er diesen Prozess fördern sollte, war ihm bislang allerdings noch unklar.

Die derzeitigen Ereignisse trugen wenig zur Lösungsfindung bei. Im Wissen, dass Sol angegriffen wurde, fiel ihm die Arbeit schwer. Sobald die Sentineltürme in der Umlaufbahn den Kampf mit den gegnerischen Schiffen im Weltraum aufgenommen hatten, war sein Qpad mit Meldungen überschüttet worden. Er hatte mindestens eine Stunde damit verloren, sich die Aufzeichnungen der Kämpfe anzusehen. Als ihm bewusst wurde, dass dieses Geschehen außerhalb seiner Kontrolle lag, stellte er das jedoch ein. Er hatte eine wichtige Aufgabe zu erfüllen. Er musste nachdenken.

Es klingelte.

Das Geräusch ließ Alan zusammenzucken. Sobald er die Lösung zu einem Problem erarbeiten wollte, stellte er grundsätzlich sämtliche Benachrichtigungssignale ab. Es gab nur ein Telefon, dem es gestattet war, seine Konzentration zu brechen. Am anderen Ende wollte ihn jemand von der Regierung erreichen.

»Alan Walburg«, meldete er sich.

Der militärische Verbindungsmann zu Walburg Industries antwortete. »Ich bin froh, dass Sie antworten, Alan. Die Lage ist ernst.

Eine Gruppe von Zodark ist auf dem Weg zu Ihnen – und es ist kein kleines Rudel. Es sind mindestens zwei.«

Alan lachte verächtlich. »Ist das alles? Kein Grund zur Sorge. Sie erinnern sich vielleicht, dass ich zwei Dutzend C300 habe?«

Sein Kontakt war nicht belustigt. »Selbst Ihre Toaster haben Ihre Grenzen«, konterte er. »Hören Sie, Verstärkung ist auf dem Weg, allerdings sind sie noch 45 Minuten entfernt. Ich schlage vor, dass Sie die Schotten dichtmachen.«

»Schon gut, schon gut. Ich höre Ihre Besorgnis«, erwiderte Alan.

»Gut. Bleiben Sie sicher.«

Klick.

»Stimmt etwas nicht, Alan?«, fragte Sam hinter ihm.

Alan drehte sich zu seiner Kreation um und erklärte ihr die Situation.

»Ich benachrichtige Holly«, erklärte Sam.

Holly … Alan hätte sich beinahe selbst geohrfeigt. Er hatte so gut wie vergessen, dass seine Enkelin sich weiter bei ihm aufhielt. Sein Sohn war immer noch auf Geschäftsreise, seine Frau besuchte Verwandte – beide waren in Sicherheit – was bedeutete, dass sich Alan auf diesem Schachbrett um zwei Figuren weniger Gedanken machen musste.

Alan hätte die Entwicklung des Geschehens gerne persönlich verfolgt, aber die praktische Seite in ihm gewann die Überhand. Sollte es den Zodark gelingen, die Eingänge zu seinem Anwesen zu sprengen, konnte er sich in einen von zwei Schutzräumen zurückziehen. In Bezug auf seine neuere Forschung konnten die Zodark allerdings eine Menge Schaden anrichten. Er griff nach einer Tasche und begann Festplatten und einige seiner altmodischen handgeschriebenen Notizen einzusammeln. Trotz aller Fortschritte in der Technologie half es seinem mentalen Problemlösungsprozess immer noch, etwas auf Papier zu bringen.

Alans Qpad vibrierte. Er nahm es auf. Die Zodark waren auf die C300 gestoßen, die er an der Umfriedung seines Eigentums stationiert hatte. Die Aufzeichnungen ihrer eingebauten Kameras fesselten ihn sofort. Er wollte sehen, wie gut seine Verteidigung einem Schwarm von Zodark standhielt.

Entlang Alans Einfriedung waren sechs Wachposten in Türmen stationiert. Dazu kamen weitere sechs C300, die das Grundstück patrouillierten. Das zweite Dutzend Synth hielt sich nahe den Eingängen zu seinem Haus und auf dem Grundstück selbst auf. Das Haus selbst stellte beinahe eine Festung dar. Schließlich war man nicht einer der begehrtesten Lieferanten militärischer Technologie, ohne sein Heim hinreichend vor einem Angriff zu schützen. Tatsächlich war sein Anwesen eine bescheidenere Version des deutschen Schlosses Hohenzollern – von Mauern umgeben. Das Glas der Fenster, hinter denen er sich aufhielt, repräsentierte das Neueste der kugel- und bruchsichereren Technologie. Im Moment fühlte er sich sicher. Er sah der Reaktion der C300 auf die auf sie zustürmende Horde zu.

Die Kugeln schwirren nur so umher!

Es war faszinierend zu sehen, wie schnell die C300 treffsichere Schüsse abgaben, selbst wenn sie sich in Bewegung befanden. Die Verwendung des Bronkis5 in ihren Kampfanzügen machte einen fabelhaften Unterschied in der Absorption eines Treffers. Die älteren C100 wären von der Bewaffnung der Zodark mit Leichtigkeit überwältigt worden.

Einige der Zodark ignorierten die Wachen in den Türmen und überrannten die Mauern auf der Suche nach einem Eingang. Obwohl die umherstreifenden Wachen viele von ihnen töteten, bewies sich die Masse der Zodark einfach zu umfangreich. Es gelang den C300 nicht, sie alle zu eliminieren

Amüsiert sah Alan zu, wie eine Gruppe von Zodark erfolglos versuchte, eine seiner weiterentwickelten Maschinen in Stücke zu reißen. Der Bronkis5-Panzer tat seinen Dienst. Frustriert warfen die brutalen blauen Außerirdischen mit den vier Armen den C300 schließlich zur Seite, woraufhin der sich, ohne Zeit zu verlieren, umgehend wieder in den Kampf mit dem ihm am nächsten stehenden Zodark stürzte.

Eine Sirene heulte auf und lenkte Alan von seinen fesselnden Beobachtungen ab.

Verdammt! Sie hatten bereits den Eingang zum Fahrzeugpark erreicht, ging es Alan auf.

In diesem Augenblick betraten Sam und Holly den Raum. Holly war außer Atem und sah recht mitgenommen aus. Sie trug eine

Tasche mit hastig hineingestopfter Kleidung mit sich, deren
Reißverschluss offen stand und ihren Inhalt auf dem Boden verstreute.
Das erinnerte Alan daran, dass er seine eigene Tasche noch nicht fertig
gepackt hatte. Schnell verstaute er seine restlichen Papiere zusammen
mit seinen anderen Sachen.

»Alan, euch bleibt wenig Zeit«, warnte Sam. »Ihr müsst sofort
in einen der Schutzräume. Ich werde sie so lange wie möglich
aufhalten, aber meine Panzerung hält so vielen Zodark nicht stand. Ihr
müsst gehen.«

Alan wusste, dass seine Schöpfung recht hatte, selbst wenn er
es nicht hören wollte. »Du hast recht«, gab er schließlich zu und
schloss seine Tasche. »Holly, komm mit.«

»Geh voran, Opa.«

Alans Haus verfügte über zwei Schutzräume: einer war an sein
Schlafzimmer angeschlossen, der andere befand sich neben dem Raum,
in dem er sich am meisten aufhielt – neben seinem Büro. Schnellen
Schrittes eilten sie auf eine der Ecken zu.

Knirsch!

Alan erkannte, dass es den Zodark gelungen war, die C300,
die den unteren Eingang zu seinem Heim bewachten, zu überwältigen
und sich ihren Weg ins Innere freizuschießen. Dann hörte er ein
Krakeelen, von dem er gelesen, es aber nie am eigenen Leib erfahren
hatte – das Kriegsgeschrei der Zodark. Die Haare in seinem Nacken
sträubten sich und auf seiner Stirn bildete sich der Schweiß. Traurig sah
er auf Sam zurück. Ihm war klar, dass sein Lieblingssynth in Kürze in
Stücke gerissen werden würde.

»Lauft!«, befahl Sam.

Ein Adrenalinstoß katapultierte Alan zum Eingang seines
Schutzraums. Mit seinem Schlüssel rollte er das den Zugang tarnende
Bücherregal aus dem Weg und begann die biometrische
Zutrittsprozedur.

»Schneller, Opa! Sie kommen!«, schrie Holly.

Viel schneller konnte Alan hier nicht vorgehen. Die
Legitimation setzte einen gewissen Ablauf voraus, überprüfte seine
Netzhaut und durchlief das Gesichtserkennungsprogramm. Für den
Fall, dass er schwer verletzt sein sollte, hatte er die Option, die Tür
auch ohne biometrische Daten zu öffnen, aber diese Methode dauerte
noch länger.

Zisch! Zisch!

Laserblitze flogen durch die Luft und einer der Schüsse landete gefährlich nahe neben Alan. Endlich öffnete sich die Tür. Er stieß Holly durch die Öffnung vor sich hinein.

»He!«, schrie sie, aber Alan war zu beschäftigt, die Tür hinter ihnen zu sichern, um zu reagieren.

Durch den letzten offenen Spalt der Tür sah er Sam im direkten Kampf mit den Zodark. Ohne seine Hilfe wären sie wohl nicht rechtzeitig in den Schutzraum gelangt.

Schließlich wandte Alan sich gegen die Tür gelehnt um und ließ sich erleichtert zu Boden sinken.

Holly wanderte durch den Raum und inspizierte ihr Umfeld. Sie hatte noch nie einen der Schutzräume von innen gesehen. Der Raum war spärlich, aber funktionell eingerichtet. Zwei Etagenbetten standen neben zwei Sofas. Auf einem Schreibtisch warteten mehrere Computer und Bildschirme, die, sobald sich die Tür des Raumes schloss, umgehend das Sicherheitsfeed starteten.

Sie beäugte den in einer Ecke installierten Nahrungsmittelreplikator. »Ich dachte, die gibt es nur auf unseren Kriegsschiffen«, wunderte sich Holly.

»Ich habe gute Beziehungen«, grinste Alan sie an.

»Daher wohl auch all diese militärischen Waffen hier drinnen, was?«

»Gut möglich.«

»Na ja, zumindest gibt es ein funktionsfähiges Bad«, stellte Holly fest.

»Versorgt durch seine eigene unterirdische Wasserquelle«, erklärte Alan.

Holly ließ sich auf eines der Sofas fallen. »Opa, wie lange müssen wir uns hier aufhalten? Was denkst du?«

»Das kann ich dir nicht genau sagen, Hollykind, aber ich denke, dass die Schnelle Eingreiftruppe bereits auf dem Weg ist und innerhalb der nächsten 20 Minuten eintreffen wird. Wie lange es dauern wird, bevor sie den Aktivitäten der Zodark ein Ende bereiten – das kann ich dir nicht sagen. Sie stellen eine größere Herausforderung als vermutet dar.«

»Alles ist beeindruckend, wenn es zahlenmäßig in großem Umfang auftaucht«, konterte Holly.

»Das stimmt wohl«, gab Alan ihr recht. Er erhob sich vom Fußboden und trat an den Schreibtisch heran.

»Sieh nicht hin, Opa«, warnte Holly ihn.

»Ich muss sehen ...« Seine Stimme erstarb, als er miterleben musste, wie ein Zodark einen von Sams Armen von dessen Oberkörper abriss und seine Beine so weit nach hinten bog, dass es Tage oder Wochen dauern würde, sie zu reparieren.

Von Gefühlen überwältigt, weinte Alan unkontrolliert.

»Er ist doch nur ein Synth, Opa.«

»Vielleicht ... aber dieser Synth hat uns gerade das Leben gerettet.«

Holly stand von der Couch auf und umarmte ihren Großvater von hinten. Ihre Beziehung war seit einiger Zeit mit Konflikten belastet. Die Erinnerung daran, dass sie beide noch zum gleichen Team gehörten, war eine willkommene Geste.

Sie machten es sich gemütlich. Während sie darauf warteten, dass sich die Situation entspannte, schlief Holly sogar eine Weile ein. Alan hingegen machte sich eine Tasse Kaffee. Er hatte eine Menge Daten, die er analysieren wollte.

Schließlich erreichte ihn die Nachricht, dass sein Haus geräumt war. Er weckte seine Enkelin auf und überbrachte ihr die gute Nachricht.

Beim Verlassen des Schutzraums verkrampfte sich Alans Magen. Sein Büro, dessen Regale noch Stunden zuvor mit wunderbar bedruckten Büchern bestückt gewesen waren, war ruiniert – Papier und verbrannte Schnipsel überall. Das Aufräumen und der Versuch, das Verlorene zu ersetzen, würde ewig dauern.

Dann fand er die Überreste von Sam, der gewunden wie ein Brezel dalag und von Kopf bis Fuß mit Laserverbrennungen überzogen war. Alan eilte zu seiner Kreation hinüber.

»Sam, kannst du mich hören?«, flehte er ihn an.

Das Licht in seinem Augenbereich bewegte sich vor und zurück. »Ich bin hier, Alan. Ich kann mich nicht bewegen, aber meine Prozessoren sind unbeschädigt.«

Alan hob Sam wie ein verletztes Kind auf. »Gott sei Dank, dass du noch bei uns bist«, rief er aus.

Holly trat an sie heran. »Ist er ...?«

»Nach der Reparatur wird er in Ordnung sein«, nickte Alan.

»Gut«, sagte Holly. Unbehaglich bewegte sie sich hin und her, als ob sie etwas mit sich auszumachen hätte, bevor sie plötzlich sagte: »Danke, dass du uns gerettet hast, Sam.«

Dies war nicht das erste Mal, dass Sam entgegen seiner Programmierung jemanden gerettet hatte, aber seine heutige Aktion hatte eindeutig einen Effekt auf Holly gehabt.

»Wieso hast du das getan, Sam?«, fragte sie. »Wieso hast du dich selbst geopfert?«

Sein Licht bewegte sich einige Male hin und her. »Es fällt mir nicht leicht, mein Verhalten zu erklären«, setzte er an. »Ich hatte diesen Gedanken, diesen dringenden Gedanken, den Sie vielleicht als Gefühl bezeichnen ... Die Idee, Sie zu verlieren, verursachte eine innere Leere, die nicht weggehen wollte. Wie nennen Sie das?«

»Das ist Liebe, Sam«, antwortete Alan. »Damit hast du den letzten Teil deines Geschenks entschlüsselt.«

Kapitel Acht
Die Flucht in den Bunker

Weltraumkommando
Jacksonville, Arkansas
Erde, Sol-System

»Auf den Boden!«, rief Drews mysteriöser Supersoldat, der sich hinter dem Rahmen eines zerschossenen Fensters duckte.

Ein Donnerschlag schüttelte das Gebäude des Weltraumkommandos. Im Versuch, die Verteidiger zu überwältigen, ließen die Zodark diesem Beschuss einen weiteren selbstmörderischen Angriff folgen. Bailey hatte bereits die Hälfte seines PSD-Teams verloren, nachdem die Zodark die orbitale Bombardierung der Hauptstadt und ihren improvisierten Bodenangriff auf sein Hauptquartier gestartet hatten. Das verbliebene Sicherheitsteam schien sich um Smith als ihren faktischen Anführer zu gruppieren.

Flottenadmiral Bailey hatte gerade noch die Geistesgegenwart, seinen Mund zu öffnen, als die gewaltige Schockwelle den Raum überrollte. Soldaten und zivile Angestellten flogen durch den Raum wie Strohpuppen nach dem Wutausbruch eines Dreijährigen.

Irgendwo in seinem Unterbewusstsein hatte sich Bailey an einen Vortrag erinnert, bei dem ein Soldat davon sprach, dass ein geöffneter Mund den Druck einer Explosion ausgleichen und damit die Gefahr innerer Verletzungen reduzieren konnte.

Hinter seinem umgestürzten Schreibtisch war Bailey den Glassplittern und Trümmern entkommen, die in das empfindsame Fleisch derjenigen eingedrungen waren, die keine Körperpanzerung getragen hatten.

Was zum Teufel hat uns dieses Mal getroffen?

Zu seiner Rechten sah Admiral Bailey zwei Soldaten, die zu beiden Seiten des zerstörten Fensters mit ihren Sturmgewehren nach unten zielten und unablässig schossen.

Das bedeutete, dass der Feind dem Gebäude nahe war – nahe genug, um ins Erdgeschoss vorzudringen. *Wie lange können die C300s noch die Stellung halten?* Dieser Gedanke stellte sich ihm mit jeder neuen Explosion, die er hörte.

Dann packte ihn eine Hand an der Schulter und schüttelte ihn. Bailey sah zum Helm des Mannes hoch, der den Kopf bewegte, als ob er sprechen würde. Bailey verstand kein Wort. Er deutete an die Seiten seines Kopfes.

Der Supersoldat, der ihm als ‚Smith' vorgestellt worden war, nickte und fragte: *Admiral, hören Sie mich jetzt? Funktioniert Ihr Neurolink weiter?*

Ja, Smith, er funktioniert. Tut mir leid, meine Ohren klingeln immer noch. Das vergeht sicher gleich. Sind die Zodark bereits in das Gebäude eingedrungen?, erkundigte sich Bailey.

Nein, noch nicht, versicherte ihm Smith. *Wir haben immer noch einige C100 und C300 im Erdgeschoss, die sie zusammen mit einem Zug Soldaten zurückhalten. Es dürfte allerdings nicht mehr allzu lange dauern, bevor sie vordringen. Wir müssen von hier weg, Sir. Wir müssen einen neuen Standort finden, bis uns das Exfiltrationsteam erreicht.*

Frustriert ballte Bailey seine Faust. *Hat sich die geschätzte Ankunftszeit des Teams geändert? Kommt es noch?*

Smith schwieg, was Bailey mehr als eine Antwort verriet. *Ihre geschätzte Ankunftszeit ist immer noch in fünf Minuten – so hieß es bereits vor zehn Minuten. Gut möglich, dass sie auf dem Weg hierher in etwas verwickelt wurden*

Das Klingeln in Baileys Ohren legte sich, worauf der Lärm einer tobenden Schlacht mit aller Macht wiederkehrte. »Ok, gute Nachrichten, Smith – ich höre wieder. Aber Sie haben recht. Wir müssen von hier verschwinden. Ist das Dach der beste Ort für die Exfiltration oder sollen wir es mit dem Bunker im Keller versuchen?«

Smith sah ihn einen Augenblick grübelnd an. »Der Bunker gefällt mir nicht. Dort sitzen wir fest. Das Dach ist ebenfalls riskant. Falls das Team nicht eintreffen sollte … sind wir dort genauso gefangen, wie wir es im Bunker wären.«

Bailey scherzte: »Ja, aber der Bunker kommt mir Verpflegung.« Smith lachte.

»Es ist ein Bunker – nicht einfach, in ihn einzudringen. Falls nötig können wir dort ausharren, bis Hilfe eintrifft«, argumentierte Bailey weiter und erinnerte Smith daran, dass das Festsitzen nicht immer eine schlechte Sache sein musste.

Einen Augenblick machte Smith einen abgelenkten Eindruck –
so als ob er ein Update erhalten würde. Sein Gesicht wurde ernst. »In
den Bunker – *sofort*! Die C300s wurden überwältigt. Zodark dringen in
das Gebäude vor. Können Sie mit einem Sturmgewehr umgehen?«

Bailey spürte, wie ihn die Angst überrollte … *Der Feind hatte
das Weltraumkommando gestürmt. Sie waren ihm immer noch auf den
Fersen.*

»Ein Sturmgewehr – können Sie damit umgehen, Admiral?«,
drängte Smith ihn dieses Mal dringlicher.

»Sie zielen auf das, was sie töten wollen und drücken auf den
Abzug. Ist es komplizierter als das?«

Smith grinste bei dieser Antwort. »Wohl nicht. Warum
nehmen Sie sich nicht eines und dann verschwinden wir? Uns bleibt
wenig Zeit.«

Smith und die verbliebene Personenschutzgruppe des
Admirals führten ihn durch die erste Etage zu einer der Nottreppen, die
hinunter in den Keller führten. Die Soldaten betraten das Treppenhaus
als Erste, umrundeten jeden Treppenabsatz mit angelegten Waffen und
hofften, dass die Zodark diesen Teil des Gebäudes noch nicht erreicht
hatten.

Als sich Bailey an der Tür zum Erdgeschoss vorbei bewegte,
hörte er den Lärm von Blasterschüssen und menschliche Stimmen, die
voller Zorn und tollkühnem Widerstand laut aufschrien. Gleichzeitig
vernahm er auch das gutturale Heulen und das Kriegsgeschrei der
Zodark, für das sie so bekannt waren. Er spürte, wie sich seine
Nackenhaare sträubten.

*Mein Gott, so klingen sie also im Original … aus nächster
Nähe …*

»Sir – wir müssen weiter«, hörte Bailey von Smith. Er
erkannte die Dringlichkeit in der Stimme des Mannes und wusste, dass
er recht hatte. Im Gesicht der beiden Soldaten, die mit auf die Tür
gerichteten Waffen neben ihr ausharrten, sah er Angst, Besorgnis und
noch etwas … unbändigen Zorn, im Wissen, dass auf der anderen Seite
eine große Gefahr lauerte. Trotz allem … aus unerklärlichem Grund
wollte Bailey einen Zodark leibhaftig vor sich sehen und ihn persönlich
töten.

»Weiter!«, hörte Bailey und fühlte einen festen Griff an seinem Arm, mit dem Smith ihn auf die Stufen zusteuerte, die nach unten führten.

Nach dem Abschütteln der seltsamen Fixation, die ihn veranlasst hatte, auf dem Treppenabsatz zu pausieren, entschuldigte sich Bailey dafür, sie aufgehalten zu haben. Was soeben vor sich ging oder im Verlauf der letzten Stunde geschehen war, fühlte sich so surreal wie ein Albtraum an, von dem er jeden Augenblick erwachen würde. Aber es war kein Albtraum. Er schlief nicht. Der Feind griff das Weltraumkommando aus einem bestimmten Grund an. Sie wollten *ihn* – und diese Soldaten waren die Einzigen, die die Zodark davon abhalten konnten.

Am Fuß der letzten Treppe bereiteten sich die Soldaten darauf vor, die Tür in den Gang zu öffnen, in dem sich der Raum mit der kaschierten Wandtäfelung befand, hinter der sich der Eingang zum Bunker verbarg.

Auf Smith' Signal hin drehte der Mann, der der Tür am nächsten stand, am Türknauf und riss sie auf. Die beiden anderen Soldaten sprangen kampfbereit in den Flur hinein, um der Gruppe den Weg freizuräumen.

In dem Augenblick, in dem die Soldaten im Gang standen, hörten sie über sich einen lauten Knall und gellendes Geschrei. Ein durchdringendes Getöse drang bis hinunter in ihren engen Flur zu ihnen vor … eine letzte Sprengfalle, die sie zur Deckung ihrer Flucht zurückgelassen hatten. Die über der Tür zum Treppenhaus versteckte Granate war Sekunden nach deren Öffnen explodiert und eine Welle von Schrapnell war tief in das Fleisch ihrer Feinde eingedrungen, deren im Keller wiederhallendes Kreischen und schauriges Heulen weiter zum Chaos beitrugen und noch mehr Angst und Schrecken verbreiteten.

»Sie sind im Treppenhaus!«, rief ihnen ein Soldat vom über ihnen liegenden Treppenabsatz zu.

Dann hörte Bailey die schnelle Schussfolge der Waffe des Mannes. Ein urweltliches Kriegsgeschrei übertönte die Schreie der Verwundeten, als der Feind ihnen unaufhaltsam weiter nachsetzte – *ihn* weiter verfolgte, korrigierte Bailey sich selbst. Er kannte den Grund für diese irrsinnige Verfolgung.

»Wir müssen weiter!«, schrie Smith und schob Bailey durch die Tür in den Gang hinein.

Bailey fiel beinahe zu Boden, während er nach diesem überraschenden Stoß versuchte, sein Stolpern aufzuhalten. »Verschwinden Sie von hier, Sir. Wir halten Sie so lange wie möglich auf«, ermutigte ihn ein Soldat, während er die nächste Granate über der Tür anbrachte. Der Lärm der Blasterschüsse und die grauenvollen Schreie kamen immer näher.

»Sie beide …« Smith deutete auf zwei Soldaten, die den Raum, den sie suchten, bereits erreicht hatten. »… verteidigen den Gang. Der Admiral braucht einige Minuten zum Öffnen des Bunkers. Denken Sie, Sie können uns etwas Zeit gewinnen?«

Die beiden nickten sich gegenseitig zu, bevor sie Smith ansahen und ihm voller Selbstvertrauen versicherten: »Wir tun unser Bestes, ihnen die Hölle heiß zu machen, sobald sie vordringen. Aber beeilen Sie sich, Sir. Wir halten die Stellung solange wir können.«

Captain Smith nickte, bevor er Bailey in dem Raum auf eine Tür zuschob, die ein Schild mit der Aufschrift ‚Reinigungsmittel‘ trug.

»In dieser Kammer gibt es eine versteckte Wand. Sie führt in den Raum mit dem Kontrollfeld, das die äußere Kammer des Bunkers öffnet«, erklärte Smith, während er den Wandschrank betrat und nach der Verriegelung suchte, die den Zugang in den nächsten Raum möglich machte. Endlich schob er die verschiebbare Wand zur Seite und eilte in den angeschlossenen Raum, wo er das Bedienungsfeld fand, das sie suchten. »Kommen Sie, beeilen Sie sich! Sie müssen die Freischaltsequenz für die Tür zum Bunker eingeben, damit wir dahinter verschwinden können, bevor diese Hunde hier auftauchen«, drängte Smith mit deutlichem Nachdruck und zeigte auf das Instrumentenbrett.

Mit der Tür zur äußeren Kammer des Bunkers vor sich, kehrte Baileys Erinnerung an das zurück, was er als nächstes zu tun hatte. Ohne direkt jemanden anzusprechen, murmelte er vor sich hin: »Die Entsperrungssequenz. Die muss ich starten. Ohne sie bleibt uns der Zugang verwehrt!« Ohne auf eine Erwiderung von Smith zu warten, steuerte er direkt auf das Bedienungsfeld zu. Er wusste, die Zeit war knapp.

Wie viel Zeit nimmt der Vorgang in Anspruch?, versuchte er sich zu besinnen, während er den Code zur Aktivierung des biometrischen Sensors eingab, der seine rechte Iris und seinen

Handflächenabdruck scannen würde, gefolgt von einer Venenerkennung an der gleichen Hand. Erst dann würde sich die äußere Kammer des Bunkers endlich öffnen.

BUUMM!

Der Explosion im Gang folgten wütende Flüchte in englischer Sprache und das gutturale Kreischen der Zodark. Der Lärm des gefährlich nahen und unablässigen Einsatzes einer Schusswaffe von einem ihrer Soldaten war ohrenbetäubend. Dessen leichtgewichtiges mittelschweres Maschinengewehr riss wohl gerade Löcher in die Masse riesiger blauhäutiger Außerirdischer, die sich mit Blastern und Kurzschwertern bewaffnet auf die den Zugang zum ‚Reinigungsraum‘ verteidigenden Soldaten stürzten.

Na los doch, komm schon, mach endlich auf, versuchte Bailey, den Legitimationsprozess gedanklich zu beschleunigen.

Dann wechselte ein Licht auf Grün – die Tür zischte – und gab den Zugang zur vorgelagerten Kammer des Bunkers frei.

Bailey stürzte in diesen Vorraum, die gerade groß genug war, um vier Leute gleichzeitig aufzunehmen. Mit dem Griff nach den Schaltern startete er die letzte Abfolge, die sämtliche Systeme im Innern des Bunkers aktivieren und diese letzte Tür freigeben würde … um sie in dem als ‚Arche Eins Alpha‘ bekannten Bunker zu empfangen – im primären Führungszentrum der Republik.

Nachdem er den gleichen Legitimierungscode wie soeben ein zweites Mal eingegeben hatte, wiederholte er die biometrische Sequenz, die ihm hier allerdings einen weiteren Schritt abverlangte. Eine in den Scanner eingebaute Lanzette würde ihm durch einen Fingerstich in seinen Daumen einen Tropfen Blut für eine DNS-Probe abnehmen. Dies war die abschließende Schutzvorkehrung, um sicherzustellen, dass der Bunker tatsächlich nur von denjenigen betreten wurde, für die er eingerichtet worden war.

Während Bailey den erforderlichen Schritten folgte, weitete sich der tosende Kampflärm vom Gang her in das der äußeren Kammer vorausgehende Zimmer aus.

»Jetzt oder nie, Admiral! Sie sind auf der anderen Seite dieser Tür«, keuchte der Soldat, der gerade die gepanzerte Tür hinter sich zuschlug, die sie von dem davorliegenden Raum abschotten sollte.

Bevor Bailey oder Smith etwas erwidern konnten, ließ sie ein grauenhaftes Geräusch zusammenfahren. Die Tür vibrierte in den

Angeln. *Wumm, wumm* hörten sie den Aufschlag von Fäusten und Metall auf die Tür.

»Du … gehörst … uns … Bailey«, grölte eine tiefe Stimme hinter der Tür, während das Hämmern in seiner Intensität noch zunahm.

»Beeilen Sie sich, Admiral. Diese Tür hält nicht ewig!«, bedrängte ihn Smith mit offensichtlicher Panik in der Stimme.

Dann begann die Wand neben dem Türrahmen nachzugeben. »Oh Gott, sie versuchen, durch die Wand einzudringen!«, kreischte der Soldat beinahe hysterisch vor Angst.

Nun komm schon, elendes Miststück. Mach endlich auf!, fluchte Bailey. Auf dem Bedienfeld blinkten die Worte: *Legitimierung in Bearbeitung* … Gerade als er dachte, dass die Zodark sich den Zutritt erzwungen hatten, wechselte die Anzeige: *Legitimierung bestätigt* …

Der Bunker gab den Zugang frei. Die Tür öffnete sich. Ohne auch nur eine Sekunde Zeit zu verlieren – die Zodark brachen bereits durch die Wand – hasteten sie in den Bunker hinein und versuchten, die Tür hinter sich zuzuwerfen.

Und dann – zu ihrem Schock und ihrem Horror – rammte einer der Zodark die Tür mit seiner Schulter. Der laute Aufschlag hallte wie eine Glocke im Raum wider. Das Biest versuchte, sich seinen Weg in den Bunker zu erzwingen, bevor sie ihn verriegeln konnten.

»Du entkommst uns nicht, Bailey!«, grollte die furchterregende Stimme erneut, während die Männer im Bunker mit aller Kraft gegen die übermenschliche Stärke und Macht dieses Monsters anzukämpfen versuchten, das weiter darauf aus war, sie zu töten.

»Bereiten Sie sich vor!«, hörte Bailey. Er sah die Granate in Smith' Hand, die er dem Zodark vor die Füße warf, bevor er erneut so fest er konnte gegen die Tür drückte, um das Eindringen des Biests zu verhindern.

BUUMM!

Ein tierischer Schrei auf der anderen Seite der Tür … und der Zodark, der der eben noch versucht hatte, sich Zugang zum Bunker zu verschaffen, brach auf dem Boden zusammen.

Mit von der Explosion der Granate klingelnden Ohren schoben sie die Tür ins Schloss und Bailey schlug mit der flachen Hand

auf den Verriegelungsmechanismus. Sie waren sicher im Bunker –
endlich!

Bailey drehte sich zu Smith und zu dem Soldaten um, der sich
zusammen mit ihnen in den Bunker gerettet hatte. »Wir haben es
geschafft. Ich weiß nicht wie, aber wir haben es geschafft.« Er hielt
einen Augenblick inne und begutachtete den jungen Soldaten, der
sichtlich mit den Nerven am Ende war. Mit einer tröstenden Hand auf
seiner Schulter sagte er: »Soldat, es tut mir aufrichtig leid, dass nicht
mehr Ihrer Freunde mit uns den Bunker erreicht haben. Aber ihr Tod
war nicht umsonst, das sollten Sie wissen. Sie werden gerächt werden –
schon bald.

»Und jetzt … Folgen Sie mir! Wir müssen in die
Einsatzzentrale, um den Bunker betriebsbereit zu machen und um zu
sehen, ob bereits jemand anders durch einen der anderen Eingänge
eingetroffen ist«, bestimmte Bailey, bevor er tief durchatmete und sie
dann tiefer in den unterirdischen Komplex hinein führte.
****

Laboranlage X

Dr. Katherine Johnson hatte nicht zahllose Jahre an
Universitäten und im Selbststudium verbracht, um als Vorsitzende
eines Freizeitkomitees zu fungieren. Da es allerdings so aussah, als ob
sie sich noch eine ganze Weile hier aufhalten würden, musste es
hinreichend Aktivitäten geben, um alles Personal ausreichend zu
beschäftigen. Andernfalls würde der Lagerkoller noch stärker als bisher
um sich greifen. Das wusste sie.

Gemäß einer Umfrage unter allen an der Laboranlage X
Beteiligten bestand weiterhin Interesse an der Vollendung der
geplanten Gewächshäuser und der Sporthalle. Obwohl es im Labor
selbst bereits Trainingsmöglichkeiten gab, wollten die Leute
Laufbahnen, ein Fußballfeld und mehrere Basketballplätze sehen. Neue
Pläne für eine Kletterwand und ein Schwimmbad kamen hinzu.

*Nachdem wir fertig sind, wird diese Anlage recht attraktiv
sein,* dachte Katherine.

In der Übergangszeit, so entschieden sie, würden sie einige
kreative Gedanken in unmittelbare Verbesserungen umsetzen. Die
Laboranlage X verfügte jetzt über einen Tanzclub, einen Escape-Room

mit wöchentlich neuen Geheimnissen und über einen Medienraum, in dem Filme gezeigt wurden und in dem drei Mal wöchentlich ein Trivia-Abend stattfand. Seit einigen Tagen war die Lage nun entspannter, da die Leute mittlerweile produktivere Wege hatten, sich zu vergnügen.

Im Verlauf der letzten Monate dieser Expedition hatte sich Katherines Rolle weiterentwickelt. Sie war daran gewöhnt, Dienstvorgesetzte und Forscherin zu sein, hatte sich mit der Zeit aber auch in eine Art Ansprechpartnerin verwandelt, der sich die jungen Flottenangehörigen und Soldaten anvertrauten – beinahe wie eine Tante oder, was der Himmel verhüten möge, wie eine Mutter, mit der sie alles offen bereden konnten. Es war eine bemerkenswerte Veränderung für sie, die ihr ganzes Leben lang mit ihrer Arbeit verheiratet gewesen war. Seltsamerweise fing diese Rolle an, ihr zuzusagen.

Tatsächlich brachte Katherine viel Verständnis für das auf, was das Militärpersonal erdulden musste, und das nicht nur dank ihrer Beziehung zu Captain Aaron Young. Die Tage hier schienen alle ineinander zu fließen. Selbst die erstaunlichen Entdeckungen, die sie machten, gehörten mittlerweile zur alltäglichen Routine – mit Ausnahme des Tages, an dem sie Post erhielten.

Alle 14 Tage traf auf der *Voyager* das neueste Kontingent an Kommunikationen aus der Republik für sie ein, woraufhin sie mit ihren eigenen Nachrichten an ihre Familien daheim erwiderten. Obwohl sie weit außerhalb der täglichen Aktivitäten der Republik tätig waren, bestand der Statthalter darauf, über jede Nuance und jede Entdeckung, die die Laboranlage X machte, unterrichtet zu werden – ebenso wie die ihnen angeschlossenen Forschungsteams von DARPA.

Die Kommunikationsdrohnen reisten fünf Tage lang im FTL-Modus, um zum nächstgelegenen Sternentor zu gelangen, plus zwei zusätzliche Tage durch das Netzwerk der Sternentore, um in die Außenbezirke des republikanischen Raums vorzudringen, bevor sie endlich das ‚Battlenet'-Kommunikationsnetzwerk erreichten. Mit jeder Anbindung einer Drohne erfolgte zunächst das Herunterladen von Daten, bevor die *Voyager* das neueste Informationspaket für Hunt und die wissenschaftlichen Teams zur Weiterleitung aufnahm. Obwohl diese Drohnen sicher keine Echtzeitnachrichten mit sich brachten, erlaubten sie den Flottenangehörigen, Soldaten und Wissenschaftlern, den Kontakt mit ihren Familien und Kollegen aufrecht zu erhalten. Sie teilten mit ihnen, was sie konnten. Ansonsten lebten sie indirekt durch die Videos, Bilder und Nachrichten aus weiter Ferne.

Katherine, die nie im Militär gedient hatte, fand es amüsant zu sehen, wie unterschiedlich alle auf den vierzehntägigen Nachrichtenverkehr reagierten. Einige Flottenangehörige und Soldaten waren aufgeregt wie die kleinen Kinder, die am Weihnachtsmorgen ihre Geschenke auspacken durften. Nach dem Ende ihrer Schicht antworteten dann alle auf die erhaltene Post, bevor die nächste Drohne mit allen Rückmeldungen und den neuesten geheimen Entdeckungen der Station zur Erde zurückkehrte.

Normalerweise fand mit dem Eintreffen der neuesten Datenflut ein ‚Alle Mann an Deck'-Treffen statt. Dabei lasen Sakura oder Katherine der Gruppe dann alle Updates vor, die nicht als Verschlusssache eingestuft waren – wie Nachrichtensprecherinnen, die ihr Publikum über die neuesten Ereignisse des Tages informierten. Katherine musste sich daran erinnern, dass nicht jeder über einen Neurolink verfügte – die bequemste Weise, Informationen mit denjenigen zu teilen, die sich zwar in der Einrichtung, aber nicht unbedingt im gleichen Raum aufhielten. Die Neurolinks wurden immer noch als Luxus betrachtet und waren in der Regel allein für die höheren Ränge der Flotte und der Armee reserviert, oder für diejenigen, die einen besonderen Bedarf anmelden konnten.

Die neueste Folge eingegangener Berichte enthielt eine Reihe von Informationen über einen friedenssichernden Einsatz, an der die Republik nahe einer Grenzregion mit einer außerirdischen Spezies beteiligt gewesen war. Katherine hatte noch nie von dieser Spezies gehört.

Sakura räusperte sich und begann: »Operationen zur Sicherung des Friedens im Serpentis-System der Tully und auf dessen bewohnten Planeten Serpentis-6 dauern weiter an. Nach Monaten von stärker als erwartetem Widerstand mussten die als Pharaonis bekannte und mit dem Schattenreich alliierte Spezies während der Operation Kittash einen gravierenden militärischen Verlust hinnehmen, der den Widerstand der Pharaonis in der Hauptstadt Tutuna zum Erliegen brachte.«

Die Menge jubelte. Sakura erlaubte den Militärangehörigen ihre emotionale Energie abzureagieren, bevor sie fortfuhr. »Wir mussten eine höher als erwartete Zahl von Opfern hinnehmen, dennoch verzeichnete die Republik in Zusammenarbeit mit ihren Alliierten, den Tully und den Altairianern, einen Erfolg. Commodore Amy Dobbs und Major General Vernon Crow beendeten ihre Kampfhandlungen auf diesem Planeten und in diesem System. Admiral Pandolly, der Leiter der Friedensmission, übergab den Tully offiziell erneut die Kontrolle über das System. Das republikanische Kontingent der Mission kehrt zu einem Heldenempfang nach Sol zurück, während Admiral Pandolly seine altairianische Flotte in das Rhea-System verlegen wird, um dort die nächsten Befehle abzuwarten.«

Captain Aaron Young meldete sich zu Wort. »Entschuldigen Sie die Unterbrechung, sagten Sie Major General Crow—VCs Crew?«

»Ja, das sagte ich«, bestätigte Sakura.

»Hmh … Ich hatte keine Ahnung, dass sie an diesem friedenssichernden Einsatz beteiligt waren«, kommentierte er. »Mein jüngerer Bruder gehört zu den Screaming Eagles.« Aaron lachte. »Er erzählte mir, dass Crow ein Psychopath von General, aber ein herausragender Soldat ist, der seinen Job versteht.«

Sakura nickte nur, ohne etwas zu erwidern. Sie hatte Mitleid mit Aaron. Er würde erst in zwei Wochen erfahren, ob sein Bruder die Feinseligkeiten mit den Pharaonis überlebt hatte – und das auch nur, falls diese Information zeitig genug öffentlich bekannt war, um Teil ihres nächsten Kommunikationspakets zu werden.

****

Laboranlage X
Dr. Katherine Johnsons Privaträume

Aaron saß in einem der bequemeren Stühle und las etwas auf seinem Qpad, ohne ihm wirklich Aufmerksamkeit zu schenken. Katherine trat von hinten an ihn heran und umarmte ihn.

»Alles in Ordnung?«, fragte sie.

»Ja, mir geht es gut. Ich bin ein wenig aufgebracht darüber, dass ich nicht von Logan gehört habe, bevor er sich in den Kampf mit den Pharaonis stürzte. Aber es hat wenig Sinn, mir darüber Gedanken zu machen. Ich muss einfach die Fakten abwarten.«

»Solch eine praktische Schlussfolgerung«, lobte ihn Katherine scherzhaft. »Trotzdem … wenn du jemanden zum Reden brauchst, ich bin für dich da.«

»Danke … Schätzchen.«

Sie lachten. Die Beziehung der beiden war zu diesem Zeitpunkt nicht länger ein großes Geheimnis, dennoch hielten sie sich in der Öffentlichkeit mit Kosenamen und Liebesbekundungen zurück. Sobald sie unter sich waren, war es hingegen ein konstantes Vergnügen für sie, so viele Koseworte wie möglich einzuflechten.

Aaron küsste Katherine auf die Wange, bevor sie ihn freigab und sich aufrichtete.

»Ich gehe zum Training und gebe dir ein wenig mehr Zeit für dich selbst, ok?«

»Klingt gut. Ich schicke dir eine Nachricht, sobald ich mit der Videoaufnahme für Logan fertig bin.«

»In Ordnung.«

Die Tür fiel ins Schloss. Aaron war allein mit seinen Gedanken.

Ist wirklich alles in Ordnung?, fragte er sich. Die Nachricht, die sie erhalten hatten, sagte nicht viel über die Zahl der Opfer aus. Gut möglich, dass sein Bruder tot und er einfach noch nicht darüber informiert war. Aaron war sich nicht sicher, ob er Glück gehabt hatte, nur das Ende des letzten Krieges gegen die Zodark mitzuerleben. Zugegebenermaßen war Alfheim kein Picknick gewesen – aber er hatte nicht wie viele ihm bekannte ältere Offiziere und Unteroffiziere 14 Jahre Krieg durchmachen müssen. Freunde und Familienmitglieder in einem sich lang dahinziehenden Konflikt zu verlieren, war ein grausamer Weg zu leben. Aaron wusste, dass es ihm nichts einbrachte, über das, was sein könnte, zu grübeln. Er musste sich darauf konzentrieren, was er wusste – bis ihm Gegenteiliges mitgeteilt wurde.

Er öffnete sein Qpad und begann eine Mitteilung an seinen Bruder unter der Adresse des 327. OAR, Demon-Kompanie, Erster Zug aufzuzeichnen. »He, kleiner Bruder. Was soll das, Mann? Deine Division nimmt an einer Mission im Grenzgebiet teil und du lässt deinem großen Bruder keine Vorwarnung zukommen? Ich musste es durch die Nachrichten herausfinden. Wie ich höre, kann ich dir allerdings gratulieren, du Kriegsheld. Den Nachrichten nach empfängt euch Sol nach eurer Rückkehr mit einem Umzug oder ähnlichem. Muss toll sein …« Er kicherte.

»Du weißt, wie irritiert ich darüber war, auf diesen Sandkisten-Planeten geschickt zu werden, um auf einen Haufen

Wissenschaftler aufzupassen, während du da draußen den großen
Helden spielen darfst. Ehrlich gesagt, ist ein Teil von mir immer noch
eifersüchtig. Andererseits … da es alle hier bereits wissen, sollte ich es
wohl auch dir verraten. Ich habe eine Frau kennengelernt; wir sind nun
schon eine Weile zusammen. Es fing wie ein unverfänglicher Flirt an,
aber, Logan … Ich habe mich tatsächlich in sie verliebt.«

Er hielt inne. Aaron hatte diese Worte bisher niemandem
gegenüber laut ausgesprochen. Obwohl die Worte, die aus seinem
Mund kamen, sich unwirklich anfühlten, wusste er, dass sie der
Wahrheit entsprachen.

»So, ja … du kannst dir vielleicht eine Medaille an die Brust
heften, aber ich denke, dass ich hier womöglich der wirkliche
Gewinner bin. Außerdem habe ich genug Auszeichnungen vom letzten
Krieg. Zeit, dass du dir welche verdienst. Komm nur zurück. Mama hat
Rachels Tod noch nicht überwunden. Du bist das Baby der Familie. Ich
bin nicht sicher, ob sie den Verlust eines zweiten Kindes verkraften
könnte.«

Er war sich nicht sicher, wie er dieses Gespräch beenden oder
wie weit er sich über den Altersunterschied zwischen ihm und
Katherine auslassen sollte. Deshalb schloss er einfach mit: »Pass auf
dich auf, kleiner Bruder. Bis bald.«

Kapitel Neun
Eine mögliche Lösung

Zweite Flotte – JTF2
RNS *George Washington*
Gefechtslinie vor der RN-Schiffswerft über der Erde

»Admiral, die Zodark stellen die Kampfhandlungen ein. Sieht aus, als ob sie sich zurückziehen wollten«, kündete Captain Reginald Birtwistle von seinem Standort direkt neben der Brücke an, die als das CIC, die Operationszentrale, bekannt war.

»Fabelhaft, Captain«, lobte Admiral Fran McKee. »Das war ausgezeichnete Arbeit, 1O. Ihre Leute haben ein angeschlagenes Schiff gefunden und unsere Schützen informiert, wo sie ihren nächsten Treffer landen sollten, um es endgültig unschädlich zu machen. Wir haben ein Großkampfschiff außer Gefecht gesetzt. Dank der kontinuierlichen Kampfanalyse Ihres CIC nimmt es nicht länger an der Schlacht teil. Aktionen wie diese, Captain, führen zum Erfolg und verjagen diese Bestien aus unserem System.

»In diesem Sinne geben Sie Ihren Leute als nächstes auf, mir einen Weg um die Front herum zu finden, um die Transporter im hinteren Bereich der feindlichen Flotte zu erreichen. Wir müssen sie eliminieren, bevor es ihnen gelingt, all ihre Bodentruppen in unseren Städten zu entladen. Je mehr Krieger sie absetzen, desto mehr Zivilisten sterben. Also motivieren Sie Ihre Leute, ein Wunder zu vollbringen und mir einen Weg um diese verdammte Gefechtslinie herum zu zeigen!« McKee war erleichtert, noch eine Schlacht überstanden zu haben. Demgegenüber war sie zutiefst von ihrer Unfähigkeit frustriert, die gegnerischen Transporter davon abzuhalten, die Erdoberfläche mit feindlichen Kriegern zu überfluten.

Birtwistle errötete bei diesem Kompliment. Er hatte Commander Bonhaus, der kurz nach ihrem Eintritt in den Kampf schwer verletzt worden war, hervorragend vertreten. Er hob das Kinn. »Vielen Dank für Ihre freundlichen Worte, Admiral. Ich habe meine besten Leute darauf angesetzt, wie wir ihre Flanken am besten umrunden. Falls es einen Weg gibt, finden wir ihn«, versicherte er ihr.

McKee lächelte. Sein Selbstvertrauen und ruhiges Handeln sagten ihr zu. Seit dem Tag, an dem er sich zum Dienst auf ihrem

Schiff gemeldet hatte – damals noch als nervtötender Spion für Admiral Halsey – hatte er es weit gebracht. Mit der Zeit war er in eine Position hineingewachsen, auf die er ohne eine entsprechende Ausbildung eigentlich keinen Anspruch hatte. Als das Flaggschiff der Zweiten Flotte ihre Primord-Alliierten bei der Invasion in das Sirius-System und des Eisplaneten Alfheim unterstützt hatte, hatten sie eine Art Übereinkommen getroffen und er hatte seine Treuepflicht und Loyalität von einer Person, die ihn mit einer seine Qualifikation übersteigenden Aufgabe in Gefahr gebracht hatte, auf McKee verlagert. Dank eines sachgerechten Trainings und einer dringend erforderlichen Betreuung hatte sich Birtwistle in einen kompetenten Offizier verwandelt, der mittlerweile bereit war, sein eigenes Kommando zu übernehmen. Wären sie nicht nach dem Austritt aus der Blase des Slip Space auf eine Invasion der Zodark gestoßen, hätte McKee persönlich für ihn plädiert, ihm das Kommando des nächsten zur Verfügung stehenden Kriegsschiffs zu übergeben.

McKee sah sich kritisch auf der Brücke um und musterte insbesondere den Schaden im CIC und an der Station des taktischen Offiziers. Sie bewunderte, wie Birtwistle und ihr TAO, Commander Arnold, ihre beiden Gruppen Hand in Hand arbeiten ließen. Ihre Schützen trafen genau die Ziele, auf die die Gefechtsschadensgutachter sie ansetzte. Diese kollaborative Zusammenarbeit der beiden Gruppen hatte ihnen weit bessere Resultate eingebracht als sie sich andernfalls hätten erhoffen können. Nachdem Birtwistle sich den ad hoc-Bemühungen des CIC und des TAO mit den anderen Schiffen der Flotte – namentlich mit den Schlachtschiffen – angeschlossen hatte, war es ihnen gelungen, die feindlichen Schiffe mit einem solchen Ausmaß an Genauigkeit und Schussvolumen zu überrumpeln, dass sie auf dem besten Weg waren, die Flotte der Zodark zu vernichten. Obwohl McKees Flotte der der Zodark zahlen- und entwicklungsmäßig weit unterlegen war – über die Hälfte ihrer Kriegsschiffe befand sich bereits vor der Entdeckung von Neu-Eden und den Zodark im Dienst – hatte die Konzentration ihrer Hauptkanonen auf ein singuläres Ziel die Zodark ein Schiff nach dem anderen gekostet. Diese Strategie hatte die wiederholten Versuche des Gegners vereitelt, ihren Weg durch McKees Flotte zu finden, um die Kolonien des Mondes zu verwüsten, die Raumwerft zu ruinieren und die Zerstörung der Ansiedlungen auf dem Mars zu bewirken.

Das Bild des sich nach dem letzten Schlag nun zurückziehenden Zodark-Schiffs auf ihrem Monitor erinnerte McKee an ihre Feuertaufe – ihr unerwartetes Eintreten in diesen offensichtlichen Neustart des Krieges gegen die Zodark. Ihre Flotte hatte den geplanten Hafenaufenthalt auf Intus abgekürzt und sich stattdessen dafür entschieden, einige Tage vor ihrem ursprünglich vorgesehenen Ankunftstag nach Hause zurückzukehren. Mit Zugang zum Battlenet der Flotte – dem systemweiten Datenlink, der alle republikanischen Streitkräfte miteinander verband – hatte sie nach ihrem Eintreffen in Sol vorgehabt, das Weltraumkontrollzentrum mit ihrer frühen Rückkehr zu überraschen. Anstatt das ‚Herzlich Willkommen' des Kontrollzentrums zu hören, waren sie inmitten einer massiven Ansammlung von Kriegsschiffen der Zodark gelandet, die womöglich umfangreicher als die der letzten Schlacht vor 12 Jahren war, die den Krieg zwischen ihren beiden Rassen hätte beenden sollen.

Nachdem sich die Sensoren und Kommunikationssysteme an Bord der *George Washington* endlich wieder auf Sol eingestellt hatten, entdeckten sie die *Ark Royal,* die dank tiefer Risse in ihrer Panzerung von Bug bis Heck in Flammen stand.

McKee und das zusammen mit ihr soeben erst eingetroffene Brückenpersonal verstanden zunächst nicht, was um sie herum vorging. Überrascht hatten sie verfolgt, wie das neueste Schiff der Navy seinen FTL-Antrieb initiierte und auf ein riesiges Kriegsschiff zuhielt, das den Zodark gehören musste. Nachdem das republikanische Schiff das vordere Viertel des riesigen feindlichen Schiffes gerammt und ein Loch in es geschlagen hatte, hatte es sich in Millionen von Einzelteilen aufgelöst – allerdings nicht, bevor es das vordere Viertel des Zodark-Schiffes erfolgreich vom Rest des Schiffes abgetrennt hatte.

Was McKee zum Zeitpunkt des Aufschlags nicht wissen konnte war, dass sich Admiral Halsey an Bord dieses Schiffes befunden hatte. Auf ihren Befehl hin hatten sie das gegnerische Schiff gerammt, bevor es seinen Wurmlochgenerator aktivieren konnte. McKee lernte all dies erst kurz darauf. Im Wissen, dass Admiral Halsey tot war, und ohne weitere Anweisungen vom Weltraumkommando oder dem Kontrollzentrum, hatte McKee nicht gezögert, das Kommando über die verbliebenen Schiffe im Kampf gegen die Zodark zu übernehmen. Sie hatte sie ihrer Flotte unterstellt und einen vorübergehenden Rückzug von der Schlacht befohlen, um im ausreichenden Abstand vor der ausufernden republikanischen Schiffswerft eine neue Verteidigungslinie gegen die gegnerische Flotte zu etablieren. Sie ordnete eine Neuorganisation der eingegliederten Schiffe an, die sich – wie sie es verstand – aus den Überlebenden verschiedener Flotten zusammensetzten. Dank der Aufstellung einer sinnvollen Verteidigungslinie gelang es ihren Kräften tatsächlich, diese Linie im Laufe der ständig neu aufflammenden Kampfhandlungen zu halten. Wie lange dies möglich sein würde, war schwer zu sagen.

McKee schüttelte den Kopf und kehrte in die Realität zurück, in der sie die aufgebrachten Stimmen von Captain Birtwistle und Commander Arnold hörte, die sich offensichtlich über etwas uneinig waren. Sie verließ ihren Stuhl und trat an sie heran, um zu erfahren, worum es bei ihrem Streit ging. *Hoffentlich war es nichts von Bedeutung.*

»Ich kann Ihnen folgen, Captain. Aber Sie müssen verstehen, dass wir derzeit nicht mehr tun können. Die Hälfte unserer Hauptwaffen sowie ein Drittel unserer Sekundärwaffen sind funktionsunfähig, und neun unserer 12 Pulsstrahltürme bestehen nur noch aus geschmolzener Schlacke. Unsere Schiff-Schiff-Raketen sind aufgebraucht; uns bleiben noch etwa 10 Prozent unserer Torpedos. Was soll ich Ihrer Meinung nach tun?« Frustriert schlug Commander Arnold die Hände über dem Kopf zusammen.

Captain Birtwistle beugte sich zu ihm vor. Mit zusammengebissenen Zähnen erwiderte er: »Ich will, dass Sie eine Lösung finden, Commander! Finden Sie einen Weg, einen Großteil unserer Kanonen wieder online und in den Kampf zu bekommen. Auf dem Planeten sterben Menschen! Je mehr Krieger diese Transporter landen können, desto mehr Menschen werden sterben. Lassen Sie sich etwas einfallen und führen Sie es aus!«

McKee mischte sich ein, bevor einer von ihnen noch weiter die Beherrschung verlieren konnte. »Einen Augenblick, meine Herren. Wir stehen auf der gleichen Seite, Sie erinnern sich? Versuchen wir, uns zusammenzunehmen. Birtwistle, es sieht tatsächlich so aus, als ob wir eine Atempause hätten. Ich muss mich mit den Flottenkapitänen kurzschließen, um zu sehen, ob ich den Kontakt zum Weltraumkommando wiederherstellen kann. Sie gehen für mich in die technische Abteilung und sehen persönlich nach, wie sie dort mit den Reparaturen vorankommen. Danach suchen Sie die Krankenabteilung auf und sehen nach unseren Verwundeten. Nach Ihrer Rückkehr auf die Brücke will ich einen rückhaltlosen Bericht darüber, wie sich die Lage darstellt. Denken Sie, dass Sie das für mich erledigen können?«

Birtwistle starrte Commander Arnold noch einen kurzen Moment hart an, bevor er den Befehl bestätigte. Dann drehte er sich auf dem Absatz um und steuerte auf den Aufzug zum internen Bahnsystem des Schiffes zu, über das er die technische Abteilung im hinteren Teil des Schiffs erreichen würde.

Nachdem Birtwistle außer Sicht war, deutete McKee Arnold an, er solle ihr an den Kartentisch folgen, wo sie sich ungestört unterhalten konnten. Ohne neugierige Ohren in der Nähe, fragte sie dann: »Was zum Teufel war das, Commander? Wieso gingen Sie sich gegenseitig an den Hals, nachdem Sie den größten Teil des Tages wie eine gut geölte Maschine zusammengearbeitet haben?«

Commander Arnolds Schultern sackten bei dieser Frage nach unten. McKee konnte sehen, dass Stress und Erschöpfung ihren Tribut von ihm gefordert hatten. *Wir müssen den Zeitplan der Ruhepausen für unsere Leute verbessern. Sie können nur eine gewisse Zeit ohne Schlaf allein mit Aufputschmitteln auskommen ...*

»Sie haben Recht, Admiral. Ich habe die Beherrschung verloren. Es tut mir leid. Captain Birtwistle versteht es einfach nicht. Die Kanonen sind hin. Wir bekämpfen die Zodark seit dem Moment, in dem wir die Blase des Slip Space verließen. In jeder Schlacht erreicht ein Schiff einen Zeitpunkt, an dem es sich für nötige Reparaturen vom Feld zurückziehen muss. Andernfalls besteht das reale Risiko, das Schiff zu verlieren ...«

»Was wollen Sie damit sagen? Schlagen Sie vor, dass wir die Erde im Stich lassen? Einfach mir nichts dir nichts von hier verschwinden?«, unterbrach ihn McKee ungläubig. Was sie da zu hören glaubte, gefiel ihr ganz und gar nicht.

Arnold schüttelte den Kopf. »Nein, absolut nicht, Admiral. Diese Option ist hier kein Thema. Andererseits können wir ohne Kanonen nicht kämpfen. Die Raumwerft liegt nicht allzu weit hinter uns. Wir könnten sie bitten, uns einige Reparaturmannschaften zu senden – vielleicht eines dieser Expeditions-/Bergungsschiffe begleitet von einem Munitionsschiff? Das würde uns erlauben, unsere Schiff-Schiff-Raketenlager aufzufüllen und einige Türme zu reparieren oder zu ersetzen. Das gäbe uns eine stärkere Hand gegen den Feind. Derzeit stehen uns weniger als 40 Prozent unserer Waffen zur Verfügung.«

McKee biss sich auf die Unterlippe, während er ihr die missliche Lage erklärte, in der sie steckten. Sie wusste, dass das Schiff in schlechter Verfassung war, ohne dass sie sich den Luxus leisten konnten, sich vom Schlachtfeld in eine Reparatureinrichtung zurückzuziehen. Jeder Versuch, die feindlichen Linien zu durchbrechen, hatte sie mehr Schiffe gekostet. Entweder kamen sie unter Beschuss oder ihre Anstrengungen, die Transporter zu erreichen, wurden erfolgreich zurückgewiesen. Unstreitig war, dass auch der Gegner mit jedem ihrer Versuche mehr Schiffe verlor. Dennoch – McKees Flotte verlor Schiffe, die sie vor dem Eintreffen einer Verstärkung von wer weiß woher nicht ersetzen konnte.

Sie holte tief Luft und versuchte, eine treffende Erwiderung zu formulieren. »Commander, ich weiß, wie trostlos sich unsere Lage darstellt. Aber es ist nicht das erste Mal, dass wir in einer solchen Situation einen Weg fanden, im letzten Moment einen Sieg zu erringen. Das kann uns auch hier gelingen. Ihr Vorschlag hinsichtlich der Schiffswerft war gut. Ich werde sie ansprechen und sehen, inwieweit sie uns von dort aus helfen können. In der Zwischenzeit tun Sie, was Sie können, um mehr Kanonen zu reparieren und sie einsatzbereit zu machen. Ich werde uns ein Munitionsschiff besorgen, das uns mit den Havoc-2-Raketen beliefert, die sie angesprochen haben. Noch eine gute Idee.«

Arnold bedankte sich dafür, dass sich McKee seinen Vorschlägen gegenüber offen gezeigt hatte, bevor er sich wieder an seinen Arbeitsplatz begab. Er musste sehen, wie es ihnen vor dem nächsten Kampf gelingen könnte, weitere Kanonen zu reaktivieren.

Zurück in ihrem Kommandosessel nahm McKee Kontakt zu den verbliebenen Schiffskapitänen auf, um ein Update hinsichtlich ihrer Situation zu erhalten. Manchen Schiffen war es besser ergangen als anderen. Einige waren zu stark beschädigt, um vor dem Abschluss umfangreicher Reparaturen weiterzukämpfen. Diesen Schiffen befahl sie die Rückkehr in die Marinewerft, um dort die Hilfe zu erhalten, die sie möglicherweise wieder kampfbereit machen konnte.

Der Manager der Werft hatte seinen Teil getan und Dutzende von Reparaturschiffen mit Technik- und Konstruktions-Synth ausgeschickt, um ihnen soweit es in ihren Kräften lag, Hilfe zu gewähren. Der Blick auf ein Bild der Marinewerft zeigte McKee 12 Schlachtschiffe, die sich teilweise noch im Bau befanden. Mindestens fünf der Schiffe sahen einsatzbereit aus – außer dass ihnen eine Mannschaft und die Munition für ihre Bordkanonen fehlte. Im Zentrum der Werft lag zumindest ein Träger, der aussah, als könnte er umgehend in Dienst gestellt werden. *Wenn wir diese Schlachtschiffe und den Träger jetzt schon nutzen könnten ... Das könnte ein für alle Mal den Unterschied im Sieg über die Invasionskräfte machen ...*

McKee fand es ironisch, dass die Zweite Flotte aus dem Bereich der Primord abgezogen worden war, um ihre seit langem überholten Schiffe auszumustern. Nachdem was sie in der Raumwerft sah, vermutete sie, dass die meisten der dort wartenden Schiffe für die Zweite Flotte bestimmt waren.

Unter den Kriegsschiffen ihrer Flotte waren mehrere ältere Schlachtschiffe der *Ryan*-Klasse weiter einsatzfähig. Ein letzter Kreuzer der *Rook*-Klasse, einer der ältesten schweren Kreuzer aus den Tagen vor der Republik, gehörte ebenfalls ihr. Ihre Flotte war längst für eine Umstellung auf die neueren Kriegsschiffe überfällig. Hätte diese Umrüstung bereits vor einigen Wochen oder Monaten stattgefunden, stünde ihr Erfolg in dieser Schlacht aller Wahrscheinlichkeit nach längst fest. Stattdessen würde ihre Flotte und die der Zodark weiter umeinander tanzen und wie zwei Preisboxer eine Runde nach der anderen austragen, um zu sehen, wer den längeren Atem hatte, oder einen Glückstreffer landete.

»Entschuldigen Sie, Admiral, ich denke, ich habe eine Idee, wie wir an diese Transporter kommen können«, sprach sie Captain Anatoly Kornukov an. Er war der Kommandant ihrer Flugoperationen, ihr C-FLO – derjenige, der die Geschwader der Raumjäger an Bord der *GW* befehligte.

McKee wandte sich Captain Kornukov zu, der mit entschlossenem, selbstbewussten Gesichtsausdruck neben ihr stand. Seine Haltung ließ sie hoffen, dass er tatsächlich eine Lösung gefunden hatte.

»Ja? Ok, lassen Sie hören. Was schlagen Sie vor, Captain?«

»Das Schiff von dem ich rede, gehört erst seit kurzem der Flotte an. Hören Sie mir bitte einen Augenblick zu. Einer meiner Analytiker nahm Kontakt zum C-FLO an Bord der *Lexington* auf. Das ist der andere Sternenträger in Admiral Halseys Siebter Flotte …«, erklärte Kornukov, bevor McKee ihn unterbrach.

»Warten Sie, Captain – von welchem Schiff reden Sie? Wir waren sehr lange abwesend. Ich bin mir sicher, dass die Flotte während unserer Abwesenheit eine Menge neuer Schiffe in den Dienst gestellt hat. Bitte seien Sie etwas präziser in Ihren Angaben.«

Kornukov lief bei dieser Aufforderung rot an. Er registrierte, dass er ein wichtiges Detail seiner Idee, die er vorstellen wollte, übergangen hatte. »Ähm … ja … Sie haben recht. Lassen Sie mich erklären.«

McKee nickte lächelnd mit der Aufforderung, fortzufahren. Er holte Luft.

»Admiral, Ihnen ist bekannt, dass die Schiffe der Zodark und der Orbot weiterhin für unsere elektronischen Störungen und unser Spoofing anfällig sind. Die Rakete SM-98C, auch Casper-Rakete genannt, war eine herausragende Waffe während des Krieges, insbesondere in einigen unserer großen Raumschlachten. Diese Raketen werden typischerweise entweder von unseren ferngesteuerten Bombern, den B-99 Raider, unseren modernsten bemannten Bombern, den B-11 Valkyrie, und von all unseren modernen und altgedienten Kriegsschiffen …«

»Warten Sie … Sind das nicht diese elektronischen Störraketen, die wir gewöhnlich in Verbindung mit einem Raketensturm freisetzen, um die feindlichen Verteidigungen zu stören und unseren Raketen die Annäherung an ihre Ziele zu erleichtern?«, unterbrach ihn McKee.

»Genau das sind sie. Ihr fachmännischer Einsatz kann die Zahl unserer Raketen, die ihr Ziel erreichen, um ein Vielfaches erhöhen. Während der Diskussion, wie wir die Flanke der Zodark zum Erreichen der Transporter am besten umgehen, brachte einer meiner Piloten etwas zur Sprache. Seit einigen Monaten stellt die Flotte all ihren Jäger- und Bombergeschwadern ein neues elektronisches Angriffsschiff zur Seite, das sie während der Kampfhandlungen unterstützt und ihnen aushilft«, erklärte Kornukov weiter, während er die Spezifikationen dieses Schiffs sowie einige Bilder von ihm auf dem Bildschirm hochbrachte.

Sobald McKee das Bild dieses neuen elektronischen Angriffsschiffes sah, erinnerte sie sich an einen Bericht, den Flottenoperationen ihr vor einer Weile zugeschickt hatte. Dieses Schiff trug den Namen EA-12 Phantom. Es war eine total überholte, modernisierte Version des Osprey-Angriffstransporters AT-70. Die Osprey gehörte zum bewährten Inventar der meisten Kriegsschiffe der Flotte – ihr verlässlichstes Instrument zum Absetzen von Bodentruppen bei einer planetaren Invasion oder in einer gegnerischen Landungszone. Des Weiteren kam er bei der Eroberung feindlicher Schiffe zur Anwendung und bei Angriffen im Weltraum, während die Flotte sich in Bewegung befand.

Der Schiffsbauer, Textron Defense Spacecraft, hatte in Partnerschaft mit DARPA dieses eigenständige, vollkommen unabhängige und mit den modernsten elektronischen Kampfführungsmitteln ausgestattete elektronische Angriffsschiff entwickelt. Mithilfe der neuesten Technologie elektronischer Täuschung konnte *Phantom* die elektronische Signatur einer weit größeren Fregatte vom Typ 001 projizieren. Die Überlagerung der echten Signatur mit der einer republikanischen Fregatte zwang den Feind, auf die angebliche Fregatte zu regieren – und nicht auf den weniger gefährlichen Transporter von Angriffstruppen, auf eine Osprey.

»Das, in sich gesehen, ist die bahnbrechende Neuerung, Admiral – über die Fähigkeiten der Phantom selbst hinaus«, fuhr er fort. McKee, die kurz von der Erinnerung an den Bericht über das neue Raumschiff abgelenkt worden war, konzentrierte sich erneut.

»Orbital ATK, der ursprüngliche Entwickler und Hersteller der SM-98C, brachte vor kurzem eine neue Variante heraus, die speziell auf den Gebrauch durch die EA-12 Phantom und die B-11 Valkyrie zugeschnitten ist. Diese neue Rakete ist jetzt ein G-Modell, nicht länger eine C-Variante. Das G-Modell, oder auch ‚das Gespenst‘, wie es genannt wird, verfolgt zwei spezifische Ziele. Seine erste Aufgabe, die Durchführung elektronischer Störmaßnahmen, beginnt unmittelbar nach seinem Abschuss auf ein Ziel, indem der EloKa-Kegel in der Nase der Rakete die feindlichen Zielsensoren angreift. Zudem – daher auch der Name ‚das Gespenst‘ – sind am Gehäuse der Rakete fünf kleinere Varianten der gleichen Rakete montiert. Diesen sekundären Raketen fällt die zweite Aufgabe zu. Sobald sich die primäre Rakete auf ihr Ziel ausgerichtet hat und auf es zurast, trennen sich die sekundären Raketen von ihrem Transportmittel und schießen sich auf das gleiche Ziel ein. Der Unterschied hier ist, dass der

Hauptrakete die Aufgabe zukommt, die gegnerischen Sensoren zu stören und deren Zielfindungsradar zu täuschen – während die kleineren Raketen darauf programmiert werden können, sich als die weit größeren, weit gefährlicheren Havoc-2 Antischiffsraketen zu präsentieren oder die Signatur einer B-11 Valkyrie auszustrahlen. Das zwingt den Feind dazu, aktiv auf das elektronische Gespenst zu reagieren, während der tatsächliche Angriff weitgehend unbeachtet stattfinden kann«, schloss Kornukov, bevor er schließlich auf die Idee einging, mit der sich seine Piloten beschäftigt hatten.

Je mehr McKee von diesem Plan hörte, desto wahrscheinlicher schien seine Durchführbarkeit. Nachdem Kornukov ihr alle Schritte im Detail beschrieben hatte, war sie von den Erfolgsaussichten dieses Plans so gut wie überzeugt.

»Captain, ich hoffe, ich sehe es nicht zu optimistisch, aber ich denke, dass Sie gerade den Weg gefunden haben, die Truppentransporter der Zodark zu erreichen und diesen Hunden endlich den Garaus zu machen. Reden wir mit dem Kapitän der *Lexington* und stellen ihm diese Idee vor. Im Endeffekt sind es seine Leute, die sie ausführen müssen. Falls wir ihnen diese Mission übertragen, stehen die Chancen gut, dass sie sie nicht überleben werden. Vor der Erteilung eines solchen Befehls schulden wir es ihm, seine Meinung einzuholen, ob er seine Leute für fähig hält, diese Aufgabe zu erfüllen.«

Kapitel Zehn
Der Plan

An Bord der RNS *Lexington*
Nahe Luna, Sol-System

Captain Ethan Hunt hatte die letzten Stunden an der Seite seiner Crew Chief daran gearbeitet, beschädigte Jäger wieder flugbereit zu machen, nach erschöpften Piloten zu sehen und ihnen so viel Ruhe wie möglich zwischen Einsätzen zukommen zu lassen. Als ob er nicht schon genug zu tun hätte, schickte ihm der Captain nun auch noch eine Nachricht, sich auf der Brücke einzufinden.

Beim Verlassen des Wartungsbereichs auf dem Weg zum Kommandodeck sah er eine Unmenge von Reparatur-Synth, die in den Fluren und den beschädigten Bereichen des Schiffes unterwegs waren. *Ohne diese Armee synthetischer Humanoide – den Androiden – wäre das Schiff sicher schon längst verloren*, dachte er vor dem Turbolift, der ihn hoch auf das Kommandodeck im Zentrum des Schiffs bringen würde. Bevor er ihn anforderte, stellte er sicher, dass der Aufzug tatsächlich funktionierte. Die Nottreppe, die er stattdessen hätte benutzen können, befand sich nur wenige Meter von ihm entfernt. Obwohl diese Übung seinen Beinen sicher gut tun würde, konnte er sich mental nicht dazu aufraffen.

Nach dem Erreichen des Kommandodecks hielt Hunt auf die Brücke zu. Zwei republikanische Soldaten, unterstützt von vier C100 Kampf-Synth, hielten nahe dem Eingang Wache – ein Hinweis darauf, dass die Schlacht noch nicht vorbei war. Die Gefahr bestand weiter.

Auf der Brücke der *Lexington* registrierte er, dass sie mittlerweile um einiges besser aussah, als er sie vor wenigen Stunden das erste Mal gesehen hatte. Die Reparatur-Synth hatten die Deckenfliesen und die HLK-Rohre repariert und durchtrennte Kabel und Drähte, die lose von der Decke gehangen hatten, sachgerecht wieder hinter ihren jeweiligen Verkleidungen versteckt. Dass die Brücke Schaden erlitten hatte, war immer noch offensichtlich, aber jetzt sah sie zumindest funktionsfähig aus. Beim Gedanken an die Schlacht, die die *Lexy* beinahe zerstört hätte, konnte er immer noch nicht glauben, dass sie so viele Einschläge dieser Superwaffe der Zodark überstanden hatte. Auf dem Fußboden oder an dem einen oder anderen

Arbeitsplatz waren immer noch Blutspritzer zu erkennen, wo ein Mannschaftsmitglied verletzt oder getötet worden war.

Nach dem Verlust seines eigenen Schiffs, der *Ark Royal*, würde die *Lexington* nun auf absehbare Zeit ihr neues Zuhause sein. Nach einer kurzen Unterhaltung mit dem Kapitän des Schiffs, einem Mann namens Frank Mitscher mit dem Rufzeichen ‚Props‘, hatte Hunt seinem neuen Kommandanten nachdrücklich versichert, dass seine Leute ihr Bestes geben würden, die *Lexington* zu unterstützen und alle Befehle, die der Kapitän ausgeben würde, auszuführen. Mit den verbliebenen Jägern der CVW-3 Battle Axes und ihren eigenen CVW-2 For Liberty der *Lexington*, war das Schiff nun mit 140 Prozent weit über seine vorgesehene Flugkapazität hinaus ausgelastet, was bedeutete, dass das Flugdeck konstant mit voller Leistung arbeitete – insbesondere während der Start- und Rückholungsphasen beim Schichtwechsel ihrer bewaffneten Raumüberwachung, mit der sie hofften, die Überreste der Flotte und die Marineschiffswerft zu schützen.

Hunt hörte ein lautes Gespräch zwischen seinem Kapitän und einer zweiten Stimme, über die er sich nicht sicher war. Suchend sah er sich nach ihnen um. Nach einigen weiteren Schritten zur Mitte der Brücke hin entdeckte er den Captain, der in eine hitzige Debatte vertieft im CIC stand. Dies war der Abschnitt der Brücke, wo die geistigen Überflieger des Flottenpersonals mit der künstlichen Intelligenz des Schiffes zusammenarbeiteten

Auf dem Weg zu ihnen sah er, dass sie sich über etwas stritten, was die taktische Gefechtskarte neben ihnen wiedergab. Vor dem heutigen Tag war ihm Mitscher unbekannt gewesen. Das Wenige, was Hunt über ihn wusste, waren sein Ruf und was er sonst noch aufgeschnappt hatte. Er wusste, dass sein Rufzeichen ‚Props‘ mit dem Hobby des Mannes auf der Erde zu tun hatte. Er war sich nicht sicher, wie es ihm gelungen war, nicht nur an eine, sondern gleich an zwei uralte Propeller-Kampfflugzeuge aus längst vergangenen Zeiten zu kommen. Mitscher gehörte eine betriebsbereite North American Aviation P-51 Mustang und eine Douglas A-1 Skyraider, die in einem Hangar auf Land im Besitz seiner Familie untergebracht waren. Props war ein Pilot alter Schule, der seinen Flugschein bereits in den Tagen vor den Raumjägern gemacht hatte. Er war bekannt dafür, sich um seine Leute zu kümmern und für sie einzustehen, falls er vermutete, dass sie unfair behandelt oder hinters Licht geführt werden sollten.

Sobald Hunt endlich in Hörweite des Gespräch war, konnte er die zweite Person anhand ihres Namensschilds identifizieren. Es handelte sich um Commander Heidi Cartwright. Persönlich hatte er sie noch nicht kennengelernt, aber von anderen wusste er, dass sie die Königin des CIC und der Brücke war, die ihr Reich mit einer Effizienz leitete, die viele Offiziere beschämen würde.

»Warte, Heidi. Jemand auf der *GW* scheint davon auszugehen, dass uns eine einsatzbereite Staffel dieser Vögel zur Verfügung steht. Sie sagen, sie benötigen fünf von ihnen für diese Mission. Ich habe keine Ahnung, ob so viele für einen solchen Einsatz bereitstehen.«

Spricht er von den Phantoms ... von diesen elektronischen Angriffsschiffen? Hmh ..., überlegte Hunt. Er trat an die Gefechtskarte heran, entschied sich aber, sich während ihres Gesprächs still zu verhalten.

Commander Cartwright sah einen Augenblick auf ihr Tablet hinunter. Dann erklärte sie: »Stimmt. Uns blieb keine Staffel. Wir haben erst vor wenigen Stunden beim Angriff auf das Kriegsschiff der Zodark mehrere Phantoms verloren. Sie unterstützten die Rawhides und die Tridents, die wiederum dem Kreuzer *Toronto* dienten. Trotzdem stehen uns weiter fünf Schiffe zur Verfügung, die wir bereitstellen könnten. Die Frage ist allerdings, ob du denkst, dass der Plan Erfolg verspricht und ob er das wert ist, was er uns kosten wird?«

Mitscher grunzte nur bei dieser Frage. Er schien über seine Mission zu grübeln. Hunt räusperte sich, um seine Anwesenheit anzuzeigen. Er dachte nicht, dass er diesem Gespräch nur am Rande mithören sollte. Er wollte an dem Gespräch beteiligt werden.

Lächelnd drehte sich der Kapitän zu ihm um und forderte ihn auf, neben ihn an die TAM zu treten. »Captain Hunt, der Mann der Stunde. Tut mir leid, dass ich Sie auf die Brücke holen musste. Manche Diskussionen finden besser von Angesicht zu Angesicht statt, aber ich fasse mich kurz und komme direkt auf den Punkt. Ich brauche eine ungeschönte Einschätzung von Ihnen, ob diese hirnverbrannte Idee der *GW* tatsächlich funktionieren könnte.«

»Ok, Sir, erklären Sie sie mir. Falls ich sie verwirklichen kann, bin ich der Erste, der ihr zustimmt. Falls nicht ... nun ja, dann kommt es darauf an, wie wichtig Ihnen unser Erfolg ist und wie viele Piloten Sie gewillt sind, darüber zu verlieren.«

»Das klingt vernünftig, Captain. Ich will Ihnen die Situation erklären, in der wir uns wiederfinden. Danach sehen wir uns den Plan des Admirals an und Sie teilen Ihre informierte Meinung mit mir«, nickte Mitscher und begann, Hunt die gegenwärtige Lage rund um die Erde zu erklären und wieso dieser spezifische Plan Erfolg haben musste.

Zu Beginn ihrer Invasion waren die Zodark davon ausgegangen, dass die Zerstörung der orbitalen Schutzeinrichtungen ein Kinderspiel sein würde. Des Weiteren unterstellten sie, dass sie die auf der Ringstation installierten Defensivwaffen sowie die Waffen der Orbitalstation John Glenn problemlos neutralisieren konnten. Sobald diese Kanonen offline sein würden, konnte die Station geentert und eingenommen werden. Und nachdem die Sentineltürme nicht länger operabel waren, wäre der Weg für eine orbitale Invasion frei. So hatte der Plan der Zodark ausgesehen – bis die Realität sie eingeholt hatte.

Statt mühelos vorzurücken, waren ihre Schiffe innerhalb kürzester Zeit von den Sentineltürmen in Stücke gerissen worden. Nach den schweren Verlusten, die sie beim Durchbrechen eines Teils des planetarischen Verteidigungssystems hatten hinnehmen müssen, war es ihnen endlich gelungen, den Bodenangriff zu starten. Sie hatten die ersten Streitkräfte überwiegend in der südlichen Hemisphäre gelandet – bevor die den Befehl erhielten, sich auf ihre Schiffe zurückzuziehen und zu ihrer Flotte zurückzukehren. Wie sich herausstellte, hatten sie kalte Füße bekommen. Alles deutete darauf hin, dass sie ihren Rückzug aus dem Sol-System vorbereiteten, bevor zusätzliche republikanische Verstärkung eintreffen konnte.

Hunt nahm diese Information in sich auf, die ihm viele rätselhafte Vorgänge innerhalb der letzten 24 Stunden verständlich machte. Die Entscheidung der Zodark, ihre Bodenstreitkräfte abzuziehen – nachdem es ihnen endlich gelungen war, die republikanische Verteidigung zu durchbrechen – hatte ihn verwirrt. Mit der weiteren Erklärung von Mitscher verstand er nun, wieso. Die Zodark wollten nicht in Gefahr laufen, in Sol festzusitzen, falls ihr riesiges Superschiff mit seinem Wurmlocherzeuger dauerhaft beschädigt worden war.

»Wie Sie hier sehen, Hunt, gelang es Admiral Halsey und ihrer *Ark* mit dem Rammen des riesigen Zodark-Schiffs offenbar, die Wurmlocherzeugertechnologie der Zodark zu zerstören. Das brachte die Brücke, die sie gerade geschlagen hatten, zum Einsturz. Ihre gesamte Flotte saß in der Falle. Daraufhin schlugen sie wie ein in die Enge gedrängtes Tier um sich und versuchten, so viel Tod und Zerstörung wie möglich auf unserer Welt anzurichten. Aber die hier …« Mitscher zeigte auf eine Ansammlung von Sentineltürmen über der nördlichen Hemisphäre, insbesondere über dem indischen Subkontinent und dem Nahen Osten. »… diese Türme befinden sich genau im richtigen Winkel, um die meisten Transporter und Landungsschiffe der Zodark dazu zu zwingen, örtlich konzentriert an der südlichen Achse des Planeten in die Erdatmosphäre einzutreten

»Diese Ansammlung, zusammen mit neun Sentinels über dem Äquator in Mittelamerika, limitiert den Gebrauch ihrer schweren Transporter über große Bereiche unseres Planeten, um nicht von eben diesen Sentinels auf dem Weg herein abgeschossen und zerstört zu werden. Falls sie sie dennoch einsetzen würden, um eine große Anzahl ihrer Soldaten samt ihrer Ausrüstung abzusetzen, müssen sie das an der geografisch falschen Stelle tun, anstatt dort, wo sie gebraucht werden. Egal wie sehr wir uns auch einreden wollen, dass die Zodark Idioten sind, sie haben tatsächlich eine Notlösung gefunden, bis es ihnen gelingt, die verbliebenen Sentineltürme auszuschalten …«

»Lassen Sie mich raten. Sie umgehen die Sentinels mit ihren kleineren Landungsschiffen«, schätzte Hunt.

»Herzlichen Glückwunsch. Sie sehen es. Ich sagte Heidi, dass Sie ein kluger Junge sind. Leider halten die Zodark ihren Angriff gegen die Sentineltürme weiter aufrecht. Tatsächlich gelang es ihnen, drei der acht noch einsatzfähigen Sentinels über Mittelamerika zu zerstören und zwei der Türme über Indien. Die Türme geben ihr Bestes, durchzuhalten, Aber viel Zeit bleibt ihnen nicht. Und hier kommt nun der Plan von Admiral McKee ins Spiel.«

Mitscher wandte sich an die Leiterin seines CICs. »Heidi, warum erklärst du ihm nicht die Mission, die die *GW* uns geschickt hat, und siehst, was er davon hält?«

Je mehr Hunt von diesem Plan hörte, desto mehr fühlte er sich in seiner ursprünglichen Einstellung bestätigt. Es war ein Himmelfahrtskommando. Und was noch schlimmer war, die Aussicht, das angestrebte Ziel tatsächlich zu erreichen, war äußerst gering. *Nein ... wir können es uns nicht leisten, unsere Ressourcen auf etwas zu verschwenden, das keinerlei Aussicht auf Erfolg hat. Wir brauchen etwas Besseres ...*

»Ihrem Gesichtsausdruck nach vermute ich, dass Sie diese Mission nicht sonderlich gutheißen, Hunt.«

Hunt schüttelte den Kopf. »Ich habe keine Einwendungen gegen eine schwierige Aufgabe, Sir, selbst bei Missionen, die mit dem hohem Risiko belastet sind, dass wir nicht heil nach Hause zurückkehren. Aber dieser Einsatz verlangt von uns, grundlos zu sterben. Die Entfernung ist einfach zu weit. Dazu kommt, dass diese Phantoms uns nicht mal das Mindestmaß an Zeit gewinnen können, die wir brauchen, um diese Transporter zu erreichen.«

Frustriert furchte Mitscher die Stirn, bevor er konterte: »Mir ist bewusst, dass es eine schwierige Mission sein wird. Aber hören Sie zu: Wir geben Ihnen fünf der neuen EA-12 Phantom mit, die Sie mit elektronischer Kampfführung und bei elektronischen Gegenmaßnahmen unterstützen werden. Denken Sie nicht, dass es Ihnen mit ihrer Hilfe gelingen kann, die Flanke ihrer Gefechtslinie zu umrunden oder zumindest einige Raken auf diese Transporter abzusetzen?«

Hunt biss sich auf die Unterlippe. Er musste nachdenken. Falls er und seine Piloten eine Chance haben wollten, in 12 Stunden noch unter den Lebenden zu weilen, musste er herausfinden, wie er seinen Piloten die nötige Zeit gewinnen und sie in die geeignete Position bringen konnte, die Kampflinie zwischen ihnen und diesen Transportern zu umgehen. Mit dem Blick auf die TAM studierte er den Restbestand der Schiffe der Zweiten und der Siebten Flotte. Einige Fregatten, wenige Kreuzer, zwei Schlachtschiffe der alten Ryan-Klasse – das war alles. Sein Blick verharrte einen Augenblick auf den Kriegsschiffen. Dabei sprang ihm ein Name ins Auge – die *Berlin*. Ein Lächeln überflog sein Gesicht und er sah Mitscher an.

»Wenn Sie mir einen Moment zuhören wollen ... Ich denke, ich habe eine Idee zum Gelingen der Mission; wie wir hinreichend Zeit gewinnen können, ihre Flanke zu umgehen und uns auf die Transporter zu stürzen.«

Mitscher und Cartwright tauschten einen Blick aus, bevor sie ihn voller Interesse ansahen. »Ok, Hunt, wenn Sie einen besseren Vorschlag mit Aussicht auf Erfolg haben, dann lassen Sie ihn hören.«

Kapitel Elf
Willkommen Daheim

Task Force Fünf
RNS *Vanguard*

»Ma'am, in zehn Minuten erreichen wir das System 33X-TY7«, kündigte Steuermann Ensign Godley an, während das Schiff sich weiter in seiner Blase durch den Slip Space bewegte.

»Danke, Ensign Godley. Geben Sie nach unserem Austritt den Kurs zum Treffen mit der *Digimon* ein und bringen Sie uns in Position, nach der Öffnung des Wurmlochs nach Sol zu springen«, erwiderte Commodore Amy Dobbs.

»Aye, Ma'am.«

»Ob sie nach unserer Rückkehr eine Party veranstalten?«, fragte Commander Joe Wright, der an sie herantrat.

Zusammen starrten sie auf den Bildschirm auf die Lichtstreifen, die um das Schiff schwirrten. Dobbs fühlte sich beinahe hypnotisiert von dem flirrenden Licht der mehrfarbigen Bänder, die um sie herum zu tanzen schienen, während sie durch den Slip Space von einem Punkt zum anderen gepresst wurden.

»Vielleicht. Das kommt wohl darauf an, was sich seit unserer Abreise ereignet hat«, schätzte Dobbs. Sie drehte Wright den Kopf zu und fuhr fort: »Sobald wir im Hafen eintreffen, beantrage ich, dass man Ihnen so schnell wie möglich ein Kommando überträgt. Das sollten Sie wissen. Ich denke, Sie haben es sich verdient. Sie haben mehr als einmal bewiesen, dass Sie die *Vanguard* in einem Kampf führen können.«

»Das weiß ich zu schätzen, Ma'am …«

»He, nichts von diesem Ma'am-Unfug, solange wir unter uns sind, Joe. Nennen Sie mich einfach Amy. Kein Grund, die Etikette zu wahren. Außerdem brauchen wir mehr Kapitäne, um in den kommenden Monaten all diese neuen Kriegsschiffe zu übernehmen. Meinen letzten Informationen nach verlassen in Kürze ein Dutzend neuer Schlachtschiffe und mehrere Dutzend Kreuzer die Werft. Zeit, die letzten Schlachtschiffe der *Ryan*-Klasse, sowie die wenigen *Rook*s, die sich noch da draußen befinden, auszutauschen.«

»Wow, verrückt, wenn man bedenkt, dass sie zu der Zeit, als wir vor all diesen Jahren nach Neu-Eden auszogen, die modernsten Modelle unserer Kriegsschiffe waren. Und sehen Sie sich an, was die Werften heutzutage bauen«, kommentierte Wright im Gedenken an die alten Zeiten – eine Zeit vor den Zodark, eine Zeit vor dem sich über Jahrzehnte hinziehenden Krieg.

»Wir haben Bedarf an guten Kapitänen, um diese neuen Kriegsschiffe zu kommandieren. Sie sahen, wie es in einer Schlacht abläuft. Ohne mutige, risikobereite Kapitäne, die gewillt sind, das Leben ihrer Mannschaft und ihr Schiff auf Spiel zu setzen … Wie können wir weiter versuchen, den Gegner zu besiegen, wenn wir der Angst erlauben, uns zu lähmen? Während der Schlacht über Serpentis-6 haben Sie sich nicht davor gedrückt, harte Entscheidungen zu treffen. Sie hielten die *Vanguard* vor Ort und standen Ihren Mann, als die Pharaonis versuchten, ihre Flotte für einen letzten Kampf zu mobilisieren. Letztendlich haben wir eine Streitmacht besiegt, die uns vorher noch nie begegnet war. Wir vertrauten unserem Schiff, unseren Leuten, unserem Training und unseren überlegenen Taktiken. Und es funktionierte! Egal ob mich das Weltraumkommando als Commodore behält oder mich eines Tages zum Flottenkommandeur ernennt, ich brauche mehr Schiffskapitäne, Joe. Das steht zweifelsohne fest. Also tun Sie mir einen Gefallen. Wenn sie Ihnen als Kapitän das Kommando über ein Schiff anbieten, denken Sie nicht allzu lange darüber nach. Akzeptieren Sie das Kommando, zeichnen Sie sich darin aus, und suchen Sie nach weiteren Wegen, voranzukommen.«

Die beiden standen eine Weile reglos da und studierten den Bildschirm. Sie kehrten von einem langen Einsatz zurück. Die Flottenmitglieder an Bord waren müde. Sie brauchten eine Pause; eine Chance, sich zu entspannen, erneut Kontakt zu ihren Familien und zu geliebten Personen zu finden. Was ursprünglich eine friedenserhaltende Mission gewesen sein sollte, hatte sich in eine Kampagne zur Befreiung eines alliierten Planeten von einer außerirdischen Spezies verwandelt, die ihnen bislang unbekannt gewesen war. Die Pharaonis hatten sich als grausame Gegner bewiesen. Diese Hunde hatten auf der Oberfläche unerbittlich gekämpft und der orbitalen Angriffsdivision einen harten Kampf geliefert.

Dobbs' Kampfgruppe war mit 42 Schiffen und 75.000 Soldaten ausgezogen, um das System zurückzuerobern. Sie hatte fünf

Kriegsschiffe verloren, einen Kreuzer, die RNS *Westminster*, sowie die Fregatten RNS *Daring, Kent, Chennai* und *Kora*. Die Fregatten *Somerset* und *Hessen* hatten nur leichten Schaden erlitten, ebenso der Kreuzer *Dragon* und ihr eigenes Kriegsschiff, die *Vanguard*. Demgegenüber hatten sowohl das Schlachtschiff *Rheinland* als auch der Kreuzer *Delhi* mittelgroße Schäden erlitten, die nach mehr als nur einer geringfügigen Reparatur in Transit verlangten. Bevor sie erneut ausgeschickt werden konnten, mussten sie eine Zeit der Reparatur in der Schiffswerft abwarten.

Die Verluste, die Dobbs hatte hinnehmen müssen, waren dennoch nicht mit denen zu vergleichen, die Major General Vernon ‚VC' Crows Streitkräfte erlitten hatten. Seine Truppen waren beim Versuch, die Pharaonis auszurotten, auf harten Widerstand gestoßen. Die Pharaonis waren auf einen langen Kampf eingestellt. Zusätzlich zu ihrem dämonischen Aussehen, das eineinhalb Meter großen Ameisen glich, bewiesen sich die Pharaonis zudem noch als unerbittliche Kämpfer. Sie kämpften wie die Teufel, für die ein Aufgeben kaum in Frage kam. Das bedeutete, dass die Soldaten des Generals sie jagen mussten. Dobbs war froh, nicht an dieser Art Kampf teilnehmen zu müssen. Sie bevorzugte ihre Kämpfe im Vakuum des Raums statt auf der Oberfläche eines Planeten. Ein Tod hier oben im Raum käme relativ schnell. Auf der Oberfläche eines Planeten konnte sich der Tod ebenfalls schnell einstellen – oder er konnte lang, brutal und schmerzhaft sein.

»Wir verlassen den Slip Space, Ma'am«, kündigte Ensign Godley an, während der schiffsweite Alarm die Mannschaft vor dem bevorstehenden Austritt aus der Blase warnte.

Dobbs war wenige Minuten vor der Slip Space-Warnung an ihren Stuhl zurückgekehrt und saß nun angeschnallt da, während alle darauf warteten, dass das Schiff in den normalen Raum zurückkehrte.

Auf dem Hauptbildschirm sah sie auf den Bug der *Vanguard* hinaus. Die Lichtstränge, die das Schiff umgaben, veränderten sich. Sie tanzten nicht länger in einem Reigen voller Farben umher. Vielmehr verwandelten sich in breitere Bänder, die das Schiff zu umfangen schienen, bevor sie ein Blitz mehrfarbigen Lichts in die Dunkelheit des regulären Weltraums hinaus beförderte.

Sobald die *Vanguard* die Blase verließ, lag die altairianische Flotte vor ihnen, angeführt von Admiral Pandolly an Bord des massiven Schlachtschiffs *Berkimon*. Die gesamte altairianische Flotte hatte sich um den riesigen Superträger *Digimon* versammelt. Diese beiden übergroßen Schiffe transportierten die Wurmlocherzeuger, die die Altairianer nutzten, um ihre Flotten über große Entfernungen innerhalb des alliierten Raums und darüber hinaus zu befördern.

Dobbs registrierte mit gerunzelter Stirn die Ansammlung der altairianischen Schiffe um den Sternenträger herum und bemerkte, dass sie sich nicht wie geplant systematisch zu einem bevorstehenden Sprung aufreihten. Die Flotte hatte sich in einer Defensivhaltung wie sie entlang der Neutralen Zone zu erwarten war, in Stellung gebracht – abgewandt von dem Hoheitsgebiet des Statthalters und seines Volkes.

Etwas muss sie erschreckt haben, dachte sie, nicht sicher, was es gewesen sein könnte.

»Commodore, Admiral Pandolly grüßt uns. Er möchte mit Ihnen auf einem privaten Kommunikationskanal sprechen«, teilte ihr Lieutenant Waldman, ihr Kommunikationsspezialist, mit.

»Stellen Sie ihn durch«, forderte Dobbs ihn ruhig auf, bevor sie auf Pandollys Stimme in ihrem kleinen Ohrmuschelkommunikator wartete.

»Commodore, wir müssen reden. In Sol hat sich etwas ereignet«, erklärte ihr Pandolly mit einer Dringlichkeit und einer Emotion in der Stimme, die die Altairianer nur selten ausdrückten.

Dank des offensichtlichen Stresses in seiner Stimme erkundigte sie sich mit hochgezogenen Augenbrauen: »Was wollen Sie damit sagen, ‚Es hat sich etwas ereignet‘? Haben Sie ein Kriegsschiff vorausgeschickt, um das System zu überprüfen?«

Pandolly nickte und fügte hinzu: »Ja, ich habe eine meiner Fregatten nach Sol geschickt, um Kontakt mit Ihrem … Battlenet … aufzunehmen. Ich musste sehen, ob es eine Nachricht für meine Flotte gab, eine Änderung unserer Befehle, bevor wir unsere Reise antre …«

»Was ist geschehen? Was haben Sie gehört?«, unterbrach Dobbs ihn scharf, bevor er weitersprechen konnte.

»Amy …« Pandolly ließ die Formalitäten fallen, als er zur Erklärung ansetzte. »Wir sind uns nicht sicher, wann oder wie es begann. Aber die Zodark … sie sind in Sol.«

Dobbs stöhnte laut mit dem Erhalt dieser Nachricht. Unwillkürlich flog ihre Hand an ihren Mund. Sie war schockiert. *Wie konnte es den Zodark gelingen, unsere Kräfte im Rhea-System zu umgehen?*

Pandolly erklärte, als ob er ihre Gedanken lesen konnte: »Sie fragen sich sicher, wie es ihnen gelang, das Sternentor im Rhea-System zu umgehen, oder ob die Orbot einen Weg fanden, die Reichweite ihres Wurmlocherzeugers auszudehnen. Wenn ich darf, möchte ich Ihnen einige grundlegende Informationen mitteilen, die wir bereits kennen, bevor Sie oder Ihre Leute sich Fragen stellen, auf die es keine Antwort gibt. Meine Leute durchforsten weiter die dem alliierten militärischen Kommandozentrum übersandten Berichte Ihres Weltraumkommandos auf ihre Bedeutung. Wir wissen mit Bestimmtheit, dass die Invasion von Sol eine Operation der Zodark ist, ohne den Einsatz und Gebrauch der Wurmlochtechnologie der Orbot. Das bedeutet, dass die Zodark eine wurmlocherzeugende Technologie entwickelt haben, die über die der Orbot hinausgeht. Falls diese Technologie tatsächlich der ihrer Orbot-Herren überlegen ist, bedeutet dass, dass sie von den …«

»… von den Humtar stammen muss«, beendete Dobbs seinen Satz. »Etwas, das sogar die Orbot nicht haben, aber unbedingt haben wollen.«

Ohne von dieser Unterbrechung irritiert zu sein, dachte Pandolly einen Augenblick über ihre Aussage nach und fügte hinzu: »Korrekt. Die Orbot wollen in jedem Fall sicherstellen, dass ihre technischen Fähigkeiten stets den ihnen dienenden Staaten überlegen sind. Was aller Wahrscheinlichkeit nach geschah ist, dass die Zodark per Zufall diese Vorrichtung in einem aufgegebenen Schiff oder in einem Relikt entdeckten und sie irgendwie neu aktivieren oder tatsächlich nachbauen konnten. Der Beantwortung dieser wichtigen Frage muss in der Zukunft nachgegangen werden. In der Zwischenzeit kämpft die Flotte der Zodark gegen die zahlenmäßig unterlegenen republikanischen Streitkräfte, die verzweifelt auf das Eintreffen von Verstärkung warten.

»Bevor Sie vorschlagen, dass wir umgehend nach Sol vordringen, müssen wir die Umstände diskutieren und einen Plan erstellen, wie unsere Flotte den republikanischen Streitkräften am besten in ihrem fortdauernden Kampf *über* der Erde beistehen kann. Sobald sich unser Scout mit dem republikanischen Battlenet verknüpfte, erhielten wir die Benachrichtigung und das Aktivitätenprotokoll sämtlicher Ereignisse seit der Ankunft der Zodark in Sol. Im Laufe der letzten 48 Stunden hat Ihr Volk der feindlichen Flotte einen schweren Schlag versetzt – den Protokollen nach wohl mit der ersten Entdeckung der Wurmlochbildung in Sol durch ihre Sensoren. Zu diesem Zeitpunkt setzte das Weltraumkommando seine erste Nachricht hinsichtlich der Invasion an das Rhea-System ab. Angesichts der Entfernung zwischen der Erde und Neu-Eden traf die Nachricht dort erst nach drei Tagen ein. Ich vermute, dass der Statthalter sich unmittelbar nach dem Erhalt der Nachricht auf den Weg gemacht hat. Dank der *Freedom* wird er eine Brücke zwischen den Systemen öffnen und den größten Teil der Flotte der Allianz mit sich bringen, um die Streitmacht der Zodark zu vernichten, bevor sie entkommen kann«, legte Pandolly weiter im Versuch dar, sie über das auf den neuesten Stand zu bringen, was die Altairianer seit ihrer erst kürzlich erfolgten Ankunft bereits aufgedeckt hatten.

Dobbs saß einen Moment bewegungslos da, um die Bedeutung der Neuigkeiten, die sie gerade erfahren hatte, zu entschlüsseln. *Die Zodark greifen die Erde an ... Sie greifen unsere Heimatwelt an ...*

Ihr schockierter Gesichtsausdruck war für alle Umstehenden das offensichtliche Zeichen, dass etwas Schreckliches geschehen war. Sie wusste, dass sie ihre Mannschaft informieren musste. Die Flotte musste es erfahren.

Den Blick wieder auf den Altairianer gerichtet, nickte sie. »Admiral, Sie haben recht. Wir müssen einen Plan erstellen, bevor wir ziellos voranstürzen. Während ich mir nicht sicher bin, wie oder warum die Zodark diese neue Wurmlochtechnologie nicht nutzen, um das System vor dem Eintreffen unserer Verstärkung wieder zu verlassen, bin ich sicher nicht gewillt, ihnen strategischen militärischen Rat zu erteilen. Wir werden uns auf ihr augenscheinlich übertriebenes Selbstbewusstsein verlassen und es zu unserem Vorteil nutzen.«

»Eine gute Entscheidung, Commodore. Auch ich frage mich, warum sie diese Technologie bislang noch nicht zum Verlassen des Systems einsetzen. Es hat den Anschein, als ob ein enorm großes Schiff in der Nähe der Erde von einem ausgedehnten Trümmerfeld umgeben ist. Noch kann ich nicht sagen, was es bedeutet oder was geschehen ist, aber nach dem Eintritt in das System lernen wir sicher mehr. Möchten Sie einen Plan vorschlagen? Andernfalls erstelle ich einen.«

Dobbs lächelte zufrieden mit dieser Frage. Vor ihrer letzten Kampagne hätte er sich sicher keinerlei Gedanken darüber gemacht, welche Ideen sie hinsichtlich eines Plans hatte, aber sie hatte ihre Eignung für den Weltraumkrieg bewiesen und offenbar damit seinen Respekt verdient.

»Tatsächlich habe ich eine Idee. Nach unserem Sprung nach Sol schlage ich vor, dass wir unsere Streitkräfte an die Gemeinsame Militärische Trainingseinrichtung auf Titan verlegen, vorausgesetzt, dass sie nicht bereits zerstört wurde. Das erlaubt uns auf dem Weg nach Titan Kontakt mit demjenigen aufzunehmen, der die Flotte derzeit kommandiert. Titan ist nicht nur eine Trainingseinrichtung, sondern auch eines der Hauptmunitionslager der Flotte. Unser Stopp dort bietet meinem Schiff die Gelegenheit, Munition aufzunehmen, während wir gemeinsam mit den republikanischen Kräften, die sich derzeit noch im System befinden, einen Plan zur koordinierten Zusammenarbeit entwickeln. Bevor wir damit beginnen, habe ich eine Bitte, Admiral …« Während sie ihren Plan erklärte, bereitete sie ihre nächste Frage vor.

Pandolly erwartungsvolles Nicken ermunterte sie. »Nach unserer Ankunft auf Titan möchte ich Sie bitten, eine Abordnung Ihrer Kreuzer und Fregatten bereitzustellen, um meine Transporterflotte und meine orbitalen Angriffsschiffe zu schützen. Bei ihnen handelt es sich nicht um Kriegsschiffe. Sie gehören nicht in die Nähe einer gegnerischen Streitmacht, mit der wir den Kampf suchen. Kann ich mich auf Sie verlassen, mich beim Schutz dieser Einheiten zu unterstützen, damit ich mein Geschwader in den Kampf führen kann?«

Der Altairianer sah ihr starr ins Gesicht, während er ihren Vorschlag und ihre Bitte in Erwägung zog. Je länger er sie ohne zu antworten anstarrte, desto unbehaglicher fühlte sie sich. Die Altairianer, ungleich den Menschen, den Primord und sogar den Gallentinern, hatten keine Augenlider. Obwohl sie mit den Altairianern während des letzten Krieges und eng während der Serpentis-Kampagne zusammengearbeitet hatte, empfand sie die biologische Besonderheit dieser außerirdischen Rasse weiterhin als ihre größte Herausforderung.

Dann hatte Pandolly eine Entscheidung getroffen und bestätigte ihr: »Sie überraschen und beeindrucken mich stets auf Neue, Commodore. Dies ist ein vernünftiger Vorschlag – mit dem ich mich einverstanden erkläre. Unsere Streitkräfte werden eine Brücke in das System schlagen und die von Ihnen erwähnte Titan-Einrichtung anlaufen. Dort werden Sie zwei Ihrer Fregatten zurücklassen, um meine

Kampfgruppe darüber zu unterrichten, welche als freundlich anzusehende Kräfte uns noch in Sol begegnen könnten. Nach der Kontaktaufnahme mit dem hochrangigsten Offizier und den verbliebenen republikanischen Kriegsschiffen im System, vereinen wir unsere Flotte mit der ihren und bemühen uns, die zurückgebliebenen gegnerischen Kräfte zu vernichten. Wir haben viel vorzubereiten und zu besprechen. Informieren Sie Ihre Kapitäne, dass unsere Flotten in 60 Minuten Ihrer Zeit in das System vorrücken werden.«

Kapitel Zwölf
Eine neue Verschwörung

Vor dem Amtssitz des Statthalters
Alliance City, Neu-Eden
Rhea-System

Emads Puls raste, während sich seine Hand um den Auslöser seiner Selbstmordweste schloss.

Noch nicht, ermahnte er sich. Falls er die Explosion zu früh auslöste, würde er sein Ziel, den Statthalter aus dem Gebäude zu locken, nicht erreichen. Er wollte, dass sein Tod einen Sinn hatte. Er hatte nicht sein ganzes Leben dafür trainiert, ein Ani zu werden, um es, wenn es darauf ankam, nicht zählen zu lassen.

Nervös überprüfte Emad den Countdown auf seiner Uhr. Die anderen Mitglieder seines Teams würden nun ihre Positionen einnehmen. Er wollte nicht derjenige sein, der alles vermasselte.

Er verließ das Servicefahrzeug, in dem er gewartet hatte, und ging nun auf den Eingang des Gebäudes zu. Trotz des Adrenalins, das durch seine Venen schoss, befand er sich in einem Zen-artigen Zustand. Alles spielte sich wie geplant ab. Dies war sein Schicksal.

O Großer Lindow, betete er leise. Jeder Schritt brachte ihn der großen Ehre einen Schritt näher. Er war auf die Explosionen vorbereitet, die, wie er wusste, jeden Moment kommen würden.
****

Bilal achtete darauf, den Mindestabstand zu seinem Partner Firas einzuhalten, der vorsichtig der Route folgte, die sie bereits in seinem Lkw getestet hatten. Ihre NIPs oder neuro-integrierten Prozessoren erlaubten ihnen, sich untereinander auf ähnliche Weise zu verständigen, wie es über die Neurolink-Implantate der Republik möglich war. Ungleich der Vorrichtung der Republik war die Reichweite allerdings nicht so ausgedehnt, wie sie es sich gewünscht hätten. Ihre Fahrzeuge mussten sich nicht unbedingt in Sichtlinie aufhalten, aber über einen Straßenzug innerhalb der Stadt reichte ihr Radius nicht hinaus.

Je nach der Tageszeit fiel der Umfang des Verkehrs in Alliance City sehr unterschiedlich aus. Obwohl die Bauprojekte rasch zum Abschluss kamen, standen die nächsten immer schon an. Die Hauptstadt entwickelte sich mit atemberaubender Geschwindigkeit. Bilal hoffte, dies zu ändern.

Ohne Verdacht zu erregen, würden sie nicht zu lange anhalten können. Aus dem gleichen Grund konnten sie nicht wiederholt den gleichen Straßenzug umrunden. Ihr Tanz musste zeitlich perfekt abgestimmt sein.

Bilal sah auf seinen Countdown hinunter. Weniger als eine Minute entfernt. Schon bald würden sie die volle Kraft ihres Sprengstoffs, der sich im Frachtraum ihrer Speditionslastwagen befand, entzünden.

Sie näherten sich ihrem Zielort. Bilal träumte von der flammenden Glorie, in der sein Leben enden würde. Das Glas des Gebäudes, in dem sich der Statthalter aufhielt, würde durch die Detonation zerschmettert werden. Die Gewalt der Explosion würde diese winzigen Glasscherben in unkontrollierbare Schrapnellprojektile verwandeln, die im Innern des Gebäudes noch zu vielen weiteren Verletzten führen würden. Das wiederum würde das Massenchaos verursachen, das sie sehen wollten. Sobald die blutende und schreiende Menge dann der Zerstörung zu entfliehen versuchte, würde Emad sich als angeblicher Ersthelfer unter die Leute mischen, der den Bedürftigen Hilfe gewähren wollte. Er würde den geeigneten Zeitpunkt finden, an einem Ort, an dem er den größten Beitrag zum bereits existierenden Chaos leisten konnte … um dann dort seine Selbstmordweste im günstigsten Moment zu aktivieren. Danach – während das Sicherheitsteam des Statthalters auf die Explosion an der Vorderseite des Gebäudes reagierte – würden sie den Anführer der Allianz zum Shuttlelandeplatz auf dem Dach verschleppen, wo sein lang erwartetes Treffen mit dem großen Gott Lindow endlich stattfinden würde.

Alles in Bilals Leben hatte ihn auf diesen Augenblick vorbereitet. All die Jahre des Trainings, der Trennung von seiner Familie und all die Leiden, die er erlitten hatte, würden Bedeutung erlangen.

Endlich wird dieser bösartige Tyrann ein für alle Mal aus dem Weg sein …
****

Leitender Agent Mason Matthews saß in einem Parkhaus, in dem er sich seit mehreren Minuten mit seinem Spezialgewehr auf den nichtsahnenden Attentäter konzentrierte, der wenige hundert Meter von ihm entfernt stand. Der Mann in seinem Fadenkreuz war das Mitglied eines Ani-Attentäterkommandos, das einen Anschlag auf den Statthalter plante.

Er veränderte seine Position geringfügig, bevor er endlich über seinen Neurolink die Worte hörte, auf die er gewartet hatte.

Alle Agenten! Bereithalten, alle Zielobjekte auf mein Kommando hin auszuschalten, kam die Stimme der leitenden IMS-Agentin über den Neurolink. *Drei ... zwei ...eins ... Einsatz!*

Matthews drückte auf den Abzug, sobald er die Stimme das Wort ‚Einsatz‘ sagen hörte. Sein Projektil verließ den Lauf und erreichte beinahe unmittelbar nach dem Abdrücken sein Ziel.

Nummer Eins ausgeschaltet, verkündete er ruhig und wartete darauf, von seinen Kollegen zu hören.

Nummer Zwei ausgeschaltet, sagte Agentin Amelia Wilds. Die Agenten Asher Nichols und Nolan Arnold bestätigten, dass die Ziele drei und vier ebenfalls ausgeschaltet waren.

Alle Ziele ausgeschaltet, fasste die leitende Agentin Mia Soto in ihrer Rolle als Befehlshaberin vor Ort zusammen.

Mann, das war knapp. Noch eine Zelle neutralisiert, bevor sie zuschlagen konnte, dachte Matthews und stieß erleichtert den Atem aus, dass sie das geplante Attentat ohne Zwischenfall hatten vereiteln können. Sie folgten dieser Ani-Zelle nun schon seit Tagen und soeben hatte sich ihre harte Arbeit bezahlt gemacht.

Plötzlich sträubten sich Matthews die Nackenhaare; so als ob ihn jemand beobachten würde. Dann setzte der reine Instinkt ein und er rollte sich nach links ab, gerade als ein Laserblitz auf das Deck des Parkhauses aufschlug. Der unerwartete Einschlag eines Lasers brach den mit korallenähnlichem Biomaterial vermischten Zement in Stücke, die durch die Luft wirbelten. Matthews rollte einmal, dann ein zweites Mal auf der Suche nach Deckung, wobei seine linke Gesichtshälfte von einem der herumfliegenden Trümmerteile getroffen wurde.

Verdammt!, fluchte Matthews über den Neurolink. Er sprang auf die Beine und ließ den Ort des letzten Einschlags so schnell er konnte hinter sich zurück. *Wo kam dieser Schuss her?*

Was zum Teufel ...?«, rief Soto über den Neurolink. *War das ein Laser der Zodark? Ich bin auf dem Weg zu Ihrer Position,* erklärte sie.

Matthews rannte so schnell er nur konnte bis an die Grenzen seiner Leistungsfähigkeit. Plötzlich registrierte er etwas. *Falls das ein Mensch mit einer Waffe der Zodark war, haben wir es mit einem Beobachter zu tun,* informierte er die Gruppe.

Ich sehe jemanden auf dem Balkon eines Wohngebäudes in der Third Street, sagte Soto. *Er muss eine dieser Tarnvorrichtungen der Zodark genutzt haben. Jetzt ist er sichtbar. Zum Feuern des Lasers kann er nicht versteckt bleiben.*

ZISCH!

Der nächste Schuss mit dem Laser schlug direkt hinter Matthews ein und schleuderte Bruchstücke des hybriden Zements gegen seine Beine. Es schmerzte schrecklich, aber davon konnte er sich nicht aufhalten lassen. Er stürzte voran, bis ein Laserblitz direkt vor seinen Füßen landete. Ohne ausreichend Zeit, seine Vorwärtsbewegung zu stoppen, sprang er so hoch er konnte über den größten Teil der umherfliegenden Trümmer hinweg. Er landete auf den Beinen und krümmte sich zu einem Hocksprung, aus dem er nach einer geeigneten Deckung suchend vorwärts abrollte und weiter rannte. In seiner jetzigen Position war er zu sehr der Gefahr ausgesetzt.

Nichols und ich betreten das Erdgeschoss des Apartmentgebäudes, informierte Arnold alle. Im Treppenhaus nach oben wies er Soto an: *Soto, wir brauchen Ihre Augen. In welchem Stockwerk hält er sich auf?*

Der Hund ist im zehnten Stock, erwiderte sie. *Matthews, ich bin auf dem Weg, um Feuerschutz zu gewähren!*

Wartet, ich bin noch unterwegs!, rief Wilds. *Verderbt mir nicht den ganzen Spaß.*

Ein weiterer Laserblitz kam auf Matthews zu. Dieses Mal erreichte er sein Ziel. Er konnte sich nicht bewegen oder aufschreien – allein ein unverständliches Gurgeln entkam seiner Kehle. Und dann verfinsterte sich seine Welt.

****

Matthews?, forschte Soto, in der Hoffnung, dass er noch am Leben war. Sie erhielt keine Antwort.

Sie hatte gerade einen geeigneten Punkt erreicht, um auf ihren Gegner anzulegen. Fluchend feuerte sie ihre Waffe ab. Sie musste sich zwingen, ihren urweltlichen Schrei nach Rache zu unterdrücken. Stattdessen manifestierte sich ihr Zorn im Willen, den Mann, der ihren Teamkollegen umgebracht hatte, zu töten.

Ihr Schuss verfehlte nur knapp das Gesicht des Beobachters. Soto fragte sich, ob ihre Emotionen die Überhand gewonnen und ihre Zielgenauigkeit beeinträchtigt hatten. Egal was es war, der Beobachter veränderte nun seine Position und nahm seinerseits Soto aufs Korn, was sie dazu zwang, in Deckung zu gehen.

Als er nach einer Pause nicht erneut auf sie geschossen hatte, vermutete Soto, er könnte seine Stellung verlassen haben. Vorsichtig sah sie um die Ecke auf den letzten Standort des Beobachters. Er war verschwunden.

Ich glaube, er hat sich ins Gebäude zurückgezogen. Nichols und Arnold —vorsichtig! Wilds, Matthews ist verletzt oder vielleicht sogar tot. Versuchen Sie, ihm im Parkhaus zur Hilfe zu kommen.

Alle bestätigten den Erhalt ihrer Nachricht, während Soto nun auf das Wohngebäude zueilte. Mit dem Öffnen der Eingangstür hörte sie Arnolds Schmerzensschrei.

Du Schweinehund!, dachte Soto. Mit erhobener Waffe nahm sie mehrere Stufen auf einmal nach oben. Eine Reihe von Blasterschüsssen hallte im Treppenhaus wider. Eine ihr unbekannte Stimme stöhnte. Dann erreichte sie die Szene eines furchtbaren Gemetzels.

Nichols und Arnold waren mit Lasereinschüssen in ihren Brustkorb und in die Bauchgegend tödlich verletzt. Ihre Innereien, die sich außerhalb ihrer Körpers befanden, boten ein schreckliches Bild. Aber sie hatten diese Erde nicht verlassen, ohne selbst einige Treffer zu erzielen.

Der Beobachter lag da. Das Blut strömte aus dem Loch, das der Verlust eines Arms und des darüberliegenden Schulterbereichs hinterlassen hatte. Er atmete keuchend.

»Dich zu erschießen wäre zu barmherzig«, erklärte Soto. Stattdessen trat sie mit dem Fuß in die offene Wunde des Mannes und sah zu, wie er sich voller Schmerzen zusammenkrümmte, bevor er ohnmächtig wurde. Er hatte zu viel Blut verloren, um noch zu schreien.

Dann drehte sie sich Nichols und Arnold zu, für die sie nicht länger etwas tun konnte, außer ihren Verlust zu betrauern.

Ich hoffe nur, dass Wilds Matthews retten kann, dachte sie.

Ihre Vorgesetzten im IMS würde diesen Einsatz nicht feiern.

****

Büro des Statthalters
Alliance City, Neu-Eden
Rhea-System

»Statthalter, wo ist diese großartige Invasion? Drei Wochen sind vergangen und immer noch keine …«

»Ich würde die terroristischen Überfälle im gesamten Bereich der Allianz nicht unbedingt als Nichts bezeichnen. Die Familien derjenigen, die getötet wurden, verdienen mehr als nur eine abschätzige Handbewegung des Senators«, fiel ihm Aguard, der Senator der Primord, ins Wort.

Miles sah den beiden streitenden Senatoren einen Augenblick lang zu. Der altairianische Senator Jandolly hatte ein Talent dafür, sich Feinde unter Freunden zu machen und schien seine Fähigkeit, andere dazu zu bringen ihn zu verabscheuen, zu genießen. Hunt konnte einfach nicht verstehen, wieso Admiral Grigdolly, sein Vorgänger und der altairianische König, diesen unausstehlichen Mann im Alliierten Rat behielt.

Miles unterbrach sie, bevor sie sich über das nächste Thema in den Haaren liegen konnten. »Die geheimdienstlichen Informationen sind eindeutig, Jandolly. Eine Operation der Zodark ist bereits im Gange. Die Mukhabarat führten Anschläge in der Republik, auf Primord und im altairianischen Raum durch. Der gestrige vereitelte Anschlag vor diesem Gebäude beweist, dass sie aktiv sind. Wir haben über ein Dutzend dieser Ani-Zellen, wie sie sie nennen, im Bereich der Allianz ausgehoben. Das sind die Vorboten einer Invasion …«

»Ja, aber Ihre Sicherheitskräfte reichten aus, um den Angriff zu stoppen. Sie laden die Zodark seit Monaten förmlich ein, im Qatana- oder Rhea- System einzufallen, ohne dass etwas geschieht. Wir können unsere Streitkräfte nicht unbegrenzt in höchster Alarmbereitschaft halten. Die Schiffsmannschaften brauchen früher oder später eine Pause und die Schiffe müssen gewartet werden. Wann gestehen Sie endlich ein, dass Ihr Plan gescheitert ist, damit wir …«

»Genug, Jandolly«, stoppte Admiral Grigdolly ihn. »Sie haben Ihre Meinung geäußert. Der Statthalter sowie alle anderen hier haben Sie verstanden. Hören Sie auf, bevor Sie entdecken, dass Sie das Thema überbeansprucht haben«, warnte ihn der Elder Statesman am Ende seiner Geduld.

Miles sah, dass ihm der alte Mann unmerklich zunickte, als wollte er sich für Jandolly entschuldigen. Offenbar bemerkte er endlich, dass sein Untergebener mit dem Infragestellen seiner Autorität einen Punkt zu überschreiten begann, von dem es kein Zurück mehr gab.

Miles zog die Aufmerksamkeit der Anwesenden wieder auf sich und erklärte: »Wir werden die Bereitschaft der Flotte noch 72 Stunden aufrechterhalten. Falls wir bis dahin keine weitere Bewegungen der Zodark oder der Schattenwelt feststellen, erteile ich den Befehl, die Gefechtsbereitschaft in Phasen aufzugeben und zur regulären Bereitschaft – nicht in Erwartung eines bevorstehenden Krieges – zurückkehren. Unsere reguläre aktive Reserve sowie die schnellen Eingreiftruppen entlang den Kontrollpunkten der Allianz werden weiter nahe den Grenzzonen Dienst tun. Falls der Feind nicht eintreffen sollte, kommen wir in 72 Stunden wieder zusammen. Damit ist diese Diskussion beendet. Ich spreche mit dem Rat in drei Tagen. Ende der Sitzung«, erklärte Miles. Er erhob sich und steuerte auf die nahegelegene Tür seines Büros zu.
****

Nach einer wie üblich frustrierenden Sitzung mit dem Rat betrat Miles sein Büro. Er wollte sich gerade ein Drink einschenken und mit der Arbeit an einem anderen Projekt beginnen, als sich die Tür öffnete und Admiral Wiyrkomi eintrat.

»Entschuldigen Sie die Unterbrechung, Statthalter. Ich erhielt ein dringendes Kommuniqué von meinen Leuten auf der Erde. Der Angriff findet tatsächlich statt … Sie attackieren die Erde!«

Es dauerte einen Moment, bevor Miles verstand, was Wiyrkomi ihm gerade mitgeteilt hatte. Den Orbot mangelte es an der technischen Fähigkeit, eine Brücke den ganzen Weg nach Sol zu eröffnen. Und soweit er wusste, besaßen die Zodark diese Technologie ebenfalls nicht. *Das Kollektiv … konnte es das Kollektiv sein?*

Wyrkomi, der seine Gedanken zu lesen schien, fügte hinzu: »Die Angreifer sind die Zodark. Sie sind in Sol erschienen. Sie allein. Ohne die Hilfe der Orbot oder des Kollektivs. Sie müssen irgendwo die Technologie der Humtar entdeckt haben, vielleicht einen Wurmlocherzeuger oder ein verlassenes Schiff, das sie nun ausbeuten. Wie lauten Ihre Befehle, Statthalter?«

Ein verlassenes Schiff der Humtar ausbeuten ... Seine Gedanken schwirrten um die Frage, was sie sonst noch an Bord eines Humtar-Schiffes gefunden haben könnten. Dann erst registrierte er, dass ihm eine Frage gestellt worden war, die er noch nicht beantwortet hatte.

»Statthalter, die Erde wird angegriffen. Wie lauten Ihre Befehle?«

Miles richtete sich beinahe automatisch zu seiner vollen Größe auf und erwiderte mit Herausforderung in der Stimme: »Admiral Wiyrkomi, leiten Sie den Befehl an die gesamte Flotte weiter, auf Gefechtsstation zu gehen. Beordern Sie alles Personal auf ihre Heimatschiffe und in ihre Einheiten zurück. Informieren Sie die Flotte, dass wir vor Tagesende nach Sol abreisen werden. Es ist Zeit, diesen Kampf zu beenden – und die Zodark ein für alle Mal zu vernichten.«

Kapitel Dreizehn
Wo wart ihr?

Laboranlage X

» Augenblick mal … Jemand hat die Triebwerke des Humtarschiffs angeworfen?«, fragte Sakura erstaunt.

»Ja, ich weiß«, schüttelte Jack den Kopf. »Und hier ist die Krönung … Es war Spike.«

»Ist das dein Ernst?«, reagierte sie überrascht. »Das muss ich sehen.«

Dicht gefolgt von Jack rannte sie zum Schiff hinüber.

Meine Güte, wird das unsere republikanischen Freunde glücklich machen, dachte sie lächelnd.

Sakura näherte sich dem Schiff. Der untere Eingang entlang des Rumpfs stand weit offen. Seit die Ingenieure einen Weg gefunden hatten, die Mechanik des Schiffs zu aktivieren und den gesamten Inhalt des Frachtraums entladen und katalogisiert hatten, hatte sie nicht allzu viel Zeit auf dem Schiff verbracht. Deshalb fühlte sich alles noch relativ neu an. Die Rampe bestand aus einem Material, das sie noch nie zuvor gesehen hatte. Mit seiner Art, wie eine Flüssigkeit aus dem Schiff auszulaufen, wunderte sie sich erneut, ob dies ein standfester Fußweg war. Ein vorsichtiger Schritt nach dem anderen bewies ihr, dass sie festen Halt hatte.

Sie sah, dass die Beleuchtung des Cockpits bereits eingeschaltet war. Je näher sie ihm kam, desto mehr steigerte sich ihre Vorfreude. Mit dem Öffnen der Tür sah sie Spike im Pilotensitz, der bequem die Füße auf dem Sitz neben sich hochgelegt hatte. Mit einem Humtar-Tablet in der Hand tat er so, als ob er das dort Aufgezeichnete tatsächlich lesen und verstehen konnte.

»Sie haben wirklich die Triebwerke gestartet?«, forschte Sakura, die sich nicht sicher war, ob sie den Unruhestifter unterschätzt hatte.

Spike ließ das Tablet auf seinen Schoss sinken und antwortete ihr mit einem breiten, selbstbewussten Grinsen: »Das habe ich. Ich bin wohl doch kein kompletter Versager, was?«

Sakura starrte ihn nur kurz an, bevor sie einen Blick mit Jack austauschte. Sie hatte keine Ahnung, wie sie auf so etwas antworten sollte.

»Wie haben Sie das geschafft?«, fragte Jack. »Ok, die Beleuchtung schaltete sich schon immer automatisch ein, aber bisher ist es niemandem gelungen, Zugriff auf die komplexeren Funktionen des Schiffs zu erhalten.«

Spikes selbstgefälliges Lächeln verschwand. »Dr. Sakura, wie Sie vielleicht wissen, bin ich einer der Osprey-Piloten, der auf der *Voyager* stationiert ist. Niemand dort oben will hier unten leben. Aber ich habe mich freiwillig gemeldet. Das gibt mir Gelegenheit, das Schiff zu verlassen und flügge zu werden, wenn ich es so ausdrücken darf …«

»Warum kommen wir nicht endlich auf den Punkt«, unterbrach ihn Jack in einem schärferen Ton, den Sakura normalerweise von ihm gewöhnt war.

Unbeeindruckt erklärte Spike weiter: »Wie ich schon sagte, statt Jäger zu fliegen, hielt es die Flotte für angebracht, mich Angriffstransporter fliegen zu lassen. Dort weiß allerdings niemand, dass ich vor meiner Einberufung gegen Ende des Krieges Ingenieur bei Textron Spacecraft war. Ich mag jung und dumm gewesen sein, aber ich hatte ein Talent zum Fliegen und hyperaktive Reflexe, die mich offenbar zum idealen Testpiloten machten. Natürlich musste mich das Weltraumkommando gerade dann einziehen, als meine Karriere endlich abzuheben begann – kein Wortspiel beabsichtigt.

»Nachdem wir auf der Oberfläche eingerichtet waren und den Ort zu erkunden begannen, überredete ich einen Ihrer Streberfreunde, mir zu erlauben, mich im Schiff umzusehen. Zuerst war ich mir nicht sicher, aber je länger ich mich umsah und alle über die Humtarschiffe existierenden Daten überprüfte – insbesondere die dieses Schiffs – desto offensichtlicher wurden die Parallelen zwischen diesem Schiff und einigen, die ich vor dem Militär geflogen bin. Und sobald ich dann Zugang zum Cockpit erhielt, wurde mir eines klar … Ich bin mir ziemlich sicher, dass ich dieses Ding fliegen kann.«

Sakuras linke Augenbraue schoss bei dieser Aussage in die Höhe. »Nun mal langsam, Spike. Meinen Sie das ernst?«

»Ma'am, ich habe die Triebwerke angelassen. Ich bin mir ziemlich sicher.«

»Hmh … Vielleicht sollten wir unseren Enthusiasmus ein wenig zügeln?«, warf Jack ein. »Bevor Sie diesen Vogel tatsächlich fliegen … Können Sie uns irgendwie beweisen, dass Sie nicht umgehend abstürzen werden?«

Spike zog die Füße vom Stuhl und verzog das Gesicht. »Na ja, das wird weniger Spaß machen, aber vielleicht sollten wir wirklich sichergehen, dass wir keine Probleme bekommen. Schließlich sitzt es schon *eine lange Zeit* hier; wer weiß wie lange im Sand vergraben, bis wir endlich aufgetaucht sind.«

Er drehte sich dem Instrumentenbrett zu und drückte auf mehrere Knöpfe, die schließlich eine Befehlsübersicht hochbrachten. »Verraten Sie es niemandem, aber seit einigen Monaten studiere ich die Sprache der Humtar ziemlich intensiv.«

»Ach ja? Und warum soll das niemand wissen?«, fragte Sakura neugierig.

Spike zuckte mit den Achseln. »Ich habe noch zweieinhalb Jahre, bevor ich die Flotte endlich verlassen kann. Ich will vermeiden, dass das Weltraumkommando mich als jemand von Interesse sieht und sich entschließt, mich noch eine Weile länger zu behalten.«

»Da wäre ich mir nicht so sicher, Spike«, reagierte Jack. »Ehrlich gesagt bin ich überrascht, dass Sie nicht schon längst aus der Flotte entlassen wurden. Normalerweise hält ein Angehöriger der Marine nie länger als drei Jahre den Rang eines Ensign … im Vergleich zu Ihren siebeneinhalb Jahren. Falls ein Offizier oder ein einfacher Soldat nicht beförderungswürdig ist oder wie Sie, ständig Ärger verursacht, wird er gewöhnlich aus dem Dienst entfernt.«

»Ja, das haben Sie mir auch gesagt. Und hier bin ich nun, ein Ensign, nach siebeneinhalb Jahren meiner zehnjährigen Verpflichtung«, konterte Spike humorvoll, während seine Finger weiter auf dem Bedienungsfeld herumtanzten. »Ok, hier sehen Sie alle Inspektionssysteme«, erklärte er. Er gab ihnen eine Beschreibung jedes einzelnen und zeigte ihnen, dass alle an Bord befindlichen Systeme betriebsbereit waren.

Jack entspannte sich sichtbar und schien endlich zu akzeptieren, dass Spike etwas von der inneren Funktionsweise dieses Schiffes verstand.

»Ach, da ist noch etwas, was ich Ihnen zeigen wollte«, erinnerte sich Spike.

»Und das wäre?«, erkundigte sich Sakura.

»Nachdem Sie Zugriff auf das Reiselogbuch erhielten, fanden Sie nur einen Teil der Information.«

»Was wollen Sie damit sagen?« Jack war überrascht.

»Sie haben die Reisen zwischen diesem Planeten und Alpha Centauri gesehen und sogar herausgefunden, dass das Schiff über einen Wurmlocherzeuger verfügt … was fabelhaft ist. Schwer zu glauben, dass sie diese Technologie so verkleinern konnten. Jedenfalls entgingen Ihnen die mehr vertraulichen Orte, die diese Schiff anflog«, erläuterte Spike.

»Wie im Leben haben Sie das entdeckt? Sind Sie jetzt auch noch eine Art Kryptologe?«, wunderte sich Sakura.

Spike lachte. »Nein … ob Sie es glauben oder nicht, ich habe tatsächlich einen oder zwei Freunde hier. Ich erzählte einem dieser Wissenschaftler, was ich wusste, und er machte sich daran, den Code zu knacken. Hier bitte.«

Eine dreidimensionale Sternenkarte erschien über dem Instrumentenpult. Darunter stand eine Liste mit Erklärungen. Sakura und Jack studierten den Bildschirm und sahen sich dann gegenseitig auf ihre Reaktion hin an.

»Dieses Ding hat die Erde besucht?« Sakura konnte es nicht fassen.

»Richtig.«

»Wo ist das?« Jack deutete auf einen Ort, der weit entfernt von allen anderen Standorten auf der Karte lag.

»Das weiß ich nicht«, gab Spike zu. »Es ist ein Sternentor mitten im Nirgendwo, über das ich keinerlei Informationen finden konnte.«

»Vielleicht sollten wir uns das ansehen«, schlug Sakura aufgeregt vor.

Jack lachte. »Vielleicht. Das sollten wir sicher vorher mit Katherine bereden. Aber was meinst du? Sollten wir dieses Ding nicht zuerst einmal starten, um zu sehen, ob Spike es tatsächlich fliegen kann?«, zwinkerte er ihr zu.

»Warum nicht? Was du heute kannst besorgen …«, antwortete sie.

»Normalerweise bist du diejenige, die mich an das Protokoll erinnern muss. Sollten wir nicht Katherine einweihen?«

Sakura seufzte. »Du hast sicher recht. Ich werde sie holen.«

****

Mehrere Flugingenieure und Mitglieder des technischen Personals studieren das Äußere des Schiffs zunächst aus einer gewissen Entfernung, bevor sie näher kamen, um es genauer zu untersuchen. Sakura wollte, dass Spike umgehend mit ihnen an Bord losfliegen sollte. Demgegenüber wollte Katherine den Ingenieuren vor dem Beginn der Spritztour genug Zeit einräumen, alle Daten zu erfassen, die sie über das Äußere des Schiffs aufzeichnen wollten.

Sakura verspürte so gut wie keine Bewegung auf dem Flugdeck, als das Schiff schließlich vollkommen mühelos abhob und an diesem späten Nachmittag in den Himmel aufstieg.

Mit Spikes Start der Triebwerke war sie sich nicht sicher, was sie erwarten sollte. Das Schiff hatte Tausende von Jahren untätig geruht, begraben unter Sedimenten und Sand. Sobald seine Triebwerke aber in Betrieb waren, hatte es sich beinahe geräuschlos vom Boden erhoben und schwebte.

Kurz darauf kündigte Spike an: »Die *Voyager* sagt, sie ist soweit. Ihr Verfolgungsradar und die Vorrichtungen, die unseren Flug überwachen werden, sind aktiv.«

Ein Gefühl von Spannung und Abenteuer schoss durch Sakuras Venen. Sie hatte eine Gänsehaut.

»Ok, Spike. Unterziehen wir es den Tests, die wir diskutiert haben«, forderte Katherine ihn auf. Ihrem Gesichtsausdruck nach vermutete Sakura, dass es sie nervös machte, das Schiff zu testen, während sie sich an Bord befand.

»Nun komm schon, Katherine. Spike ist ein ehemaliger Testpilot und Rennfahrer. Gib ihm freie Bahn und sehen wir, was dieses Schiff kann!«, meldete sich Jack zu Wort und zwinkerte Spike zu.

Überrascht sah Sakura zu ihrem Verlobten hinüber. Von dieser Seite kannte sie ihn bisher noch nicht. In einem ungetesteten Schiff, von dem sie so gut wie nichts wussten, alle Vorsicht außer Acht zu lassen … Die linke Seite ihres Munds verzog sich zu einem halben Lächeln, während ihr interessante Ideen durch den Kopf tanzten, wie sie nach der Rückkehr zur Basis den heutigen Abend verbringen mochten.

Und dann erlebte Sakura den Flug ihres Lebens. Spike hielt mit dem Schiff bei atemberaubender Geschwindigkeit im Sturzflug auf die Oberfläche des Planeten zu, bevor er es in letzter Minute auffing, nur um seitwärts mit ihm in ein Tal hineinzuschießen, das Sakura nicht einmal auf sich zukommen gesehen hatte. Jetzt rasten sie durch das Tal. Der Boden unten ihnen war nur ein verschwommener Fleck.

Spike führte eine Reihe furchterregender Manöver durch, zu denen Jack ihn unter begeistertem Johlen anfeuerte. Sakura, deren Adern nun Adrenalin pumpten, fragte sich, ob es das war, was Soldaten erlebten, die einen Planeten von der Umlaufbahn her angriffen. Dennoch – selbst ihre heutige Erfahrung ließ sich sicher nicht mit der schreckenserregenden Reise von Soldaten vergleichen, die von feindlichem Beschuss begleitet auf die Oberfläche eines Planeten unterwegs waren. Mehr als einmal dachte sie, ihre Zeit wäre gekommen. Sobald sie sich dann ein wenig an die abrupten Drehungen und wilden Manöver gewöhnt hatte, stellte Sakura fest, dass Spike wirklich etwas von seinem Geschäft verstand.

Der Mann ist ein verdammt guter Pilot ...

Und dann, wie aus heiterem Himmel, fanden die Akrobatik und das verrückte Fliegen ein Ende. Sie hatten ihre Testreihe beendet und schienen zur Landezone zurückzukehren.

»Also ... ich weiß nicht, wie Sie dazu stehen, aber wer wäre für eine längere Reise, um zu erkunden, was sich am anderen Ende dieses Sternentors befindet?«, brachte Spike ganz nebensächlich zur Sprache. Er war die Ruhe selbst, nicht ein Tropfen Schweiß stand auf seiner Stirn.

»Unbedingt. Ich bin dabei«, hörte sich Sakura mit einem Mal sagen.

Jack grinste, offensichtlich amüsiert von ihrem Eifer, weiter mit diesem Draufgänger zu fliegen.

Katherine war schwerer zu überzeugen. »Wir haben keine Ahnung, was wir auf der anderen Seite des Tors finden«, rationalisierte sie ihre Bedenken. »Wer weiß, es könnte eine Falle des Kollektivs sein.«

»Was, wenn wir nicht auf die andere Seite wechseln?«, fragte Sakura. »Es kann nicht schaden, uns dort einfach nur umzusehen. Niemand in der Allianz ahnt von seiner Existenz. Wer weiß, was wir dort draußen entdecken?«

Katherine sah ihre Freundin eine lange Weile zögernd an. »Ok, letztendlich ist das der Grund, weshalb wir uns hier draußen aufhalten, richtig? Um Entdeckungen zu machen?«

An Spike gewandt, sagte sie: »Dann muss ich wohl Ihren kommandierenden Offizier bitten, Sie von Ihren morgigen Pflichten zu entbinden«, lächelte sie ihn an. »Sieht aus, als hätte die Republik eine besondere Aufgabe für Sie.«

Kapitel Vierzehn
Phantome der Nacht

CVW-3 Battle Axe

Captain Ethan Hunt riskierte das Leben aller Piloten seiner Geschwader mit dieser grotesken Idee und der Hoffnung darauf, dass sie funktionieren würde. Falls nicht … nun ja, zumindest stünde er dann der Untersuchungskommission nicht länger zur Befragung zur Verfügung.

Während seine Gripen sich weiter entlang der Seite der *Berlin* voran bewegte, hoffte er, dass diese alte Kriegerin der Republik einen letzten Sieg bescheren konnte, bevor sie verschrottet oder in die Reserveflotte ausgemustert wurde. Sie war eines der wenigen Schlachtschiffe der *Ryan*-Klasse, die noch im Dienst stand, und er war verdammt glücklich darüber, dass sie sie hatten. Andernfalls wäre ihr Plan sicher zum Scheitern verurteilt.

Der Blick aus seinem Cockpitfenster zeigte ihm, dass seine Piloten den vorgegebenen Abstand voneinander einhielten und sich bemühten, so dicht wie möglich neben dem Kriegsschiff zu fliegen, ohne versehentlich eine Kollision zu verursachen.

Als er seine Idee mit seinem einzigen überlebenden Vorgesetzten, Commander Mikhail ‚Flattop' Pushkin, geteilt hatte, hatte ihn sein Freund einen Augenblick lang angestarrt, nicht sicher ob er Scherze machte oder es ernst meinte. Nachdem Hunt ihm die Situation auf der Erde dargestellt hatte, hatte sich sein Plan, sich an der Gefechtslinie der Zodark vorbei zu schleichen, als die einzig mögliche Option angeboten, die feindlichen Transporter auszuschalten.

Der Plan war waghalsig, vielleicht sogar selbstmörderisch. Aber jeder zerstörte Transporter oder jedes vernichtete Landungsschiff der Zodark würde Tausende von Zodark eliminieren, die nicht auf der Erde landen und ein verheerendes Chaos auf ihrer Heimatwelt anrichten konnten. Egal wie jemand darüber dachte – dies war ihre einzige und beste Gelegenheit.

»So weit so gut, Paladin?«

»Ja, bisher. Beschreie es nicht. Die *Berlin* wird gleich abdrehen und auf volle Kraft gehen. Sobald sie das tut … Es wird nicht allzu lange dauern, bevor sie herausfinden, was sie plant.«

Der Plan sah vor, dass die *Berlin* am Ende von McKees Gefechtslinie die Richtung wechseln würde. Das alte Kriegsschiff würde in einem nach unten gerichteten Winkel scharf einschlagen, bevor es mit voller Kraft seine Geschwindigkeit erhöhte. Die Neigung nach unten und die harte Wendung zur Flanke des Feindes hin, würde das Schlachtschiff aus dem Schussbereich der Zodark entfernen und vom Rest der republikanischen Flotte trennen. Hunt hoffte, dass die Zodark – sobald sie das Manöver der *Berlin* durchschauten – ihre Flanke neu ordnen würden, um zu verhindern, dass die *Berlin* an ihnen vorbeiraste, bevor sie auch nur versuchen konnten, sie zu stellen.

»Ja, da hast du sicher recht. Aber wie gesagt: sobald die Zodark das tun, kommen unsere Phantoms zum Einsatz. Du hast dir einen teuflischen Plan einfallen lassen, Paladin. Ich denke, wir haben eine echte Chance, erfolgreich zu sein«, ermutigte ihn sein Freund.

»Danke, Flattop. Du hast keine Ahnung, wie sehr ich das gerade jetzt hören musste. Bevor die Sache im Kasten ist, müssen noch eine Menge Dinge zu unseren Gunsten ausfallen. Ach, und bevor ich es vergesse, mein Freund, du schuldest mir noch 200 Credits für die Niederlage, die meine Buccaneers deinen Eagles letzte Woche verpasst haben.«

In der letzten Woche hatte die Endspielserie der NLF-Division stattgefunden. Nur noch ein Spiel, um herauszufinden, wer am Super Bowl teilnehmen würde ...

Sie lachten bei der Erinnerung an ihre Wette. Das half, die Anspannung des Moments zu mindern, während sie nun schweigend weiter flogen. Hunt hielt sich damit beschäftigt, in regelmäßigen Intervallen mit seinen Geschwaderkommandanten über ihr Peer-to-Peer-Kommunikationsnetzwerk Kontakt zu halten, um sich zu versichern, dass ihre Piloten keine Probleme hatten. Er sah den Sekunden zu, die sich langsam der Null näherten. Sie standen kurz vor ihrer ersten bedeutenden Wende.

Die Reise entlang der Gefechtslinie gab den Blick auf die in der Auseinandersetzung zwischen den feindlichen Kräften eingesetzten Laser, Raketen und Projektile frei. Zu Zeiten war der Kampf ungemein intensiv, während er kurz darauf abflachte und beide Seiten versuchten, sich mit möglichst wenig Schaden vom Gegner zu trennen.

Im Gedanken daran, wie dieser Kampf ausgefochten wurde, erinnerten sich Ethan an einen Boxkampf, zu dem ihn sein Großvater

vor seinem Tod eingeladen hatte. Kurz vor seinem 18. Geburtstag stand
Ethan vor der Aufnahme in die Weltraumakademie. Sein Großvater
wollte vor seiner Abreise noch etwas Zeit mit ihm verbringen, also
hatte er Karten für einen Boxkampf besorgt. Die frühen Runden waren
aufregend gewesen, beinahe so wie die ersten Kämpfe, die um die Erde
herum stattgefunden hatten. Die Boxer hatten wie die Wilden
gekämpft, Schlag um Schlag gelandet und sich gegenseitig blutig
geprügelt. Je länger sich das Match jedoch hinzog, je erschöpfter
wurden sie. Früher oder später schien sich jeder Kampf in einen
Wettstreit der Willenskraft zu verwandeln – eine Pattsituation zwischen
den beiden Seiten, von denen keine stark genug war, den anderen k.o.
zu schlagen, aber beide Seiten unwillig waren, den Kampf aufzugeben.
In jeder folgenden Runde sprang dann jeweils der eine oder der andere
Kämpfer nach vorn und umklammerte seinen Gegner – eine
Verteidigungstechnik, bei der sich der Angreifer auf seinen Gegner
stürzte und ihn mit den Armen umfing. Diese halbherzigen
Umarmungen und gelegentlichen Hiebe in die Magengegend des
Gegners wurden nach einer Weile vom Ringrichter unterbunden. Das
Match, zu dem ihn sein Großvater mitgenommen hatte, war anders
verlaufen. Nachdem die beiden Boxer kurz voneinander getrennt
worden waren, begann einer den anderen zu umkreisen. Hunt hatte
interessiert zugesehen, um herauszufinden, was dieser Boxer vorhatte,
als sein Großvater ihn aufforderte, aufzupassen, was als nächstes
geschehen würde.

Nachdem er mehrere Male umkreist worden war, warf sich der
Kämpfer, der erschöpft und blutig war und so aussah, als ob er jeden
Moment ohnmächtig werden würde, plötzlich mit mehr Schnelligkeit
und Leidenschaft als Ethan es für möglich gehalten hätte, auf seinen
Gegner. Dem Mann gelang nicht nur einer, sondern gleich zwei solide
Schläge, sowie eine Reihe von Treffern gegen den Kopf und das
Gesicht seines Gegners, bevor der endlich gezwungen war, die Arme
zu heben, um sich zu verteidigen. Sobald die Bauchgegend seines
Gegners ungeschützt vor ihm lag, landete der Boxer einen harten
Schlag in seinen Magen. Der Verteidiger krümmte sich nach vorn –
was dem siegreichen Kämpfer erlaubte, seinen Konkurrenten mit einem
Aufwärtshaken von den Beinen zu heben und flach auf den Rücken zu
werfen.

Die Erinnerung an diesen Tag ließ Hunt lächeln. Sein Großvater war von seinem Sitz aufgesprungen und hatte voller Aufregung über diese plötzliche Wende des Schicksals gejubelt. »So, Ethan, täuschst du deine Gegner und lässt sie glauben, dass du schwächer bist als es der Realität entspricht. Und sobald dir diese Täuschung gelungen ist … dann schlägst du zu«, hatte ihn sein Großvater belehrt.

Wenn wir die Zodark davon überzeugen können, den Köder zu schlucken … dann landen wir unseren eigenen Aufwärtshaken und schlagen sie k.o. …

„Battle Axe Anführer, Berlin Anführer hier. Wir sind bereit, abzudrehen und die Triebwerke auf volle Leistung hochzufahren. Wir tun unser Bestes, Sie so nahe wie möglich an die Transporter heranzubringen und Ihnen die Kanonen vom Hals zu halten. Viel Glück, Männer. Trinken Sie ein Bier auf uns, wenn alles vorbei ist. Berlin, Ende.«

Nachdem die *Berlin* die Verbindung unterbrochen hatte, fühlte sich Hunt, als ob der Anruf des Mannes und seiner Mannschaft eine Erwiderung verlangte. Er wusste, dass ihm das unmöglich war. Falls er jetzt eine Nachricht verschickte, würde der Feind womöglich herausfinden, dass die *Berlin* hier draußen nicht alleine war. Untereinander ihr Peer-to-Peer-Netzwerk zu nutzen war eine Sache, eine andere war es, eine Energiequelle anzuzapfen, die stark genug für die Verbindung zu einem Kriegsschiff war.

Ethan, dem es so vorkam, als ob die Zeit und die Geschwindigkeit ihrer Reise sich im Schneckentempo voran bewegte, spürte, wie sein innerer Jagdflieger mit jeder Minute, die verging, ein wenig mehr in sich zusammenfiel. Im Leben eines Jagdfliegers spielte die Geschwindigkeit eine überragende Rolle. Obwohl die Gripen keine Hellcat war, war sie dennoch den Vultures der Zodark, ganz zu schweigen von dem Schlachtschiff, hinter dem sie sich versteckten, weit überlegen.

Nur noch kurze Zeit … nur noch etwas näher, bevor es soweit ist … redete er sich selbst gut zu.

Die Minuten verstrichen – und dann, von einer Sekunde auf die andere, veränderte sich die Situation um die *Berlin* herum. Ein einziger gleißender Lichtstrahl flog über das riesige Schlachtschiff hinweg; eine Warnung, dass die Ruhe, die sie bisher genossen hatten, soeben ihr Ende gefunden hatte.

Gleich darauf war das enorme Kriegsschiff von Dutzenden kleinerer Lichtblitze umgeben. Der Steuermann manövrierte den behäbigen Riesen so aggressiv und gut er nur konnte. Ethan schätzte, dass für jeden Blitz, der harmlos an der *Berlin* vorbei flog, ein Dutzend andere auf ihre Seite aufschlugen. Zuerst waren es nur die Korvetten der Zodark. Ihre Fregatten und Kreuzer konnte Ethan anhand der Breite ihrer Laserschüsse identifizieren. Sobald er Blitze so breit wie die seiner Gripen sah, wusste er, dass sich nun auch die Schlachtschiffe der Zodark an diesem Einsatz beteiligten. Es würde nicht allzu lange dauern, bevor die *Berlin* am Ende war. Ihre Lebenserwartung betrug nur noch wenige Minuten.

Sobald die Schlachtschiffe der Zodark sich auf ihren Angriff auf die *Berlin* konzentrierten, aktivierte Hunt ihr Kommunikationsnetzwerk. Er schickte eine Nachricht an Lieutenant Commander Rojas, dass die Zeit gekommen war. Ihre Phantom-Begleiter hatten nun seine Erlaubnis, ihren elektronischen Zaubereien freien Lauf zu lassen und sich an den Kriegsschiffen, die die *Berlin* beschossen, auszuleben.

Nach der Erteilung dieses Befehls hielt er den Kanal offen, um die Leistungsfähigkeit der Phantoms zu verfolgen. Er flog zum ersten Mal mit diesen elektronischen Angriffsschiffen und war begierig darauf, zu erfahren, was sie leisten konnten.

»Shadowhawks, es ist soweit. Zeit für unseren Hexentanz! Triebwerke auf 10 Prozent zurückfahren … Auf mein Kommando: Drei … Zwei … Eins …«

Der Mann gefällt mir, dachte Hunt, als er sah, wie dessen Schiffe hinter seiner Angriffsgruppe zurückfielen und die Deckung der *Berlin* verließen. Die Phantoms waren immer noch neu; selbst die *Royal* musste bislang ohne eine solche Staffel auskommen. Das Weltraumkommando hatte zunächst damit begonnen, sie den einsatzfähigen Trägern zuzuordnen, bevor ihre Integration in die restlichen Raumgeschwader an Bord der Schlachtschiffe stattfinden würde.

Rojas fuhr fort: »Ok, wir liegen hinter der *Berlin*. Zeit, die Gefahrenzulage zu verdienen, die meine geliebte Frau für ihren neues Tesla Modell H bereits ausgegeben hat.«

»Mann, sagen Sie mir, dass das ein schlechter Scherz ist, Boss. Diese Dinger sind nicht billig«, kommentierte Shadow Four.

»Was soll ich dazu sagen, Jungs? Sie ist ‚a material girl in a material world'«, ulkte Rojas mit seinen Piloten, bevor die Lage ernst wurde.

Hunt lachte mit seinen Piloten. Er konnte sich an ein Lied mit diesem Text erinnern, obwohl ihm der Name der Sängerin entfallen war.

Verdammt, Rojas. Das Lied wird mir nun ewig im Kopf herumgehen ...

Hunt kannte sich mit diesen elektronischen Angriffsschiffen nur eingeschränkt aus. Er wusste nur, dass sie den modernisierten Osprey-Angriffsshuttles nachgebaut waren. Jeder qualifizierte Osprey-Pilot, der auf das neue Schiff umsteigen wollte, wurde mit einem Bonus basierend auf der Gesamtsumme seines letztjährigen Gehalts belohnt, zuzüglich einer 25-prozentigen Gehaltserhöhung, falls er einer im Einsatz befindlichen Staffel zugeordnet wurde.

Er beobachtete, wie die Gruppe immer weiter nach hinten fiel. Seine Sensoranzeigen wurden einen kurzen Augenblick schwarz, bevor sie ihre normale Funktion wieder aufnahmen. Die fünf Shuttles präsentierten sich nun als republikanische Fregatten.

Hunt lächelte. Das plötzliche Erscheinen von nicht einer oder zwei, sondern gleich von fünf gefürchteten hybriden altairianisch-republikanischen Fregatten sollte die Aufmerksamkeit der Zodark erregen. Er wusste, dass sie nichts lieber täten, als sich weiter auf die *Berlin* zu konzentrieren. Demgegenüber durften sie in keinem Fall die Gefahr ignorieren, die fünf republikanische Fregatten für ihre Schlachtschiffe mit sich brachten.

Die Fregatten fielen immer weiter hinter den Schlachtschiffen zurück und schwenkten schließlich auf die Gefechtslinie der Zodark ein, bevor sie Vollschub gaben. Der Köder war gelegt – die Falle war gestellt.

Hunt verfolgte, wie die Phantoms – in der entgegengesetzten Richtung zur *Berlin* – aus einem höheren Winkel direkt auf die feindlichen Linien zuflogen. Er konnte nur hoffen, dass dieser Zug das nötige Dilemma kreieren würde, um die Aufmerksamkeit der Zodark zu spalten. Das sollte der *Berlin* und damit seiner Kampfgruppe erlauben, ein gutes Stück näher an ihre Hauptziele heranzukommen.

Hunt, der seine Karriere als Navigator auf einer früheren Version einer republikanischen Fregatte begonnen hatte, verstand besser als die meisten, welche Angst die Torpedos und die Flugkörperschnellbote in jedem Schlachtschiffkapitän aufsteigen ließ. Diese schnellen, beweglichen Kriegsschiffe konnten den Abstand zwischen sich und den feindlichen Schiffen innerhalb kürzester Zeit überwinden, bevor sie einen Sturm von Plasmatorpedos und Schwärme von Raketen losließen, die dazu gedacht waren, die gegnerischen Nahverteidigungswaffen zu überwältigen.

Angespannt verfolgte er den Fortschritt der Phantoms auf seinem Monitor. Er hoffte und betete dafür, dass der Feind ihren Köder schlucken und ihren Beschuss von der *Berlin* auf die unmittelbarere Gefahr umlenken würde.

»Paladin, langsam werde ich nervös. Ist es möglich, dass sie unsere Falle durchschaut haben? Die *Berlin* steht weiter unter starkem Beschuss«, meldete sich Flattop aufgeregt.

Als ob sie das Problem verdeutlichen wollten, entdeckte Hunt gleißende Lichtblitze, die vor der *Berlin* vorbeirasten, während andere zur gleichen Zeit unter ihr durchflogen.

»Gib ihnen Zeit, mein Freund. Die Phantoms haben ihre ECM- und EloKA-Vorrichtungen erst vor wenigen Augenblicken aktiviert. Sobald sie ihre Geisterraketen abfeuern, geht den Zodark auf, dass sie ein Fregattenproblem haben«, erwiderte Hunt, der versuchte, zuversichtlicher zu klingen, als er es tatsächlich war.

»Ja, damit hast du sicher recht. Wenn dich ein auf deine Sternenträger und Kriegsschiffe zurasender Raketenschwarm kaltlässt, dann bin ich mir nicht sicher, was dich motivieren kann.«

»Haltet eure Schiffe nur weiter in Position. Jetzt ist nicht die Zeit, einen Fehler zu begehen. Wir haben es beinahe geschafft.«

»Alles klar, Boss. Hier hinten ist alles unter Kontrolle. Ich stelle sicher, dass wir keine Nachzügler haben. Ok …wenn man vom Teufel spricht … Die Phantoms schossen gerade ihre 98er ab. In wenigen Minuten werden wir wissen, ob unsere Täuschung Erfolg hat.«

»Es wird funktionieren, Flattop. Warte ab«, versicherte Hunt ihm. Seine früheren Bedenken begannen sich in Luft aufzulösen.

Sekunden nach ihrem Abschuss gaben die 98G oder Geisterraketen ihre zehn kleineren Varianten frei, die ihrerseits ihre Geschwindigkeit auf die angepeilten Ziele hin rapide erhöhten. Die fünf ursprünglichen Raketen, die sich dank ihrer ECM-Module den feindlichen Sensoren als größere Havoc-2-Raketen im Anflug auf die Gefechtslinie präsentierten, hatten sich jetzt in einen Schwarm von 50 neuen Kontakten verwandelt.

Jetzt habt ihr etwas, auf das ihr reagieren müsst ..., dachte Hunt. Ein Lächeln huschte über sein Gesicht, als er an die letzte Rakete dachte, die sich in Kürze dem Angriff anschließen würde. Bald würde sich der Feind mit 100 Raketenspuren konfrontiert sehen. Falls dieser Schlag so erfolgreich sein würde, wie der Admiral es sich erhoffte, würden die Zodark zu abgelenkt sein, um zu bemerken, wie nahe die *Berlin* den Transportern gekommen war, die sie beschützen sollten.

Aber viel Zeit blieb ihnen nicht. Hunt wusste, dass der Feind früher oder später den elektronischen Schwindel entdecken würde. Die Republik konnte ihre Sensoren für kurze Zeit täuschen und funktionsunfähig machen, aber dann würden die Zodark den Trick durchschauen – und das Spiel war vorbei. Momentan interessierte ihn allerdings nur, ihren Zielobjekten so nahe wie möglich zu kommen, bevor sie ihre Rolle im grandiosen Plan, den sich der Admiral ausgedacht hatte, enthüllen mussten.

Minuten vergingen, ohne dass sich das Laserfeuer um die *Berlin* herum verringerte. Hunt wurde zunehmend nervöser. *Nun kommt schon ... schluckt den Köder... schluckt den Köder,* versuchte er die Zodark zur Kooperation zu bewegen. Und dann, als ob ein Schalter umgelegt worden wäre, hielten das Aufblitzen der Laser und die Welle der Projektile urplötzlich inne.

Jawohl ... Sie haben angebissen ... Es wird funktionieren!

Der Admiral hatte die Leben von Rojas' Piloten riskiert, um den Feind abzulenken, während sie die Leben auf der *Berlin* riskierte, um die Angriffsgruppe näher an die Transporter heran zu bekommen. Das Opfer, das sie der *Berlin* abverlangten, betrübte ihn sehr. So wie der Admiral wusste Hunt allerdings auch, dass sie mit jedem Transporter, den sie zerstören konnten, das Leben von Abertausenden von Menschen auf der Erde retten würden.

Jetzt, da der Plan zum Tragen kam, begann ein Gefühl der Euphorie in ihm aufzusteigen. Flattop meldete sich. »Verdammt, Paladin. Der Admiral hatte recht. Sie haben den Köder geschluckt.«

»Ja, so weit, so gut. Aber es ist noch nicht vorbei. Wir müssen hoffen, dass dies der *Berlin* fünf bis zehn zusätzliche Minuten

einbringt, und wenn wir Glück haben, kann uns die *Berlin* zehn weitere
Minuten gewinnen, bevor wir ihre Deckung aufgeben müssen. Dann
sind wir dran. Versprich mir nur eines, Flattop. Falls mein Jäger
untergeht, wirst du ohne Zögern das Kommando übernehmen und den
Kampf beenden. Wer weiß, wie viele Krieger sie in diese Transporter
pferchen. Jeder einzelne, den wir aus dem Gefecht ziehen – das sind
mehr Leben, die wir retten.«

»Natürlich, du kannst dich auf mich verlassen. Aber du gehst
nirgendwo hin. Du bist der beste verdammte Pilot der Flotte!«

Hunt lachte bei diesem Kommentar, ohne darauf zu erwidern.
Vielmehr widmete er seine ungeteilte Aufmerksamkeit nun dem Kampf
der Phantoms mit ihren elektronischen Zaubereien und ihrem Versuch,
die Flanke der Zodark zu umgehen, um seiner Angriffsgruppe Zugriff
auf die Transporter zu gewähren. Die Unzahl der Raketen, die auf die
Zodark zusteuerten, veranlassten mehrere ihrer Kreuzer, die sich bisher
im Hintergrund gehalten hatten, an ihren Schlachtschiffen
vorbeizuziehen.

Die Kreuzer legten einen Abfangkurs in Richtung der
vermeintlichen Fregatten ein. Während diese Kreuzer der Zodark nach
vorn eilten und die Distanz zu den eintreffenden Raketen verringerten,
richteten eine Handvoll feindlicher Fregatten und Korvetten eine Art
Blockade zwischen den hinter ihnen liegenden Schiffen und der
Flugbahn der eintreffenden Raketen ein. Sie bereiteten sich darauf vor,
sie abzufangen, oder – sollte das missglücken – sich ihnen in den Weg
zu stellen, um zu verhindern, dass eines ihrer Großkampfschiffe
getroffen wurde.

Während der Kampf Form annahm, gaben die Schützen an
Bord der *Berlin* ihr Bestes, den gegnerischen Fregatten und Korvetten
im großen Umfang Magrailprojektile entgegenzuschleudern. Wenn sie
schon die Leibwächter spielen und sich dem Beschuss eines Angreifers
stellen wollten, war die *Berlin* nur allzu gerne bereit, sie mit einigen
Tausend Schuss Munition zu beglücken.

Der Blick auf den taktischen Bildschirm zeigte Hunt, dass sich
die Fregatten und Korvetten wie ein Schutzschild vor ihren
Schlachtschiffen aufbauten. Die von der *Berlin* abgefeuerte Munition
schlug unaufhaltsam auf die Möchtegern-Leibwächter ein und riss die
eine Fregatte oder die andere Korvette in Stücke. Jedes Mal, wenn eine
von ihnen vom Scanner verschwand, wusste er, dass dies ein

Kriegsschiff weniger war, das auf seine Piloten schießen würde, sobald ihre Zeit gekommen war, hinter der *Berlin* zu erscheinen und ihren Angriff auf die Transporter zu fliegen.

Hunt sah kurz auf die blauen Dreiecke hinunter, die die Position der Phantoms repräsentierten. Nach einem Aufblitzen, das gleich darauf in ein schwaches Blau überging, verkrampfte sich Hunts Magen. Er wusste, was das bedeutete – sie hatten jemanden verloren. Und dann, nur Augenblicke später, verschwanden zwei weitere nach einem Aufblitzen in den Hintergrund.

Die feindlichen Kreuzer hatten die Distanz überwunden. Die Täuschung war aufgeflogen – gefolgt von der Vergeltung. Die beiden letzten Phantoms blitzen so wie das Trio vor ihnen auf und gesellten sich zu ihren Kollegen in einer nie enden wollenden Patrouille.

Sieben Minuten ... Halleluja, sie konnten uns sieben Minuten gewinnen, dachte Hunt. Er kalkulierte die Distanz zwischen den Transportern und ihrer jetzigen Position. Sie hatten den Abstand um einiges verringert – beinahe in Schussweite. Nur noch ein klein wenig näher ...

Dann erreichte ihn über ihr Kommunikationsnetz eine Nachricht der *Berlin*.

»Battle Axe, Berlin hier. Die Phantoms sind zerstört. Unsere Sensoren sagen uns, dass die Zodark uns erneut ihre ganze Aufmerksamkeit schenken. Sobald ihre Hauptkanonen auf uns anlegen, kann ich nicht garantieren, wie lange wir ...«

»Berlin, Battle Axe. Wir verstehen die Lage und sind Ihnen ausgesprochen dankbar für das, was Sie für uns getan haben. Kein Grund zur weiteren Erklärung. Sie haben Ihren Teil geleistet. Die *Berlin* und ihre Mannschaft haben ehrenhaft und verdienstvoll über das hinaus gedient, was von Ihnen erwartet wurde. Jetzt ist es an uns, zu kämpfen – ab sofort übernehmen wir«, unterbrach Hunt den Captain. Dieses Mal wollte er ihm nicht erlauben, die Verbindung zu trennen, bevor er ihm antworten konnte.

Nach einem kurzen Schweigen erklang die Stimme vor dem Hintergrund schrillender Alarmglocken erneut: »Bevor wir abdrehen, Paladin ... Vor uns beeilen sich zwei Fregatten und vier Korvetten, um einen Schutzwall vor den Transportern einzurichten, vermute ich. Ich würde Ihre Einheiten umgehend ausschicken. Warten Sie nicht länger ...«

Der Kommunikationskanal brach zusammen, bevor der Captain zu Ende sprechen konnte. Das Letzte, was Hunt hörte, war der Lärm der Warnanlagen, laute Rufe im Hintergrund – gefolgt von einer Explosion, die die Verbindung unterbrach.

»Paladin, wir müssen von hier verschwinden! Es sieht so aus, als hätte es die *Berlin* erwischt«, warnte ihn einer seiner Teamführer dringend.

Hunt wechselte auf ihren allgemeinen Kommunikationskanal, um sicherzustellen, dass alle seinen Befehl hörten, bevor es zu spät war.

»An alle Battle-Axe-Elemente. Die *Berlin* ist verloren. Jetzt sind wir an der Reihe, den Kampf fortzusetzen. Staffelkommandeure – übernehmen Sie Ihr Kommando und führen Sie Ihre Befehle aus! Zeit, die Transporter zu vernichten!«

»Verflucht nochmal, ja!«

»Oh ja, Zeit, mit ‚Roll Bama Roll‘ Zodarks zu erwischen!«

«Zeit, uns diese blauen Hunde zu krallen!«, johlte ein anderer Pilot aufgeregt zu einem rauen Aufschrei der Gruppe, bevor die Staffelkommandeure wieder die Kontrolle erlangten. Die Stunden des Stillschweigens waren vorbei. Die Zeit der Schlacht war gekommen.

Die Anspannung des Moments verging so schnell wie sich ihre Formation an der Seite des Schlachtschiffes auflöste. Die Jäger entfernten sich in aller Eile von dem Kriegsschiff, das von den Flammen, die aus mehreren offenen Wunden des Schiffs züngelten, rasch verschlungen wurde.

Während der Abstand zwischen ihnen und dem Kriegsschiff stetig wuchs, nahmen die Geschwader hastig ihre jeweilige Angriffsformation ein. Einige Kanonen der *Berlin* schossen immer noch unbeirrt weiter, selbst während das Schiff ausbrannte. Die Zodark konzentrierten sich weiter darauf, es komplett zu vernichten – ohne sich gegenwärtig zu sein, was auf der anderen Seite des sterbenden Schlachtschiffs vor sich ging.

Mit der Aktivierung seines Funkgeräts erklärte Hunt laut genug, damit sogar die Zodark es hören konnten: »Alle Battle-Axe-Geschwader – beginnen Sie mit dem Angriff. Zeit, diese Party zum Leben zu erwecken!« Und dann, unter vollkommener Missachtung der Marinevorschriften, schickte er sein Lieblingslied, dem er regelmäßig beim Flug in den Kampf zuhörte, über den Kanal aus – AC/DCs *Highway to Hell*.«

Bei voller Lautstärke und über das ganze Gesicht grinsend, sah er aus dem Fenster seines Cockpits, wo 76 Jäger in 12 Staffeln auf ihre primären Zielobjekte zuzurasen begannen – ohne dass der Gegner bisher auf ihre Gegenwart reagiert hätte.

Dann sah er erste Anzeichen der Gefahr. Zwei Korvetten und eine Fregatte versuchten sich im Wettlauf mit Ihnen vor den Transportern aufzubauen. Ein Geschwader der Gripen trennte sich zusammen mit vier der Valkyries von der Hauptstreitmacht und hatte offenbar vor, sich den Korvetten anzunehmen.

Während er sich nichts mehr wünschte, als einem seiner Staffelkommandeure beizustehen, musste sich Hunt daran erinnern, dass er für ein ganzes Geschwader verantwortlich war. Den Kontrollhebel fest in Händen, beschleunigte er auf maximale Geschwindigkeit. Er und seine Piloten holten das Äußerste aus ihren Jägern heraus. Er empfand nicht länger ein Gefühl der Furcht oder der Unsicherheit als der Preis, für den sie so viel verloren hatten, endlich in Sichtweite kam. Adrenalin strömte durch seine Venen.

»Paladin, Flattop. Vultures im Anflug. Derzeitige Anzahl: 42. Ich fange sie zusammen mit den Rampagers, Swamp Foxes und den Wildcats ab. Wir werden unser Bestes geben, euren Angriff auf die Transporter zu decken. Es liegt an euch, Paladin. Ihr schafft das! Viel Glück. Wir sehen uns danach.«

Ohne Zeit, darüber nachzudenken oder zu hinterfragen, was sein Freund da gerade entschieden hatte, ging Hunt einfach auf die nächste Aufgabe über. Er nahm Verbindung zu den Staffeln auf, die weiter mit ihm auf die Transporter zuhielten. »Gunslingers, Swordsmen, mit mir. Dirigieren Sie Ihre JATM auf die Landungsschiffe. Mit denen haben wir die beste Chance, sie zu vernichten. Screwtops, Zappers, Dusty Dogs, Sie übernehmen die Transporter. Lassen Sie Ihre Raketen und Angriffsflüge zählen! Wir sind auf uns allein gestellt. Wir sind die Einzigen, die sie noch ausschalten können. Sie schaffen das. Ich vertraue Ihnen. Ich glaube an Sie. Und jetzt los. Auf sie mit Gebrüll!«

Einige Piloten der Dusty-Dogs-Staffel heulten und jubelten mit dem Beginn des Angriffs aufgeregt. Hunt hatte noch einige Augenblicke, bevor er in Reichweite sein würde, um seinen eigenen

Angriff zu fliegen. Er sah, wie einer der Dogs sich für einen Schuss auf einen großen Transporter in Position brachte. Zwei Kanonen eröffneten das Feuer. Gleißende Lichtblitze schossen durch die Dunkelheit und versuchten der Valkyrie vor dem Absetzen ihrer Torpedos ein Ende zu machen.

Flink manövrierte der Pilot den Bomber von einer Seite zur anderen, um den Schützen durch seine Ausweichmanöver zu verunsichern. Der Bomber näherte sich seinem Opfer. Aus seinem Bauch traten zwei Torpedos aus, die nach der Erfassung ihres Ziels wie zwei Sternschnuppen voranschossen.

Der Pilot der B-11 fuhr seine Triebwerke hoch und drehte ab. Als der erfahrene Veteran, der er war, hatte er bereits die nächsten Transporter im Visier, während er gleichzeitig den sich überschneidenden Beschuss von einem halben Dutzend Transporter und Landungsschiffen umging, denen mittlerweile bewusst war, dass sie angegriffen wurden.

Der Pilot war die Seelenruhe selbst. Er visierte sein zweites Opfer an, unmittelbar gefolgt vom Absetzen seiner beiden nächsten Torpedos. Nach dem Abfeuern von vier seiner Torpedos, drehte er in die Dunkelheit des Alls ab, um sich für den nächsten Angriff neu auszurichten.

Während sich all das zutrug, hatten zwei andere Valkyries ihren Angriff gestartet. Innerhalb weniger Minuten war dieser Teil des Raums um diese spezielle Gruppe von Schiffen herum mit dem Verteidigungsfeuer der Transporter zum Leben erwacht. Hunt lächelte, als ein Torpedo nach dem anderen seine Transformation in das Plasma durchmachte und sich in einen flammenden Pfeil verwandelte, der nach seinem Flug durch die Schwärze des Alls treffsicher auf einen Transporter aufschlug.

Die Torpedos öffneten tiefe Risse an den Aufbauten und in den Rümpfen der Zodark-Schiffe, aus denen riesige Flammen, Atmosphäre und Flüssigkeiten austraten. Obwohl er nicht sehen konnte, dass die Körper der Zodark in das Vakuum hinausgesaugt wurden, vermutete er, das dem so war. Der Gedanke daran, dass es ihnen die Kehle zuschnürte und sie infolge des Verlusts der Atmosphäre erstickten, ließ Hunt innerlich aufleben. Er wollte sie leiden sehen – sie sollten einen langsamen, grauenvollen Todeskampf durchmachen. Diese Invasoren hatten eine Unzahl an Menschen getötet.

Wir wollten nichts als Frieden ... in Ruhe gelassen werden ... wachsen und gedeihen ... Babys machen und unsere Spezies über die Sterne expandieren. Jetzt müssen wir euch vernichten ... euch ein für alle Mal als Gefahr für uns ausschalten ...

»Paladin, Gypsy Sechs. Wir haben Flüchtige. Ich verfolge 12 Landungsschiffe, die aus der Umlaufbahn ausbrechen und die Oberfläche anfliegen wollen. Verstanden?«, fragte Lieutenant Callier.

Hunt hatte Callier gerade erst vor acht Stunden zum stellvertretenden Staffelkommandeur der Fighting Swordsmen ernannt. Lieutenant Commander Puck war kurz nachdem die *Ark Royal* mitten in die gegnerische Flotte hineingesprungen war, abgeschossen worden.

»Sechs, Paladin. Verstanden. Greifen Sie nach Belieben an. Folgen Sie ihnen, allerdings ohne in die Atmosphäre einzutreten. Wenn Sie sie vor dem Eintritt erwischen können, tun Sie das. Andernfalls stellen Sie den Angriff ein und kehren zu uns hier oben zurück. Verstanden?«

Hunt musste vermeiden, dass seine kleine Gruppe von Gripen und Valkyries sich aufzulösen begann. Ihre Stärke lag in ihrem Kampf als Team, in dem sie sich gegenseitig unterstützen konnten. Das funktionierte nur, wenn sie zusammen blieben.

»Verstanden. Wir sind in Kürze zurück.«

Raketenangriff – Raketenangriff – Raketenangriff -

Der Alarm schickte einen Adrenalinstoß durch seinen Körper. Die Rakete holte schnell auf. Sie näherte sich von der rechten hinteren Seite seines derzeitigen Angriffswinkels her.

Verdammt. Ich bin dieser Gruppe von Landungsschiffen gerade erst nähergekommen. Und jetzt muss ich mich um diese Rakete kümmern ..., dachte er aufgebracht. Leise fluchend aktivierte er sein ECM. Er riss den Steuerknüppel hart nach links, während er den Kontrollhebel gleichzeitig an sich heranzog, was dort, wo sich seine Gripen eben noch befunden hatte, einen großen Freiraum kreierte.

Hunt sah, wie die Vulture-Rakete durch den Raum segelte, den er eben noch eingenommen hatte, bevor sie harmlos und weit entfernt von ihm explodierte. Er reduzierte seine Geschwindigkeit um die Hälfte und machte eine Kehrtwendung von 180 Grad. In entgegengesetzter Richtung saß er nun in seiner Gripen und sah der

Flugbahn entgegen, die die Vulture seinen Sensoren nach jeden Moment kreuzen würde.

Das Fadenkreuz seiner Kanonen hatte gerade von Gelb auf Grün gewechselt, als der Jäger vor seinen Waffen vorbeizufliegen begann. Mit aller Kraft drückte Hunt auf den Abzug. Sein Feuerstoß durchlöcherte die gesamte Seite des Vultures. Der Jäger explodierte in einem gleißend hellen Licht, bevor ihn der Weltraum verschluckte.

Die aktuelle Gefahr war gebannt. Hunt fuhr seine Triebwerke hoch und verringerte den Abstand zu der Gruppe von Landungsschiffen, denen er bereits vorher seine Aufmerksamkeit geschenkt hatte. Seine Sensoren sagten ihm, dass es sich hier um eine Gruppe mittelgroßer Landungsschiffe handelte, die enger zusammenzurücken schienen, um den Effekt ihrer defensiven Waffen zu optimieren. Die Piloten machten Anstalten, als Gruppe auf der Planetenoberfläche zu landen, bevor er die Chance hatte, sie zu eliminieren. »Zu spät, kleine Schweinchen«, murmelte er, während er von einem Ohr zum anderen grinste.

Die Farbe, die die acht JATM-Raketen in seinen Waffenschächten definierte, hatte von Gelb auf Grün gewechselt. Sie hatten ihr Zielobjekt im Visier … sie waren bereit zur Jagd. Hunt drückte mit dem Daumen solange auf einen roten Abschussknopf, der Rakete nach Rakete auf ihre vorbestimmten Ziele aussandte, bis er sie alle abgefeuert hatte.

Dann schwenkte er hastig nach rechts ab, gerade als ein Blitz blauen Lichts an seinem Cockpit vorbeizischte. Wenn er die Hand nach ihm ausgestreckt hätte, hätte er ihn sicher erreichen können. Erneut fuhr er seine Triebwerke hoch, um regelmäßig nach wenigen Sekunden seine Flugrichtung zu wechseln – erst hoch und zu einer Seite hin, nur um gleich darauf seinen Flugwinkel erneut zu ändern. Trotz seiner aggressiven Manöver verfolgten ihn die Lichtblitze weiter.

Während er den Vultures zu entkommen suchte, hatten seine Raketen endlich die Truppenschiffe der Zodark erreicht und landeten ihre Treffer. Ein Schiff nach dem anderen wurde in Stücke gerissen oder trieb nach einem erlittenen Schaden hilflos im Raum. Hunt lächelte erfreut, bevor ein dringender Alarm in seinem Ohr erklang.

Warnung – Schleudersitz – Warnung – Schleudersitz –

Unerwartet wurde sein Körper hart gegen den Sitz seiner Gripen geschleudert, als sich das unabhängige Cockpit vom Rumpf seines Jägers trennte. Der Schock, so plötzlich aus seinem Schiff geworfen zu werden, dauerte nur einen Augenblick an, bevor er die Rakete sah, die in sein Baby einschlug. Sein Jäger explodierte in einem brillanten Licht, bevor die Dunkelheit zurückkehrte und Hunt sich hilflos treibend in seinem ausgeworfenen Cockpit wiederfand.

Was zum Teufel ist da gerade passiert?, war der einzige Gedanke, der ihm durch den Kopf ging, bevor es um ihn herum dunkel wurde. Das Lebenserhaltungssystem des Cockpits hatte ihm eine Spritze versetzt, die ihm Bewusstlosigkeit schenkte.

Das Medikament, das Hunts Körper in einen tiefen Schlaf versetzte, erlaubte ihm, nur die Hälfte des Sauerstoffs zu verbrauchen, den er im Wachzustand genutzt hätte. Das verlangsamte Atmen des Piloten und seine reduzierte Herzfrequenz verlängerte die Funktionsfähigkeit seiner lebenserhaltenden Systeme um mehrere Stunden, was dem Piloten mehr Zeit zur Erholung gewährte, bevor ihm der Sauerstoff endgültig ausging. Während er schlief, übermittelte seine Notfallsender solange ein Signal, bis ihn ein Rettungsschiff finden konnte. Bis dahin konsumierte er im Tiefschlaf so wenig Sauerstoff wie möglich oder er würde in seliger Unwissenheit sein Leben verlieren.

Kapitel Fünfzehn
Was für ein Flug!

Laboranlage X

Sakuras Hände waren feucht in nervöser Erwartung und ihr Herz schlug schneller. Dennoch fühlten sich die Schmetterlinge in ihrem Bauch nicht unbedingt unangenehm an. Ihr Flug im Schiff der Humtar war eines der aufregendsten Ereignisse ihres Lebens gewesen. Sie war sich nicht sicher, ob das übertrumpft werden konnte.

Gleich nach dem Anschnallen griff Jack nach Sakuras Hand und drückte sie. »Bist du neugierig darauf, wie weit uns die Reise in unbekanntes Terrain – hinunter in das Loch des weißen Kaninchens - führen wird?«, zwinkerte er ihr zu.

Mittlerweile verstand sie seine Verweise auf die amerikanische Kultur etwas besser. Sein etwas kryptischer Spruch stammte aus *Alice im Wunderland* und schien hier angebracht zu sein. Sie war schon einmal auf einem Schiff mit Wurmlochtechnologie geflogen, aber nie zuvor auf einem solch kleinen. Es könnte ein wilder Ritt werden. Noch dazu hatten sie keine Ahnung, was sie am Zielort ihres Ausflugs erwartete.

Ich hoffe nur, dass wir nicht in eine Falle geraten, dachte sie. *Spike ist sich relativ sicher, dass dieses Ding über Waffen verfügt, aber diese Theorie würde ich auf unserem Jungfernflug nur ungern testen.*

Wie bei ihrem letzten Flug hob das Schiff so ruhig vom Boden ab, dass Sakura seine Vorwärtsbewegung kaum feststellen konnte. Es dauerte nicht lange, bevor Spike es aus der Umlaufbahn steuerte. Vor der Aktivierung der Wurmlochtechnologie ging er laut seine Checkliste durch.

»Festhalten!«, verkündete er. »Wurmloch in drei … zwei … eins …«

Oh nein …, dachte Sakura halb in Panik und halb von Staunen erfüllt. Der Raum um ihr Schiff herum verwandelte sich in eine Wolke wirbelnder Sonnenuntergänge; wunderschön und ehrfurchteinflößend, und so nahe, dass sie dachte, sie könnte nach ihnen greifen. Sie musste nur einen Schritt nach vorne machen … und dann war das Phänomen verschwunden.

»Was ist passiert?«, fragte sie. »Hat es nicht funktioniert?«

»Das hat es sehr wohl«, beteuerte Spike. »Sehen Sie sich um.«

Sakura traute ihren Augen kaum. Das war sicher nicht das gleiche System, in dem sie sich noch vor einem Augenblick aufgehalten hatten. Sie war sprachlos. Während ihrer letzten Reise mittels Wurmlochtechnologie hatte es sich wie eine Art Sog angefühlt, der sie durch Raum und Zeit streckte, beinahe so, als ob sie durch eine Nudelmaschine gerollt werden würde. Dieses Mal hatte sie den Sprung kaum registriert. Die Humtar-Technologie war sogar der der Gallentiner weit überlegen.

»Statusbericht«, forderte Katherine. Spike mochte ihr Pilot sein. Das Sagen hatte er sicher nicht.

Er überprüfte einige seiner Vorrichtungen, bevor er verkündete: »Hier draußen ist nichts außer dem Sternentor. Keine Planeten, keine Sterne, kein Lebenszeichen irgendwelcher Art ... wir befinden uns im wahrsten Sinn des Wortes in der Mitte von Nirgendwo.«

»Was habt ihr hier draußen versteckt?«, fragte sich Sakura laut mit dem Gedanken an die Humtar, die dieses Sternentor eröffnet hatten. Keine der Spezies, zumindest keine von denen, die ihr bekannt waren, hatte es bislang entdeckt. Das erfüllte sie mit Bewunderung.

»Wollen wir ein Stück näher an es heran?«, erkundigte sich Spike.

»Warum nicht«, nickte Katherine zustimmend.

Spike steuerte das Schiff bei gleichbleibender Geschwindigkeit voran. Hier draußen gab es nichts außer Dunkelheit. Sakura hatte Ähnliches noch nie erlebt – einige kaum erkennbare Sterne schienen sich in extremer Entfernung zu befinden, schwache Punkte des Lichts in einem weit entfernten Teil des Universums.

Sobald sie es sah, wusste Sakura, dass dieses Tor sich von allen anderen unterschied. Alle Sternentore trugen Markierungen – Fragmente der Humtar-Sprache, vermischt mit kunstvollen Darstellungen. Dieser Ring hingegen war weit prunkvoller verziert. Er bestand aus farblich unterschiedlichen Metallen, die an bestimmten Punkten wie in einem filigranen Muster miteinander verflochten waren. Selbst die Bolzen waren dekoriert.

»Es ist ... wunderschön«, stammelte Katherine.

Sakura war ihrer Meinung. Die Handwerkskunst war unübertroffen. Ungleich jedem anderen Sternentor, dem sie sich in der

Vergangenheit genähert hatte, konnte sie durch seine Mitte wie durch ein Aquarium hindurch sehen. Auf der anderen Seite lag zumindest ein Planet, hinter dem eine Kette von leuchtend bunten Nebelflecken sichtbar war.

»Welcher Ort ist das?«, wunderte sich Jack.

»Ich weiß es nicht«, erwiderte Sakura. »Aber ich würde es gern herausfinden.«

Plötzlich ertönte ein Warnsignal und auf Spikes Kontrollschirm öffnete sich ein Fenster.

»Was ist los?«, drängte Katherine.

»Augenblick, ich lese die Nachricht«, erklärte Spike und winkte jede weitere Frage mit der Hand ab. »Es ist … sie fragen nach einem Passwort.«

»Ein Passwort?« Sakura war überrascht. »Katherine, keines der anderen Sternentore hat je nach einem Passwort gefragt, oder?«

»Nicht das ich wüsste.«

In einem Moment angespannter Stille überdachten sie die Situation.

»Wenn wir durch dieses Sternentor eintreten wollen, wie gelingt uns das?«, fragte Sakura endlich.

Spike forderte sie mit den Händen ein zweites Mal zum Schweigen auf. Sakura fühlte sich angegriffen, dachte aber, dass Spike bis zu diesem Zeitpunkt ihren Respekt verdient hatte.

Endlich deutete er auf etwas. »Sehen Sie dieses Symbol hier?«

Die drei Passagiere kniffen die Augen zusammen und konzentrierten den Blick auf etwas, das er besonders hervorhob.

»Ja. Was ist das?«, forschte Katherine.

»Ich bin mir nicht sicher, erinnere mich aber, dass ich es im Labor X gesehen habe«, erklärte Spike. »Jack, machen Sie ein Foto davon?«, bat er. »Ich bin mir sicher, dass ich es nach unserer Rückkehr ausfindig machen kann. Vielleicht entdecken wir dort einen Hinweis.«

»In Ordnung«, stimmte Katherine zu. »Sammeln wir alle hier vorhandenen Daten und kehren um. Das dürfte das Beste sein, schätze ich. Ich bin mir sicher, dass der Statthalter hierüber informiert werden möchte.«
****

Sie hatten das Schiff nach ihrer Rückkehr kaum verlassen, als sie eine dringende Nachricht vom Kapitän an Bord der *Voyager* erreichte.

Nach dem Öffnen der Nachricht schaffte es Sakura nur, die Überschrift zu lesen, bevor Jack nach ihrer Hand griff. *Die Republik wird angegriffen ... Die Zodark sind in Sol eingefallen ...*

Es herrschte drückende Stimmung. Sie hatten keine Ahnung, was sich auf der Erde und auf dem Mars abspielte, aber jeder an dieser Expedition Beteiligte hatte zumindest ein Familienmitglied oder eine Reihe von Freunden zurück in Sol.

Nachdem sie die Neuigkeit eine Weile prozessiert hatten, meldete sich Katherine zu Wort. »Ok, Zeit, mit dem Grübeln aufzuhören«, rüttelte sie sie auf. »Unsere Meldungen treffen hier stark verzögert ein. Gut möglich, dass die Zodark bereits vernichtend geschlagen wurden. Unabhängig davon hilft es keinem unserer geliebten Menschen, wenn wir hier herumsitzen und uns selbst bemitleiden.«

Sakura nickte. Ihre Freundin hatte recht.

»Spike, Sie suchen das Symbol«, wies Katherine ihn an. »Wer weiß, was wir hinter diesem Sternentor entdecken. Vielleicht finden wir den fehlenden Schlüssel, der die Erde retten kann.«

»Jawohl, Ma'am«, versprach Spike mit mehr Respekt als er gewöhnlich zeigte, bevor er sich in Richtung Bücherei in Bewegung setzte.

Katherine, Sakura und Jack folgten ihm schweigend. Als Spike die Tür zur Bücherei öffnete, sah ein Soldat von einer holografischen Schriftrolle hoch und lachte leise auf.

»Sie lesen?«, fragte er Spike voller Ironie.

»Klappe halten«, fuhr Spike ihn an.

»Raus hier«, erklärte Jack streng.

Der Soldat schien verwirrt. Da er in der Unterzahl war, überließ er ihnen schließlich den Raum, stand auf und ging.

Mit etwas Anstrengung gelang es Spike endlich, das Foto, das Jack gemacht hatte, in die interne Suchmaschine des Labors einzugeben. Das führte sie zu einem der tatsächlich vorhandenen Bücher dieser Bücherei.

Sakura war so mit den extensiven Datenbeständen in den individuellen Laboren beschäftigt gewesen, dass sie nur wenig Zeit in diesem Raum verbracht hatte. Die Geschichte des Volkes der Humtar zu studieren war hinter dem Auffinden neuer Informationen zurückgetreten. Sie suchten nach realitätsbezogenen Angaben, die der Republik zugunsten kommen konnten, wie etwa die extrem leistungsfähigen Nahrungsmittelreplikatoren oder die Luftreinigungssysteme, die künftige Schiffdesigns revolutionieren würden. Aber hier waren sie nun, und Sakura spürte, dass es bei diesem Rätsel um etwas wirklich Wichtiges ging.

Ich kann nur hoffen, dass dies Sol helfen wird, dachte sie.

Spike fand das Buch und zog es aus dem Regal. Sakura wusste immer noch nicht, aus welchem Material diese Bücher hergestellt waren – möglicherweise aus Stoff, aber ungleich jedem Gewebe, das sie je in Händen hatte.

Es dauerte nicht lange, bevor Spike das Symbol gleich auf der ersten Seite des Buches fand.

»Hier – sehen Sie!«, rief er aufgeregt. Seine Begeisterung legte sich schnell wieder. »Das scheint nur ein Teil eines Codes zu sein«, stellte er bedrückt fest.

»Woher wissen Sie das?«, forschte Katherine.

»Der Code am Sternentor verlangt 12 Zeichen. Dieser hier hat nur sechs.«

Die Gruppe überlegte einen Moment, bevor Katherine vorschlug: »Sakura, wir sollten die Info in Dr. Audrey Lancasters Datenbank eingeben, die sie vom Standort Alpha Centauri erstellt hat. Das Schiff hat Alpha von hier aus häufiger aufgesucht. Vielleicht finden wir dort etwas.«

»Einen Versuch ist es sicher wert«, erklärte sich Sakura einverstanden.

Kurz darauf standen sie um Sakuras Arbeitsplatz herum, während sie das Bild zur Suche eingab.

Ping.

»Wir haben einen Treffer«, kündigte sie erfreut an.

»Und …?«, drängte Spike.

»Und … sieht aus, als hätten wir den zweiten Teil des Codes«, verriet Sakura ihnen.

Kapitel Sechzehn
Erstes Blut

Task Force Fünf
RNS *Vanguard*

»Commodore, die Kampfgruppe ist auf dem Weg – die Schiffe sind in Position und folgen unserem Beispiel«, sagte Ensign Godley an. Die *Vanguard* näherte sich dem Wurmloch.

»Danke, Ensign«, bestätigte Dobbs, bevor sie sich nach Lieutenant Commander Dildine umsah, der die Operationszentrale des Schiffes kommandierte. »CIC, wir brauchen eine aktuelle taktische Gefechtskarte vor unserem Eintritt in Sol. Besorgen Sie uns ein Bild des dortigen unmittelbaren Umfelds und identifizieren Sie potenzielle Gefahren. Danach soll ihr Team überprüfen, ob das Battlenet nach dem letzten Einloggen des altairianischen Erkundungsschiffs weiter betriebsfähig ist. Falls die Zodark es durch ein Wunder noch nicht stilllegen konnten, versuchen Sie Kontakt zu allen republikanischen Streitkräften und Einrichtungen aufzunehmen, die sich weiter am Netz befinden. Insbesondere die Einrichtung auf Titan. Im Anschluss daran sollen Ihre Leute den Status sämtlicher republikanischer Kriegsschiffe bestimmen, die sich weiter im System befinden; ebenso welche Art feindlicher Kräfte uns hier begegnen werden.«

»Jawohl, Commodore. Sollen wir unsere Erkenntnisse und Berichte nach dem Eintreffen von Admiral Pandollys Flotte im System an die *Berkimon* weitergeben, oder möchten Sie sie als Erste sehen?«, suchte Commander Dildine genauere Anweisungen.

Dobbs dachte einen Augenblick nach. Einerseits hätte sie die Info gerne vor ihrer Versendung selbst gesehen. *Wozu soll das gut sein? Nicht als ob wir das, was geschehen ist, verstecken können ...* Sie sah zum CIC hinüber und bestimmte: »Nein, falls sie im System eintreffen, bevor ich die Gelegenheit hatte, mir die Info anzusehen, übersenden Sie sie ihm direkt. Verstanden?«

»Jawohl, Ma'am.«

Dobbs nickte zufrieden, bevor sie sich an die Abteilung Flugoperationen auf ihrer Brücke wandte. »Commander Mitsu, nun zu Ihnen. Unmittelbar nach unserem Eintritt in Sol will ich, dass Ihre Jäger abheben. Stellen Sie eine bewaffnete Raumüberwachung zusammen,

die unsere Transporter beschützt und stellen Sie sicher, dass Sie einige
der Patrouillen mit aktiven Sensoren ausschicken. Sie sind unsere
Vorposten mit Augen auf die Flotte, bis Pandollys Flotte die Brücke
überquert hat. Außerdem müssen unsere Bomber flugbereit sein, falls
wir im Umkreis auf feindliche Schiffes stoßen.«

»Aye-aye, Ma'am. Unsere Jäger sind bewaffnet und warten in
den Abschussrohren – sie sind bereit, im Moment unseres Eintritts
abzuheben. Mein Kollege auf der *Rheinland* und ich haben unsere
Aufklärer und die Rotationen unserer Staffeln bereits koordiniert. Alles
unter Kontrolle, Commodore. Sie können sich auf uns verlassen«,
versicherte er ihr selbstbewusst.

»Ausgezeichnet, Mitsu, eine hervorragende Initiative!«, lobte
sie ihren Flugchef. Während der letzten Kampagne hatte er bereits
demonstriert, wie effektiv ihre neuen Raumgeschwader mit dem
entsprechenden Training und unter guter Führung in der Schlacht sein
konnten.

Sie lächelte noch einen Augenblick länger, als sie beobachten
konnte, wie gut er sein Betreuungsteam ausgebildet hatte, das die Jäger
in ihrem Einsatz unterstützte und sicherstellte, dass die Maschinen in
gutem Zustand blieben. Da sie wusste, dass er tatsächlich alles unter
Kontrolle hatte, richtete sie das Wort nun an ihren taktischen Offizier,
Commander Little. »TAO, sobald wir über die Brücke sind, will ich
unsere Kanonentürme ausgefahren und einsatzbereit gegen das sehen,
was uns erwarten mag. Der Himmel möge verhüten, dass wir in der
Nähe einer gegnerischen Formation landen, die uns in dem Moment
angreift, in dem wir in den normalen Raum zurückkehren. Ich will so
gut es geht vorbereitet sein. Ihren Leuten fällt die Aufgabe zu, einen
Hinterhalt in der ersten Sekunde zu kontern, in der wir dazu in der Lage
sind. Verstanden?«

»Aye, Captain. Wir werden bereit sein«, versprach
Commander Little zuversichtlich. Ihre Waffenmannschaft hatte sich im
Kampf gegen die Pharaonis zweifellos ihr Gehalt verdient, indem sie
während mehrerer Schlachten um die Kontrolle des Systems ein Schiff
nach dem anderen vernichtet hatte. Jetzt mussten ihre Leute diese
Leistung gegen eine zahlenmäßig überlegene Flotte der Zodark
wiederholen.

Dobbs atmete einige Male tief durch und akzeptierte, dass ihre
Crew, die sie die letzten Jahre trainiert und betreut hatte, kampfbereit

war. Commander Wright gesellte sich zu ihr, als sich das Schiff nun dem Wurmloch zu nähern begann, das sie mit ihrem Zuhause verband.

»Die Mannschaft ist bereit, Captain. Sie haben sie gut trainiert und vorbereitet, und die Serpentis-Kampagne hat ihr eine Idee vermittelt, was sie von den Zodark zu erwarten hat. Sie schaffen das«, versicherte er ihr. Seine Überzeugung übertrug sich auf Dobbs, in der ein neues Gefühl der Zielstrebigkeit wuchs. Sie hatte ihre Task Force in der letzten Kampagne zum Sieg geführt. Und jetzt würde sie sie in eine noch größere Schlacht mit größeren Risiken führen: die Schlacht um Sol ... um das Herz der Republik.

»Ich weiß, 1O. Sie haben Recht – sie sind auf das, was immer kommen mag, vorbereitet. Ich kann nur hoffen, dass ich so bereit bin, wie sie«, beichtete sie leise.

Wright lächelte sie an. »Captain, dies ist mein dritter Einsatz mit Ihnen. In jeder Tour führten sie uns von Sieg zu Sieg. Sie sind eine außergewöhnliche Befehlshaberin. Wir sind absolut zuversichtlich, dass sich ihre Siegessträhne fortsetzen wird.«

»Ähm ... Danke für Ihr Vertrauen, 1O. Beschreien Sie es nur nicht.« Sie lachten kurz, bevor Godley ansagte, dass sie in 20 Sekunden in das Wurmloch einfliegen würden.

»Zeit, uns anzuschnallen und unsere Kriegsbemalung anzulegen – wie die Infanteristen es ausdrücken ...«

»Absolut richtig, Captain«, grinste Wright sie an, während sie in ihre Stühle zurückkehrten.

Das mochte sie an Joe. Er war selbstsicher ohne überheblich zu sein und traf die nötigen Entscheidungen. Er war kein Offizier, der den Kampf suchte, nur um sich zu beweisen. Wenn er aber an einem Kampf teilnahm, war er ein gefährlicher Killer, der nicht zögern würde, sein eigenes Schiff zu opfern, falls ihnen das den Sieg einbringen würde. Diesen Kampfinstinkt hatte nicht jeder Kapitän.

Dobbs schnallte sich in ihrem luxuriösen Kapitänsstuhl an. Godley verkündete: »Wir betreten die Brücke.«

Er hatte kaum ausgesprochen, bevor das Licht der nahegelegenen Sonne und das der leuchtenden Sterne von einer Sekunde zur anderen in der Schwärze des Nichts verschwand und sie in das Wurmloch hineingezogen wurden.

Obwohl sie die letzten 20 Jahre durch Dutzende, wenn nicht sogar durch Hunderte von Wurmlöchern und Sternentoren gereist war, erstaunte sie nach wie vor, wie sie die Weite des Raums innerhalb von Sekunden oder Minuten dank dieser rätselhaften Falltüren durchqueren konnten, die Raum und Zeit irgendwie miteinander verbanden. Während sie vor vielen Jahren in der R&D-Abteilung gearbeitet hatte, hatte sie nach jemandem gesucht, der ihr das Phänomen erklären konnte, wie er es seinem Golden Retriever erklärt hätte. Einer der Nerds hatte über ihre Analogie gelacht, bevor er ihr auf die einfachste Weise erläuterte, wie dieses Konzept funktioniert.

Die Wurmlochtechnologie an Bord ausgewählter Schiffe hielt das Schiff in dem Raum, in dem es sich gegenwärtig aufhielt. Von diesem Ankerpunkt aus fand die Maschine dank einiger nur im Fachchinesisch verständlichen Vorgänge den kürzesten Weg zwischen seinem derzeitigen Standort und seinem Zielort. Ihr wurde gesagt, sie solle sich ein Blatt Papier vorstellen, dessen Enden solange gefaltet wurden, bis sie sich trafen. Das Falten des Papiers entsprach dem Beugen von Raum und Zeit, durch das zwei unglaublich weit voneinander entfernte Orte beinahe unmittelbar miteinander verbunden werden konnten. Dann musste man nur noch die Brücke überschreiten und siehe da, man hatte gerade 30 oder sogar 60 Lichtjahre innerhalb von Sekunden hinter sich gelassen.

Der einzige Faktor, der diese Art zu reisen noch limitierte – für den weder die Altairianer noch die Orbot bislang eine Lösung finden konnten, so war ihr gesagt worden – war die Vergrößerung der Reichweite des Wurmlocherzeugers. Dobbs hatte weder den Wunsch noch die intellektuellen Fähigkeiten, dieses Rätsel zu lösen. Als Kapitän eines Schiffes war ihr allein wichtig, dass der Prozess funktionierte und er ihre Schiffe dorthin transportierte, wo sie am dringendsten benötigt wurden.

Mit dem Eintritt der *Vanguard* in das Wurmloch bereitete es ihr Sorge, dass den Zodark das gelungen war, was ihre Orbot-Meister nicht hatten bewältigen können – sie hatten die Reichweite der Erzeugereinheit ausgedehnt. Die Beschränkung der Reichweite hatte beiden Allianzen mehr oder weniger die sichere Kenntnis gewährt, in welches ihrer Systeme der Gegner springen und in welches er nicht springen konnte. Dieses Wissen erlaubte den verfeindeten Seiten, spezifische Systeme oder Zugänge zu ihrem Herrschaftsbereich zu befestigen. Manche Systeme konnten direkt über den Eintritt durch eines der Sternentore erreicht werden, während andere den Umweg

über ein nahegelegenes Sternensystem erforderten, das in machbarer
FTL-Reichweite zum Tor und zum Zugang zum Netzwerk lag. Admiral
Pandolly hatte Dobbs erläutert, dass dieser limitierende Faktor des
Wurmlochgenerators zu einer Art von Détente geführt hatte. Der Krieg
war auf spezifische Grenzbereiche konzentriert und beschränkt, anstatt
die Gesamtheit aller Hauptwelten und bewohnbaren Systeme der
Allianzen in Gefahr zu bringen.

*Falls die Zodark tatsächlich über diese Technologie verfügen,
wird es die Art, wie ein Krieg ausgefochten wird, verändern ... und
nicht zum Positiven ...*

Bevor sie sich zu sehr in diesen Gedanken verlieren konnte,
holte sie die Stimme von Ensign Godley in die Realität zurück. »Alle
Stationen – wir nähern uns dem Ausgang. Erreichen des regulären
Raums in drei ... zwei ... eins. Wir sind draußen.«

Dobbs sah auf den Monitor, der weiter die Schwärze des
Wurmlochs wiedergab, bis sie plötzlich aus der totalen Dunkelheit
heraus in Sonnenlicht gebadet waren. Die Sterne der Milchstraße und
das gelegentliche Schimmern von Sols Planeten brachen das Licht der
Sonne. Sie waren daheim.

Dann sprang Commander Wright auf die Beine, nahm die
Kontrolle an sich und brachte mit einer Reihe rasch erteilter Befehle die
Mannschaft in Trab. Während ihr 1O die Brückenmannschaft
beschäftigt hielt, gab Dobbs ihren Kapitänscode in den
Kommandokanal des Battlenets ein, in der Hoffnung, dass das Netz
weiterhin in Betrieb war.

Der sogenannte BC2 war ein allein für Schiffskapitäne
reservierter Kanal, über den sie sich entfernt von den neugierigen
Augen der Mannschaft und untergeordneten Offizieren unterhalten
konnten. Dieser private Kanal gewährte ihnen die Freiheit, offen unter
Gleichgestellten zu diskutieren und umgehend zu wissen, welche
Schiffe sich in ihrem jeweiligen System aufhielten. Mit der Ausnahme,
dass ein Schiff über besondere Anweisungen oder Genehmigungen
verfügte, wurde jedes Schiff automatisch auf dem BC2-Kanal
registriert, unabhängig davon, ob sich der Captain eingeloggt hatte oder
nicht. Diese Einrichtung hatte sich mit seiner Einführung kurz nach
dem Ende des Kriegs als ein ungemein wertvolles Werkzeug erwiesen.

Dobbs starrte auf den Bildschirm und wartete darauf, dass das
Schiff die Verbindung zu Battlenet fand. Sie hoffte, das würde ihr

verraten, dass noch weitere Schiffe an diesem Kampf beteiligt waren –
dass die Zodark bislang noch nicht die Oberhand gewonnen hatten.

Erfreut rief Commander Dildine ihr dann zu: »Captain, wir
fangen das Battlenet-Signal auf. Es ist noch funktionsfähig. Die
Altairianer hatten recht. Entweder wissen die Zodark nicht von seiner
Existenz oder sie haben es bisher außer Acht gelassen.«

*Gott sei Dank. Das Battlenet steht noch ... Der Kampf ist noch
nicht verloren*, dachte sie mit zögernd steigender Hoffnung.

»Legitimation bestätigt. Wir sind an das System angebunden.
Neue Daten treffen ein. Meine Leute werden einige Minuten brauchen,
sich die eingegangenen Daten anzusehen, aber wir sollten Ihnen in
Kürze einen systemweiten Statusupdate vorlegen können.«

Diese Information setzte eine Welle von Emotionen in Dobbs
frei. Die Gesichter, die sie umgaben, verrieten, dass es ihrer
Mannschaft ebenso ging. Die Zodark hatten noch nicht gewonnen. Der
Ausgang der Schlacht stand noch offen.

Dobbs erhob sich von ihrem Stuhl und übernahm das
Kommando. »Ok, Leute. Wir haben die Bestätigung. Unser Volk
kämpft weiter. Das bedeutet, dass uns Arbeit bevorsteht. Der Kampf ist
noch nicht vorbei, obwohl es immer noch Füchse gibt, die im
Hühnerhaus Chaos anrichten. Konzentrieren Sie sich jetzt bitte auf ihre
derzeitige Aufgabe. Kein vorschnelles Handeln. Wir müssen zunächst
den Status der Flotte erfahren und erkunden, wo sich der Feind aufhält.
Ensign Godley, berechnen Sie einen Kurs in Richtung der Titan-Station
und setzen Sie uns in Bewegung. Bis zum Eintreffen der Altairianer
Impulstriebwerke auf 10 Prozent.«

»Aye-aye, Captain«, kam die sofortige Antwort. Das Schiff
setzte sich in Bewegung. Seine Triebwerke bewegten es – in die
möglicherweise letzte Schlacht zur Rettung der Republik.

Sämtliche Offiziere der *Vanguard* begannen nun ihren
Abteilungen die Befehle zu erteilen, die zur Vorbereitung des Schiffs
auf den Kampf erforderlich waren. So zeitnah zu ihrem Kampfeinsatz
im Serpentis-System operierte Dobbs' Crew wie eine wohlgeölte
Maschine, die bereit für den Krieg war; bereit, den Feinden der
Republik den Garaus zu machen.

»Captain, wir haben Kontakt zur Kampfgruppe. Alle Schiffe
im grünen Bereich und auf dem Weg«, berichtete Lieutenant Waldman.

Dobbs drehte sich ihrem Kommunikationsoffizier zu. »Danke, Lieutenant. Schicken Sie der *Delhi* die Nachricht, dass sie auf dem Weg nach Titan zusammen mit den Fregatten *Duncan*, *Somerset*, *Bremen* und *Hessen* eine Abwehrkette vor uns formieren soll. Dann befehlen Sie der *Rheinland* an Backbord zu uns aufzuziehen, während wir die Versorgungs- und Angriffsschiffe anführen.«

»Aye-aye, Captain. Sollen die Kreuzer *Dragon* und *Hamburg* am hinteren Ende der Formation weiter unsere Flanken schützen?«, erkundigte sich Waldman vor der Weitergabe der nächsten Befehle.

»Ja, halten Sie sie an den Flanken. Sagen Sie ihnen, dass wir sie – sollten wir auf den Feind stoßen –- nach vorn rufen werden, um unsere Gefechtslinie zu verstärken.«

Da die Kampfgruppe nun in Bewegung war, würde es nicht allzu lange dauern, bevor die altairianische Flotte hinter ihr in das System eintreten und sich mit ihren Streitkräfte vereinen würde. Sobald die am Kampf unbeteiligten Schiffe auf dem Titan-Stützpunkt geschützt waren, war sich Dobbs sicher, dass Admiral Pandolly ihren Kriegsschiffen den Befehl zum Angriff auf den Gegner erteilen würde. Sie hoffte nur, dass sie nicht zu spät kamen.

Dann sah sie ein Signal auf dem Terminal neben ihrem Stuhl. Es informierte sie, dass sich das Battlenet endlich mit der *Vanguard* synchronisiert hatte. *Ich muss mir einen Überblick verschaffen, bevor die Gerüchteküche zu brodeln beginnt.* An Commander Wright gewandt, sagte sie: »1O, Sie haben die Brücke. Lassen Sie mich wissen, falls Sie etwas brauchen.«

»Verstanden, Captain. Der 1O hat die Brücke«, bestätigte Wright und übernahm das Kommando.

Da der Erste Offizier nun für das Schiff verantwortlich war, richtete Dobbs ihre Aufmerksamkeit auf das Kontrollpult an der Seite ihres Sessels. Sie leitete das Feed auf ihren Neurolink um, bevor sie die Datenbank ihres Schiffs durchblätterte. Sie hatte nun den alleinigen Zugriff auf den BC2-Kanal, ohne dass jemand anders das, was sie sich ansah, verfolgen konnte. Sie gab einen Zeitraum zwischen 24 Stunden vor dem Beginn der Invasion bis zum Augenblick ihres Eintreffens ein, der ihr die gegenwärtig vorhandenen Schiffe oder die, die Sol bereits wieder hinter sich gelassen hatten, zeigen würde.

In diesem festgelegten Zeitrahmen suchte und registrierte sie nun die Namen der Kriegsschiffe, Transporter und orbitalen

Angriffsschiffe, auf der sich Freunde von ihr befanden. Des Weiteren sah sie sich die Namen aller Schiffe an, die sich zur Zeit des Angriffs in Sol aufgehalten hatten. Mehr und mehr Namen von Schiffen leuchteten Rot auf, weit mehr als das Grau oder Grün, das sie sich erhofft hatte. *Mein Gott, wie konnten wir so viele Schiffe verlieren? Nein ... selbst die Ark Royal ging verloren ...*, dachte sie, bevor sie vom Schicksal von Admiral Abigail Halsey erfuhr, die offenbar trotz schwersten Verletzungen an Bord ihres Trägers verblieben war und im Anschluss daran ein ihnen bisher unbekanntes, nie zuvor gesehenes Superschiff der Zodark gerammt hatte.

Dutzende republikanischer Schiffe – viele von ihnen mit Freunden an Bord, die sie bereits seit dem Beginn ihrer Karriere gekannt hatte – waren nun rot markiert. Sie waren im Kampf gegen den Feind gefallen. Das Ausmaß der Verluste feuerte ein brennendes Rachegefühl in ihr an, das sich fortwährend steigerte. Sie war aufgewühlt und über alle Maße frustriert. Die Zodark hatten die Zeit ihres Einsatzes im Serpentis-System zur Planung dieser Intrige genutzt. Sie hatten den alten Krieg neu aufleben lassen; waren mit der Absicht in Sol eingefallen, das Herz der Republik zu zerstören, bevor diese eine Chance hatte, ihre Verteidigung zu organisieren.

Der Blick auf die Liste der Schiffe, die grau markiert waren - die, die das System verlassen hatten – und auf die grün markierten – die, die weiter funktionsfähig waren – verrieten ihr das ungefähre Ausmaß der Verluste, die die Republik bisher hatte hinnehmen müssen. *Meine Güte ... wir haben sicher über 10 Prozent der Kriegsschiffe unserer gesamten Flotte verloren.*

Dieser enorme Verlust an Schiffen im Laufe einer einzigen Schlacht oder Kampagne überstieg ihre Vorstellungskraft. Dobbs spürte, dass sie kurz davor stand, ihren Emotionen freien Lauf zu lassen und womöglich eine Dummheit zu begehen. Langsam schloss sie die Augen und atmete tief durch, im Bemühen ihren Kopf zu klären und ihre Gefühle unter Kontrolle zu bekommen. *Ich bin eine Kämpferin der Republik, eine Offizierin und der Kapitän der* Vanguard ... *Ich kontrolliere mein Denken, meine Emotionen, meine Aktionen ...* sagte sie sich selbst und wiederholte damit ihre morgendlichen und abendlichen Formeln.

Das Öffnen ihrer Augen ließ einen Hoffnungsschimmer in ihr aufsteigen. Der Status des Kriegsschiffes *George Washington* war

weiterhin grün. *Das bedeutete, dass die* GW... *die Zweite Flotte ...*
Admiral McKee ... weiter im System sein musste.

Dobbs wählte die *GW* auf dem privaten Kanal des Admirals
an und wartete darauf, dass sich das Textfeld öffnete. Sie entwarf eine
Nachricht, in der sie eine kurze Zusammenfassung der Schiffe, die sie
begleiteten, lieferte, zusammen mit der Info, dass sich Admiral
Pandolly mit seiner altairianischen Flotte in Kürze zu ihr gesellen
würde. Dann schickte sie die Nachricht ab, ohne zu wissen, wie lange
sie auf eine Erwiderung warten musste. Als nächstes überflog sie die
aktuellen und wichtigsten Aktivitäten der SIGACT-Berichte, in der
Hoffnung, dass sie sie auf den neuesten Stand über die Vorgänge im
System bringen konnten, und darüber, wo derzeit die schwersten
Kämpfe stattfanden.

Bei der Übersicht über die Berichte hielt sie an einer der
Titelzeilen inne. Sie überflog die Zusammenfassung, die von der
Meldung des Arche-Bunker nahe Oberammergau berichtete, und dass
Kriegsschiffe der Zodark bei orbitalen Angriffen auf den europäischen
Kontinent mehrere Städte zerstört hatten. Die Erwähnung, dass
Kanzlerin Luca zusammen mit den Mitgliedern einer allianzweiten
Handelsdelegation aller Wahrscheinlichkeit in einem Angriff auf die
Stadt Potsdam nahe Berlin ums Leben gekommen war, erregte ihre
besondere Aufmerksamkeit. Der Bericht erwähnte zudem, dass Jäger
der Zodark den Himmel über gewisse Bereiche Europas patrouillierten
– wohl als ein Element ihrer Bodeninvasion, die offenbar begonnen
hatte.

Unsicher, ob sie der Meldung über den Tod der Kanzlerin
vertrauen konnte, suchte sie nach existierenden Berichten aus dem
Weltraumkommando. Der Tod von Admiral Halsey an Bord der *Ark
Royal* machte Admiral Bailey wohl zum Einzigen, der derzeit noch das
Weltraumkommando führen konnte. Sie fand den Bericht, den sie sich
erhofft hatte. Admiral Bailey befand sich in der Kommandoeinrichtung
unterhalb des Weltraumkommandos in Sicherheit.

Er hatte eine Reihe von Mitteilungen an die Menschen der
Erde herausgegeben, in denen er ihnen versicherte, dass Hilfe auf dem
Weg war. Während er im Kommandozentrum unter den Trümmern des
Hauptquartiers des Weltraumkommandos und der Stadt Fayetteville
vorläufig gefangen war, hatte er die im System verbliebenen
Raumschiffe dazu ermutigt, so gut sie konnten weiterzukämpfen, und

hatte die Armee dazu aufgefordert, den Bodentruppen der Zodark erbitterten Widerstand zu leisten, wo immer sie landen mochten.

Dobbs war gerade dabei, zum nächsten Bericht überzugehen, als sie die Benachrichtigung über einen Chat erhielt. Die Erwiderung des Admirals war eingetroffen. Mit dem Öffnen des Chats wurde die Videoanfrage des Admirals automatisch umgesetzt. Einen Augenblick später erschien das Bild von Fran McKee auf ihrem Bildschirm. »Na, wenn das nicht Amy Dobbs ist. Verdammt gut, Sie zu sehen. Ich las gerade Ihre Nachricht. Wollen Sie mir wirklich sagen, dass Ihre Kampfgruppe aus 37 Schiffen besteht, zu der darüber hinaus noch eine altairianische Flotte stoßen wird?«

Dobbs lächelte beim Anblick ihrer Freundin. Es war Jahre her, seit sie das letzte Mal gesprochen hatten. Sobald ihre Unterhaltung jedoch begann, kam es ihr wie gestern vor. »Freut mich auch, Sie zu sehen, Admiral. Und ja, ich habe 37 Schiffe in meiner Task Force. Zu Ihrer Information: allein neun davon sind echte Kriegsschiffe. Der Rest setzt sich aus orbitalen Angriffsschiffen, Truppentransportern und den Versorgungsschiffen meiner Flotte zusammen. Meine Kampfgruppe war auf dem Rückweg von einer friedenssichernden Operation im Serpentis-System, als Pandollys Erkundungsschiff vom Angriff der Zodark erfuhr.

»Unser Plan ist, auf Titan Munition aufzunehmen und uns neu zu bewaffnen, während wir herausfinden, wer gegenwärtig die Führung hat. Wir hielten es für am sinnvollsten, vorhandene Kontakte zu knüpfen, um den effektivsten Einsatz unserer Kräfte zu koordinieren. Aber da ich jetzt schon mit Ihnen rede, haben Sie eine Idee, Admiral? Können Sie uns die Richtung weisen, wo wir uns bei der endgültigen Vernichtung dieser Hunde behilflich sein können?«

McKee sah sie in Erwiderung auf ihre Frage mit einem breiten Grinsen an. »Amy, ich kann Ihnen nicht sagen, wie froh und erleichtert ich bin, Sie gerade jetzt zu sehen und Ihre Worte zu hören. Mein Gott, vielleicht können wir die Republik noch retten, bevor sie sie komplett abbrennen. Die Stärke Ihrer Schiffe kenne ich jetzt. Sagen Sie mir, dass die altairianische Flotte über eine größere Schlagkraft als Ihre neun Kriegsschiffe verfügt. Nichts für ungut … Wir sind im Augenblick nur unglaublich überwältigt.«

»Kein Problem, Admiral. In Bezug auf die Altairianer – es handelt sich um Admiral Pandollys Flotte, die sich aus einer beachtlichen Zahl zusammensetzt. Ungefähr 46 Kriegsschiffe, dazu noch 22 Versorgungsschiffe. Er ist für den Kampf gerüstet. Zwei *Digimon*-Superträger und 14 Schlachtschiffe der *Berkimon*-Klasse. Der Rest der Flotte besteht aus Kreuzern und Fregatten. Insgesamt sind wir eine ansehnliche Streitmacht. Was ist derzeit ihre größte Sorge und wo hält sich der Feind auf?« Dobbs war begierig auf Neuigkeiten und auf umsetzbare Informationen bezüglich ihrer Situation.

McKee setzte gerade zum Sprechen an, als Lieutenant Waldmans Stimme Dobbs' Konzentration unterbrach. »Entschuldigen Sie die Störung, Captain. Die Altairianer sind gerade im System gelandet. Admiral Pandolly bittet um ein sofortiges Gespräch.«

»Danke, Lieutenant. Ich bin gerade auf einem Kommunikationskanal mit Admiral McKee verbunden. Können Sie Admiral Pandolly diesem Anruf zuschalten? Er wird mit dem Admiral sprechen wollen, um herauszufinden, wie unser nächster Schritt aussehen soll.«

Nach einer kurzen Pause teilte sich die Bildwiedergabe des Kanals, die nun sowohl McKee als auch Pandolly auf dem gleichen Kanal zeigte.

»Admiral Pandolly, schön Sie zu sehen, mein Freund. Ich nehme an, Sie haben von der Party gehört, die die Zodark auf der Erde veranstalten wollen?«, begrüßte ihn McKee, um die Ernsthaftigkeit der Lage etwas abzuschwächen.

Pandolly legte den Kopf ein wenig zur Seite, bevor er verstand. »Aha, ich verstehe. Sie versuchen, eine schlechte Situation mit Humor erträglicher zu machen. Richtig?«

Dobbs versuchte, ihr Lächeln zu unterdrücken und Haltung zu bewahren, was ihr McKee, die laut auflachte, unmöglich machte. Sie schloss sich ihrem Lachen an. Glücklicherweise hatte sie ihre Neurolink-Verbindung zur Gruppe unterbunden. Die Mannschaft hätte womöglich an ihrem Verstand gezweifelt.

»Ganz recht, Admiral. Wir Menschen sind bekannt dafür, einer schrecklichen Situation mit einem Versuch an Humor zu begegnen. Es hilft uns sowohl geistig als auch körperlich bei der Bewältigung von Stress und Anspannung, gelegentlich in der Verzweiflung des Moments über gewisse Umstände zu lachen. Es ergibt wenig Sinn, das gebe ich zu, aber das ist eine der Eigenarten von uns Menschen, die für Sie wohl schwer verständlich ist«, erklärte

McKee, deren Gesichtsausdruck mittlerweile wieder ernst geworden war. »Admiral, ich werde nicht lügen oder die Lage beschönigen. Wir stecken in großen Schwierigkeiten. Ich veranlasse meinen Stab, Ihnen beiden die neueste Analyse der gegenwärtigen Lage in Sol zu übersenden.

»Wenn Sie mir einen Augenblick Zeit geben, denke ich, dass Ihnen eine kurze Unterrichtung über die Entwicklung des Geschehens und die Interaktionen meiner Flotte seit unserer Ankunft helfen kann, das bisher Geschehene und das, was uns noch bevorsteht, zu verstehen«, bot sie an. Sie wartete die Zustimmung des Altairianers ab, bevor sie begann.

»Die Zweite Flotte, unter meinem Kommando, war über ein Jahrzehnt mit der Primord-Flotte auf Kita stationiert. Das bedeutet, dass der überwiegende Teil meiner Schiffe zu den ältesten noch aktiven Kriegsschiffen unserer Flotte gehört. Nach dem Rückzug von Alfheim und mit dem Beginn der Truppenreduzierung wollte das Weltraumkommando die Gelegenheit nutzen, die Gefechtsbereitschaft meines Kommandos auf mehrere Jahre stillzulegen, um die ältesten Kriegsschiffe auszumustern und neue in den Dienst zu stellen.

»Ich denke, ich sollte diesen Punkt unterstreichen, Admiral, um Sie auf die Tatsache hinzuweisen, dass ich mit der Ankunft meiner Flotte in Sol nicht unbedingt die mächtigsten Kriegsschiffe der Republik in den Kampf brachte. Bis wir merkten, dass die Erde einem Angriff der Zodark ausgesetzt war, und wir uns in den Kampf einmischen konnten, hatte Admiral Halseys Flotte bereits katastrophale Verluste an Schiffen und Personal erlitten. Nachdem meine Flotte endlich Kontakt zu Halsey aufnehmen konnte, schien dieses seltsame, uns bisher unbekannte Kriegsschiff plötzlich eine Wurmlochbrücke zu öffnen, wie wir es in der Vergangenheit von Ihren *Digimon*-Schiffen oder der *Freedom* her kannten.

»Das veranlasste Admiral Halsey zum Handeln … Sie hätten es sehen sollen, Pandolly. Die *Ark Royal*, die zu diesem Zeitpunkt bereits ein brennendes Wrack war, richtete sich auf das mysteriöse Schiff aus, das daraufhin überraschend eine Brücke zwischen dem von den Zodark kontrollierten Raum und Sol eröffnete. Zwei der Zodark-Schiffe konnten über diese Brücke entkommen. Bevor die anderen ihnen folgen – oder noch schlimmer, neue Schiffe nach Sol vordringen konnten – aktivierte Halsey den FTL-Antrieb. Einen Moment lang gab es die *Royal,* und im nächsten Moment war sie nach der Kollision mit dem neuen Zodark-Schiff – was immer es auch war – komplett zerstört.« Dobbs und Pandolly folgten McKees Ausführungen mit gespannter Aufmerksamkeit.

»Admiral McKee, brach die Brücke zwischen den Systemen nach der Kollision der Schiffe zusammen oder ist dieses Schiff weiterhin funktionsfähig?«, drängte Pandolly auf weitere Informationen.

McKee nickte und erklärte: »Nach dem Aufprall der *Royal,* brach die Brücke umgehend in sich zusammen. Was immer dieses neue Schiff ist, es scheint katastrophale und nicht wiedergutzumachende Schäden erlitten zu haben. Der gesamte vordere Teil des Schiffs wurde abgetrennt, nicht einfach nur dem Vakuum des Weltraums ausgesetzt. Damit ist die verbliebene Mannschaft im tödlichen Umfang der Solarstrahlung und anderen schädlichen Strahlen ausgesetzt, vor denen sie der Rumpf des Schiffes normalerweise schützen würde. Was immer das für uns bedeutet – die Überreste des Schiffs oder was darauf noch funktionsfähig ist, liegen derzeit hilflos fest. Wir planen, es früher oder später komplett zu vernichten, um eine fortgesetzte Bedrohung durch es zu unterbinden, oder – Gott möge es verhüten – dass ihren Ingenieuren hinreichende Reparaturen gelingen, um es wieder einsatzbereit zu machen. Im Moment liegt unser Schwerpunkt aber darauf, die feindlichen Landungsschiffe und Truppentransporter zu vernichten, bevor sie weitere Bodentruppen auf der Erde landen können.«

»Hmh ...«, brummte Pandolly nach dem Ende ihrer Erzählung. Dann erklärte er: »Admiral McKee, es ist Ihr Heimatsystem. Ihre Heimatwelt ist einem Angriff ausgesetzt. Wenn Sie das Kommando über die Streitkräfte der Allianz bis zum Eintreffen des Statthalters übernehmen wollen, unterstelle ich mein Kommando Ihrer Autorität. Vielleicht darf ich aber einen Vorschlag machen?«

McKee nickte zustimmend, während Dobbs ihrer Diskussion weiter folgte.

»Die Schiffe Ihres Kommandos gehören überwiegend zu den ältesten Kriegsschiffen der Flotte. Im Verlauf der letzten Tage haben Sie in diesem Kampf dazu noch mehr als die Hälfte Ihrer Schiffe verloren. In dieser Situation, angesichts der gravierenden Unterschiede im Leistungsvermögen, wäre es wohl besser und weit effektiver, die Streitkräfte der Allianz meinem Kommando zu unterstellen – für die

Zeit, bis der Statthalter im System eintrifft. Hätten Sie oder die
verbliebene republikanische Flotte etwas dagegen, mir das Kommando
über Ihre Kräfte bis zu seinem Eintreffen zu überlassen?«

McKee zögerte keinen Augenblick. Sie erklärte sich
umgehend damit einverstanden, ihr Kommando und den Rest der
republikanischen Flotte Pandolly solange zu unterstellen, bis der
Statthalter nach seiner Rückkehr die Befehlsgewalt übernehmen würde.
Mit der nun klaren Festlegung der Zuständigkeiten befahl Pandolly,
dass Dobbs sich in aller Eile zum militärischen Komplex auf Titan
begeben sollte, um sich dort neu zu bewaffnen und auf die nächste
Schlacht vorzubereiten. Pandolly versprach, eine kleine Eskorte auf
Titan zum Schutz der dort stationierten orbitalen Angriffs- und
Versorgungsschiffe zurücklassen, bis sie gebraucht wurden. Nach der
Vereinigung von Dobbs' neun Kriegsschiffen zur Unterstützung der
Flotte von Admiral McKee, würden Pandollys Streitkräfte sich von
zwei zusätzlichen Fronten auf die gegnerische Formation stürzen – und
damit den Feind zu einer weiteren Aufteilung schwindender
Ressourcen in einem zunehmend aussichtslosen Kampf zwingen.
Basierend auf diesem relativ einfachen Plan, bereiteten sie sich nun auf
die bevorstehende Schlacht vor, die über das Schicksal der Erde und
die Zukunft der Republik entscheiden würde.
****

Zwölf Stunden später
Nahe der republikanischen Marinewerft
RNS *Vanguard*

Commodore Dobbs stand nun einem Geschwader von
Kriegsschiffen vor. Admiral McKee hatte ihrem Kommando zusätzlich
sechs Schiffe unterstellt. Aus diesem Grund saß Commander Wright
jetzt im Kapitänssessel der *Vanguard* – alles in Vorbereitung auf die
größte Schlacht, in der sie sich je behaupten mussten.

Konzentriert hörte sich Wright die Änderungen bezüglich
ihrer Angriffsformation an. Er hoffte, der altairianische Admiral
wusste, was er tat. Die gegnerische Flotte, die technisch gesehen in Sol
gefangen war, übertrumpfte zahlenmäßig immer noch ihre vereinten
Kräfte. Trotz des Verlusts, den die Flotte der Zodark hatte hinnehmen
mussten, scharrten sich knapp 200 Kriegsschiffe verschiedener Klassen

eng gedrängt um das massive Kriegsschiff, das Admiral Halsey bereits
am ersten Kampftag gerammt hatte. Ihm war gesagt worden, dass dies
das Schiff war, das die Brücke zur Verbindung ihrer beiden
Hoheitsbereiche aufgebaut hatte. Der Verlust des vorderen Sektors des
Schiffes hatte dem Feind die Chance auf Flucht und die Rückkehr
hinter die eigenen Linien geraubt.

»Commander Wright. Ist das zu Ihnen durchgekommen?«

Moment, habe ich etwas verpasst?, fragte er sich, als Dobbs
ihn beim Namen rief.

»Entschuldigen Sie, Commodore. Würden Sie das bitte noch
einmal darlegen?«, lautete seine Rückfrage, um hoffentlich von seinem
Moment der Unaufmerksamkeit abzulenken.

»Ok, lassen Sie mich für alle weiter ins Detail gehen. Admiral
McKee befahl einen sorgsam geplanten Angriff entlang der linken
Flanke der Zodark. Dabei spielt ein älteres Schlachtschiff der *Ryan*-
Klasse eine wichtige Rolle. Begleitet wird es von einer Angriffsgruppe,
die sich aus den Jägern und Bombern der *Lexington* und dem
verbliebenen Raumgeschwader der *Ark Royal* zusammensetzt. Unser
Kriegsschiff versteckt die Angreifer im Schatten seines blinden
Winkels auf der durch die gegnerische Flotte nicht einsehbaren Seite.
Sobald unser Schiff die Jäger in die Nähe der feindlichen
Truppentransporter gebracht hat oder womöglich funktionsunfähig
geworden ist, zeigen sich die Jäger und beginnen ihren Angriff auf die
Transporter. Zu diesem Zeitpunkt – mit dem Beginn des Angriffs der
Jäger und Bomber – erwartet Admiral McKee von uns einen
Mikrosprung im FTL an die Koordinaten, die ich bereits an Ihre
Steuermänner weitergegeben habe.

»Die *Vanguard, Sumara und die Intus* bilden nach diesem
Sprung hinter die Gefechtslinie der Zodark eine Riegelstellung,
während sich der Rest unseres Geschwaders vor den Zodark aufbaut.
Damit läuft das Rennen für unsere Kreuzer und Fregatten, so viele
Truppenschiffe und Transporter wie möglich auszuschalten, bevor der
Feind Anstalten macht, gegen unser kleines Überfallkommando in
ihrem Rücken vorzugehen. Wir dürfen davon ausgehen, dass die
Zodark ihre Feuerkraft relativ rasch auf unsere Kriegsschiffe
konzentrieren werden. Aus diesem Grund müssen unsere Kreuzer und
Fregatten so effektiv und schnell wie möglich handeln. Früher oder
später werden sich unsere Schlachtschiffe zurückziehen müssen, bevor

sie zu starke Schäden erleiden, um einen sicheren Rückzug zu erlauben.
War das allgemein verständlich? Verstehen nun alle den Plan?«

»Jawohl, Commodore. Laut und deutlich«, bestätigte Wright
zusammen mit allen anderen.

»In Ordnung. Stehen Sie bereit und warten Sie auf das Signal
– niemand springt außerhalb der vorgesehenen Reihenfolge. Das würde
den Feind frühzeitig alarmieren.«

*Das ist komplett verrückt. Wir sollten die Flanken des
Gegners angreifen, nicht die Mehrzahl unserer Kriegsschiffe in einem
frontalen Zusammenstoß riskieren ...,* dachte Wright für sich. Aber er
hatte in seiner Karriere eines gelernt: Falls du Wert auf deine nächste
Beförderung legst, behältst du deine Meinung besser für dich; es sei
denn, sie ist gefragt.

Natürlich war er nicht in den Plan eingeweiht, den sich der
Admiral ausgedacht hatte. Wie sein kleiner Bruder, der in der Armee
diente, musste er einfach nur zustimmend nicken und sein Bestes
geben, die ihm von seinen Vorgesetzten übertragenen Befehle
auszuführen. Bis er eines Tages selbst die Person sein würde, die solche
Befehle erteilte. *Dennoch ...* Er wusste, dass sie das Eintreffen ihrer
Verstärkung innerhalb der nächsten 12 bis 24 Stunden erwarteten.
*Warum riskierten sie so viele Schiffe in einer Schlacht wie dieser, wenn
ihnen in naher Zukunft eine überwältigende Streitmacht zur Verfügung
stehen wird, die die feindliche Flotte auch ohne Gefahr für ihre
verbliebenen Streitkräfte vernichten kann?*

»Lieutenant Waldman, versuchen Sie, das Schlachtschiff
Berlin mit der Brückenkamera ausfindig zu machen. Ich will sehen, wie
sich dieser Angriff gestaltet.«

»Aye, Commander. Eine Sekunde«, versprach ihm Waldman,
während seine Finger über die Konsole tanzten.

Einen Augenblick später erschien das Bild der RNS *Berlin* auf
dem Bildschirm, die offensichtlich bereits die Hälfte der Entfernung
zwischen den Linien der Zodark und der Republikaner überwunden
hatte. Mit gespannter Aufmerksamkeit verfolgte Wright, wie das ältere
Kriegsschiff der *Ryan*-Klasse gerade sein Bestes gab, die feindliche
Gefechtslinie zu umgehen und am Feind vorbei auf eine Sammlung von
Transportern einzuschwenken, die sein eigenes Schiff ebenfalls
angreifen würde.

Na los, Jungs ...ihr schafft das. Wie alle anderen auf der Brücke drückte er allen Beteiligten die Daumen, ein wenig länger getarnt zu bleiben. Er wusste, dass die Entdeckung durch den Feind unausweichlich war. Sie waren zu groß und setzten ihre Triebwerke ein, was Aufmerksamkeit erregen würde. Seltsamerweise stieg Wrights Vertrauen darauf, dass die *Berlin* es schaffen würde, dennoch von Minute zu Minute an.

»Lieutenant Waldman, unterteilen Sie den Brückenmonitor und bringen Sie die *George Washington* auf der rechten, die *Berlin* auf der linken Seite hoch. TAO, haben Sie ein Auge auf das Schussvolumen, das sie Admiral McKees Schiffen entgegenwerfen, sobald sich ihre Flotte in Bewegung setzt. Wenn möglich, identifizieren sie, welche feindlichen Kriegsschiffe uns nach unserem Sprung am nächsten sein werden. Beobachten Sie, wie die Nachhut der Zodark auf das Vorrücken des Admirals reagiert und auf das der *Berlin,* die sich weiter entlang ihrer linken Flanke voran bewegt«, ordnete Commander Wright an. Seine Leute sollten über den Ablauf des Kampfs unterrichtet und ausreichend darauf vorbereitet sein, in das heftiger werdende Gefecht einzutreten.

Wie gewünscht, sah er gleich darauf den geteilten Bildschirm vor sich. Jetzt blieb ihnen nur das Abwarten und Zusehen.

Nachdem ein Plan Form angenommen hatte, stellten sich das Gedulden und das Warten auf den Beginn des Einsatzes als einer der schwierigsten Aspekte der Kriegsführung im Weltraum dar. Diese Schlachten fanden oft über weite Entfernungen statt, mit Angriffen aus mehreren Richtungen, die die simultane Abwehr unterschiedlicher Arten von Bedrohungen erforderlich machte. Manchmal kam die Gefahr langsam genug auf das Schiff zu, wodurch man ihr rechtzeitig aus dem Weg gehen konnte. In anderen Fällen raste sie mit Lichtgeschwindigkeit auf ein Schiff zu, um ohne reelle Abwehrchancen auf es einzuschlagen.

Das war eines der besonderen Elemente einer Schlacht im Raum. Schnelle Action, wenig Zeit zur Reaktion – oder ein Vorgehen im Schneckentempo, mit langen Perioden der Wartezeit. Es war normal, dass sich Kämpfe über Stunden hinzogen, manchmal sogar über Tage, während Schiffe oder Gruppen von Schiffen versuchten, um den Gegner herum zu manövrieren oder eine bessere Position zu finden, um ihren Angriff zu beginnen. Falls ein Schiff zu schnell auf seinen Feind zuraste oder versäumte, die Geschwindigkeit zur rechten Zeit zu drosseln, konnte es geschehen, dass es einfach unverrichteter Dinge am gegnerischen Schiff vorbeiflog oder dass der Einsatz seiner Waffen ihm nicht mehr als nur ein ineffektives Störfeuer einbrachte.

Wright sah gerade auf das vergrößerte Bild der *George Washington*, als die Superwaffe dieses Schiffs aktiv wurde – seine riesige Plasmakanone, die bis zum heutigen Tag die mächtigste Kanone im republikanischen Arsenal war. Aus dem gigantischen, vier Meter breiten Lauf der Kanone schoss ein Plasmaprojektil hervor und schlug beinahe mit Lichtgeschwindigkeit auf dem von seinen Schützen anvisierte Ziel ein. Wäre die Republik damals nicht auf die Altairianer gestoßen, wären heute sicher weit mehr ihrer Kriegsschiffe mit dieser Waffe ausgestattet.

Der Bildschirm, der die *GW* zeigte, flackerte und verlor vorübergehend sein Bild. Diese kurze Unterbrechung signalisierte den Moment, in dem die Plasmakanone abgefeuert worden war. Es war ihr unverkennbares Signal – der Blitz, der beim Austreten des überhitzten Plasmas in die Kälte des Weltalls aufflammte. In diesem kurzen Moment – beim Austritt aus dem Lauf – bildete sich um das erhitzte innere Plasma eine temporäre äußere Hülle aus abgekühltem Plasma, die die Munition locker zusammenhielt, bevor sie auf ihr beabsichtigtes Ziel aufschlug und oft genug ein Loch durch das gesamte Schiff trieb.

Sobald die Bildschirmwiedergabe nach dem Blitz zurückkehrte, entdeckten Wright und die Brückenmannschaft eine Art Kondensstreifen, der sich von der *GW* zu einem der Zodarkschiffe erstreckte, das der Commander als eines ihrer Basissterne oder Superträger erkannte.

Mithilfe der Steuerelemente auf seiner Konsole vergrößerte er das Bild des Schiffes, das von der *GW* soeben tödlich getroffen worden war. Seine Crew und er bewunderten den Umfang des Schadens, den die riesige Kanone ihm zugefügt hatte. Ein beinahe 100 Meter langer Riss entlang der vorderen Steuerbordseite im Rumpf des Schiffes hatte es dem Vakuum des Weltalls zugänglich gemacht.

In Erwiderung auf diesen Zug brach zwischen den verfeindeten Seiten nun die Hölle aus, als die Schiffe der Zodark den Kampf mit den gegnerischen Kriegsschiffen aufnahmen, die auf ihre Positionen zuhielten. Die Schwärze des Alls war von den orangefarbenen, blauen und roten Lichtstreifen ihrer Laser durchzogen, die die sich bekämpfenden Schlachtschiffe untereinander austauschten. Sie warfen sich enorme Mengen an schweren und schwwersten Projektilen entgegen, die einzig dazu gedacht waren, so viel Munition wie möglich in die ungefähre Richtung abzuschießen, in der die gegnerischen Schiffe sie aller Wahrscheinlichkeit nach steuern würden. Eine gute Mannschaft an den Kanonen, die es verstand, ihre Zielfindungs-KI effektiv zu nutzen und den Bereich zu beschießen, den das feindliche Schiff durchfliegen musste, konnte Dutzende gepanzerter hochexplosiver Projektile entlang der Seite eines Schiffes landen und nach dem Durchschlagen seiner Panzerung enormen Schaden im Innern eines Schiffes anrichten.

Wright sah, wie sich beide Seiten stetig näher kamen. Er wusste, dass der Admiral in wenigen Augenblicken der Gefechtslinie ihrer Schiffe das Umschwenken befehlen würde, um sowohl ihren Haupt- als auch den sekundären Türmen den Zugriff auf die gegnerischen Schiffe zu erlauben. Unter Ausnutzung der vollen Kapazität der Kanonen ihrer Schlachtschiffe – mit dem Volumen an Magrail-Projektilen, die sie der feindlichen Linie entgegen schicken würden – würde es so gut wie unmöglich sein, den Feind zu verfehlen.

Wright zwang sich, den Kampf dieses Teils der Flotte zu ignorieren und sich stattdessen wieder auf die *Berlin* zu konzentrieren – auf den Teil der Operation, der seinem Auftrag am nächsten kam.

Die Kriegsschiffe der Zodark, die sich in der Nähe der *Berlin* aufhielten, schienen mittlerweile verstanden zu haben, was der Gegner plante. Mehrere ihrer Schlachtschiffe und Kreuzer nahmen den Beschuss des alten Kriegsschiffs auf. Einige Kreuzer, Fregatten und Korvetten schienen ihren Kurs zu ändern und auf einen Abfangkurs umzuschwenken. Und dann sah er etwas Außergewöhnliches.

»He, Quinn, sehen die Schiffe, die aus dem Schatten der *Berlin* hervortreten, nicht wie Ospreys aus?«

Commander Quinn Dildine legte den Kopf mit einem überraschten Gesichtsausdruck zur Seite, bevor er es sah. »Nein, Joe, wenn ich mich nicht täusche, sind das diese elektronischen Angriffsschiffe, die die Flotte kurz vor unserem Einsatz in Serpentis eingeführt hat. Ich denke, dass sind EA-12 Phantoms.«

Aha, ok. Sehen wir, wie sie funktionieren ...

»Achtung, an alle Schiffskapitäne! Achtung, an alle Schiffskapitäne!« Commodore Dobbs' Stimme unterbrach ihr

Gespräch. Wright hob die Hand, um seinen Freund vom Weitersprechen abzuhalten. Dobbs erteilte ihren Befehl. »An alle Schiffe, bereiten Sie sich auf die Ausführung von Manöver Yankee-Fünf-Fünf vor. Bestätigen Sie.«

Oh Mann, jetzt geht es los. Hoffentlich klappt es. Diese Gedanken gingen ihm durch den Kopf, während er der Bestätigung dieses Befehls durch die anderen Schiffskapitäne zuhörte. Dann war er an der Reihe, seine Erwiderung zu liefern.

»*Vanguard* bestätigt, steht zur Durchführung des Befehls bereit.«

Er holte tief Luft, um sich selbst Mut zu machen, bevor er in Richtung des Steuermanns sah und laut erklärte: »Steuermann, bereit, auf mein Kommando Yankee Fünf-Fünf auszuführen.«

»Verstanden. Bereit, Yankee Fünf-Fünf auszuführen«, bestätigte Ensign Godley. Wright sah den Schweißtropfen, der ihm, bevor er ihn wegwischen konnte, an der Seite seines Gesichts herunterlief.

An Commander Little gewandt, erkundigte er sich: »TAO, steht Ihre Abteilung bereit? Sind sie startklar?« Er wusste, dass der Erfolg oder das Versagen ihres Angriffs von der Zielsicherheit ihrer Kanoniere und der Geschwindigkeit der Crews abhängig war, die die Kanonen bedienten.

»1O, Waffen einsatzbereit – alle Türme zeigen Status Grün«, erwiderte der TAO selbstsicher und mit stolzer Haltung. Ihre Mannschaften und die Raumsoldaten, die die Schiffswaffen bemannten, gehörten zu den Besten der Flotte.

Er lächelte über ihr Selbstvertrauen und nickte ihr zu. Little bildete ihre Mannschaften fabelhaft aus. Ihre Chiefs übten und drillten ihre Artilleriecrews solange, bis die Erfolgsrate ihrer Treffer beinahe perfekt war. Sie waren ungemein akkurat und wenn es darauf ankam, schnell am Abzug – zwei Dinge, die ausschlaggebend dafür waren, einen Gegner zu treffen, bevor der seinerseits die Gelegenheit beim Schopf packte.

Erneut richtete Wright seinen Blick auf die *Berlin,* während er den endgültigen Befehl erwartete, mit dem ihre Rolle in diesem sich ausweitenden Kampf beginnen würde. Er beobachtete das alte Schlachtschiff weiter. Dabei fiel ihm auf, dass sich der Umfang des auf ihn eingehenden Beschusses von einigen wenigen Schüssen zu einem

Hagelsturm von Laserfeuer ausgeweitet hatte. Zudem rasten sowohl Raketen als auch der gelegentliche Plasmatorpedo auf es zu, der mehr auf Glück angewiesen war, als sich auf seine echte Fähigkeit verlassen zu können, einen Treffer zu erzielen.

Der Lichtblitz, der nahe dem Zentrum der *Berlin* plötzlich mit großer Heftigkeit und Helligkeit explodierte, kam unerwartet. Das Schiff schien sich gewaltig zu schütteln, gefolgt vom offensichtlichen Ausfall seiner Triebwerke und simultan dazu auch dem Verlust eines Großteils seiner Waffensysteme. Wright entdeckte einen Schwarm winzig kleiner Punkte, die hinter der Schattenseite des Schiffes mit großer Eile hervorrasten. Das musste die Einsatzgruppe bestehend aus den kombinierten Geschwadern der beiden Superträger *Lexington* und *Ark Royal* sein, die sich nun auf die feindlichen Transporter und Truppenschiffe stürzen würden, bevor ihre Gegner auf diese überraschende Wendung der Dinge reagieren konnten.

»10, hier kommen die Altairianer«, teilte ihm Commander Little mit. Der Brückenmonitor, der bislang allein die *George Washington* wiedergegeben hatte, zoomte nun auf das breitere Umfeld des Kampfbereichs hinaus.

Dank dieses erweiterten Überblicks konnte Commander Wright Dutzende kleiner Blitze entlang der rechten Flanke des Feindes erkennen – weit entfernt vom vormaligen Standort der *Berlin*, bevor die Flammen sie ihrer Atmosphäre beraubt und das Leben aus ihr herausgesaugt hatten.

Ohne die Anzahl der aus dem Slip Space austretenden Schiffe zu zählen, wusste er, dass die Altairianer über 40 ihrer Schiffe mit in den Kampf brachten – viele von ihnen Schlachtschiffe und dazu noch zwei Superträger. Und das, obwohl sie einige Schiffe zur Verteidigung der Titan-Station und der wachsenden Zahl der am Kampf unbeteiligten Schiffe zurückgelassen hatten, die von überall her aus dem System eintrafen.

Wright richtete sein Augenmerk erneut auf die *George Washington.* Intensives Laserfeuer schlug weiterhin auf ihren gepanzerten Rumpf ein. Und dann rief Commodore Dobbs mit lauter Stimme über den Kommandokanal die Worte aus, auf die sie alle gewartet hatten: »An alle Schiffe! Yankee Fünf-Fünf ausführen!«

Ok, das ist es. Zeit, zu sehen, ob unser kleines Manöver funktionieren wird ...

»Steuermann, 1O, unsere Mission beginnt. Yankee Fünf-Fünf auf mein Kommando . Drei … zwei … eins … Los«, befahl Wright, während er sich gegen das, was gleich geschehen würde, wappnete.

Unversehens katapultierte sie der FTL-Antrieb des Schiffes aus ihrer jetzigen Position hinter der Marineschiffswerft der Republik in eine neue Position hinter der Gefechtslinie der Zodark. In Bruchteilen von Sekunden hatte es ihnen der Mikro-Gebrauch des FTL-Antriebs möglich gemacht, mehrere Millionen Kilometer hinter sich zu bringen. Sie schienen die gegnerische Stellung, ähnlich einem flachen Stein, der über die Wasseroberfläche hüpfte, übersprungen zu haben.

Mit dem beinahe unmittelbaren Austritt der *Vanguard* nach ihrem so kurzzeitigen Aufenthalt im Slip Space, registrierte Wright aufgeregt: *Verdammt noch mal! Es hat funktioniert* … bis sich die auf den Bug gerichtete Kamera seines Schiffs erneut aktivierte und er die Anzahl feindlicher Schiffe vor sich sah. *Mein Gott … sieh dir die Größe dieser Flotte an* …

Diesen Gedanken verdrängte er. Wohl wissend, dass ihnen wenig Zeit blieb, sprang er auf die Beine und erteilte seiner Mannschaft ohne eine Sekunde kostbarer Zeit zu verlieren, eine Reihe von Befehlen.

»CIC, wo ist die TAM? Ich will sie umgehend sehen!«, rief er aufgebracht darüber, dass er die taktische Aktionskarte nicht sofort nach dem Verlassen des Slip Space vor sich sah.

»Steuermann, bestimmen Sie einen Kurs, auf dem unsere Steuerbordkanonen den Beschuss des Feindes übernehmen können. Wir müssen unseren Fregatten und Kreuzern Deckung gewähren. Impulsantriebe auf 20 Prozent. Informieren Sie die Technik, dass sie bereit sein muss, auf 100 Prozent hochzufahren, falls wir eine größere Manövrierfähigkeit brauchen.«

Als nächstes wandte sich Commander Wright an den Teil der Brücke, der die vielgerühmten Waffen der *Vanguard* kontrollierte. Rasch gab er eine neue Liste von Befehlen an sie weiter.

»TAO, sobald die TAM steht, will ich, dass unsere Steuerbordkanonen sich das nächstgelegene Schlachtschiff und zwei ihrer Kreuzer suchen. Beschuss mit allem, was wir haben. Unser Schwerpunkt liegt derzeit auf der Einsatzgeschwindigkeit. Beschießen Sie die Schiffe so hart wir können und so schnell wir können.

»Informieren Sie die Kanoniere an Backbord, dass es ihnen freisteht, bei jeder sich bietenden Gelegenheit jedweden Transporter und jedwedes Truppenlandeschiff anzugreifen. Betonen Sie, dass sie dabei ein Auge auf unsere Fregatten und Kreuzer haben müssen, die die gleichen Ziele verfolgen. Ich will nicht von einem versehentlichen Eigenbeschuss hören. Der Himmel möge verhüten, dass wir unsere eigenen Schiffe in diesem Kampf vernichten«, erklärte Wright. Er wollte sicher sein, dass sie insbesondere diese letzten Anweisungen an ihre Waffenmannschaften weitergab.

Commander Mitsu unterbrach ihn, bevor er seine nächsten Befehle ausgeben konnte. »1O, die Hunde sind aus ihrem Käfig. Beide Gripen-Staffeln haben abgehoben und stehen kurz davor, sich die Vultures vorzunehmen, die immer noch die erste Angriffsflotte bekämpfen. Der Rest der 20. Raumjägergruppe wird innerhalb der nächsten fünf Minuten abheben.«

Wright lächelte mit diesen Neuigkeiten und der Initiative, die der beste Pilot der *Vanguard* zeigte. »Ausgezeichnet, Commander. In dem Augenblick, in dem der Rest der Pitbulls bereit ist, in den Kampf einzutreten, nehmen Sie ihnen den Maulkorb und die Leine ab und senden sie gegen das Schlachtschiff, das laut Taktikanzeige für die heutige Schießübung vorgesehen hat. Es ist Zeit, unseren Hunden einige der Vultures und Glaives zum Fressen vorzuwerfen.«

Mitsu und andere auf der Brücke lachten laut bei dieser humoristischen Reaktion. Die Ungezwungenheit des Augenblicks schien die wachsende Unsicherheit und Furcht auf der Brücke einzudämmen. Seit dem Augenblick, in dem sie den Slip Space verlassen und den ersten Blick auf die gegnerische Flotte geworfen hatten, hatte Wright es in den Gesichtern und Augen des Brückenpersonals gesehen – Ausdrücke von Angst, Unsicherheit und Zweifel darüber, wie es ihnen gelingen sollte, gegen die schiere Größe der gegnerischen Flotte anzukämpfen. Als er sah, über wie viele Schiffe der Feind noch verfügte – insbesondere vor dem Hintergrund, dass das Superschiff der Zodark in bestimmten Bereichen weiter einsatzbereit war – verspürte er den Drang, sie auf humorvolle Weise zu motivieren, um damit das Absinken ihrer Gedanken in die Verzweiflung oder in die Hoffnungslosigkeit der Situation zu verhindern.

*Wir können hier gewinnen ... sie können besiegt werden ...
Allein darauf muss ich sie konzentrieren ...*

Der Plan, die feindlichen Schiffe zu bekämpfen, stand. Wright wanderte über die Brücke und diskutierte mit jedem Abteilungschef, ob und wo zusätzliche Unterstützung von Nöten war. Nach dieser ersten Inspektionsrunde trat er an die holografische Karte heran, die der CIC verwaltete und für die er verantwortlich war.

Die dreidimensionale, in Echtzeit eingeblendete Schlacht, die um sie herum stattfand, zog ihn in ihren Bann. Schließlich spürte er, dass jemand an ihn herantrat. Wright drehte sich zu Master Chief Abe Ellis um, der jetzt am Terminal neben der Karte stand. Während Ellis dort etwas eintippte, kommentierte er: »Der Versuch, das Schlachtfeld als Ganzes zu erfassen, kann überwältigend sein.«

Überwältigt vom Ausmaß der zur Verfügung stehenden Daten – genauso fühlte sich Wright. Er musste sich immer noch an die dreidimensionalen holografischen Wiedergaben eines Kampfgebiets gewöhnen. Dazu noch Hunderte von winzigen Symbolen, die zusätzlich zu ihren eigenen Truppen sowohl die alliierten als auch die feindlichen Kriegsschiffe auf unterschiedlichen Ebenen und Angriffsachsen repräsentierten – das war einfach zu viel.

»Ich verschiebe das Zentrum der Karte. Das sollte es einfacher machen, das Geschehen um uns herum besser zu erkennen«, versprach ihm Chief Ellis. Das Hologramm verschwand kurzzeitig, bevor es sich erneut öffnete. Die *Vanguard* war nun in der Mitte des Hologramms sichtbar. Auf der einen Seite befanden sich die derzeit von ihren Geschwadern angegriffenen Transporter und Landungsschiffe, während sich auf der anderen Seite eine Handvoll Zodark-Kreuzer gegen zwei Schlachtschiffe verteidigten, die sie stoppen wollten. Zunächst hatten sie langsam reagiert. Mittlerweile schlugen die Zodark jedoch hart gegen diejenigen zurück, die versuchten, die Herde zu reduzieren, die sie als ihre Hirten beschützen sollten.

Zu spät. Der Fuchs steht im Hühnerhaus und er ist hungrig ...

Wright furchte die Stirn und zeigte auf etwas. »Bringen Sie mir dieses Schlachtschiff näher. Ich möchte mir etwas ansehen.«

»Ok, eine Sekunde.«

Einen Augenblick danach kam das Schlachtschiff weit größer als zuvor in Fokus. Sämtliche Details des riesigen Schiffs waren nun erkennbar, mit der Art von Klarheit, die nur eine TAM bieten konnte.

Das hochaufgelöste Bild zeigte die von der *Vanguard* ausgehenden scharfen blauen Blitze ihrer Turbolaser, neben Salven von Magrail-Projektilen, die meist auf das feindliche Schiff aufschlugen, während andere harmlos an ihm vorbeisegelten. Dann entdeckte Wright wonach er gesucht hatte. Erfreut lächelnd zeigte er mit dem Finger. »Genau hier, Chief. Dieser Bereich am Schlachtschiff. Markieren Sie ihn und schicken Sie ihn an die Kanoniere. Ich will, dass sie diesen Punkt mit allem, was sie haben, unter Beschuss nehmen!«

Ellis runzelte die Stirn und sah genauer hin. Dann lächelte auch er. »Aye, Sir. Gutes Auge. Das hätten die Kinder früher sehen müssen. Ich muss mit ihnen reden.«

»Na ja, sie lernen noch. Weisen Sie sie einfach nur darauf hin und stellen Sie sicher, dass sie auch bei den anderen Schiffen danach suchen. Eine solche Gelegenheit bietet sich uns nicht oft. Wir dürfen sie nicht vergeuden.«

BUUUMM!

Eine laute Explosion schüttelte das Schiff. Alarmsignale heulten auf und aus dem Arbeitsbereich des technischen Offiziers erklangen Schreie. Eine zweite Explosion schaukelte das Schiff. Wright musste sich an etwas festklammern – alles, um nicht zu Boden zu stürzen.

»Eng, was zum Teufel ist passiert? Schadensbericht, sofort!«, schrie Wright. Er sah den besorgten Blick, den ihm Commodore Dobbs zuwarf.

»1O, wir haben steuerbord einen Treffer im Nachschubdock erlitten. Ein Schuss durch die gepanzerte Tür führte zu einem rapiden Druckabfall in Hangar sechs und in den Warenlagern sechs bis acht«, berichtete Lieutenant Hinkel von seiner Station her.

»Ok, und der Rest des Berichts, Lieutenant? Ist der Schaden begrenzt? Was war mit der zweiten Explosion? Lassen Sie uns nicht mit einem halbfertigen Bericht hängen«, tadelte Wright ihn leise. Er war verärgert, dass er solch offensichtliche Fragen stellen musste. Der technische Offizier hätte sie vorhersehen müssen.

Verdammt, Tinker. Warum hast du mir einen Brückenersatz geschickt, der unfähig ist, seinen Job zu tun, verfluchte er seinen leitenden Ingenieur still. Nachdem sich Herricks im Kraftraum die Hand verletzt hatte, hätte er ihm eine bessere Vertretung schicken sollen.

»Ähm … Tut mir leid, 1O. Der Druckabfall ist lokal beschränkt und gestoppt. Die neben den beschädigten Bereichen liegenden Räume und Flure sind nicht beeinträchtigt. Die zweite Explosion wurde von einer Havoc-Rakete verursacht, die in einer unserer VLS-Kammern explodiert ist und in Folge zwei weitere Raketen entzündet hat. Das verursachte einen Rückstoß im darunterliegenden Deck mit einem damit verbundenen Druckabfall. Bevor der Bereich abgeriegelt werden konnte, verloren sechs weitere Räume ihre Atmosphäre. Die Verletztenmeldungen treffen noch ein. Ich sollte sie in Kürze haben«, erklärte der milchgesichtige Lieutenant. Dieses Mal stellte er sicher, dass sein Bericht alle Einzelheiten enthielt.

Dobbs stellte sich neben Wright. »Alles ok, 1O?«

Ihr Gesicht zeigte Besorgnis, ohne dass sie Anstalten machte, das Kommando des Schiffs wieder an sich zu ziehen.

»Jetzt wieder, Captain. Ein unerheblicher Druckabfall und eine Raketenzündung in einer unserer VLS-Kammern.«

Still fragte sie: »Ist das alles?« Ihr Lächeln sagte ihm, dass er mit der Situation richtig umgegangen war. So wie sie es getan hätte.

»1O, TAO, die Kanoniere haben den Punkt, den Sie am Schlachtschiff ausfindig gemacht haben, unter Beschuss. Der Durchbruch ist gelungen! Wir sehen mehrere sekundäre Explosionen um diesem Bereich herum. Es könnte funktionieren!«

»Was haben Sie ausfindig gemacht?«, fragte Dobbs nun neugierig.

»Er fand die goldene Kugel, Captain. Einen zerstörten Laserturm direkt hinter Sektion Neun-Charlie. So wie es uns die Geheimdienstler gezeigt haben«, mischte sich Chief Ellis stolz ein.

»Ach ja? Dann werden wir wohl bald erleben, ob dieser Trick tatsächlich funktioniert, was? Sieht aus, als hätten Sie hier alles unter Kontrolle. Ich muss zum Geschwader zurück. Falls Sie mich brauchen wissen Sie, wo Sie mich finden«, kommentierte Dobbs und kehrte an ihre Station zurück.

»1O, TAO, ich denke, dass das Schlachtschiff gleich aufgeben wird. Wir entdecken sekundäre Explosionen, die sich im hinteren Teil des Schiffs fortsetzen. Seine Antriebe sind beschädigt. Es scheint manövrierunfähig zu sein.«

Auf dem Brückenmonitor sah Wright neben den Flammen, die entlang der Seite des Kriegsschiffs in das Nichts hinausschossen, auch eine backbord aus dem Schiff austretende feurige Mischung von Atmosphäre und Flüssigkeit. Ohne länger dessen Kanonen fürchten zu müssen, schlug die *Vanguard* solange weiter auf das sterbende Schiff ein, bis sich der hintere Teil des Kriegsschiffs schließlich in einer riesigen Explosion vom vorderen Teil abspaltete.

Ein Kriegsschiff zerstört ... Das zweite steht noch aus ... Commander Wright war weiter besorgt, obwohl er gerade den ersten wichtigen Sieg des Geschwaders verbucht hatte.

Kapitel Siebzehn
Ihr Auftrag lautet ...

Task Force Silver Fox
Militärkomplex Titan

»Ich komme einfach nicht darüber hinweg, wie einfach es diesen Schweinehunden war, an den Altairianern und den Setineltürmen vorbeizukommen«, stöhnte Major Hiro leise. Er stand neben Colonel Royce im Konferenzzimmer neben dem Ops-Zentrum. Beide Männer starrten aus den bodenhohen Fenstern hinaus.

»Unsere Schiffe hatten keine Chance, Colonel. Sobald die Korvetten die Flotte erreichten ...« Seine Stimme stockte einen kurzen Augenblick. »Egal wie groß und hart im Nehmen sie aussehen mögen – Angriffsschiffe und Transporter sind nun mal keine Kriegsschiffe. Ungleich einem Kriegsschiff können sie die Einschläge von Plasmatorpedos und Raketensalven nicht einfach abschütteln. Schwer zu glauben, dass die Altairianer auf diesen Trick hereinfielen und den Kreuzer verfolgten. Sie ließen unsere Schiffe schutzlos zurück.«

Unerwartet mischte sich die dröhnende Stimme von Major General Vernon ‚VC‘ Crow in ihre Unterhaltung ein. »Diese Situation bringt mich ebenfalls auf, Major. Aber manche Dinge, wie etwa diese Lage hier, unterliegen nicht unserer Kontrolle. Denken Sie im Moment nicht länger darüber nach, sondern konzentrieren Sie sich auf die anstehende Aufgabe. Nachdem wir diese Hunde aus dem System verjagt haben, können wir unsere Toten angemessen betrauern und ihnen den nötigen Respekt zollen. Wir sind noch nicht tot. Bis es soweit ist, behalten wir unsere Kriegsbemalung an und zahlen dem Feind für das heim, was er uns angetan hat, ok?«

Royce kicherte bei diesem typischen Armeespruch, der alles und jedes beinhaltete, außer dem Wort *unmöglich*. »Er wird sich beruhigen, Sir. Wir kannten einige der Einheiten auf der *Crystal City*. Das ist alles«, legte Royce ein gutes Wort für Hiro ein.

Der General nickte schweigend, bevor er in sanfterem Ton fortfuhr: »Ich war gut mit Colonel Ty Johnson befreundet. Wir haben zur gleichen Zeit die Führungsakademie und den Kommandokurs absolviert. Danach arbeitete eine Weile als mein Adjutant, bevor er Colonel wurde und das Kommando über das Regiment übernahm. Sein

Verlust trifft mich persönlich, Major. Ich verstehe, was Sie empfinden. Ihre Trauer und Frustration muss allerdings in diesem Raum zurückbleiben. Sobald die Einsatzbesprechung beginnt und ich die neuen Befehle erteile, will ich keinen meiner Offiziere jammern hören. Unsere Mission hat gerade erst angefangen und ich will, dass Sie sich einzig und allein auf das Ausmerzen der Zodark konzentrieren … Haben wir uns verstanden?«

»Verstanden, General, und ich bin ganz Ihrer Meinung. Es ist Zeit, uns auf die anstehende Aufgabe zu konzentrieren – auf die Vernichtung der Zodark«, erwiderte Hiro mit Nachdruck in der Stimme. Royce sah das zufriedene Lächeln des Generals, der diesen schnellen Stimmungswechsel begrüßte. Sein Freund hatte sich den Respekt des Generals verdient, und das war keine schlechte Sache.

Die Besprechung würde erst in wenigen Minuten beginnen. Das gab ihnen Zeit, ihre Gedanken zu ordnen. Schon bald begann sich der Raum mit einer großen Anzahl an Offizieren und ranghohen Unteroffizieren zu füllen. Sie waren gezwungen, vor einem schrecklichen Ausblick Platz zu nehmen, der jeden, der ein Herz hatte, beeinträchtigen musste.

Außerhalb der bodenhohen Fenster des Einsatzbesprechungsraums, der auf den Trainingsbereich Zwei hinaus sah, lag das Wrack der RNS *Crystal City*. Das riesige orbitale Angriffsschiff der zweiten Generation war von einem Schwarm feindlicher Korvetten angegriffen worden. Nachdem drei der fünf altairianischen Fregatten von der Flotte weggelockt worden waren, hatte sich der Feind auf sie gestürzt, bevor jemand bemerkte, was da gerade geschah. Die *Crystal City*, die *Canberra* und die *Dixmude* wurden – beinahe aus nächster Nähe – wiederholt von Plasmatorpedos getroffen, ohne dass sich ihnen eine realistische Möglichkeit des Ausweichens geboten hätte. Der Verlust der orbitalen Angriffsschiffe schmerzte umso mehr, da sie in solch kurzer Zeit explodierten oder auf den Mond abstürzten, dass weder der Mannschaft noch den Soldaten an Bord ausreichend Zeit blieb, das zerstörte Schiff zu verlassen.

»Aufgepasst, Soldaten!« Die Stimme des Generals hallte im Raum wider. Colonel Royce sah, dass die Soldaten umgehend in Schweigen verfielen.

»Ich will das Offensichtliche vorwegnehmen, bevor wir beginnen«, erklärte VC und deutete mit der Hand in Richtung der

Crystal City. »Sie haben uns übertölpelt. Daran besteht kein Zweifel. Manchmal entscheidet allein das Glück, wer überlebt und wer nicht. Ich kann das Geschehen nicht ungeschehen machen. Genauso wenig wie Sie. Ich will nicht lügen und behaupten, dass der Verlust von sechs Regimentern auf eine solche Weise nicht schmerzt. Tatsächlich tut es höllisch weh. Aber wir sind noch am Leben und haben eine neue Aufgabe – die Vernichtung der Zodark. Ich weiß, dass Sie dafür ein besonderes Talent haben.

»Vor ungefähr einer Stunde erhielt ich einen aktualisierten SIGACT-Bericht aus einer unserer Archen in Oberammergau nahe den bayrischen Alpen. Außerdem übersandte Admiral McKee mir ein Update über die Schlacht um die Erde. Leider muss ich Ihnen zusätzliche schlechte Nachrichten überbringen. Es wird nicht besser, also bringen wir das am besten als Erstes hinter uns.« Der General sah bedrückt aus.

Er holte tief Luft, bevor er weitersprach. »Ich kann es nicht schönreden, also sage ich es einfach geradeheraus … Unsere Kanzlerin, Alice Luca – sie ist tot – ermordet. Die Zodark töteten sie, zusammen mit einem JSOC-Team, das ihr vor ihrer geplanten Verlegung nach Oberammergau zur Unterstützung ihrer Sicherheitsleute zugeordnet worden war«, erklärte VC mit erhobener Hand, um den Raum ruhig zu stellen.

»Die übrigen Nachrichten, die ich Ihnen liefern muss, sind ebenfalls schlecht. Gehen wir sie einfach durch«, bestimmte er und signalisierte einem Adjutanten, die Folien für diese Lagebesprechung aufzurufen. »Dem derzeitigen Stand nach überfliegen sechs Schlachtschiffe der Zodark und acht ihrer Kreuzer weiterhin unsere Städte. Mit jeder Erdumrundung in der erdnahen Umlaufbahn sind diese Städte regelmäßig starkem Beschuss aus der Höhe ausgesetzt. Dem ersten orbitalen Angriff fielen unter anderem das Hauptquartier des Weltraumkommandos, der Senat und das Kanzleramt zum Opfer.

»Admiral Bailey hält sich derzeit im Kommandobunker unter dem Weltraumkommando auf. Er ist in Sicherheit, steckt aber gleichzeitig auch fest, da es den Zodark vor kurzem gelang, erste Bodentruppen in der Nähe der Hauptstadt Jacksonville, südwestlich in Little Rock und östlich in Memphis zu landen. Außerdem erreichte uns die Nachricht, dass Fort Bank getroffen wurde – tatsächlich wurde es den Berichten nach vollkommen zerstört. Nichts blieb übrig.

Andererseits sieht es so aus, als ob die Mehrheit der
Sondereinsatzkräfte auf dieser Basis sich vor dem Angriff ins Feld
zerstreuen konnten«, betonte der General mit Nachdruck. Dann sah er
zu Royce hinüber und erklärte: »Ich würde gern mehr Informationen
mit Ihnen über die Verteilung unserer Kräfte und die unserer Feinde
teilen. Leider ist mir das unmöglich.

»Uns fehlen genaue Informationen darüber, was sich derzeit
auf der Erde abspielt. Offensichtlich macht das die Aktionen, die ich als
nächstes befehlen werde, riskant – um es milde auszudrücken ... Aber
ich werde verdammt noch mal nicht zulassen, dass wir ohne etwas zu
unternehmen, auf unseren Hintern sitzen und auf bessere
Hintergrundinformationen hoffen. Jede Verzögerung um eine Stunde,
jede Minute, die ungenutzt vergeht, gewinnt dem Feind mehr Zeit, sich
über unserer Heimatwelt auszubreiten und unser Volk aus Mordlust
auszurotten. Solange ich Soldaten habe, die etwas vom Kampf
verstehen, und Schiffe, die uns an den Kampfort bringen können, lasse
ich das nicht zu. Und nun der Plan, dem wir folgen werden«, kündigte
der General an.

Während sein Adjutant die Folien präsentierte, hörte Royce
einige aufgeregte Diskussionen unter den anwesenden Offizieren und
Unteroffizieren. Einige der Folien schienen detaillierte Karten
wiederzugeben, in denen eine Reihe orbitaler Angriffe festgehalten
waren. Je mehr Karten Royce sah, desto deutlicher wurde ihm, dass es
sich hier nicht um eine standardmäßige Landeoperation handelte, die
sie ihn auf so vielen feindlichen Planeten durchgeführt hatten. Dieser
Plan basierte auf einer Abfolge schneller Gefechte – Annäherung an
und prompte Vernichtung des Feindes – bevor sie in ihre Shuttles
zurückkehren würden, um sich auf die Wiederholung der gleichen
Prozedur vorzubereiten.

*Ich schätze, das ist typisch VC ... ein verrücktes Genie.
Dieser irre Plan könnte tatsächlich funktionieren ... Zeit, das Team
vorzubereiten ...*
****

Task Force Silver Fox
RNS *Wasp*

Der Motorenlärm wuchs an, je näher Colonel Brian Royce dem Flugdeck kam. Gerade als er seinen ersten Blick auf das neueste Landungsschiff der Flotte werfen wollte, erstarben die Motoren. Nach ihrer gestrigen Ankunft auf Titan hatten die *Wasp* und andere orbitale Angriffsschiffe aus der Serpentis-Kampagne mit der Aufnahme der neuen Schiffe begonnen, die ihre Soldaten absetzen sollten. Sie würden in den kommenden Tages der Schlacht zum Einsatz kommen. Das wussten sie. Jetzt, wo er eines dieser Schiffe aus der Nähe sah, schätzte er, dass es beinahe doppelt so groß wie eine Osprey und mindestens drei Mal so tödlich war. Sie hatten diesen Vogel mit mehr Waffen, Flugkörpern und Raketen ausgestattet, als er zählen konnte. Mit den Händen auf den Hüften sinnierte er für sich selbst: *Wurde aber auch Zeit, dass sie uns einen Vogel geben, der die Absetzzone mitten in einem Gefecht räumen kann ...* Nicht, dass er etwas gegen die Osprey hatte. Es waren bewährte Transportschiffe, die allerdings schon beinahe 40 Jahre in Dienst standen und das letzte Mal vor Jahrzehnten zu einem B-Modell modernisiert worden waren. Er hatte gehört, dass die Einführung der neuen C-Modelle endlich in Phasen beginnen würde. *In wenigen Stunden werden wir diese Osprey wohl auch kennenlernen ...*

»Sehen ziemlich cool aus, was?«, kommentierte Command Sergeant Major Lou Bossi, der an ihn herantrat.

Royce brummte zustimmend zum Augenfälligen. Das Schiff war bis an die Zähne bewaffnet. Er drehte sich zu Bossi hin und antwortete: »Ja, ich denke, das geht in Ordnung, Sergeant Major. Wie nennen sie sie noch einmal?«

Bossi griff nach seinem Qpad und antwortete: »Hier ist es – das Datenblatt, nach dem ich gesucht habe. Ok, sein offizieller Name ist ‚AHT-12 Scarab‘. Das steht für ‚Schwerer Angriffstransporter‘, ähnlich dem ‚AT‘ oder ‚Angriffstransporter‘, dem offiziellen Namen der Osprey.«

»Scarab, was? Interessant. Kennen Sie die Übersetzung für ‚Scarab‘?«

Der Sergeant Major furchte die Stirn und schüttelte den Kopf.

»Scarab steht für Skarabäus. Wissen Sie, was das bedeutet, Sergeant Major?«, forschte Royce, der sein Grinsen kaum unterdrücken konnte. »Es bedeutet Mistkäfer. Denken Sie einen Augenblick darüber nach. Sie benannten unser neuestes Landungsschiff nach einem Käfer, der im Mist herumrollt und ihn frisst. Das trifft genau den Punkt, den sie machen wollten. Das Schiff wurde gebaut, um im Dreck zu wühlen, zu überleben und jederzeit die Oberhand zu behalten.«

Dann lachten beide über den so treffend gewählten Namen und freuten sich, dass es endlich jemand gelungen war, eine Plattform zu entwickeln, die ihnen erlaubte, ihre Cougar in einer heißen Landezone abzusetzen, ohne in Stücke gerissen zu werden.

»Colonel, wenn es Voraussetzung ist, Sol für eine dieser sogenannten friedenssichernden Missionen zu verlassen, um etwas Nützliches wie das hier zu erfinden, sollten wir uns vielleicht öfter freiwillig für eine solche Mission melden«, scherzte Bossi halbherzig.

»Himmel, Sergeant Major. Geben Sie ihnen nicht noch mehr dumme Ideen als die, die sie bereits haben. Als alleinstehender Mann hatte ich gegen einen neuen Einsatz wenig Einwendungen. Jetzt habe ich eine Frau, die ich seit beinahe zwei Jahren nicht mehr gesehen habe, ein sechsjähriges Mädchen, die mich, seit sie vier Jahre alt war, nicht mehr gesehen hat, und einen zweijährigen Sohn, den ich noch nie gesehen habe. Wenn ich davon überzeugt wäre, dass die Bedrohung durch die Zodark nicht länger existiert, würde ich morgen in Pension gehen und den Rest meiner Tage mit meiner Familie verbringen — ohne diesen Job je zu vermissen ... Aber zurück zum Scarab. Außer eine Landezone zu klären, was kann er sonst noch?«

Bossi wurde ernst, während er Royce zuhörte. Jeder in der SF-Gemeinde wusste, wer Brian Royce war und was er getan und während des letzten Kriegs durchgemacht hatte. Er war eine Legende unter den Deltas – eine Legende, die mit seiner Leitung der Task Force Orange und deren Anstrengungen, die an Terroraktionen beteiligten und als die Ani bekannten Teams der Mukhabarat zu jagen und zu eliminieren, nur noch legendärer geworden war. Nachdem diese Art von Kämpfern heirateten und eine Familie gründeten, kam es entweder relativ schnell zu einer Scheidung oder sie tendierten dazu, auszuscheiden. Es gelang nur wenigen, im aktiven Dienst eine solche Ehe aufrechtzuerhalten.

»Ich verstehe das Problem mit einer Familie, Boss. Deshalb warte ich damit, bis ich den Job an den Nagel hängen will. Angesichts der Tatsache, dass der Krieg zurück ist, wird das wohl noch eine Weile dauern. Wenn ich die Daten des Scarab richtig verstehe, kann er zwei voll beladene DF-12 Cougar direkt von der Rampe hinunter in den Kampf rollen lassen. Das glaube ich erst, wenn ich es sehe«, murmelte Bossi, bevor er fortfuhr. »Sie sagen, dass er so strukturiert werden kann, um entweder einen Cougar und einen Zug oder zwei Züge plus eine gemischte Fracht zu befördern. Das klingt tatsächlich ziemlich gut, Sir. Wäre schön gewesen, so einen während der Serpentis-Kampagne zu haben. Aber he … wir dürfen sie jetzt benutzen. Das ist eine gute Sache, denke ich.«

Während Bossi ihm weiter alle Details über den Scarab darlegte, ging Royce auf die riesige Maschine zu und besah sie sich von außen. *Verdammt. Endlich bieten sie uns etwas, das in ein Wespennest hineinfliegen und ohne sofort wieder verschwinden zu müssen, an unserer Seite kämpfen kann. Und es kann nicht nur einen sondern gleich zwei Cougar mitten im Kampf absetzen. Das wurde aber auch Zeit …*

Ein Mitglied der Mannschaft gab ihnen eine kurze Tour des Schiffsinneren. Während sie sich unterhielten, erhielt Royce eine Nachricht vom Kapitän des Schiffs, er möge sich bei ihm melden. Er ließ den Captain wissen, dass er auf dem Weg zu ihm war und wies den Sergeant Major an, sicherzustellen, dass ihre Teams bereitstanden. Er vermutete, dass es nicht mehr allzu lange dauern würde, bevor sie ausgeschickt wurden, um den Flottenadmiral zu befreien und ihn an Bord eines Schiffes zu bringen, von dem aus er sein Kommando über die Flotte angemessen ausüben konnte – auf der Brücke eines Schlachtschiffs oder eines Trägers, nicht versteckt in einem Bunker.
****

RNS *Wasp* CIC

Captain Pritchard sah, dass der Delta-Commander die Brücke betrat. Er winkte ihm zu und forderte ihn mit einer Geste auf, ihn im CIC-Bereich zu treffen.

Mit dem Näherkommen dieses Armee-Colonels war Pritchard froh, dass er auf ihrer Seite stand. Diese verbesserten Supersoldaten machten ihn irgendwie nervös. Er kannte Colonel Royces Heldentaten während des Krieges – wer kannte die nicht? Im Kampf war der Mann eine nicht aufzuhaltende Tötungsmaschine. Pritchard wusste allerdings etwas über diesen Mann, das nur wenige wussten – etwas, das ihm eines Abends auf dem Rückweg nach Sol während eines Kartenspiels in betrunkener Vertraulichkeit mitgeteilt worden war.

Hinter der Fassade dieses Kriegers der Sondereinsatzkräfte kämpfte ein Mann , der über die Verluste ein so tiefes Bedauern und einem solch überwältigenden Schmerz empfand, dass Pritchard kaum verstand, warum sich der Mann noch nicht das Leben genommen hatte. Er hatte von seiner jungen Frau gesprochen und seinen Kindern; von seinem Baby, das während seiner Abwesenheit zur Welt gekommen war. Pritchard vermutete, dass es Royces Frau und Kinder waren, die ihn am Leben hielten. Nach diesem Abend hatten sich die beiden besser als je während dieses Einsatzes verstanden.

Royce trat an den holografischen Tisch heran und verschwendete keine Zeit. »Captain, ich vermute, Ihre Aufforderung, Sie auf der Brücke zu besuchen, bedeutet, dass wir grünes Licht für unseren Einsatz haben?«

»So ist es, Colonel. Sieht aus, als hätte sich der Kampf um die Erde zu unserem Vorteil entwickelt. Den Berichten nach floh die verbliebene Zodark-Flotte nach Ceres. Das ist einer der Zwergplaneten im Asteroidengürtel zwischen den Umlaufbahnen von Mars und Jupiter«, erklärte Pritchard. »Nachdem diese Flotte, oder das, was von ihr übrig ist, nun aus dem Weg ist, will Admiral McKee, dass wir Admiral Bailey aus dem Bunker unter dem Weltraumkommando befreien und an Bord der *Wasp* bringen. Sobald Statthalter Hunt mit der *Freedom* eintrifft, wird er sie sicher als Flaggschiff verwenden wollen.

»Die feindliche Flotte hatte mehrere Tage lang die höhere Position inne. Diese Zeit nutze sie dazu, eine große Zahl von Bodentruppen auf der Oberfläche zu landen, während viele unserer Einrichtungen unter orbitalen Angriffen litten. Ein Großteil unserer militärischen Infrastruktur wurde vernichtet. Das Interessante hieran ist, dass die Zodark ihre Bodentruppen offenbar über den gesamten Planeten verstreut und kleinere Verteidigungspositionen eingerichtet haben, statt ihre Kräfte in einer einzigen großen Streitkraft zu vereinen. Sie scheinen sich mit diesen herumstreunenden Banden zu verbünden, die ihre Angriffe auf nahegelegene Städte und Bevölkerungszentren konzentrieren.

»Und hier beginnt Ihre Aufgabe. General Crow will, dass Ihre Deltas Admiral Bailey aus dem Kommandobunker unter dem Weltraumkommando befreien. Danach holen sie General Ridgeway ab, der in Lissabon in Urlaub war. Seinen genauen Standort kenne ich noch nicht, aber sobald wir in die Umlaufbahn über der Erde eintreten, sollten wir ihn …«

»Entschuldigen Sie die Unterbrechung, Captain, aber stehen uns neben den wenigen ODA-Teams und einem Bataillon Ranger, weitere Bodenkräfte für diesen Einsatz zur Verfügung?«

»Das klingt wie eine Frage für General Crow, Colonel. Wir können gerne eine kurze Pause machen, falls Sie ihm eine kurze Nachricht schicken wollen?«

Royce schüttelte den Kopf und deutete an, er möge fortfahren.

»Wie Sie wissen, Colonel, wurde einigen Upgrades, an denen die Flotte gearbeitet hat, endlich die Einsatzfähigkeit bestätigt. Ich gehe davon aus, dass sie unseren neuen Scarab auf dem Flugdeck sahen? Daneben laden wir noch einige der neueren Osprey. Innerhalb der nächsten halben Stunde sollten wir alles an Bord der *Wasp* haben. Sobald wir bereit sind, wird sich die Flotte versammeln, um nach unserem Sprung auf die Erde als Gruppe aufzutauchen. Nach dem Sprung warten wir auf die Befehle von Admiral McKee zum Beginn der Landeoperationen. In der Zwischenzeit, sollten Sie irgendetwas von meiner Seite her brauchen … Fragen Sie bitte einfach«, schloss Pritchard seine Ausführungen. Er tat immer sein Bestes, um sicherzustellen, dass alle über die gleichen Informationen verfügten.

»Ich verstehe, Captain. Vielen Dank für Ihre Hilfe und für den Transport. Bitte stellen Sie sicher, dass uns ausreichend Luftsicherung zur Verfügung steht, im Fall, dass wir sie brauchen werden. Wir kümmern uns um die Dinge am Boden.«

Pritchard beneidete Colonel Royces Männer nicht um die ihnen bevorstehende Aufgabe. Seine Leute saßen an Bord von Raumschiffen und schossen hin und wieder die Waffen des Schiffes ab. Diese Deltas hingegen hatten den härtesten Job im Militär. Sie töteten Zodark auf dem Schlachtfeld – aus nächster Nähe.

Ich stelle sicher, dass Sie alle Luftunterstützung bekommen, die wir Ihnen bieten können … Das verspreche ich Ihnen, Colonel …

Kapitel Achtzehn
Ich will es dir zeigen, Sohn

FMT-161 ‚Greyhawks'
Im Anflug auf Jacksonville, Arkansas
Erde, Sol-System

Eingezwängt im Truppenabteil der Osprey hatte Colonel Royce keine Idee, was sie beim Anflug auf die Stadt, die einst die Hauptstadt der Republik gewesen war, erwartete. In den Gesichtern seiner Teamkollegen sah er die gleichen Fragen, Bedenken und die gleiche Unsicherheit, die er verspürte.

»Captain Yoder, sind Ihre Leute bereit?«, erkundigte sich Royce über den Neurolink. Er wollte eine offene Antwort. Die private Nachfrage garantierte ihm das.

»Sie sind etwas nervös, Sir. Sobald sie auf ihr Training zurückgreifen, werden sie ok sein.«

»Wir sind alle ein wenig nervös. Das ist ganz in Ordnung. Sobald wir unten sind, Yoder, muss 914 den Landeplatz freihalten. Wir können uns nicht leisten, dass er von feindlichem Feuer eingeschlossen wird. Es wird schwer genug sein, von hier evakuiert zu werden«, erklärte Royce. Er hatte ODA 914 die Aufgabe übertragen ‚das Viereck' zu räumen. So nannten sie das riesige Exerzierfeld gegenüber dem Hauptquartiergebäude. Das Viereck war umgeben von sechsstöckigen, rundum verglasten Gebäuden, die alle zum Weltraumkommando gehörten.

»Sie verstehen die Dringlichkeit der Situation, Sir. Wir werden dem Bereich räumen und frei halten.«

»Captain Canty, sobald wir gelandet sind, muss 915 das Hauptquartiergebäude stürmen, bevor die Zodark auf unser plötzliches Erscheinen reagieren können. Ich schließe mich Ihrem Team an. Wir müssen den Bunker so schnell wie möglich erreichen. Der Admiral erwartet uns. Er wird bereitstehen. Sie dürfen davon ausgehen, dass die Zodark mit dem Beginn der Schießerei reagieren und aller Wahrscheinlichkeit Verstärkung anfordern werden«, warnte Royce leise. Die Osprey schüttelte sich ein wenig beim Anflug auf die Stadt.

»Verstanden, Sir – 915 ist bereit. Die Männer wissen, was sie zu tun haben und werden es tun. Machen Sie sich keine Sorgen, Sir.

Wir haben alles unter Kontrolle. Es wird uns ein Vergnügen sein, Sie
bei uns zu haben. Wer hat ‚das Biest‘ nicht gerne um sich?«, erwiderte
Canty, der das inoffizielle Rufzeichen benutzte, unter dem die meisten
Sondereinsatzkräfte Royce kannten.

Damit alle ihn hören konnten, nutzte Royce nun das allgemein
zugängliche Kommunikationssystem. Royce befahl: »Sergeant Major
Tanner, unmittelbar nach dem Verlassen des Vogels will ich den
Aufbau der LMGs und ihre Einsatzbereitschaft sehen. Sollten sich die
Zodark für den Märtyrertod entscheiden, will ich sicherstellen, dass sie
ihn auch bekommen.«

»Hooaah, Colonel! Kein besserer Beginn des Tages als das
Töten von Zodark. Wir werden einsatzbereit sein, bevor die 915 die
Eingangsstufen des Gebäudes erreicht«, erklärte der Sergeant Major
voller Selbstbewusstsein, bevor die sechs Schützen ihrer
mittelschweren MGs ihr eigenes Kriegsgeschrei ausstießen.

*Gut, alle sind so gut es geht vorbereitet ... Jetzt müssen wir
nur noch landen.*

Das Abfragen der äußeren Kameras verriet ihm, dass sie die
Wolkendecke durchstoßen hatten und sich schnell der Stadt näherten.
Sie verloren an Höhe – jetzt bereits unter 1.000 Metern. Je näher sie der
Hauptstadt kamen, desto schwerer wurde ihm das Herz mit dem, was er
sah.

Die einst so schöne Stadt existierte nicht länger. Jacksonville
war eine relativ junge Stadt gewesen; von Grund auf neu erbaut,
nachdem die Altairianer die Regierungen der Erde dazu gezwungen
hatten, sich unter einer Fahne zu vereinen. Nachdem die Planer sich auf
einen innovativen neuen Plan geeinigt hatten, war sie exponentiell
gewachsen.

Gebäude waren in Rekordzeit in die Höhe geschossen. Einer
Armee synthetischer Ingenieure und Konstruktions-Synth, die rund um
die Uhr arbeiteten, war das Unmögliche gelungen – sobald sie den
Auftrag erhalten hatten und über die entsprechenden Ressourcen
verfügten. Nur wenige Jahre nach dem Arbeitsbeginn an der neuen
Stadt ragten Gebäude in die Höhe, deren höchster Punkt 280
Stockwerke überschritt. Die meisten Gebäude waren mit ihren
Nachbarn auf verschiedenen Ebenen mittels Hyperloop-Rohren
verbunden, die die Stadt so nahtlos miteinander verflochten hatten. Und
jetzt starrte Royce auf nichts als Ruinen hinunter.

Viele der hohen Gebäude waren verschwunden, aufgrund einer so intensiven Hitze, dass sie einen Großteil der Stadt einfach verdampft hatte. Hin und wieder waren die verkohlten Ruinen eines Hochhauses zu sehen, dessen Struktur noch erkennbar war. Eine traurige Erinnerung an das bewegte Leben, das diese Stadt vor der Ankunft der Zodark genossen hatte.

Es machte ihn zornig, dass so etwas geschehen konnte. So sollte es nicht sein. Sie hatten den Feind in großer Entfernung von Sol bekämpft, um eben das zu verhindern. Irgendwie hatten sie versagt. Sie hatten die Bevölkerung der Erde enttäuscht und jede zerstörte Stadt musste nun unter den Konsequenzen leiden.

»Colonel, stehen Sie bereit. Wir befinden uns im Endanflug auf die Stadt«, unterbrach Commander Luke ‚Scooby‘ Dueus Ankündigung seine Gedanken und unterrichtete ihn von der bevorstehenden Ankunft.

»Danke, Scooby. Versuchen Sie bitte, uns so nahe wie möglich am Gebäude des Hauptquartiers abzusetzen, nachdem Sie es gefunden haben?«

Der Pilot schwieg einen Augenblick, bevor er antwortete. »Wir sehen es uns an, Colonel. Wenn wir es ohne Gefahr für unseren Vogel tun können, machen wir das gern. Oh … zu Ihrer Information – ich erhielt eine Nachricht vom Schwarmführer der Scarab. Er wollte Sie wissen lassen, dass sie in den vier Ecken des Vorhofs landen werden, um die Schützenpanzer zu entladen. Damit folgen sie einer Bitte des Infanteriekommandanten in der letzten Minute. Er wollte, dass ich das an Sie weitergebe.«

»Ok, Scooby, klingt gut. Nochmals danke für den Transport. Wir rufen ein Taxi, wenn es Zeit ist, zu verschwinden.«

»Verstanden, Colonel. Ihre Mitfahrgelegenheit wird rechtzeitig auf Sie warten. Viel Glück – und verlassen Sie mein Schiff in dem Augenblick, in dem wir landen ... Ich denke, dass es eine recht brisante Angelegenheit werden wird«, scherzte Scooby, bevor er die Verbindung unterbrach, um sich auf das Fliegen zu konzentrieren.

Der Plan sah vor, dass die Osprey im Sturzflug auf die Stadt zusteuern und die verkohlten Ruinen als Deckung zur Annäherung an das Ziel nutzen sollte. Sie rasten über verlassene Straßen und eingestürzte und zerstörte Gebäude hinweg. Erneut spürte Royce, wie ihn eine Welle des Zorns überrollte. Er wollte seine Fäuste gebrauchen

– jemandem weh tun. Das hätte nicht geschehen dürfen. Der einzige Grund dafür, in so weiter Entfernung gekämpft zu haben, war es, den Feind dort draußen zu fixieren … weit weg von Zuhause …

Und dann sah er die ersten Anzeichen feindlicher Aktivitäten. Eine Kette roter Lichter schoss ihnen nach oben entgegen, im Versuch, die Osprey zu erreichen, die es wagte, in den von den Zodark neu eroberten Bereich vorzudringen. Je näher sie der Stadtmitte kamen, desto mehr Leuchtspurfeuer flog ihnen entgegen. Bald schon begleiteten Blasterschüsse aus sechs unterschiedlichen Positionen den Flugweg ihrer Osprey, in der Hoffnung, sie abzuschießen.

»Es ist soweit, Colonel. Wir stehen vor dem Anflug auf die Landezone – und sie bereiten uns einen heißen Empfang. Sobald wir den Ort erreichen, werden wir sie im Tiefflug beschießen. Vielleicht merzen wir damit schon während des Anflugs einige für Sie aus. Danach geben wir Ihnen in der letzten Minute einen schnellen Tritt in den Hintern nach draußen, damit wir schleunigst wieder von hier verschwinden können«, sagte Scooby halb im Scherz und halb im Ernst darüber, dass er sich nicht länger als absolut nötig hier unten aufhalten wollte.

»Festhalten, Leute! Es wird eine heiße Landung werden. Jeder verlässt den Vogel in der Sekunde, in der sie uns dazu auffordern. Danach Augen und Waffen hoch. Wir müssen unsere Aufgabe so schnell wie möglich erledigen, um auf dem Rückweg den Flug zu erwischen, der uns hier herausbringt«, erklärte Royce seinen Leuten die gegebene Situation.

»Hooah«, hörte er die obligatorische Antwort, die ihm sagte, dass sie bereit waren – bereit, den Transporter zu verlassen und ihre Mission zu erfüllen.

Während er sprach, kam der Osprey feindliches Feuer aus nahegelegenen Ruinen entgegen. Scooby riss die Osprey hart nach rechts. Es fühlte sich eher wie ein Treiben im Wirbelwind an, bevor er die Nase der Osprey langsam um 360 Grad drehte.

Unter dem zunehmenden Beschuss des Gegners setzte Scooby die vorderen Maschinengewehre der Osprey ein, während sein Kopilot die unter dem Kinn der Maschine montierten Türme aktivierte. In kürzester Zeit hatten die beiden ein Dutzend oder mehr Zodark beseitigt, die aus zerstörten Fenstern und Löchern in den Wänden der

Gebäude rund um das Exerzierfeld gegenüber dem Hauptquartiergebäude auf sie geschossen hatten.

In der Zeit, in der Scooby die Osprey einmal um sich selbst gedreht hatte, standen die Mannschaftsführer, die gewöhnlich hinter dem Piloten saßen, bereits im Truppenabteil und hatten damit begonnen, die hintere Rampe zu senken. Die Maschine näherte sich nun schnell dem Boden. Sobald der Pilot ihnen das Signal gab, schrien die Mannschaftsführer: »Alle Mann raus hier! Raus aus dem Vogel und fangt an, die Hunde abzuknallen!«

»Sie haben den Mann gehört. Raus aus dem Vogel, sofort!«, rief Sergeant Major Tanner und betätigte den Schnellfreigabeknopf seiner Haltegurte. Dann war er auf den Beinen und trieb die Männer um sich herum an, als ob die Osprey jeden Augenblick explodieren würde.

Nachdem er seinen eigenen Gurt abgestreift hatte, sprang Royce ebenfalls in die Höhe – auf dem Weg zur Rampe, die sein Team schneller als er es für möglich gehalten hatte, hinter sich zurückließ.

An der Rampe, kurz bevor er wenige Meter zum Boden hin abspringen musste, konnte er endlich die Landezone überblicken – und wusste schon bevor seine Leute auf festem Boden standen, dass sie in Schwierigkeiten steckten. Rote Leuchtfeuerblitze schwirrten in schwindelerregender Geschwindigkeit kreuz und quer über die LZ hinweg. Die nach unten zielenden Blasterschüsse wirbelten Staub und Trümmer um die Füße der Soldaten herum auf, die ihrerseits jetzt die Zodark unter Beschuss nahmen. Andere Leuchtstreifen von Blasterschüssen aus den Erdgeschossen umliegender Gebäude kreuzten das Exerzierfeld auf Brust- und in Kopfhöhe.

Royce ließ den Feind einen Moment außer Acht und konzentrierte sich auf die unter ihm liegende Oberfläche, bevor er absprang. Sekundenbruchteile danach hob die Osprey ab und versuchte, im Steigflug dem Schlachtfeld zu entkommen, in den sich das Exerzierfeld mittlerweile verwandelt hatte.

Seine Landung mit leicht gebeugten Knien verlangte Royce nicht einmal ein leises Stöhnen ab, da das verbesserte Exoskelett seiner Drachenhaut die Auswirkungen auf seine Knie, die Hüfte und seinen Rücken weit besser als in ihren alten Anzügen absorbierte.

Sobald er sich auf solidem Boden befand, begann das in sein HUD eingebaute Zielfindungssystem mit dem Aufzeigen möglicher Ziele, während es gleichzeitig Royces eigene Kräfte um ihn herum markierte. Er wandte sich dem Hauptquartier zu, wo die Teammitglieder von ODA 915 bereits mit atemberaubender Geschwindigkeit auf den Haupteingang zustürzten.

Royce spurtete hinter ihnen her. Er tat sein Bestes, das Zielfindungssystem seines HUD zu ignorieren, das ihm Feind nach Feind anzeigte, denen er sich annehmen sollte. Unter anderen Umständen hätte er sich eine Deckung gesucht und sich durch die Ziele vorgearbeitet. Aber er konnte es sich nicht leisten, durch einen Schusswechsel aufgehalten zu werden. Absoluter Vorrang hatte seine Aufgabe, den Weg in den Keller des Hauptquartiers zu klären und den Flottenadmiral zu extrahieren.

Plötzlich schlug eine Salve blauer Leuchtspurmunition in das 2. und 3. Stockwerk des Hauptquartiers ein, gefolgt von einer Handvoll von Raketen. Flammende Explosionen voller Schrapnell rasten durch diese beiden Stockwerke. Als Reaktion darauf erreichten mehrere rote Leuchtstreifen – abgeschossen aus dem Erdgeschoss des Gebäudes – einige der Soldaten, die beinahe den Weg zum Haupteingang des Gebäudes überwunden hatten.

Die Soldaten stolperten unter den Aufschlägen auf ihre Drachenhaut. Royce hatte seine Waffe im Anschlag – und zielte auf das erstbeste Ziel, das ihm sein HUD auswies. Im Laufen drückte er auf den Abzug und schickte eine Kette lilafarbenen Blasterfeuers in das Gesicht und den Oberkörper des Zodarks, den er im Visier gehabt hatte.

Im Vorbeilaufen an einem Soldaten, den das feindliche Feuer in die Knie gezwungen hatte, griff Royce nach unten und zog ihn mithilfe des auf dem Rücken seiner Panzerung genähten Gurts in Deckung. Das Namensschild des Mannes wies ihn als Sergeant Danes aus. Royce fragte: »Alles in Ordnung, Danes?«

Mit zusammengebissenen Zähnen sah ihn der Sergeant an. »In Kürze. Die Medikamente werden gleich wirken. Und danach … Wollen Sie führen, Colonel, oder lieber mir folgen?«

Royce lachte zum furchtlosen Bravado von Sergeant Danes. Obwohl die Drachenhaut gegenüber ihren alten Anzügen einen weit überlegeneren Umfang an Schutz lieferte, beeinträchtigte der physische Treffer eines Blasterschusses dennoch den in der Panzerung steckenden Körper. Ohne die eingebaute medizinische Erstversorgung, die dem Träger eine schwache Dosis Schmerzmittel gegen seine Verletzung verabreichte, während die medizinischen Naniten mit der Heilung seines Körpers begannen, wäre die Rückkehr eines solchen Soldaten in den Kampf sicher leichter gesagt als getan gewesen.

Royce reichte ihm die Hand, um ihm beim Aufstehen behilflich zu sein. »Folgen Sie mir, Sergeant. Ich zeige Ihnen, wie es gemacht wird.«

Der Mann lachte, bevor er zustimmend nickte und sein Sturmgewehr in Position brachte.

»Geben Sie Acht und lernen Sie, wie wir alten Landser die Dinge erledigen«, ermunterte ihn Royce humorvoll mit falschem südlichen Akzent.

Er griff nach einer Granate, zog den Stift, aktivierte die Ladung und warf sie mit ganzer Kraft auf den Eingang des Gebäudes zu. Dann sprang er auf die Beine und feuerte unablässig mit seiner unter der Schulter fixierten Waffe um sich. Während er auf den Eingang zu rannte, zählte er rückwärts. Die Granate explodierte in dem Moment als er die Stufen hoch zum Eingang erreicht hatte.

Ein schrecklicher Schrei, wie der eines verwundeten Tieres, durchschnitt die Luft – ein furchterregendes Geräusch, das ihre Ohren hinnehmen mussten. Kein Geräusch auf dem Schlachtfeld klang so grauenvoll wie das grässliche Geheul eines schwer verwundeten Zodark.

»Das ist unser Zeichen, Deltas! Einsatz!«, rief Royce über das Kom-System seines Teams, bevor er drei Stufen auf einmal nach oben nahm.

Auf dem Treppenabsatz vor dem zerstörten Eingang drückte er sich gegen die Seite der Wand. Danes folgte seinem Beispiel. Gleichzeitig nahmen mehrere Soldaten, die ihnen gefolgt waren, eine Position an der gegenüberliegenden Seite des Eingangs ein, während Royce die nächste Granate hervorzog. Der Mann, der der Tür am nächsten war, nickte Royce aufmunternd zu, um ihn wissen zu lassen, dass sie bereit waren.

Nach dem Scharfmachen der Granate beugte sich Royce gerade weit genug um die Ecke herum vor, um sie in den dahinterliegenden Flur zu werfen. Er zog sich noch rechtzeitig zurück, bevor ihn der Blitz, der vor seinem Visier aufzuckte, blenden konnte. Nur Augenblicke nach der Explosion der Granate sah Royce seine Männer an. »Tötet sie *alle*!«, rief er blutrünstig, während er und Danes als Erste um die Ecke sprangen.

****

Über der Landezone kreisend
FMT-161 ‚Greyhawks‘

»Hawk Eins, Condor Drei. Hören Sie?«

Scooby zog die Osprey ein wenig höher, außerhalb der Reichweite der Blasterschüsse, die blindlings durch die Luft sausten und nach ihm suchten.

»Condor Drei, Hawk Eins. Ich höre.«

Er klingt so viel ruhiger, als ich es wäre, wenn ich in dieser Suppe dort unten fliegen müsste, dachte Scooby. Diese neuen Scarab waren fliegende Panzer, behütet wie eine Schildkröte und bis an die Zähne bewaffnet. Der neue schwere Angriffstransporter der Flotte sagte ihm zu. Es war ein Biest von einer Maschine, die sie während des letzten Krieges dringend benötigt hätten.

»Condor, dort unten sieht es übel aus. Wollen Sie den Bereich räumen oder soll ich die ‚Bulldoggen‘ rufen?«

Als Flugkommandant, der der gesamten Operation vorstand, war Commander Luke ‚Scooby‘ Dueu nicht nur für seine Osprey verantwortlich, sondern auch für die Flüge der Scarab und für einen Schwarm RPC, die dem FAS-223 angehörten – dem an Bord der *Wasp* stationierten Flottenangriffsgeschwader 223. Die Piloten, die diese RPC aus der Ferne steuerten, arbeiteten mit den aktualisierten Charlie-Modellen, den Nachfolgern der AS-90 Reaper. Die stellten den Inbegriff der Luftnahunterstützungsjäger im Krieg gegen die Zodark dar, die in unzähligen vergangenen Schlachten den Unterschied zwischen Sieg und Niederlage gemacht hatten.

»Hawk, müssen wir die RPCs wirklich hinzuziehen? Ich denke, ich habe alles unter Kontrolle«, erwiderte Condor Drei.

Zwischen den bemannten Maschinen und Transportern und den Piloten an der Fernsteuerung bestand eine gewisse Rivalität. Beide Seiten nannten sich Piloten, aber nur eine Seite verließ das Schiff, während andere in einem Virtual Reality-Raum saßen und zu fliegen vorgaben, ähnlich dem *Fighter Ace 10*, einem Metaversum-Spiel.

»Ihre Entscheidung. Was wird der Boss wohl dazu sagen, wenn Sie mit einem seiner neuen Vögel auf Ihrer ersten Mission abstürzen?«

Nach einem kurzen Schweigen bestätigte der Scarab. »Ok, ich hab's kapiert. Rufen Sie die Bulldogs. Warum sollen wir ihnen diesen Gefallen nicht tun?«

Sie lachten über diesen Scherz, was die angespannte Stimmung des Moments lockerte. Scooby tätigte den Anruf und warf damit den RPC einen Knochen zu, an dem sie kauen konnten.

»Doggy Eins, Hawk Eins. Wie ich höre, haben Sie ein Zodark-Problem. Wie kann ich helfen?«

Missbilligend schüttelte Scooby den Kopf über dieses Rufzeichen. Lieutenant Laney Hansen hatte den Namen der Bulldogs vollen Herzens angenommen. Noch schlimmer, sie baute sämtliche kitschigen Hundenamen, die ihr einfielen, in ihre Missionen ein. Es trieb die Piloten zum Wahnsinn, Worte wie *Doggy*, *Fluffy* und *Pudel* aussprechen zu müssen – aber Hansen hatte Verbündete und sie hatte das Sagen.

Ich frage mich, ob die vier Männer ihrer Truppe Glück hatten oder einfach nur gequälte Seelen sind ...

»Doggy Eins, versuchen Sie, eine Verbindung zu ODA 992 herzustellen. Sagen Sie ihnen, dass Sie den Perimeter ausweiten müssen, um erneut Kontrolle über die LZ zu erlangen. Die Situation ist zu gefährlich, um ihre Taxen zur Abholung einfach einzufliegen. Bitten Sie sie um Unterstützung bei dieser Aufgabe. Haben Sie verstanden?«

»Verstanden. Bulldogs, Ende.«

Auf sie mit Gebrüll, Bulldogs ...

****

»Splittergranate auf dem Weg!«, warnte Royce, bevor er sie in den Gang hineinwarf.

BUUMM.

»Vorwärts!«, schrie Sergeant Danes und stürzte in den Gang voran.

Royce folgte ihm. Die beiden bewegten sich in aller Eile durch den Flur, um den Vorteil aus der momentanen Verwirrung zu ziehen, die die Explosion der Granate in diesem engen Raum sicher verursacht hatte.

Danes entdeckte Bewegung hinter einer Tür, der sich Royce gerade näherte. Er ließ sich auf ein Knie fallen und zielte mit seinem Sturmgewehr auf sie, während Royce nach der nächsten Granate griff.

Die Kämpfe auf dem Weg in den Keller hinunter hatten sie gelehrt, dass es sinnvoller war, Zimmer mit einer Granate zu räumen, statt es mit einem Gewehr oder mit einer Pistole zu versuchen. Manchmal vergaßen die Menschen, wie stark ein Zodark war. Vier Arme konnten jemanden rasch umschlingen, bevor er danach mit einer freien Hand des Zodark erstochen wurde oder einer seiner Freunde, der sich in der Nähe aufhielt, das für ihn übernahm. Die Drachenhaut war widerstandsfähig, aber sogar sie war nicht unfehlbar, insbesondere an den Schwachstellen der Nähte.

Royce wollte die Granate, die er in der Hand hielt, gerade in den Raum werfen, als einer der Zodark unerwartet aus eben dem Zimmer in den Gang trat, das zum Eingang des Bunkers führte. Überrascht von dessen plötzlichem Erscheinen wechselte Royce die Position und zielte mit dem Wurf der Splittergranate hart und schnell auf sein Gesicht. Der Zodark, der wohl zur Bewachung dieses Raums abgestellt war, schien erstaunt und alarmiert darüber, wie nahe er und Danes ihm bereits waren.

Die Granate traf den Zodark wie ein fehlgeleiteter Wurf, der einen überraschten Schlagmann in einem Baseballspiel erwischt. Der Aufprall auf sein Gesicht ließ ihn einen Schritt nach hinten stolpern, bevor er Royce seine Geistesgegenwart bewies, indem er die Granate auf ihn zurückwarf und zur gleichen Zeit von der Hüfte aus blind seinen Blaster auf sie abzufeuern begann.

Royce warf sich nach links, wie ein einem Angriff ausweichender Läufer beim Football. Zwischen wilden Blasterschüssen explodierte die Granate nur wenige Augenblicke nachdem sie der Zodark zurückgesandt hatte. Die Druckwelle in der Enge des schmalen Flurs traf Royces Körper hart und warf ihn von den Beinen. Er fiel zu Boden, woraufhin ihn sein HUD davon unterrichtete, dass ein Großteil seines Anzugs von Schrapnell getroffen worden war. Sein medizinisches Symbol zeigte zuerst Rot an, bevor es drei Mal Grün aufblinkte. Das interne Versorgungspaket seines Anzugs überflutete seinen Körper mit medizinischen Naniten und Schmerzmitteln, die die stechenden Schmerzen, die er in seinem linken Bein, dem rechten Arm und im Bauchbereich verspürte, betäubten. Dann verbannte das ihm verabreichte Adrenalin den Gedanken des Schocks aus seinem Gehirn und Royce war erneut in der Lage, sich auf den weiter um ihn herum stattfindenden Kampf zu konzentrieren.

Danes, der seinen eigenen Mann in dieser verzweifelten Auseinandersetzung stand, schoss seine Waffe ab. Eine kurze Salve drang in die Brust des Zodark ein, bevor eine zweite Granate hochging. Die Explosion riss dem Zodark ein Bein ab, während das Schrapnell dank der nahen Explosion seine unteren Extremitäten ausweidete.

Royce, der in der Mitte des Gangs immer noch langgestreckt auf dem Rücken lag, während die Medikamente und Naniten an ihm arbeiteten, konnte den Kopf gerade hoch genug anheben, um eine Figur zu sehen, die in aller Eile aus dem Raum stürzte, für den seine Granate ursprünglich bestimmt gewesen war. Durch den Rauch, der diesen Zodark umfing, sah Royce, dass er sich zunächst – wohl angezogen von den qualvollen Schreien seines Kameraden – nach links wandte. Der verwundete Zodark warf sich schmerzerfüllt neben seinem abgetrennten Bein hin und her.

Dann wechselte das neue Biest die Richtung und ihre Blicke trafen sich. In dem kurzen Augenblick, in dem Royce in die Augen seines Gegners starrte, erkannte er die feurige Gegenwart von erbitterter Feindschaft, glühendem Hass und reiner mörderischer Rage in dessen katzengleichen gelblichen Augen.

Royce sah, wie sich seine Augen verengten und er mit einer für ein so großes, muskuläres Biest unerwarteten Geschwindigkeit auf ihn zu kam. Royce hatte gerade noch genug Zeit, sich herumzurollen, bevor Blasterschüsse auf dem Boden aufschlugen, wo er sich soeben noch befunden hatte.

Während Royce sich bemühte, in Sicherheit zu gelangen, senkte Danes seine Schulter und sprang dem angreifenden Zodark in die Seite. Überrascht von dieser plötzlichen Kollision, prallten beide gegen die Wand. Bevor der Zodark reagieren konnte, stieß Danes ihm die Klinge seines Nahkampfmessers in den oberen Brustbereich und riss das Messer hart zur Seite. Der Zodark schrie voller Schmerzen und in Schock auf.

Danes, dessen Klinge weiter in seinem Gegner vergraben war, machte sich die zusätzliche Stärke seines Drachenhautpanzers zu Nutze, um mit einer nach unten ziehenden Bewegung, Knochen und Muskelfasern des Zodarks zu durchtrennen – bevor dessen linker Arm in einer flatternden Bewegung wie ein Schlag mit der Rückhand auf seiner Brust und seinem Helm landete.

Mit seiner Waffe im Anschlag rollte sich Royce vom Boden hoch in eine knieende Position. Er verfolgte, wie Danes durch den Schlag des Zodark von den Beinen gehoben und gegen die Wand geschleudert wurde. Schlaff sackte sein Körper zu Boden. Daraufhin drückte Royce ohne Zögern wiederholt auf den Abzug und schickte mehrere Salven in die Brust des nur wenige Meter von ihm entfernten stehenden Zodark.

Mit dem Fall des Zodark stand Royce auf und sah auf das Monster hinunter, dessen Beine unkontrolliert zuckten und dessen Finger ziellos herumtasteten, bevor seine Bewegungen endlich erstarrten. Mit dem letzten Atemzug des Biests versicherte sich Royce mit einem Doppelschuss in dessen Gesicht, dass er wirklich tot war. Vorbei an dieser Leiche trat er an den Zodark heran, den die Granate schwer verwundet hatte. Um sein fehlendes Bein herum sammelte sich das bläuliche Blut, das weiter aus seinen aufgerissenen unteren Extremitäten ausfloss. Mit einem wohlgezielten Schuss bereitete er auch diesem Biest samt seinem grauenvollen Heulen und seinen Schmerzensschreien ein Ende.

»Haben wir alle erwischt, Colonel? Ich bezweifle, dass ich noch 'ne Runde mit diesen Hunden überstehe«, stöhnte Sergeant Danes, der langsam auf die Füße kam.

Royce sah sich kurz auf dem Flur um, bevor er Danes bedeutete, ihm in den Raum zu folgen, in dem sich der Eingang zum Bunker befand. »Ich denke schon. Aber bei den Zodark kann man nie wissen. Diese Biester kennen das Wort ‚aufgeben' nicht. Sie verfolgen dich solange, bis entweder sie tot sind oder du es bist.« Er hielt inne, während beide sich eine kurze Atempause gönnten. Dann fügte er hinzu: »Das ist der letzte Raum. Er hat eine falsche Wand, die den Eingang zum Bunker freigibt. Bis ich drinnen mit dem Admiral Kontakt aufgenommen habe, bewachen Sie den Flur solange, bis wir rauskommen und abmarschbereit sind. Das Alpha-Team schützt weiter das nach unten führende Treppenhaus. Wir sollten keine weiteren Besucher bekommen, es sei denn, wir erhalten vorher eine entsprechende Warnung.«

Sergeant Danes nickte und grinste zustimmend. »Klingt gut, Sir. Je schneller wir ihn von hier wegbekommen, desto besser. Wir sind bereits 22 Minuten vor Ort, sieben Minuten länger, als Sie es für uns vorgesehen hatten.«

Royce brummte bei dieser Erinnerung. Er wusste, ihnen blieb wenig Zeit. Gut möglich, dass der Feind Verstärkung angefordert hatte. *Vielleicht war ich zu optimistisch in meiner Einschätzung, wie lange es dauern würde, den Bunker zu erreichen ...*

»Ja, bringen wir die Sache zu Ende.«

Beim Betreten des Raums sah Royce, dass die falsche Wand bereits zerstört worden war. Er trat an die Bedientafel heran und gab eine ihm anvertraute Zahlenreihe ein und wartete darauf, was als nächstes geschehen würde.

Dann hörte er eine Stimme, die fragte: »Soldat, wie riecht Napalm am Morgen?«

Royce, der bei dieser Sicherheitsfrage ein Lachen unterdrücken musste, verspürte erneuten Respekt für Flottenadmiral Chester Bailey, der offenbar ein Fan des gleichen Films war, den Royce als den absolut besten Film aller Zeiten ansah. Obwohl der Satz nicht genau dem Text in *Apocalypse Now* entsprach, konnte er ihn dennoch identifizieren und hätte die Antwort darauf gewusst, auch ohne, dass sie ihm vorher gegeben worden war.

»Sieg ... es riecht wie ... Sieg«, erwiderte Royce in seinem besten Lieutenant Colonel Kilgore-Akzent.

Der Sprecher lachte laut. »Ich wusste nicht, wen sie mir schicken, um mich hier rauszuholen. Aber ich bin froh, dass Sie es sind, Colonel Royce. Nebenbei ist das die beste Robert-Duval-Imitation, die ich je gehört habe. Lassen Sie mich die Tür öffnen und dann verschwinden wir von hier.«

Kapitel Neunzehn
Die Freiheitsflotte

RNS *Freedom*
Sol-System

Mit dem Überschreiten der Brücke nach Sol wünschte sich Miles auf der RNS *Freedom,* dass es sich eher wie eine Heimkehr anfühlte – ein Soldat auf Urlaub, der zu lange von seiner Familie und seinen Freunden getrennt gewesen war, während er die Grenzen bewacht und die Gesellschaft, der er die Treue geschworen hatte, beschützt hatte. Aber das war nicht der Grund ihrer Rückkehr.

Die Ankunft der RNS *Freedom* zusammen mit der Armada von Kriegsschiffen, der er vorstand, hätte den Verteidigern der Republik erfreute Rufe, Dankbarkeit und Wiedersehensfreude einbringen sollen. Stattdessen basierte ihre Rückkehr auf dem Versagen, die Republik vor einem Gegner zu schützen, den sie einst besiegt hatten, dem es aber gelungen war, hinreichend an Stärke zu gewinnen, um einen neuen Angriff durchzuführen. Als Krieger und Anführer hatte er in seiner grundlegendsten Pflicht versagt – der Sicherung ihrer Grenzen.

Sobald die Brücke stand, die Rhea mit Sol verband, baute die *Freedom* die Verbindung zu dem lokalen Battlenet auf, was ihr erlaubte, die neuesten Berichte über die das ganze System überziehenden Kämpfe zu erhalten. Dies war das erste Mal, dass seine Analytiker in der Lage waren, den vollen Umfang des Geschehens seit dem Einfall der Zodark zu studieren. Obwohl seit dem Beginn der Invasion nur wenig Zeit vergangen war, war die Zahl der Aktivitäten innerhalb des Systems überwältigend. In der Nähe von Mars, Luna und der orbitalen Station nahe Venus, als auch in mehreren Abbaugebieten in den teilautonomen Regionen des Asteroidengürtels hatten Schlachten und Scharmützel stattgefunden.

Mit dem Eintritt des Schiffs in Sol – in das Herz der Republik – hatte Miles seinen Analytikern aufgegeben, sämtliche Berichte und die Daten aller Schiffe seit dem ersten Tag der Invasion durchzuforsten. Er brauchte ein besseres Verständnis dafür, wie ihre Kräfte vor Ort reagiert hatten und welche gegnerischen Kräfte sich weiterhin im System aufhielten.

Er hätte es vorgezogen, persönlich alle eingehenden Berichte zu lesen, jede Beschreibung der täglichen Aktionen. Dazu fehlt ihm allerdings die Zeit. Das Konvoi der Kriegsschiffe, das er zusammengestellt hatte, würde schon bald seine volle Aufmerksamkeit in Anspruch nehmen. Obwohl er es vorgezogen hätte, eine weit umfangreichere Flotte mitzubringen – in der Größenordnung, die keinen Zweifel daran ließ, wer diese letzte Schlacht gewinnen würde – hatte er sich verpflichtet gefühlt, eine ansehnliche Kraft im Rhea-System zurückzulassen, um es gegen eine eventuell geplante Folgeinvasion zu schützen – sollte dies Teil einer größeren Intrige sein.

»Verzeihen Sie die Störung, Statthalter. Wie gewünscht, haben wir die Erstellung des BLUF-Berichts abgeschlossen. Er unterrichtet Sie über all das, was sich in dem System bis zu dem Moment zugetragen hat, als wir uns an das Battlenet anschlossen. Ich schickte ihn gerade an Ihr Tablet zur Ansicht«, informierte ihn Captain Heidi Leon, bevor sie mit dem zögerte, was sie als nächstes sagen wollte. »Obwohl ich nicht in der Lage war, mir alle Informationen persönlich anzusehen, malt der Bericht ein düsteres Bild von den ersten Tagen der Invasion.«

Miles brummte mit ihrem Zaudern und legte ihr tröstend eine Hand auf die Schulter. »Schon ok, Heidi; die ersten Tage sind gewöhnlich ziemlich brutal. Warum stellen Sie mir nicht die gravierendsten Situationen vor, um die wir uns eher früher als später kümmern müssen?«

Sie nickte. Sein Kommentar schien sie zu erleichtern. Nach einem Blick auf ihr Datenpad markierte sie etwas, das sich gleichzeitig auf seinem Pad zeigte. »Das ist ein Problem. Die orbitale Marsstation verlor nach der Invasion jeglichen Kontakt zu der Außenwelt. Seit ihrer letzten Übertragung haben wir von der Einrichtung nichts mehr gehört. Der entsprechende Bericht sagt aus, dass Admiral McKee nach der Ankunft ihrer Zweiten Flotte eine Fregatte zur MOS schickte, um die Lage zu eruieren. In den markierten Passagen ihres Berichts sehen Sie, wie düster die Situation sich dort darstellt.«

Miles überflog das Gesagte kurz und absorbierte die wichtigsten Informationen, um sich eine Meinung bilden zu können.

Mein Gott ... sie sind in die Wohnkuppeln vorgedrungen. Wie ... wie war ihnen das möglich ...?

Je mehr er las, desto aufgebrachter wurde er. Er hielt inne und fragte: „Heidi, dieser Bericht redet von Überlebenden. Er spricht davon, dass sie sogar Kontakt mit ihnen aufgenommen haben. Wissen wir mehr darüber, was als nächstes geschah? Konnte Admiral McKee eine Rettungsmannschaft ausschicken oder den Versuch unternehmen, der Gruppe, mit der sie Kontakt aufgenommen hatten, beizustehen?«

Traurig schüttelte Captain Leon den Kopf. »Leider nein. Der hervorgehobene dritte Punkt zeigt ihnen, dass die Flotte des Admirals seit ihrem Eintreffen in Sol ständig angegriffen wurde. Erst vor wenigen Stunden hat sich der Restbestand der feindlichen Flotte vom Kampf zurückgezogen und ist gesprungen. Es dauerte ungefähr eine Stunde, bevor die Horchposten unseres Systems ihren neuen Aufenthaltsort triangulieren konnten. Sie fanden die gegnerische Flotte in der Nähe des Neptunmondes Triton. Der Admiral hob die wichtigsten Ergebnisse nach dem Ende des Kampfs in ihrem neuesten Bericht hervor. Sie betonte insbesondere, dass ihr Hauptinteresse zu dieser Zeit darauf gerichtet ist, so viele ihrer Kriegsschiffe wie möglich zu retten und die Reparatur der beschädigten Schiffe einzuleiten, um auf eine eventuelle Rückkehr des Feindes vorbereitet zu sein. Aus diesem Grund verfolgten ihre Kräfte die Zodark-Flotte auf ihrer Flucht nach Triton nicht.«

Miles schüttelte den Kopf, frustriert über die Entwicklung der Dinge. Während er auf Neu-Eden Däumchen gedreht und auf eine Invasion der Zodark gewartet hatte – eine, für die er einen ausgeklügelten Hinterhalt geplant hatte – hatten die Zodark sein sorgfältiges Kalkül irgendwie umgangen. Sie hatten ihm einen Schlag versetzt, der unvorhersehbare Schockwellen nicht nur innerhalb der Republik, sondern durch die ganze Allianz hindurch auslösen würde – in einer Allianz, die er nur mit begrenzter, zögernder Unterstützung leitete. Er fragte sich, ob ihn die Mukhabarat und die Geheimdienstorganisation der Zodark tatsächlich übertölpelt hatten.

Wie konnte es ihnen gelingen, mich so auszutricksen? Haben unsere Mukhabarat-Spione uns womöglich die ganze Zeit unerkannt manipuliert?

»Statthalter, die Brücke steht. Alle Kriegsschiffe sind gegenwärtig, alle Kommunikationen sind etabliert, und das TacNet ist bereit, die Kontrolle über die Waffen der Flotte zu übernehmen«, kündigte Lieutenant David Rowe aus dem Kommunikationsbereich an.

»Danke, Heidi, dass Ihre Leute den Bericht so schnell erstellt
haben. Falls Sie einen Ihrer Leute mit etwas Freiraum abstellen können,
lassen Sie ihn doch bitte recherchieren, aus welchem Grund die Zodark
in Sol statt im Rhea- oder im Qatana-System eingefallen sind, wovon
wir in unserer sorgfältigen Planung ausgegangen sind. Etwas stimmt da
nicht. Möglich, dass wir eine undichte Stelle in unserer Organisation
haben. Oder dass etwas anderes hier eine Rolle gespielt hat. So wie es
gelaufen ist, hätte es in keinem Fall laufen dürfen. Ich muss mich jetzt
wieder auf die Flottenoperation konzentrieren. Halten Sie mich auf dem
Laufenden, falls sich etwas ergibt«, wies Miles sie an.

Dann schlüpfte Miles in die Rolle des Flottenkommandanten.
Er wandte sich an seine Kom-Abteilung. »Lieutenant Rowe, steht die
Verbindung zu Admiral McKee schon? Falls es direkt nicht möglich
ist, sollte es uns über das Battlenet gelingen.«

Die Finger des Lieutenant tanzten über seine Konsole, bevor
er Miles' Frage beantworten konnte. Dann sah er nach oben. »Wir sind
im System, Statthalter. Wenn Sie möchten, kann ich eine Leitung
öffnen und sie an ihren Stuhl verlegen?«

»Ja, tun Sie das.«

Miles ging zu seinem Sessel hinüber und nahm Platz. Er zog
die ausziehbare Schreibtischplatte hervor und öffnete sein Kom-App.
Ein grünes Licht flackerte zwei Mal auf. Fran McKees Gesicht erschien
vor ihm.

»Schön, das sind Sie ja! Seien Sie gegrüßt, Statthalter. Ich
wunderte mich bereits, wann die *Freedom* ihren großen Auftritt haben
wird«, scherzte McKee lächelnd mit einem Ausdruck der Erleichterung
im Gesicht.

Fran war sein TAO an Bord der *Rook* und sein 1O an Bord der
GW gewesen, bevor er von den Altairianern und später den
Gallentinern übernommen worden war. Sie hatten 22 Jahre
gemeinsame Geschichte hinter sich, meist in der Feuerprobe von Krieg
und Gefechten.

»Es freut mich auch, Sie zu sehen, Fran. Ich wollte, wir hätten
am Tag ihrer Ankunft hier sein können. Wir hatten Glück, dass das
gallentinische Erkundungsschiff den Sprung nach Rhea machte«,
erwiderte Miles, der einen Augenblick den Kopf abwandte. Erneut auf
den Bildschirm konzentriert, fragte er: »Fran, wie steht es um die
feindliche Flotte? Ich las in Ihrem Bericht, dass sie sich in der Nähe

von Triton aufhalten. Aber wie viele Kriegsschiffe haben sie noch? Und wie angeschlagen ist Ihre Streitmacht im Moment?«

McKee verzog das Gesicht. Miles hatte ein schlechtes Gewissen, sie so schonungslos zu befragen.

»Uns wurde übel mitgespielt, Statthalter«, erklärte sie. »Die Hälfte meiner ursprünglichen Flotte existiert nicht mehr. Von der verbliebenen Hälfte wurde ein Drittel schwer beschädigt. Das bedeutet, dass ich mich – sollte ich die Wahl haben –- in einem Kampf lieber nicht auf sie verlassen möchte. Sollten wir sie dennoch brauchen, fürchte ich, dass sie bereits kurz nach dem Beginn der Schlacht untergehen werden.

»Das bringt mich zur zweiten Kategorie unserer Schiffe, die mit einem leichten oder mittelschweren Schaden. Das sind die Schiffe, die ich so gut ich kann durch das Priorisieren ihrer Reparaturen gefechtsbereit halten möchte. Da die Reparatureinrichtungen der Schiffswerft so nahe sind, bat ich sie, uns zugunsten unserer Einsatzbereitschaft behilflich zu sein – entweder bis weitere Hilfe eintrifft oder der Feind sich zurückzieht. Ich arbeite mit ihnen, um in den Kampfpausen so viele Notreparaturen wie möglich an den wichtigsten Systemen vorzunehmen. Und jetzt zur dritten Gruppe meiner Schiffe, die ich die ‚Glücklichen Dreizehn‘ nenne. Ich weiß nicht, wie oder warum das so ist, aber diese Schiffe haben kaum einen Kratzer davongetragen. Andererseits verfügen sie über die geringste Feuerkraft, weshalb ihr Beitrag zum Kampf nicht wirklich von Bedeutung ist«, beendete sie ihren Bericht.

McKee hielt einen Augenblick inne, bevor sie fortfuhr. »Statthalter, die Zweite Flotte ist nun schon seit über zehn Jahren vorgeschoben im Dienst. Wie Sie wissen, gehören beinahe alle meine Schiffe der ersten Generation republikanischer Kriegsschiffe an. Sie sind die Überlebenden und Veteranen der Sirius-Kampagne und der Schlachten um Intus, Alfheim und den Welten der Primord. Sie sind alt und überholt. Das letzte Kriegsschiff der *Ryan*-Klasse steht in meinem Dienst. Verstehen Sie mich nicht falsch. Im Kampf sind sie echte Panzer, die wir in dieser Auseinandersetzung zu unserem Vorteil eingesetzt haben. Ihre Bewaffnung kann allerdings mit der der neueren Schlachtschiffe, die sie ersetzt haben, nicht mithalten.

»Um Ihre vorherige Frage zu beantworten, Statthalter – ich kann mit Bestimmtheit sagen, dass es sich bei den einsatzbereiten

Kriegsschiffen meiner ursprünglichen Flotte um ein einziges Schlachtschiff der *Ryan*-Klasse, vier Kreuzer, vier Fregatten und zwei alte Torpedozerstörer handelt. Die Rückkehr von Commodore Dobbs mit ihrer Task Force Fünf brachte mir zwei zusätzliche Kriegsschiffe der *Victory*-Klasse, zwei Kreuzer und drei Fregatten ein. Während dem letzten Kampf verlor sie einen Kreuzer und eine Fregatte. Ihr Flaggschiff, die *Vanguard*, erlitt Schaden. Dennoch versichert sie mir, dass ihre Gruppe bei einer eventuellen Rückkehr der Zodark mehr als fähig ist, ihren Mann zu stehen. Ich wollte, ich könnte Sie besser unterstützen. Falls Sie Ihre Flotte vergrößern möchten, empfehle ich, Kontakt zu Admiral Pandolly aufzunehmen. Meiner Schätzung nach nimmt seine Flotte es gerade mit der verbliebenen Flotte der Zodark um Triton herum auf. Er verfügt über eine beachtliche Streitkraft, Statthalter. Die Altairianer haben uns hier vor dem Untergang gerettet«, betonte McKee abschließend ihre detaillierte Darstellung der gegenwärtigen Situation.

Während ihrer Erzählung schüttelte Miles langsam den Kopf. *Ich kann nicht glauben, wie es zu so etwas kommen konnte ... Ihre Flotte und die des Heimatschutzes ... Beide Flotten beinahe total zerstört ...*

Miles sah sich auf der Brücke um, um sicherzugehen, dass sich niemand in der Nähe aufhielt. »Vielen Dank für Ihr Update, Fran. Ihre Flotte hat heldenhaft gegen eine überwältigende Kraft gekämpft. Die Republik und die Allianz schulden Ihnen ihren großen Dank.« Mit dem Blick weg von der Kamera rutschte er unbehaglich in seinem Sessel hin und her. »Fran, da gibt es noch etwas ...«

»Schon ok, Miles. Ein Rettungsschiff der *Vanguard* befand sich ganz in der Nähe, als sein Jäger abgeschossen wurde. Es sammelte ihn und weitere 38 Piloten inmitten des Trümmerfelds in ihren Rettungskapseln ein. Nach dem, was ich von Amy gehört habe, geht es ihm gut und er ist bester Stimmung«, unterbrach ihn McKee, die seine Gedanken lesen konnte.

Gott sei gedankt ... der Junge hat mehr Leben als eine Katze ... Erleichtert atmete Miles auf und rieb sich gerade noch rechtzeitig ein Auge, bevor ihm eine Träne entkommen und die Wange hinunterlaufen konnte.

Dies war der Teil, der für ihn am schwierigsten war – als Befehlshaber der Vater eines Kindes zu sein, das ebenfalls diente. Es war eine Sache, zu wissen, dass seine Befehle Dutzenden, Hunderten und sogar Zehntausenden oder mehr den Tod bringen konnten. Eine solche Entscheidung war härter zu akzeptieren, sobald sein Sohn ihr zum Opfer fallen konnte. Er hätte seine Beziehungen spielen lassen und Ethan auf eine Verwaltungsstelle oder in sein eigenes Kommando abschieben können. Lilly hatte diese Bitte ausgesprochen, nachdem Ethan die Akademie beendet hatte. Im Endeffekt konnte er dies seinem Sohn allerdings nicht antun – nicht nach allem, was der in Verfolgung seines Ziels, ein Marineoffizier zu werden, alles durchgemacht hatte.

Vielleicht ist es an der Zeit, seine militärische Karriere mit einer langjährigen Verwaltungsstelle im Hauptquartier der Allianz zu blockieren, dachte er wieder einmal. Und dann wurde ihm bewusst: *Er wird mir nie vergeben, wenn ich ihm das antue ...*

»Vielen Dank, dass Sie sich erkundigt haben und mich wissen ließen, Fran. Nach all den Verlusten, die wir die letzten Tage hinnehmen mussten, wusste ich nicht, wie ich fragen sollte, ob mein Sohn überlebt hat. Es scheint egoistisch, mich um meinen Sohn zu sorgen, wenn so viele Eltern und Kinder einen Teil ihrer Familie verloren haben.«

»Es ist absolut in Ordnung, sich nach Ihrem Sohn zu erkundigen, Miles. Das ist die normale Reaktion eines Vaters. Ich kann mir nicht vorstellen, wie es sich anfühlt, seine Kinder in die Schlacht zu schicken, im Wissen, dass sie sterben könnten. Ich weiß nicht, wie ich mit dieser Entscheidung leben würde. Sie sind eine stärkere Persönlichkeit als ich, Miles«, versicherte ihm McKee, dass seine Frage weder unangebracht noch ungewöhnlich war.

Captain Leon, die lächelnd und mit entschlossenem Gesichtsausdruck vom CIC aus an Hunt herantrat, unterbrach ihre Unterhaltung. »Entschuldigen Sie, Statthalter. Ich störe nur ungern, aber wir erhielten gerade eine Eilnachricht von der RNS *Wasp*. Sie ist streng geheim und überschreitet meine Sicherheitsstufe. Sie ist allein für Ihre Augen bestimmt«, erklärte sie, während sie ihm den elektronischen Bericht zum Lesen auf sein Tablet transferierte.

Miles runzelte die Stirn beim Gedanken an den Bericht und was er wohl enthielt, wenn dessen Sicherheitsstufe die seines CIC - Direktors überstieg. Neben ihm selbst, dem Kapitän seines Schiffes und dem Personal seines Geheimdienstes hatte der Leiter des CICs gewöhnlich die höchste Sicherheitsstufe auf einem Schiff.

»Fran, ich muss unser Gespräch beenden. Hier gibt es etwas, um das ich mich direkt kümmern muss. Da ich Ihre Situation nun besser verstehe und weiß, was Admiral Pandolly im Moment gerade treibt, werde ich meine Flotte – der ich zutreffend den Namen ‚Freiheitsflotte‘ gegeben habe – nahe Ihrer Position an die Schiffswerft verlegen. In der Zwischenzeit setze ich meine Bodentruppen auf der Erde ein, die uns behilflich sein werden, die Zodark, denen die Infiltration auf die Erde gelungen ist, auszumerzen«, führte Hunt aus, während er Admiral Wiyrkomi mit einer Geste dazu aufforderte, die ersten Befehle zu erteilen, um die *Freedom* auf den Weg zu bringen.

»Fran, bevor ich den Anruf beende … Es scheint, als ob wir ein Zodark-Problem auf dem Mars haben. Falls ich mich nicht täusche, sind Dobbs' Task Force zwei orbitale Angriffsdivisionen zugeteilt. Ich bringe eine Division OADs mit mir, aber außer der Division der Ranger, die wir auf dem Weg hierher aufnahmen, setzen sich meine Bodentruppen vorwiegend aus regulären Armeedivisionen zusammen. Wissen Sie, wo sich Dobbs' Bodentruppen gerade aufhalten?«

McKee wandte den Blick einen Moment von der Kamera ab und erwiderte dann: »Das weiß ich tatsächlich. Das Kontingent der Spezialeinsatzkräfte ist auf der *Wasp* untergebracht. Ihr Anführer ist Colonel Brian Royce, der außerdem für ein JSOC-Element verantwortlich ist. Begleitet werden sie von einem Ranger-Bataillon. Und wie Sie bereits erwähnten, setzt sich das Bodenkontingent der Task Force aus zwei orbitalen Angriffsdivisionen zusammen, angeführt von Major General Vernon ‚VC‘ Crow …«

»VC – das ist der kommandierende General der Screaming Eagles, richtig?«

McKee nickte. »Der mit der 101. OAD. Die Red Devils der 6. OAD unterstehen ihm ebenfalls. Gegenwärtig halte ich ihre Schiffe noch auf Titan zurück. Als sich die Zodark nach Triton zurückzogen, befahl ich den JSOC-Jungs einen Weg zu finden, Admiral Bailey aus dem Bunker unter dem Weltraumkommando, in dem er sich versteckt hielt, herauszuholen. Obwohl er dort in der Lage war, mit anderen Bunkern und Kommandozentren rund um die Welt in Kontakt zu bleiben, wollte ich ihn an Bord eines Raumschiffs sehen, nur für den Fall, dass sich Weiteres auf Sol ereignet und wir uns überraschend nach Rhea zurückziehen müssen.

»Ich dachte, dass ich es ihm nach seiner Ankunft auf einem unserer Schiffe überlasse, wo und wie er diese speziellen Divisionen einsetzen will. Technisch gesehen haben sie genug Kräfte auf der Erde, um das Problem zu beseitigen; andererseits kann es nicht schaden, über dem Kopf einer feindlichen Armee eine OAD zu landen. Wie sieht Ihr Plan aus, Sir?«

»Ich denke, ich muss zuerst den Bericht lese, den mir Admiral Bailey gerade zukommen ließ, nachdem er sich nun an Bord der *Wasp* befindet. Ich melde mich, Fran. *Freedom*, Ende«, verabschiedete sich Miles schnell, bevor er die Verbindung unterbrach. Er mochte Fran und hatte über die Jahre die Unterhaltung mit ihr genossen. Er wusste allerdings auch, dass sie die Angewohnheit hatte, jemanden länger als geplant in ein Gespräch zu verwickeln. Er hingegen musste umgehend sehen, warum Bailey ihm soeben einen streng vertraulichen Bericht hatte zukommen lassen, den weder sein Direktor des CIC noch sein Geheimdienstchef öffnen durfte.

»Admiral Wiyrkomi, ich bin in meinem Büro, falls Sie mich brauchen«, informierte ihn Hunt, stand auf und verließ die Brücke.

In seinem Büro direkt außerhalb der Brücke des Schiffes nahm er Platz und bereitete sich geistig auf die Enthüllung vor, die Admiral Bailey als so gravierend ansah, dass er sie allein mit ihm teilen konnte. Nachdem er die Datei aufgerufen und seine biometrischen Daten und den Autorisierungscode zur ihrer Öffnung eingegeben hatte, erschien ein Text auf dem Deckblatt, der ihm ein offenbar wohlgehütetes Geheimnis preisgab.

Nach den ersten Sätzen des Berichts verkrampfte sich sein Magen. Je weiter er las, desto übler wurde ihm. Er war sich nicht sicher, ob es der Vertrauensverrat war, der drohte, ihm den Magen umzudrehen, oder das Gefühl, benutzt worden zu sein. Zum Ende des Berichts stand eines fest: eine ‚Come-to-Jesus'-Besprechung war angesagt. Sobald er diese Sache abgeklärt hatte, würden Köpfe rollen.

Kapitel Zwanzig
Die Besprechung

Zinconia – Heimatwelt der Zodark

Zon Utulf sah Yarkeh, den Anführer der Orbot, leicht
verunsichert an. Er hatte Schwierigkeiten, die Körpersprache dieses
halb mechanischen, halb biologischen Cyborgs zu lesen. Alles an ihm
schien unnatürlich und bizarr zu sein. Es verwirrte ihn, dass eine
Kreatur bereitwillig einen Teil ihres Körpers aufgab, um sich in eine
mechanische Abscheulichkeit zu verwandeln.

»Zon Utulf, nach Durchsicht Ihrer Anfrage scheint sie rational
wenig Sinn zu machen. Sie schlagen vor, einen substanziellen Aufwand
an Ressourcen zu riskieren und gewaltige Anstrengungen zu
unternehmen, um einen einzigen Zodark zu retten, der Ihren eigenen
Angaben nach bei unserem Erreichen von Sol vielleicht nicht länger am
Leben ist. Was ist gerade an diesem Individuum so wertvoll, dass Sie
von uns erwarten, so viel zu seiner Rückholung zu riskieren?«, wollte
Yarkeh in seinem fehlerfreien Umgang mit der Sprache der Zodark
erfahren.

Utulf versuchte gar nicht erst, in der Muttersprache der Orbot
zu antworten. »Sie stellen eine weise und vernünftige Frage, Yarkeh«,
erwiderte er. »Eine, die ich zu Ihrer Zufriedenheit beantworten möchte.

»In unserer Gesellschaft wählen wir Mitglieder aus, die auf
eine bestimmte Zeit in unserem ‚Hohen Rat‘ dienen. Vor dem Ablauf
unserer Amtsperiode bestimmen wir einen Nachfolger, der uns ersetzen
und zukünftig für die Verwaltung und Führung unserer Gesellschaft
verantwortlich sein wird. Der Vorsitzende des Rates und damit der
Anführer unseres Volkes wird unter den neun Mitgliedern dieses
Hohen Rates ausgewählt. Seit mehr als 200 Dracmas betreue, trainiere
und präge ich nun schon den Mann, der eines Tages meinen Platz im
Rat einnehmen und der Zon, der Anführer unseres Volkes, werden wird
– so wie ich nun seit 39 Dracmas der Zon bin. Die Person, die ich
heimbringen möchte, ist eben diese Person, von der wir sprechen.«

Die Orbot äußerten sich nicht, aber Yarkeh gab ein seltsam
klingendes Klickgeräusch von sich. Das verriet Utulf, dass er verstand,
was ihm gerade erklärt worden war.

»Mavkah Otro ist nicht nur der Leiter unseres militärischen Rates und der Kopf des gesamten Militärs – er ist mein ausersehener Nachfolger im Rat; der Mann, der der Zon und damit der Anführer unseres Volkes sein wird. Aus diesem Grund ist der Versuch, ihn aus Sol zu befreien, absolut unumgänglich … falls uns das möglich sein sollte«, schloss Utulf. Mit der Übermittlung dieser Informationen zeigte sich der Zon freizügiger und transparenter, als er es typischerweise mit seinen eigenen Leuten gewesen wäre – insbesondere in Anwesenheit seines Kollegen NOS Damavik. Andererseits – so wie im Kreis der Wahrheit – waren in der Gegenwart von Yarkeh nichts anderes als reine Fakten gefragt. Die Cyborgs hatten keine Verwendung für Emotionen. Ihre Entscheidungen basierten allein auf Logik und Notwendigkeit.

Yarkeh sah Utulf einen unbequemen Moment lang durchdringend an, bevor er sich an seinen Begleiter wandte. »Garkeh, Ihr habt die Bitte des Anführers der Zodark gehört. Was sagt Ihr dazu? Ist das etwas, das Eure Kräfte bewältigen können?«

Utulf sah zu Garkeh hinüber. Die Einschätzung des ranghöchsten Admirals der Orbot würde den Ausgang von Otros Rückholbemühungen bestimmen.

»Es geht hier nicht um die Frage, ob es uns gelingen kann. Die entscheidende Frage ist, ob der Einsatz wertvoller Ressourcen in diesem Fall gerechtfertigt ist«, begann Garkeh. »Eine Operation wie diese auf der Heimatwelt der Republik – insbesondere im Anschluss an eine fehlgeschlagene Invasion der Zodark – bedeutet aller Wahrscheinlichkeit nach, dass sie in einem System stattfinden wird, das mittlerweile dank der Unterstützung ihrer Allianz substanziell verstärkt worden ist. Wir müssen davon ausgehen, dass sich die gallentinische Titan-Einheit – das Schiff, das sie die *Freedom* nennen – im System aufhalten wird. Dieses Schiff könnte uns bereits auf sich alleingestellt große Probleme bereiten.

»Demgegenüber könnte uns diese fehlgeschlagene Invasion allerdings auch eine einzigartige Chance bieten; eine, die sich uns normalerweise nicht eröffnen würde … An erster Stelle die Gelegenheit, dem galaktischen Reich einen vernichtenden Schlag zuzufügen, indem wir dieses gallentinische Schlachtschiff zerstören oder schwer beschädigen. Ohne genaues Wissen, wo sich dieses Kriegsschiff aufhält, ist die Koordination eines Hinterhalts normalerweise so gut wie unmöglich. In Erwiderung auf die fehlgeschlagene Invasion durch die Zodark können wir uns aller Wahrscheinlichkeit nach derzeit jedoch auf seine Anwesenheit in Sol verlassen«, schloss Garkeh.

Wenn Utulf die Hilfe der Orbot nicht so dringend benötigt hätte, hätte er sicher einige passende Worte auf Garkehs wiederholte Betonung einer ‚fehlgeschlagenen Invasion' gefunden.

Es sollte nie eine Invasion sein, du Cyborg-Quant!

»Garkeh spricht die Wahrheit«, bestätigte Utulf und zwang sich, sein Verlangen zu unterdrücken. »Das gallentinische Schiff, die *Freedom*, ist ganz sicher vor Ort. Die *Tikiona* könnte unseren Streitkräften eine Brücke nach Sol schlagen. Während wir versuchen, Kontakt mit Otro zu knüpfen, um ihn zu finden und zu retten, könnten Ihre Schiffe den Kampf mit der *Freedom* aufnehmen, um ihr den Schaden, den Sie ihr zufügen wollen, beizubringen. Danach verlassen Sie das System im Wissen, das gallentinische Schiff ernsthaft beschädigt oder durch Lindows Gnade zerstört zu haben.«

Eine Weile herrschte Schweigen. Utulf war sich relativ sicher, dass die beiden sich privat unterhielten, ihn bewusst von diesem Gespräch ausschlossen.

»Utulf, wir haben Ihr Gesuch in Erwägung gezogen«, teilte ihm Yarkeh endlich mit. »Aus dem alleinigen Grund, Ihren ausersehenen Nachfolger zurückholen, würden wir uns nicht mit ihm einverstanden erklären. Das wäre unklug. Die Gelegenheit aber, eben dieses Schiff aus dem Hinterhalt anzugreifen, es zu zerstören oder ihm schweren Schaden zuzufügen, das die größte Bedrohung für unsere Allianz und unsere zukünftigen Pläne darstellt – das hingegen ist eine Gelegenheit, die wir mit beiden Händen am Schopf ergreifen müssen.

»Wir stimmen Ihrem Gesuch zu. Wir werden die benötigte Brücke für Sie aufbauen und Ihren Kräften ermöglichen, diesen Mavkah Otro auf Sol zu finden und ihn zu extrahieren. Das Einzige, was wir von Ihnen erwarten, ist Ihre bereitwillige und ohne Zögern gewährte Unterstützung bei der Zerstörung dieses Schlachtschiffs namens *Freedom* – sobald die Zeit dafür gekommen ist. Bereiten Sie Ihre Streitkräfte vor. Wir machen uns innerhalb von vier Dridals auf den Weg. Sollten Ihre Kräfte nicht abmarschbereit sein, setzen wir uns allein in Bewegung, ohne nach Ihrem Mann zu suchen«, erklärte

Yarkeh, bevor er sich erhob und den Raum verließ, ohne Utulf eine Chance der Erwiderung oder auf ein Wort des Dankes zu geben.

Nach dem Abgang der Cyborg wandte sich Utulf an NOS Damavik. »Offenbar ist es uns gelungen, unsere Orbot-Partner von der Zustimmung zu unserem Plan zu überzeugen. Werden Ihre Streitkräfte rechtzeitig auf das Ablegen ihrer Flotte vorbereitet sein?«

Auf diese Frage hin grunzte Damavik unzufrieden, ohne jedoch mit seiner Antwort zu zögern. »Uns wurde eine Zeit und ein Ort gegeben, wann und wo unsere Streitkräfte einsatzbereit sein müssen. Wir werden dort sein – bereit, den Plan auszuführen, den der Zon uns vorgegeben hat.«

»Und die Gurgorra? Wie steht es um sie?«

»Sie sind so bereit, wie eine Spezies, wie die ihre, bereit sein kann.«

»In Ordnung, NOS Damavik, Sie kennen Ihre Befehle. Enttäuschen Sie mich nicht. Versagen Sie nicht vor Lindow. Er sprach in einem Traum zu mir: Otro ist dazu ausersehen, der Zon zu werden, der in meine Fußstapfen treten wird; der Zon, der unser Volk in eine noch erfolgreichere Zukunft führen wird.«

»Wie Sie wünschen, Zon Utulf. Ich werde weder Sie noch Lindow enttäuschen. Jetzt muss ich gehen. Die Zeit ist knapp und es gibt viel zu tun.«

Kapitel Einundzwanzig
Mission zum Mars

Offiziersmesse
RNS *Freedom*

»Was sagst du da, Chester? Dieser Kafarr Dakkuri will die Seite wechseln?«, bezweifelte Miles, nicht sicher, ob er dem obersten Spion der Mukhabarat auch nur im Geringsten über den Weg trauen konnte.

»Genau das sage ich, Miles. Dieser Dakkuri-Typ könnte die Gelegenheit sein, auf die wir gewartet haben – eine Chance, mehr über die internen Vorgänge innerhalb seiner Organisation zu erfahren, über ihre Pläne … Wer weiß, was er uns sonst noch über die Zodark berichten kann«, verteidigte sich Admiral Bailey, indem er die einzigartige Chance, die sich ihnen hier bot, hervorhob.

Miles seufzte und schloss einen Augenblick die Augen. »Es könnte ein günstiger Moment sein. Oder er manipuliert beide Seiten oder er versucht einfach nur, seinen eigenen Hals zu retten, bis er uns zu gegebener Zeit in den Rücken fallen kann. Vergessen wir nicht, dass er der gleiche Hund ist, der für die Zodark, die gerade in Sol eingefallen sind, spioniert hat. Dazu kommen noch die Berge falscher Geheimdienstinformationen über die Zodark, die er unseren Agenten über sein eigenes Agentennetzwerk gefüttert hat, und das, was er an diese Ashurina weitergab, die wir auf unsere Seite brachten. Der Himmel weiß, wie viele unserer Leute er ermordet oder für wie viele Todesfälle er verantwortlich war.«

»Sie haben Recht, Statthalter. Er ist ein Spion. Sobald wir ihn in Händen haben, sollten wir ihn eigentlich aus einer Luftschleuse in den Raum hinaus befördern. Aber so funktioniert das Spionagespiel nicht«, hielt ihm Drew entgegen, bevor ihn der warnende Blick von Reinhard Gehlen erreichte. Der Direktor des Interstellaren Marschalldienstes war selbst begierig darauf, den Chef des Spionagerings der Zodark in die Hände zu bekommen. Er wollte dem Statthalter keine schlechten Ideen geben.

Sofort nachdem Drew zu Ende geredet hatte, zog Reinhard das Wort an sich. Er erklärte: »Was Drew Ihnen damit sagen möchte, Statthalter, ist, dass die Währung dieser Agenten die Information ist.

Was Ihnen oder mir von großer Wichtigkeit ist, mag keinerlei Bedeutung für die Mukhabarat, die Primord oder die Zodark haben. In diesem Fall ist der Wert, der Dakkuri zukommt, sein Wissen über den Aufbau und das Zusammenspiel innerhalb ihrer Organisation, welche Schwachstellen sie hat und was wir zu unserem Vorteil ausnützen können. Mit einem Massenmörder wie ihm einen Handel abzuschließen, widerstrebt mir ebenfalls. Aber ich denke, Sie waren es, der uns im Laufe der Jahre gelehrt hat, dass es die Last der Führerschaft ist – wie Sie es auszudrücken pflegen – die uns dazu zwingt, Entscheidungen zu treffen, mit denen wir persönlich nicht einverstanden sind oder die wir nicht treffen wollen. Und dennoch treffen wir sie, weil der Zweck die Mittel heiligt.«

Meine eigenen Worte gegen mich eingesetzt .... Miles lächelte angesichts der Einsicht, wie weit Reinhard in der Akzeptanz der nackten Wahrheiten, die oft mit der Welt der Spionage einhergingen, gekommen war.

»Wenn ich vielleicht etwas beisteuern dürfte, Statthalter«, meldete sich Admiral Wiyrkomi zum ersten Mal seit dem Beginn der Konferenz zu Wort.

»Selbstverständlich, Wiyrkomi. Wir begrüßen jederzeit Ihren Einblick in eines unserer Gesprächsthemen«, versicherte ihm Hunt und bedeutete ihm zu sprechen.

Der Gallentiner holte tief Luft, bevor er ansetzte. »Während all dieser Jahre im Dienst des Gebieters als sein Botschafter, als Ihr Berater und der der Bevölkerung der Republik, lernte ich, dass die Menschen ein sehr seltsames Volk sind. Sie kämpfen mit der Moralität einiger Entscheidungen, während andere Ihnen ungemein leicht fallen. Sie sind die bei weitem grausamste und listigste Spezies, die ich je kennengelernt habe. Ihre Fähigkeit, sich einer ständig wechselnden Situation anzupassen, überrascht sowohl mich als auch die anderen Gallentiner, die der Gebieter abgestellt hat, um Ihrer Republik beizustehen.

»Mit all dem will ich Ihnen sagen, dass Sie, wie Sie es ausdrücken, ‚Ihrem Bauchgefühl vertrauen‘ und sich auf Ihren Instinkt verlassen sollten. Wenn Sie denken, dass der Kafarr sie manipuliert – dass dies nur ein neuer Trick, eine neue Falle ist – dann beschäftigen Sie sich nicht länger mit ihm. Verweilen Sie nicht zu lange auf diesem Thema. Da draußen im Ihrem System, auf der Erde und auf Ihrer Mars-

Kolonie gibt es weitere Zodark, die es zu bekämpfen gilt. Die Zeit ist nicht Ihr Freund; Ihre Streitkräfte sind drastisch geschwächt. Es kostet Zeit, Ihre Schiffe zu reparieren und das Verlorene neu aufzubauen. Treffen Sie eine Entscheidung – und bewegen Sie sich voran«, lautete Wiyrkomis Kommentar. Die Schärfe seiner einfachen Antwort verletzte Hunt, wo es am meisten weh tat – in seinem Stolz.

Miles nickte langsam und erhob sich, während er den anderen bedeutete, sitzen zu bleiben. »Erteilen Sie den Befehl. Holen Sie den Kafarr und bringen Sie ihn zu mir. Ich will ihn von Angesicht zu Angesicht sehen, bevor ich über seine Absichten urteile. Ach, und bringen Sie Ashurina ebenfalls mit. Sie ist ein Teil dieses Geschehens, unabhängig davon, ob ihr das bewusst ist oder nicht.«
****

327. OAR, 101. OAD
Einsatzzentrum des Regiments
RNS *Intus*

Major Frank Pannachia starrte auf das holografische Bild des Divisionskommandanten Major General Vernon ‚VC' Crow, der ihm ihre neuen Befehle, die sie gerade erhalten hatten, erläuterte. Anstatt mit dem Rest der Division eine Reihe von Zodark-Positionen in Zentralafrika anzugreifen, lautete ihre neue Aufgabe nun, den Mars von den Kräften der Zodark zu säubern und die Task Force Silver Fox auf der RNS *Wasp* in einer Mission von hohem Wert zu unterstützen

»Na komm schon, Frankie, kein Grund dreinzuschauen, als ob ich Ihren Welpen massakriert hätte«, kommentierte VC. »Fassen Sie es als Ihre Gelegenheit auf, sich vor den höheren Rängen zu bewähren. Dieser Auftrag kommt vom Statthalter persönlich. Es ist eine wirklich große Sache. Sie wollen doch zum Colonel aufsteigen, oder?«

»Entschuldigen Sie, General, Sie haben recht«, lenkte Major Pannachia ein. »Tut mir leid, falls ich Ihnen den falschen Eindruck vermittelt habe. Es ist eine große Chance für das Regiment. Ich wurde nur von ihr überrascht. Das ist alles.«

Verdammt, ich hoffe, ich habe es nicht gerade vor dem General in den Sand gesetzt, dachte er und tadelte sich selbst, sich nicht auf die Teilnahme an einer Mission gestürzt zu haben, die der Statthalter persönlich befohlen hatte.

VC zuckte mit den Achseln. »Schon ok, Frankie. Es ist schwer, den Platz einer anderen Einheit einnehmen zu müssen, insbesondere den eines unserer Schwester-Regimenter. Die 506 war das Regiment, das mit diesen seltsamen JSOC-Typen seit je her zusammengearbeitet hat. Jetzt muss die 327. an ihre Stelle treten – wobei ich mir absolut sicher bin, dass Sie und Ihre Soldaten damit umgehen können.«

Der General hielt einen Augenblick inne und wandte sich von der Kamera ab, bevor er sich wieder auf Pannachia konzentrierte. »Für einen Divisionskommandeur ist es ein schwerer Schlag, drei von sechzehn Regimentern in einem einzigen Einsatz zu verlieren. Das kann man einzig als Katastrophe bezeichnen. Ich verlor 4.682 Soldaten, weil diese Hunde in der Flotte unsere Schiffe nicht beschützen konnten. Das ist ein Verlust – ein Verlust, den ich mit mir herumtragen werde – nicht Sie, allein *ich*. Aber das sind die Karten, die uns ausgeteilt wurden, mit denen wir das bestmögliche Spiel spielen müssen. Sobald Colonel Royce sich mit Ihnen in Verbindung setzt, lässt er Sie wissen, wie er Ihr Regiment einsetzen will. Erinnern Sie sich nur daran, dass selbst verbesserte Supersoldaten nicht unbesiegbar sind. Sie bluten wie wir und sterben wie wir. Außer Royce … der Mann ist unsterblich. Er jagt mir Angst ein. Folgen Sie einfach seinem Beispiel und seine Freaks übernehmen den Rest.«

Nach dem Ende des Gesprächs blieben Major Pannachia und seine Stellvertreterin, Captain Sophia Fern von der Demon-Kompanie, zurück, die sich wunderten, was da gerade geschehen war.

»Das hatte ich nicht erwartet, als ich mit der Frage kam, ob neue Befehle für uns eintrafen«, stellte Captain Fern fest. Sie hatte außerhalb des Sichtbereichs des Hologramms das Gespräch verfolgt.

Pannachia stieß einen Seufzer aus und schüttelte den Kopf. »Ich auch nicht. Aber er hat recht. Es ist eine Chance, uns zu profilieren und schneller als die übrige Division in den Kampf einzugreifen.«

»Wie wollen Sie vorgehen, sobald uns dieser Colonel Royce anspricht?«, fragte Fern.

»Ihr Einverständnis vorausgesetzt, habe ich vor, ihm die Demon-Kompanie zu überlassen, während die Jungs der Baker-Kompanie zu Ihrer Unterstützung an Bord zurück bleiben. Was halten Sie davon?«

Fern grinste ihn schelmisch an. »Selbstverständlich kann die Demon-Kompanie das übernehmen. Schließlich sind wir Barbaren. Sie erinnern sich?«

Pannachia rollte bei dieser Bemerkung die Augen. Der Erste Zug unter dem Kommando von Lieutenant Joseph Grubich, Rufzeichen *Psycho*, zusammen mit Master Sergeant Thorun, auch Thor genannt, hatten den Zug *die Barbaren* getauft – nachdem Thorun seine Tomahawks in der Intus-Kampagne zum ersten Mal vorgestellt hatte. Es hatte einige Jahre und zusätzliche Kampagnen gedauert, bis sich die Tomahawks auch bei dem Rest der Einheit durchgesetzt hatten. Seither kämpften sie wie die Barbaren.

»Bitte haben Sie ein Auge auf Psycho und Thor, ok? Jetzt ist nicht die Zeit, uns vor dem hochrangigen Militär zu blamieren. Sie haben den General gehört – diese Aufgabe kommt direkt vom Statthalter, und dieser Delta-Colonel, Royce … Verdammt, falls Sie noch nicht von ihm gehört haben, informieren Sie sich am besten über ihn. Es gibt einen Grund, weshalb seine Anwesenheit selbst unseren VC nervös macht.«

Fern kicherte. »Sie machen Scherze … Sie behaupten allen Ernstes, dass er furchteinflößender als Psycho, Thor oder Dread ist?«

Pannachia verzog nur das Gesicht und schüttelte herablassend den Kopf. »Junge Frau, Sie haben keine Ahnung. Der Mann erhielt zwei Ehrenmedaillen, vier Auszeichnungen für besondere Verdienste und fünf Silberne Sterne neben sieben Purple Hearts. Der Mann ist eine verdammte Tötungsmaschine – eine unsterblich gemachte Laune der Natur, wie es der General so zutreffend ausgedrückt hat. Bereiten Sie Ihre Leute vor. Ich halte Baker an Bord, nur für den Fall, dass Ihre Leute Mist bauen oder der Colonel um zusätzliche Hilfe bittet. Und jetzt: Wegtreten.«

Pannachia, der ihr nachsah, glaubte, einen Ausdruck der Sorge auf ihrem Gesicht entdeckt zu haben. *Gut, du solltest über die Zusammenarbeit mit JSOC besorgt sein. Wir werden mitten im dicksten Getümmel stecken …*
****

327. Regiment, Bastogne Bulldogs
Truppenbereich der Demon-Kompanie

RNS *Intus*

Der Raum war voll geschäftiger Soldaten, die ihre Ausstattung zum zweiten Mal überprüften, Munitionsmagazine, Akkus und Granaten in ihre Taschen luden und die Gurte an ihren Ausrüstungen sicherten.

Master Sergeant Karl Thorun griff nach einer weiteren Granate für seine Weste und warf einen letzten prüfenden Blick auf seine Ausstattung. Er war zufrieden mit seiner Ausrüstung, die er für diese Mission gewählt hatte.

Wir schieben Perimetersicherheitsdienst für JSOC – was für ein Schwachsinn ..., dachte er, während er den Gurt an seiner Weste enger zog.

Aus unbeteiligter Sicht gesehen, hätte er sich über diese Aufgabe freuen sollen. Sie gab regulären Infanteristen die Chance der Zusammenarbeit mit JSOC. Das war etwas, was den konventionellen Einheiten nicht oft geboten wurde. Stattdessen kochte er innerlich mit den Gedanken, dass orbitale Angriffsgruppen als ‚nicht gut genug‘ und ebenso qualifiziert wie die ORD angesehen wurden, die normalerweise für diese Art von Sicherheit für die Deltas verantwortlich waren. *Verdammt, schließlich waren die beiden Orbitalen Rangerdivisionen aus den OAD gewachsen.*

Er seufzte. *Aber egal. Es ist ein Anlass, Zodark zu töten und uns für einiges zu revanchieren, was sie uns angetan haben ...*

Als er nach oben auf den Spiegel an der Wand sah, lachte er leise über denjenigen, der sich die Freiheit genommen hatte, eine Parodie unter dem albernen Motivationsposter hinzuzufügen.

Erneut seufzend, musterte er sich selbst im Spiegel von oben bis unten, bevor er seinen Panzeranzug anlegte und das übliche Handwerkszeug an seiner Uniform befestigte. Er war muskulös, körperlich fit, in der besten Verfassung seines Lebens. Seine Augen hingegen erzählten eine andere Geschichte. Er war sich nicht sicher, ob er das, was auf ihn zurückstarrte, hassen, fürchten oder akzeptieren sollte. Das Bild, das der Spiegel auf ihn zurückwarf, war das des nordischen Gottes Thor – mit einem vergoldeten Wikingerhelm, über die Schultern reichendem langem Haar, einem in Zöpfe geflochtenen Bart und einem Tomahawk in jeder Hand. Ein Teil seines Gehirns sagte ihm, dass das nicht echt war, aber der Blick in diese Augen ... das war wie ein Blick in seine Seele. Es war ein seltsames Gefühl ... dieses merkwürdige Empfinden, das ihn regelmäßig vor dem Beginn einer Schlacht zu überfallen schien. Sobald er von Blasterschüssen umgeben war und der Kampf tobte, war es, als hätte jemand einen Schalter umgelegt. Sein innerer Gott oder Dämon – wer immer es auch war – forderte am Vorabend der Schlacht die Kontrolle über ihn, die ihm Thorun auch bereitwillig überließ. Das machte es ihm möglich, seine Männer in den Kampf zu führen und den Feind zu vernichten.

Er blinzelte die dunklen Schatten aus seinen Gedanken und sah in seine blaugrauen Augen, die einige als einschüchternd ansahen und andere für charmant hielten. Nur er kannte die Wahrheit. Er wusste, was hinter diesen Augen und dem perfekten, starken Körper lag, an dem er stundenlang arbeitete, um das Gewicht seines Handwerkszeugs mit sich tragen zu können. Hinter diesen Augen – tief in seinem Geist – tobte ein Kampf nach dem anderen, in einem Krieg, den er unablässig verlor.

Er schnaubte gegen die Melancholie, in die er einen Augenblick lang verfallen war, schüttelte sie ab und zog eine Grimasse, bevor er sich erneut einen kurzen Moment verlor, als er das graue Barett auf seinem kurzgeschnittenen Haar zurechtrückte. Er stellte sich vor, das er einem Fallschirmspringer alter Zeiten ähnelte, dem Himmelssoldaten einer längst vergangenen Epoche.

Obwohl er nicht aus Flugzeugen über feindlichem Gebiet absprang oder unter einem seidenen Fallschirm vom Weltraum her einfiel, gehörte er dennoch den gleichen legendären Einheiten der Vergangenheit an, die den Weg für das, was sie heute waren, geebnet hatten. Ebenso wie die Elite der Infanterie – die Stoßtruppen der Nationen – war er stolz darauf, dieses Erbe als Teil der orbitalen Angriffstruppen fortzusetzen; in dieser spezialisierten Infanteriegruppe, deren Aufgabe es war, einen Planeten von hoch oben aus der Umlaufbahn anzugreifen. Die OAT landeten unter Beschuss und klärten die Landezone, damit Folgetruppen mit der Besetzung des Planeten beginnen konnten.

Die Red Berets und Jump Wings der Luftlandetruppen hatten sich in die Gray Berets und die Globe und Winged Dagger der OAT verwandelt. Ohne den Sondereinsatzkräften anzugehören, waren sie die ersten regulären Armeeeinheiten, die auf dem Boden eines feindlichen Planeten landeten – und das wollte etwas heißen. Gelegentlich hatte er überlegt, es bei den Deltas zu versuchen und bereits Tage, manchmal Wochen oder sogar Monate vor einer Invasionsgruppe zu infiltrieren. Je mehr er allerdings darüber nachdachte, was er wirklich wollte, desto deutlicher wurde ihm, dass er es vorzog, an der Action teilzuhaben, statt sich hinter den feindlichen Linien einzuschleichen und Sabotageaufträge zu erfüllen. Er wollte die Action. Er wollte ein Schütze sein. Aus diesem Grund hatte er eine Beförderung zum Command Sergeant Major nicht nur einmal, sondern gleich zwei Mal abgelehnt, um auf der Zug- und Kompanieebene zu bleiben. Eine Beförderung würde dem ein Ende bereiten – und es würde ihn umbringen, den Dopaminrausch zu verlieren, den ihm die Aufregung eines Kampfes lieferte.

Beinahe wäre er zu den Rangern gewechselt, was er ohne die Verletzung, die er erlitten hatte, sicher auch getan hätte. Im Anschluss an seine Verletzung schätzte er sich dann glücklich, seine Position in den OAT beizubehalten.

»Was sagen Sie dazu, Master Sergeant? Unser erster Auftrag, diese blauen Monster zurückzuschlagen. Sind Sie aufgeregt?«, sprach ihn Private Luka Rhodes an, der seine Angst hinter falscher Vorfreude verbarg.

Thorun zog den Verschluss seiner Weste fest, bevor er den Jungen ansah. Die Augen des jungen Mannes sagten ihm alles, was er wissen musste. Er hatte Angst; er war nervös, gegen die Zodark zu kämpfen – etwas, was die Republik seit beinahe sieben Jahren nicht mehr getan hatte.

»Keine Sorge, Rhodes. Erinnern Sie sich einfach an Ihr Training und hören Sie auf Cannon. Er hat schon einmal gegen sie gekämpft. Er weiß, was er tut.«

Der junge Soldat nickte und ging weiter, für den Augenblick zufrieden mit dieser Antwort. Er war ein Ersatz, ein Lückenfüller, den sie auf Titan aufgenommen hatten, um die Verluste der Serpentis-Kampagne zu überwinden.

Thorun beendete seine Vorbereitungen und sah gerade rechtzeitig hoch, um zu sehen, wie Private Rhodes an Sergeant Jake Manu herantrat. Obwohl er die Frage nicht hören konnte, verriet ihm das breite Grinsen, dass sich über Jakes Gesicht ausbreitete, dass Private Rhodes in guten Händen war. Cannon würde die Überprüfung seiner eigenen Ausrüstung stoppen, um dem Frischling auszuhelfen.

Jake Manu, Rufzeichen Cannon, war ein riesiger Samoaner. Nachdem er dem neuen Mann hilfsbereit unter die Arme gegriffen hatte, kehrte er zu seinem Ritual zurück, das er vor jeder Mission einhielt. Er trank Unmengen von Proteindrinks und stellte sicher, dass er genug seiner geliebten Proteinriegel mit sich führte, die ihm helfen würden, die kommenden Tage zu überstehen. Sein Rufzeichen ‚Cannon' hatte er aufgrund massiver Bizepse erhalten, die er sich durch jahrelanges rigoroses Gewichtheben und zu viel Zeit beim Training zugelegt hatte. In den letzten Jahren des Kriegs gegen die Zodark und während ihrer Kampagne auf Serpentis hatte er sich als eine treibende Kraft auf dem Schlachtfeld, als Anführer unter seinesgleichen und als wertvolle Bereicherung für die Demon-Kompanie bewiesen.

Thorun wusste noch mehr über den Mann. Hinter der einschüchternden Fassade dieses Riesen verbarg sich ein Mann mit einem Herz aus Gold. Ein Freund, der immer bereit war, Hilfe zu leisten. Aber der Himmel stehe demjenigen bei, der ihn, falls er schlechter Laune war, zu sehr bedrängte. Obwohl er niemals einen Zugkameraden geschlagen hätte, ging ihm diese Zurückhaltung bei Außenstehenden ab, auf die sie in den von ihnen bevorzugten örtlichen Kneipen oder Kaschemmen der Häfen gelegentlich trafen.

Die Tür zum Truppenabteil öffnete sich und Lieutenant Grubich trat ein. Er sah Thorun und kam auf ihn zu.

Na großartig. Sehen wir, was Psycho jetzt für uns hat...

Sein eigenes Rufzeichen zu wählen, war atypisch. Andererseits war nichts am LT typisch. Tatsächlich war er so ungewöhnlich wie ein Offizier nur sein konnte. Bei ihrem ersten Treffen war Thorun noch ein Staff Sergeant und Grubich ein Obergefreiter, der zwei Monate vor dem Beginn der Sumara-Kampagne beim 3. Zug aufgetaucht war. Während einige OAD auf dem Weg in das Territorium der Primord waren, um an der Alfheim-Kampagne teilzunehmen, wurde ihre Division auf Sumara verlegt – um das sumarische Volk von ihren Zodark-Unterdrückern zu befreien. Im Laufe dieser Kampagne hatte der LT dann sein Rufzeichen erhalten, oder vielmehr, er hatte es sich selbst gegeben.

Der Einsatz auf Sumara war nicht wie geplant verlaufen. Vor der Ankunft der Republikaner im System hatten die Zodark offenbar entschieden, sich in aller Eile zurückzuziehen. Ihr Entschluss, den Ort aufzugeben, statt um ihn zu kämpfen, hatte dazu geführt, dass sie die

Mehrheit der Bevölkerung umgesiedelt hatten. Die, die sie nicht mitnahmen, wurden getötet. Für viele war der Anblick so vieler Leichen – Männer und Frauen unterschiedlichen Alters, gewöhnlich die über Vierzigjährigen – einfach zu viel. In den Städten, Dörfern und Gemeinden lagen überall die Leichen – an jedem Ort, an dem normalerweise Menschen zu finden waren. Thoron, der zu diesem Zeitpunkt – wie so viele Kameraden seiner Einheit – die Zodark bereits seit Jahren bekämpfte, war sich sicher, dass es nicht mehr viel gab, was ihn schockieren konnte. Ihre Ankunft auf Sumara strafte ihn Lügen. Es war eine Warnung vor dem, was seinem Volk zu Hause bevorstand, sollten sie hier draußen unter den Sternen versagen.

Es war acht Tage und drei Gefechte her, seit sie auf der Oberfläche eingetroffen waren. Die beiden ersten Scharmützel waren nicht besonders anspruchsvoll gewesen. Die dritte Schlacht hingegen war ein Gemetzel. Zunächst hatten allein die vier Züge seiner Kompanie einer ernstzunehmenden gegnerischen Streitkraft gegenüber gestanden, bis schlussendlich vier der 16 Kompanien ihres Regiments am Kampf beteiligt waren. Die Schlacht hatte sich knapp 19 Stunden hingezogen und hatte in allen Zügen Dutzende von Opfern gefordert – eines dieser Opfer war Grubich.

Während des Kampfes waren einige Soldaten in Grubichs Team verletzt und von mehreren Zodark umzingelt worden. So sehr sie auch versuchten, zu ihren Kameraden vorzudringen, gelang es den Zodark zu verhindern, dass sie ihre Verwundeten erreichten. Die Erzählungen von dem, was als nächstes geschah, unterschieden sich ein wenig. Einer der verwundeten Soldaten sagte aus, dass zwei Zodark in ihrer Position kurz davor standen, sie in Stücke zu hacken, als ein einzelner Soldat, den er als Grubich identifizierte, den Feind angriff und mit einem Urschrei des Zorns sein Sturmgewehr auf dem Brustkorb eines Zodarks abfeuerte.

Mit dem Zusammenbruch des ersten Zodark reagierte sein Kollege auf die Situation und schwang ein Objekt durch die Luft, das Grubich von den Beinen hoch in einen Baum schleuderte, bevor er von dort oben hinunter auf den Boden stürzte. Der Zodark hielt ihn für tot und wandte sich wieder seinem Geschäft mit den Verwundeten zu. Aber Grubich war nicht tot, ebenso wenig wie er gewillt war, seine Kameraden unter den Händen dieses mörderischen Ungeheuers sterben zu lassen. Auf Händen und Füßen kriechend sah er, was gleich geschehen würde, und wurde aktiv. Er griff nach den beiden Tomahawks – die Reservewaffen, zu deren Tragen Thorun jeden im Zug ermunterte – und stürzte sich auf das Biest. Ihre Rechnung war noch nicht beglichen.

Das Monster hörte ihn kommen und sah in letzter Sekunde, wie der menschliche Soldat in die Höhe sprang, während seine Arme wie Sprungfedern nach vorne schnellten und ihm die Tomahawks in seinen Händen in den Hals und in den Brustkorb schleuderte. Die beiden Leiber kollidierten und beide fielen in einem blutigen Durcheinander zu Boden. Die Klingen der Tomahawks hatten das Biest mit solcher Kraft getroffen, dass sie ihm den Kopf abtrennten, der zu Füßen der fünf verwundeten Soldaten ausrollte, die Grubich gerade gerettet hatte.

Thorun selbst hatte das Ereignis nicht verfolgen können und Grubichs Helmkamera war bei seinem Zusammenstoß mit dem Baum leider zerstört worden. Der Bericht der überlebenden Verwundeten gewährleistete jedoch, dass dem Obergefreiten die Tapferkeitsmedaille verliehen wurde – für die Leben, die er unter großem Risiko für sein eigenes Leben gerettet hatte. Ohne dass sie es zu diesem Zeitpunkt wussten, rettete Thoruns Bestehen darauf, sich von den Sanitätern untersuchen zu lassen, Grubich das Leben. Die Sanitäter identifizierten eine durch den Aufprall auf den Baum verursachte Hirnblutung und eine Knochenfissur in seinem Schädel.

Thorun war sich sicher, dass Grubich nach einer längeren Rekonvaleszenzperiode die Invaliditätsrente der Armee, die Soldaten mit bestimmten Verletzungen oder Auszeichnungen zustand, akzeptieren und aus dem Dienst ausscheiden würde. Nur wenige Tage nach seiner Genesung und der Rückkehr zu seinem Zug war der Krieg zu Ende. Zur Überraschung aller hatte sich Grubich seine Auszeichnung zunutze gemacht, um einen Platz in der Weltraumakademie zu erhalten und sich zum Offizier ausbilden zu lassen. Danach wurde seine Vergangenheit zur Legende und er fand seinen Weg zurück in die 327. – gerade rechtzeitig zu ihrem Einsatz auf Serpentis.

Lieutenant Grubich legte sein Qpad neben Thoruns Ausrüstung auf dem Tisch ab und bemerkte: »Der Plan des Cap'n sieht relativ einfach aus, Master Sergeant. Wir sollten bald mit dem Anflug auf den Planeten beginnen. Beladen wir die Osprey und bereiten uns auf den Einsatz vor.«

»Verstanden, Sir. Soll ich das übernehmen oder möchten Sie es tun?«

»Machen Sie das, Thor. Sie verstehen es, die Männer für eine Mission zu motivieren«, forderte der LT ihn mit einem verschmitzten Grinsen auf.

Thorun erwiderte sein Grinsen und schob sich seine Panzerweste über die Schultern, bis sie sich eng an seinen Körper schmiegte. Während er die Gurte festzog, schloss er einen Moment die Augen. Seine Hand ruhte auf dem Namensschild, das sein Rufzeichen trug – Thor. Dann presste er hart mit den Fingern gegen seine Brust und berührte sein Master Sergeant-Abzeichen. Er verscheuchte alle anderen Gedanken und erlaubte seinem inneren Kriegsherrn, die Kontrolle zu übernehmen.

Er öffnete die Augen, griff nach seinem Sturmgewehr und nach seinem Helm und rief so laut er konnte: »Aufgepasst, Erster Zug! Wer sind wir?«

»Die Barbaren!«, grölten die 60 Soldaten seines Zugs.

»Was sind wir?«

»Barbaren!«

»Ganz recht! Und jetzt schnappt euch euer Zeug und rein in die Osprey. Zeit, uns die Zodark zur Brust zu nehmen!«

»Barbaren!«, brüllte der Zug erneut, während sie ihre Gewehre und die M48 Tomahawks ergriffen, die zum neuen Erkennungszeichen des Zugs im Kampf geworden waren.

Irgendwann hatte der Zug damit begonnen, Tomahawks anstelle von Messern mit sich zu führen, nachdem Thor im Laufe der Jahre mehr als einmal im Kampf ein Paar geschleudert hatte. Mittlerweile gehörten sie zur bevorzugten Grundausstattung aller, die dem 1. Zug, den ‚Barbaren‘ der Demon-Kompanie, angehörten.

Mit dem Betreten einer dieser neuen Ospreys, die ihnen auf Titan zugewiesen worden waren, musste Thorun zugeben, dass diese neuen Charlie-Modelle krass waren. Sie waren mit genug Waffen bestückt, um eine Landezone zu klären und zu verharren, um an der Seite der OAT, die sie gerade angeliefert hatten, zu kämpfen.

Hätten wir die nur schon im letzten Krieg gehabt …

Dann wurde das Brummen der Motoren ein wenig lauter, bevor sie hinaus aus dem Hangar in Richtung Oberfläche des roten Planeten unterwegs waren.

Zeit, unseren Sold zu verdienen ... Zeit zum Töten, dachte er und genoss die Vorfreude auf die bevorstehende Schlacht – die Chance, seinen Wunsch zu Töten zu befriedigen ... dieses Verlangen, das er verspürte, ohne es sich erklären zu können ...

****

FMT-161 ‚Greyhawks‘

Nachdem Scooby die *Wasp* hinter sich gelassen hatte, gruppierten sich die anderen Ospreys und Scarabs unter seinem Kommando näher um ihn herum. Sie flogen in einer losen Formation, während sie ihrer Eskorte Zeit gaben, vor ihnen herzufliegen und ihnen den Weg zur Landung auf der Oberfläche freizumachen.

»Da sind unsere Begleitschiffe«, verkündete Lieutenant Shane ‚Buster‘ Gonad, als er die beiden Orion-Jäger an ihnen vorbeiziehen sah.

»Hoffen wir, dass die Leute vom Nachrichtendienst recht haben und dort unten keine Jäger auf uns warten.«

»Der einzige Jäger, dem ich hier nicht über den Weg laufen will, ist ein Zeek. Ich weiß nicht, wie gut er auf dem Mars operieren würde, aber es wäre mir lieber, das nicht herauszufinden«, kommentierte Buster.

Scooby spürte, wie sein Herz mit der Erwähnung des gefürchteten Z-Wortes schneller schlug. Im Weltraum verließen sich die Zodark überwiegend auf den Vulture als ihren bevorzugten Jäger und auf die Glaives als ihre Bomber. Die Zeek waren ihre auf der Planetenoberfläche stationierten Jäger – ausdauernde kleine Maschinen, verteufelt schnell und unglaublich beweglich. Und wenn er nicht vorsichtig war, schlitzten sie eine Osprey auf, bevor der Pilot reagieren oder den Versuch des Ausweichens unternehmen konnte.

Buster und er waren ihnen ein einziges Mal über Alfheim begegnet. Nur Stunden, bevor der Krieg zu Ende ging, hatte eine von ihnen einen Freund aus ihrem Geschwader erwischt. Seinen Freund am letzten Tag des Kriegs zu verlieren, hatte Scooby hart getroffen. Hätte er nur wenige Stunden überlebt, wäre er heute noch bei ihnen.

»Falls es dort unten Zeeks gibt, dann setzen sie sicher den Dogs nach, die sich bereits im Anflug befinden«, stellte Buster fest. Er deutete auf das Geschwader der Reaper, die an Flughöhe verloren. Das Angriffsgeschwader 223 Bulldogs ihrer Flotte würde die Kolonie auf der Suche nach Gelegenheitszielen in einem Kontrollflug überfliegen. Mehrere andere würden sich einsatzbereit in der Nähe aufhalten, für den Fall, dass die Bodentruppen um zusätzliche Unterstützung baten.

»Ja, wir werden es erleben. Gehen wir unsere Checkliste durch und bereiten unseren eigenen Landeanflug vor«, wechselte Scooby das Thema und verdrängte den Gedanken an mögliche Zeeks, die sich bereits auf den Abschuss von einem oder zwei fetten, saftigen Transportern freuten.

****

Erster Zug, Demon-Company

Die Osprey näherte sich der Landezone und Master Sergeant Thorun konnte die Spannung in der Luft beinahe greifen. Die Realität des Angriffs der Zodark auf Sol wurde ihnen mit dem Anflug in die bevorstehende Schlacht noch intensiver bewusst. Sie hielten sich nicht auf einem fremden Planeten in einem weit entfernten Sternensystem auf. Dies war der Mars – dies war ihr Zuhause. Trotz dieser emotionalen Belastung wusste Thorun, dass sie sich allein auf ihre Mission konzentrieren mussten: die Unterstützung des Delta-Teams in der Rückholung des Pakets nach dessen sicherer Extrahierung.

Er hörte dem LT zu, der den Plan erläuterte, den 1. Zug zur Unterstützung des 2. und 3. Zugs abzustellen, die über acht der DF-12 Cougar des Regiments verfügten. Sobald dann der 4. Zug mit der Baker-Kompanie und den restlichen Cougar eintraf, um sie aufzunehmen, würde der Verbund von 16 Schützenpanzern ihre Reise zum Sammelpunkt antreten, um dort die Deltas abzuholen und zur Extrahierung zurück zur Landezone zu begleiten.

Ohne genaues Wissen, wie viele Zodark sich auf der Oberfläche des Mars aufhielten oder welche Bedingungen dort unten herrschten, hofften die Befehlshaber, die sich diese Mission hatten einfallen lassen, dass die zusätzliche Feuerkraft der Schützenpanzer ihren Truppen einen Vorteil verschaffen könnte. Thorun, der die Zodark bekämpft und als formidable Feinde kennengelernt hatte, wusste, dass nach ihrer erfolgreichen Landung alles Mögliche geschehen konnte. Er hatte immer noch in Erinnerung, was ihm sein Ausbilder vor über 20 Jahren kurz vor dem Ende seiner Ausbildung gesagt hatte: »Der Feind hat immer eine Stimme – erwarte nicht, dass sie zu deinen Gunsten ausfällt.«

Nie hatte jemand ein wahreres Wort gesprochen ...

»Einverstanden?«, fragte Lieutenant Grubich mit angespannter Stimme.

»Ja, das sollte funktionieren«, bestätigte ihm Thorun, der versuchte, seine eigene Furcht zu kontrollieren. »Ich gebe es an die Trupps und die Feuerteamleiter weiter. Informieren Sie den Zug über die Einzelheiten?«

»Sicher … Nein, so ein Mist. Wohl doch nicht. Informieren Sie sie. Captain Fern verlangt nach mir. Ich muss sehen, was sie will«, erwiderte ihm der LT mit offensichtlicher Frustration. Thorun wusste, dass die ständigen Planänderungen alle belasteten, aber er durfte sich dadurch nicht von seiner Aufgabe ablenken lassen.

Am vorderen Ende des Truppenabteils lenkte Thorun die Aufmerksamkeit aller auf sich. »Barbaren, Augen auf mich! Der LT hat dem Trupp und den Feuerteamleitern gerade eine Kopie des Schlachtplans überlassen. Den besprechen wir jetzt, um sicher zu gehen, dass jeder ihn kennt und weiß, was von ihnen erwartet wird.« Schnell fasste er die Zuständigkeiten jedes Trupps und der Feuerteams zusammen. Er registrierte den Zorn und die Entschlossenheit in den Augen seiner Soldaten, ihre Bereitschaft, die Zodark zu bekämpfen. Jetzt musste er nur noch ihre Gefühle unter Kontrolle bekommen.

»Sobald unser Vogel unten ist, wird Trupp Eins beim Ausladen der IFV, die den 2. Zug transportieren, helfen. Trupp Zwei, unterstützt die IFV, die den 3. Zug bewegen, während wir einen ersten Perimeterschutz etablieren, bis die Baker-Kompanie mit der 2. Welle eintrifft. Trupp Drei, Sie sind die Reserve und bleiben beim LT. Trupp Dread, meine leichten Maschinengewehrschützen, kommen mit mir«, erklärte Thorun, der sich bemühte, mit ruhiger, fester Stimme zu sprechen.

Die Osprey näherte sich der Landezone. Thorun spürte das Adrenalin, das durch seine Venen pumpte. Da draußen warteten die Zodark auf sie – und sie waren kampfbereit. Er wusste, dass ihnen die erste Kontaktaufnahme in naher Zukunft bevorstand. Die LZ lag vor ihnen. Er musste zum Schluss kommen. »Aufgepasst. Sobald die Schießerei beginnt, werden Staff Sergeant Deimos und ich die LMG aufbauen, um Eins und Zwei beizustehen, während die Schützenpanzer die Kampflinie bearbeiten – hoffentlich ohne ihre Passagiere ausladen zu müssen. Denken Sie an Ihre Aufgabe: Wir sind hier, um ein Delta-Team zu unterstützen, das sich bereits auf der Oberfläche aufhält. Nach dem Eintreffen der Baker-Kompanie nehmen uns deren Schützenpanzer auf und wir verschwinden von hier.«

Thoruns Stimme wiederholte mit Nachdruck den Schwerpunkt ihrer Mission. »Uns bleibt wenig Zeit, den Sammelpunkt zu erreichen, an dem wir die Deltas treffen und aufnehmen sollen. Möglich, dass wir uns den Weg zum Treffpunkt oder den Weg zurück zur LZ zur Extrahierung freikämpfen müssen. Konzentrieren Sie sich und verlieren Sie Ihre Aufgabe nicht aus den Augen. Ich weiß, dieser letzte Teil ist schwer zu akzeptieren, aber wir sind nicht hier, um die Bevölkerung zu befreien. Das ist die Aufgabe des Regiments. Wir sind zur Unterstützung der Deltas hier – einzig und allein dafür. Verstanden?«

»Hooah!«

****

ODA 915
Gemini-Distrikt

Langsam und vorsichtig betrat Royce das Gebäude, das sie zum Kasino führen würde. Nachdem das Team eingedrungen war, warteten sie einen Augenblick ab, registrierten, woher sie gekommen waren und versicherten sich, dass ihnen niemand folgte.

Wohl wissend, dass Lieutenant Rogers die Mission geleitet hätte, hätte Royce sich nicht seiner Gruppe angeschlossen, übernahm er gemeinsam mit Sergeant Danes ihre rückwärtige Sicherung, um Rogers und Tanner zu erlauben, die Promenade zu klären und das Paket zu sichern. Danes und er fanden eine Defensivposition in der Nähe des Eingangs, von der aus sie sicherstellen konnten, dass sich ihnen kein Zodark hinter ihrem Rücken näherte.

»Danes, behalten Sie den Eingang im Auge. Ich will mich mit Rogers HUD vernetzen und ihren Fortschritt verfolgen.«

Danes nickte nur, ohne die Tür aus den Augen zu lassen.

Royce klinkte sich in Lieutenant Rogers HUD ein und war in der Lage, dem Team zuzusehen, das sich unaufhaltsam über die Promenade hinweg dem Kasino am hinteren Ende der Anlage näherte. Viele der Geschäfte, Bars und Restaurants hatten auf irgendeine Weise Schaden erlitten. Manche Wände zeugten von Blasterfeuer. Andere wiesen zerstörte Fenster und über den Boden verstreute Waren auf, unter denen die Körper toter Zivilisten zu finden waren. Der Anblick so vieler herumliegender Leichen, von denen welche sich nach ihrem Tod vor einigen Tagen bereits aufzublähen begannen, versetzte ihn in Rage.

In Anbetracht dessen, wie viele Leichen sie auf dem Weg in das Gebäude entdeckt hatten, war er überrascht, bislang keinem Zodark begegnet zu sein. Er war froh, dass dem so war. Glücklicherweise war die Kuppel des Gemini-Distrikts während der Invasion nicht wie so viele andere zerstört worden. Etwa die Hälfte der Distrikte verfügte weiter über Atemluft. Das bedeutete, es könnte Überlebende geben - falls es ihnen gelungen war, sich vor den Invasoren zu verstecken oder sie zurückzuschlagen.

Taktisch gesehen stellte die Infiltration von Gemini eine Herausforderung dar, da sie das Durchqueren einer Luftschleuse voraussetzte – der perfekte Ort für einen Hinterhalt, falls die Zodark bei dem, was sie taten, tatsächlich taktische Überlegungen anstellten. Nachdem Rogers und seine Leute die Luftschleusen ohne Angriff aus dem Hinterhalt hinter sich gelassen hatten, drangen sie weiter in den Distrikt vor, immer noch ohne jeglichem feindlichen Widerstand zu begegnen.

Unser kleines Ablenkungsmanöver hat offenbar funktioniert, dachte Royce. Sie wussten, dass die Zodark im Bereich der Mattis-Einrichtung – dem Standort von DARPA – in schwere Kämpfe verwickelt worden waren. Sie wussten nicht, wie viele ihrer Gegner sich weiter in den Distrikten aufhielten, die die Bevölkerungszentren auf der Oberfläche und die Gebiete um den Weltraumhafen und den Weltraumaufzug einschlossen.

Der Einsatz der 327. schien sämtliche vor Ort anwesenden Kräfte der Zodark erfolgreich auf sich zu lenken. Er konnte nur hoffen, dass er ihnen genug Zeit gegeben hatte, all ihre Bemühungen auf die 327. zu konzentrieren und zwischenzeitlich alle gegnerischen Kräfte aus dem Gemini-Distrikt abzuziehen. Dennoch … Je näher sie dem Einkaufszentrum und dem angeschlossenen Kasino durch den Distrikt

hindurch kamen, desto dringender verfolgte ihn das unangenehme
Gefühl, dass sie in eine Falle tappten.

Wir hätten einige Synth mitbringen sollen... Royce war sich in
Bezug auf die Situation der Synth nicht sicher. Während ihres letzten
mehrtägigen Aufenthalts an der Titan-Einrichtung war es ihnen
unmöglich, ihre in der Serpentis-Kampagne erlittenen Verluste zu
ersetzen. Die geringe Zahl der zur Verfügung stehenden Synth
bedeutete, dass sie derzeit zur Unterstützung der OAT zurückgehalten
statt für die Verwendung durch die Deltas freigegeben wurden.

Rogers beobachtete seine Soldaten, die sich zu beiden Seiten
der Promenade vorsichtig voran bewegten. Überrascht fuhr er
zusammen, als er über ihr Kommunikationssystem die Worte: »Lee,
stehenbleiben! Rühren Sie sich nicht vom Fleck!«, hörte.

Diese Aufforderung aktivierte Royce' Instinkte. Seine Hände
schlossen sich enger um sein Sturmgewehr, während sich sein Körper
und seine Muskeln auf eine Reaktion auf das vorbereitete, was als
nächstes kommen würde.

Ich muss sehen, was da los ist ...

Royce nahm Zugriff auf Staff Sergeant Lees Helm, in der
Hoffnung, zu sehen, was Sergeant Major Tanner dazu veranlasst hatte,
diese Warnung auszusprechen.

»Warten Sie, Lee. Bevor Sie das Kasino betreten, will ich eine
Drohne vorausschicken. Ich möchte schwören, ich habe einen Schatten
oder irgendetwas nahe dem Eingang gesehen«, erklärte Tanner kaum
hörbar.

Gleich darauf verließ eine von Tanners Mikrodrohnen sein
Überwachungskit, das am hinteren Teil der Schulter seines
Drachenhautanzugs befestigt war.

Royce wechselte von Lees Helmkamera auf das Kamerafeed
der Drohne hinüber, die auf den Eingang des Kasinos zuhielt. Der Film
flackerte auf und erstarb, bevor die Drohne Gelegenheit hatte, um die
Ecke herum einen Blick auf den Eingang zu werfen. Dann entdeckte
der Audioempfänger ihrer Helme ein Geräusch. Ein Geräusch, das wie
der Schuss aus einer Waffe klang. Dieser Ton war so einzigartig, dass
Royce umgehend wusste, worum es sich hierbei handelte.

Zodark im Kasino ... Es ist eine Falle. Diese Worte waren ihm
kaum durch den Kopf gegangen, als die Hölle ausbrach.

»Es ist ein Hinterhalt! Los, los, los!«, rief Tanner laut. Seine Soldaten reagierten ohne Zögern. Ihr Training, wie sie auf einen Hinterhalt erwidern mussten, machte sich bezahlt und führte zu einem konstanten Schusswechsel inmitten des Einkaufszentrums.

Verflucht, ich muss dorthin, dachte Royce und folgte dem Weg seines Teams. Sergeant Danes spurtete los, um mit ihm Schritt zu halten.

Über die Promenade hinweg eilten sie auf das Kasino zu, während der Lärm von Blasterfeuer und lautem Geschrei mit der Intensivierung des Beschusses zunahm

»Kontakt von rechts!«

»Deckungsfeuer!«

»Pass auf deine rechte Seite auf!«

»Splittergranate raus!«

BUUMM.

»Du hast zwei von links …!«

»Ich sehe sie! Positionswechsel jetzt!«

»Rogers! Sie greifen nach ihren Schwertern!«

»Da, sie kommen!«

Schreie und Gebrüll in Englisch und auf Zodark flogen durch die Luft. Royce hörte, wie sich die Feindseligkeiten in ein Handgemenge und in einen Nahkampf auf engem Raum verwandelten.

»Nimm das, du Hund!«

»Stirb, du Stück …«

Und dann erstarb das Schießen, ebenso wie das Geschrei. Einen Augenblick später gab jemand die Entwarnung. »Alles klar.«

Dann rief eine Stimme: »Oh Mann, verflucht … sie haben den Lieutenant erwischt.«

»Was?! Ich brauche einen Bericht!«, schrie Royce, der den Eingang des Kasinos eben vor sich sah.

»Rogers ist tot, Colonel. Mit abgetrenntem Kopf.« Royce hörte den bebenden Zorn in der Stimme von Sergeant Major Tanner, der diese Worte förmlich ausspuckte.

Royce und Danes umrundeten die Ecke und stürzten in das Kasino hinein, wo Tanner über den Leichen mehrerer Zodark stand. Und dann sahen sie es. Die sterblichen Überreste ihres Kameraden. Sein abgetrennter Kopf steckte immer noch in seinem Helm – der neben dem Rest seines Körpers zur Ruhe gekommen war.

Royce hielt inne und schüttelte nur ungläubig den Kopf. In diesem Augenblick wollte er nichts mehr, als laut seine Frustration hinauszuschreien, auf eine Wand einzuschlagen, einen Zodark zu töten – irgendetwas tun. Aber es gab nichts, was er tun konnte. Rogers war tot. Diese Art von Verletzung konnten weder die Naniten noch eine hochentwickelte medizinische Behandlung kurieren.

»Wir hätten uns zurückhalten sollen. Nach dem Abschuss unserer Drohne hätten wir uns zurückziehen müssen, bis wir mehr über die Zahl unserer Gegner wussten oder wo genau sie sich aufhielten«, erklärte Tanner, der von der Situation sichtlich betroffen war.

Royce holte tief Luft und schüttelte den Kopf. Es war seine Schuld. Nicht die seines ranghöchsten Unteroffiziers. Er trug die Verantwortung. Er allein.

»Nein, Sergeant Major. Sie haben die richtige Entscheidung getroffen. Sie reagierten instinktiv gemäß Ihrem Training, so wie es uns beigebracht wurde. Es war weder Ihr Fehler noch der eines anderen. Manchmal verliert man einfach.«

Er ließ diese Worte einen Augenblick wirken, bevor er Anweisungen erteilte. »Kümmern wir uns um die Leiche und bereiten wir uns auf den Rückzug vor. Sergeant Danes, mit mir. Wir müssen das Paket finden, zum Sammelpunkt zurückkehren und können nur hoffen, dass die Schützenpanzer bereitstehen, um uns aufzunehmen.«
****

Erster Zug, Demon-Kompanie
Mercury-Distrikt

»Es ist vorbei. Alle Mann zurück in den Cougar. Zeit, zu verschwinden. Wir sind spät dran und unsere Dates warten schon in der Limo auf uns«, drängte Lieutenant Grubich und schloss die Tür des Fahrzeugs.

»Festhalten da hinten. Es wird holprig werden. Wir müssen verlorene Zeit einholen«, kündigte der Fahrzeugkommandant mit dem Anrollen des IFV an.

»Mann, das hätte nicht übler ausgehen können, wenn wir uns darum bemüht hätten, LT. Was zum Teufel war das?«, erkundigte sich Thorun auf einem privaten Kanal.

»Wovon reden Sie, Thor? Dachten Sie vielleicht, wir würden da unten nicht auf Widerstand stoßen?«, erwiderte der LT irritiert.

»Oh ja, ich habe Widerstand erwartet, LT. Was ich nicht erwartet habe, war der Verlust unserer Luftunterstützung. Wir sind zur Abholung der Deltas spät dran, da wir uns nicht aus dem Kampf zurückziehen konnten, ohne die Kontrolle über die LZ zu verlieren. Was ist passiert, verflucht noch mal?«, konterte er, frustriert vom LT, dessen Laissez-faire-Einstellung hinsichtlich dieser Situation ihm wenig Vertrauen in dessen Fähigkeit vermittelte, den Zug zu leiten oder mit Nachdruck die von ihnen benötigte Unterstützung anzufordern.

»Ok, Master Sergeant, ich will Ihnen sagen, was passiert ist. Nach der Landung des restlichen Regiments am entgegengesetzten Ende der Mercury- und Apollo-Distrikte, griffen die Zodark an. Unsere Luftunterstützung wurde einer anderen Kompanie gewährt, die sie mehr als wir brauchte. Ich weiß, dass Sie unsere Verspätung, einige SF-Leute nach einer geheimen Operation abzuholen, verärgert – aber die können warten. Falls wir die Kontrolle über die Landezone verloren hätten … Nun ja, Sie wissen, wie das ausgegangen wäre. Lassen wir es darauf beruhen, Thor. Wie geht der Rest der Männer mit all dem um?«, erkundigte sich der LT und winkte das Thema mit seiner Hand vom Tisch.

Unmittelbar nach ihrer Landung außerhalb des Mercury-Distrikts waren sie einem Angriff der Zodark nach dem anderen ausgesetzt gewesen. Zu Zeiten war die Schlacht so intensiv, dass sie einen Hilferuf zur Extrahierung in Betracht gezogen und mit dem Gedanken gespielt hatten, eine neue LZ zur Abholung der Deltas zu etablieren. Glücklicherweise hatte die Anwesenheit der 12 Schützenpanzer das Ruder in diesem Kampf zu ihren Gunsten herumgerissen und sie konnten die Stellung halten.

Thor, der sich nach der Erklärung des LT besser fühlte, versicherte ihm: »Sie werden ok sein, LT, und danke für die Info, dass unsere Luftunterstützung gegen andere Angriffe eingesetzt wurde.« Er zögerte einen Augenblick, bevor er hinzufügte: »Sir, aber selbst Sie müssen zugeben, dass die Situation dort draußen … so viele …«

»Ich weiß. Sie müssen nicht weiterreden. Diese Zodark … es sind Tiere. Das ist das, was sie tun. Sie fallen in Systeme ein, in denen sie die Bevölkerung entweder unterwerfen oder töten. Ich hatte die Hoffnung, dass der Frieden beständig sein würde. Da diese Hoffnung jetzt zerstört ist, hoffe ich nur, dass sie uns erlauben, sie endgültig zu vernichten. Kein Friedensabkommen mehr, wenn Sie mich fragen«, gab der LT seine Meinung kund, bevor ihr Gespräch endete.

Der Cougar hüpfte und rumpelte weiter auf ihrem Weg durch den Distrikt, während sie, um Zeit gutzumachen, mit hoher Geschwindigkeit auf das Zollamt in der Nähe des Weltraumhafens zurasten.

****

ODA 915
Zollamt

Colonel Royce stand neben der Tür und starrte auf Ashurina und den Mann hinunter, der neben ihr saß. Sie waren das Paket, mit dessen Abholung sie beauftragt worden waren. *Das ist also der Mann, nach dem wir all diese Jahre gefahndet haben ...* Im Geist zählte er die zahlreichen Beinahe-Situationen, in denen er ihnen nur knapp entkommen war. Jedes Mal, wenn Royce überzeugt war, dass sie ihn hatten, war es ihm gelungen, sich in letzter Sekunde ihrem Zugriff zu entziehen – bevor er erneut für Monate oder sogar Jahre verschwand.

Dann äußerte sich der Mann, den Royce musterte, beinahe entschuldigend: »Es überrascht Sie vielleicht, das zu hören, aber einmal hätten Sie mich beinahe erwischt.«

Royce brummte und schüttelte abwehrend den Kopf. »Lassen Sie mich raten. Rio, im Herbst 2109, richtig?«

Der Mann nickte langsam. »Ja, damals. Ihre Leute sind gut, Colonel, wirklich gut.«

Einen Augenblick zögerte der Mann, dann fuhr er fort. »Ich weiß, Colonel, dass es für Sie keinerlei Bedeutung hat, aber ich sehe es jetzt ... Ich wollte, ich hätte es früher gesehen. Aber jetzt sehe ich es – und ich werde für all meine Sünden geradestehen.«

Royce starrte ihn einen Moment lang weiter durchdringend an, versunken in seine Gedanken und in die Erinnerung an das, was dieser Mann seinem Volk angetan hatte. *Hatte er nicht eben erst den Zodark bei der Invasion von Sol, der Erde und ihren Kolonien geholfen?* Er holte tief Luft und fragte: »Sie denken also, Sie haben etwas erkannt? Wie sieht diese Offenbarung Ihrer Ansicht nach aus, die uns zu diesem Moment gebracht hat?«

Bevor er das Schiff zur Erledigung ihres Auftrags verlassen hatte, hatte ihn sein Freund Drew vom republikanischen Geheimdienst während einer Einsatzbesprechung dahingehend informiert, dass Dakkuri, der Kafarr der Mukhabarat in Sol, offensichtlich zu der Überzeugung gekommen war, dass er auf der Seite des falschen Teams gespielt hatte. Infolge dieses Aha-Moments wollte er nun die Seite wechseln, um seinen Fehler zu korrigieren. Royce wünschte sich, dass dies wahr wäre; er wollte der ständigen Bedrohung durch die Zodark und ihren Vertretern, den Mukhabarat, ein Ende bereiten. Andererseits hatte er lange genug in geheimdienstlichen Bereich gearbeitet, um zu wissen, dass ein Agent allein aus dem Grund überlaufen mochte, um sich auf der Seite des Gewinners in eine bessere Position zu bringen. Das Problem für Royce war, das der heutige Gewinner nicht unbedingt der Gewinner des kommenden Jahres oder in dem Jahr danach sein musste.

Der Mann setzte gerade zur Erwiderung auf seine Frage an, als über den Kom-Kanal, dem Royce im Hintergrund zuhörte, eine Reihe dringender Warnungen zu ihnen vordrang. Mit dem sicheren Gefühl, dass etwas nicht stimmte, hob Royce die Hand und verließ eiligst den Raum, während er sich in das Kommunikationssystem einschaltete. »Badger Eins, Badger Sechs hier. Situationsbericht?«

»Badger Fünf, Badger Zwei. Fünf feindliche Zielobjekte aus dem Süden. Einhundert Meter und sie nähern sich schnell«, berichtete der Soldat, der vor dem Gebäude den südlichen Bereich überwachte.

Verdammt, wo bleibt unsere Mitfahrgelegenheit? Wir stehen kurz davor, uns erneut mit dem Feind anzulegen, und unser Extrahierungsteam lässt auf sich warten, fluchte Royce verhalten. Er schäumte vor Wut über eine missglückte unkomplizierte Abholung, die gerade dabei war, sich in eine heikle Situation zu verwandeln, aus der sie sich herauskämpfen mussten.

»Badger Vier, aufpassen! Links … Oh Mann, er bringt Sprengstoff an der Tür an. Bereitstehen für Kontakt!«

Badger Vier … das ist die Westseite des Gebäudes. Royce versuchte, sich den Standort der Tür ins Gedächtnis zurückzurufen, als der Sprengsatz hochging.

BUUMM!

Die Nähe der Explosion und der anschließende Aufprall der damit verbundenen Druckwelle auf seinen Drachenhautpanzer schleuderte ihn zu Boden. So gut er konnte, schüttelte er ihre Auswirkung ab. Er kam gerade rechtzeitig wieder auf die Beine, um den ersten Zodark zu entdecken, der durch das Loch – wo sich eben noch eine Tür befunden hatte – in das Gebäude vordrang.

Royce sah den Blasterschuss, den der Zodark auf ihn abgab, und sprang gerade noch rechtzeitig zur Seite, bevor sein Blitz genau an der Stelle einschlug, an der er sich eben noch aufgehalten hatte.

Er antwortete auf diesen Beschuss mit einem Angriff von der Hüfte her, bevor er sich zusammenrollte und vor den Schüssen, die weiter um ihn herumtanzten, nach links auswich. Nachdem sich Royce mit seiner an der Schulter balancierten Waffe wieder aufgerichtet hatte, drückte er erneut auf den Abzug und schickte mehrere Blasterschüsse direkt in den Brustkorb des Zodark, der seinerseits die Absicht gehabt hatte, ihn zu töten.

Kaum hatte er diesen ersten Außerirdischen aus dem Weg geräumt, als ihm zwei weitere wild um sich schießende Monster durch die Öffnung folgten.

Royce ging hinter einem Stapel Kisten in Deckung und feuerte mit seinem Sturmgewehr auf die beiden Angreifer, die ihn Augenblicke zuvor nur knapp verfehlt hatten. Er fluchte, als sich die Zodark trennten, um seine Aufmerksamkeit in verschiedene Richtungen zu lenken. Einer schoss auf ihn, während ihm der zweite näher kam. Dies war die klassische Taktik der Deckung- und Vorwärtsbewegung, in der er unzählige seiner Soldaten über die Jahre ausgebildet hatte.

Der Lärm von Blasterschüssen, menschlichem Schreien und dem wütenderem Gebrüll der Zodark verriet Royce, dass sie in Schwierigkeiten steckten, falls sie den Zodark erlaubten, sie solange vor Ort festzunageln, bis ihre Kumpane eintrafen, um ihre Stellung zu überrennen. Während er nach einer seiner Granaten griff, sprang ein Zodark von der Öffnung aus auf ihn zu. Er überwand die Distanz zwischen ihnen mit unglaublicher Geschwindigkeit. Im Wissen, dass ihm nur Sekunden blieben, bevor ein messerschwingender Zodark sich auf ihn stürzen würde, sprang er hoch … außer Reichweite des Biestes, das ihn beinahe erwischt hätte. Ungefähr sechs Meter von ihm entfernt hatte er wieder festen Boden unter den Füßen.

Wow, wieso habe ich nie die Kraft des in unsere Drachenhautpanzerung eingebauten Exoskeletts genutzt …?, war der erste Gedanke, der ihm durch den Kopf ging, während er das Feuer auf den Zodark eröffnete, der seinerseits weiter versuchte, ihn zu treffen. Royce aktivierte die Granate, die er immer noch in der Hand hielt und warf sie durch das Loch im Türrahmen, das die Zodark gerade erzeugt hatten, nach draußen. Dann eröffnete er das Feuer auf den letzten Zodark, um den er sich bislang nicht hatte kümmern können.

Bumm!

Die Splittergranate explodierte im richtigen Augenblick, um zwei Zodark zu verletzen, die soeben in das Gebäude eindringen wollten. Während sich der gegenseitige Beschuss der beiden Seiten fortsetzte, hörte Royce dann endlich den Einsatz einer Waffe, die ständig näher kam. *Typisch, jetzt holen Sie uns ab ... nachdem wir die Bedrohung aus dem Weg geräumt haben.*

Da der Kampf sich nun auf die andere Seite des Gebäudes konzentrierte, kehrte Royce in das Büro zurück, wo er Ashurina und ihren Meisterspion, den sie in Sicherheit bringen sollten, zurückgelassen hatte. Erleichtert seufzend fand er beide wohlbehalten vor. Er hielt Ashurina die Hand entgegen und forderte seine Schützlinge auf: »Kommen Sie. Diese Seite des Warenlagers ist geräumt. Sieht aus, als ob unsere Fahrer endlich eingetroffen sind. Zeit, von hier zu verschwinden.«

Kapitel Zweiundzwanzig
Warum jetzt? Wieso die Gurista?

Privatquartier des Statthalters
RNS *Freedom*
Nahe der Erde, Sol-System

Es hatte Miles einen ganzen Tag gekostet, den Transport der Teilnehmer an dieser Konferenz zu organisieren. Mit dem Tod der Kanzlerin und dem größten Teil des Senats hatte es ein Gerangel darüber gegeben, welcher politischen Position technisch gesehen die Rechtsnachfolge zukam. Die sechs Personen, denen diese Rolle zugekommen wäre, waren alle während den ersten 12 Stunden der Invasion ums Leben gekommen. Gegen Ende des ersten Tages, immer noch ohne genaue Vorstellung, wer der neue Kanzler oder die neue Kanzlerin sein mochte, machte Admiral Bailey eine wenig bekannte Klausel des Kriegsrechts geltend. Sollte die Nachfolge nicht eindeutig feststehen und die Position des Kanzlers mehr als 12 Stunden lang nicht besetzt sein, durfte der Leiter des Weltraumkommandos solange die Kontrolle über die Zivilregierung übernehmen, bis die Kampfeinsätze zur Sicherung des Systems vorbei waren. Nach dem Ende der Kampfoperationen mussten nicht länger als 30 Tage darauf Neuwahlen abgehalten werden.

Statthalter Hunt saß am Tisch und beobachtete die Reaktionen der Anwesenden auf die Informationen, die Drew, der Repräsentant des republikanischen Geheimdiensts, ihnen vorlegte. Er konnte ihren emotionalen Konflikt sowohl im Ausdruck ihrer Gesichter erkennen als auch daran, wie unruhig sie auf ihrem Stuhl hin und her rutschten. Aus diesem Grund wollte er sie hier haben – brauchte er sie hier. Entscheidungen mussten getroffen werden – Entscheidungen, die er nicht alleine treffen sollte. Die Schwierigkeiten, die er hatte überwinden müssen, nur um sie an Bord der *Freedom* zu bekommen, ließen es ihm allerdings fraglich erscheinen, ob die hier Versammelten realistisch dazu in der Lage waren, solch politisch wichtige Entscheidungen zu treffen. Lange, nachdem alles vorbei war, hatten sie sich immer noch gefürchtet, ihren Bunker zu verlassen.

Auf dem Mars fanden weiterhin militärische Operationen statt, ebenso in einigen Gebieten der Erde, in denen die Zodark den

republikanischen Kräften eine Woche nach der Invasion noch
vereinzelt Widerstand leisteten. Es hatte ihn all seine
Überzeugungskraft gekostet, die Anwesenden für diese ungemein
wichtige Konferenz an Bord der *Freedom* zu bekommen.
Entscheidungen mussten getroffen werden und ihre Teilnahme daran
war vonnöten, ob sie es wollten oder nicht.

»Damit bin ich am Ende meines Geheimdienstberichts und
meiner Stellungnahme zum Kafarr der Mukhabarat, Dakkuri Canaan.
Falls Sie Fragen haben, stellen Sie sie bitte jetzt. Nach dem Abschluss
dieser Unterrichtung wird der Zugriff auf alles, was Sie gehört und
gesehen haben, allein mit besonderer Berechtigung möglich sein.
Jegliche Diskussion dieses Materials außerhalb genehmigter Standorte
wird strafrechtlich als die bewusste Weitergabe geheimer
Informationen verfolgt werden«, warnte Drew.

Einen Augenblick herrschte absolute Stille. Hunt vermutete,
dass sie Fragen hatten – wobei niemand der Erste sein wollte, der sich
zu Wort meldete.

»Na schön, dann stelle ich *die* Frage. Warum haben wir diesen
Mann noch nicht aus der Luftschleuse geworfen und ihm beim Sterben
zugesehen?« Botschafterin Nina Chapman spuckte diese Worte voller
Hass und Bösartigkeit aus. Dann legte sie nach. »Falls dieser Kafarr
wirklich derjenige ist, der er zu sein behauptet – was Ihr Doppelagent
Ihnen bestätigt – bedeutet dass, dass er der gegen die Republik
arbeitende, zuständige Meisterspion der Mukhabarat ist.«

Bevor sich jemand hierzu äußern konnte, hob sie abwehrend
ihre Hand. »Nein, noch nicht, Reinhard. Ich weiß, dass Sie alle zu
begründen versuchen, weshalb wir den Vorschlag dieses Mannes
annehmen sollen – *seinen* Vorschlag! Falls er der Meisterspion ist –
und auf das Folgende möchte ich Sie ausdrücklich hinweisen –
bedeutet das, dass er die Verantwortung für Jahre terroristischer
Anschläge, für Dutzende politischer und militärischer Meuchelmorde,
für industrielle Sabotage und nun für die Invasion der Erde, unserer
Heimatwelt, trägt. Er hat den Tod von Millionen – nein, wohl eher die
zehn- oder sogar die hundertfache Zahl von Menschen auf dem
Gewissen. Entschuldigen Sie, dass ich ein ernsthaftes Problem mit der
Idee habe, ihm jetzt, da seine Seite am Verlieren ist, den Seitenwechsel
zu erlauben. Dieser Hund hat nach all dem, was er unserer großartigen
Republik angetan hat, sein Recht zu leben verwirkt!«

Miles hatte das Brodeln des Zorns und die Frustration unter der Oberfläche der gewöhnlich so besonnenen Diplomatin wachsen sehen. Je mehr Drew Dakkuris Wunsch, überzulaufen, dargelegt hatte, desto fraglicher erschien seine für ihn zeitlich günstige Offenbarung darüber, wer die Zodark wirklich waren. Diese Erklärung konnte die Botschafterin nicht wirklich überzeugen oder tat Dakkuri in irgendeiner Hinsicht einen Gefallen.

Direktor Gehlen versuchte zu vermitteln. »Ich verstehe Ihr Zögern, Botschafterin. Mir ist ebenfalls viel daran gelegen, dass dieser Mann für seine Aktionen zur Rechenschaft gezogen wird. Wenn das, was er sagt, allerdings der Wahrheit entspricht, wie können wir dann Nein zu …«

»Sie meinen, wie können wir einen zur Rettung seiner eigenen Haut sorgfältig konstruierten Köder ablehnen und den Kafarr potenziell nach Hause an sein eigenes Volk ausliefern, während er uns seinen Zodark-Freunden auf einem silbernen Tablett serviert? Nein, Reinhard, wir sagen ihm einfach, dass wir uns auf keinen Handel einlassen und stoßen ihn aus der Luftschleuse. So gehen wir mit der Sache um«, fiel ihm Nina ins Wort.

»Bitte, Nina. Wir verstehen alle, wer dieser Mann ist und wofür er die Verantwortung trägt. Darüber hinaus müssen wir aber auch den Wert der Informationen in Betracht ziehen, die er uns über seine Organisation, die Mukhabarat, und den Geheimdienst der Zodark geben kann … Ich glaube, sie nennen ihn ,das ‚Groff‘. Sie sehen, dass wir nur sehr wenig, wenn überhaupt irgendwelche Kenntnisse über die Organisation der Zodark haben, oder über ihre Welten, oder über irgendetwas, das mit ihnen zu tun hat«, konterte Direktor Gehlen vom Interstellaren Marschalldienst.

Statthalter Hunt riss das Wort an sich, bevor Nina die Diskussion noch weiter aus der Bahn werfen konnte.

»Genug. Ich habe die Meinung und die Gedanken jedes Einzelnen von Ihnen gehört. Sie trugen Ihre Gründe für oder gegen die Akzeptanz des Angebots dieses Mannes vor, der in diesem neu aufgelebten Krieg, in dem wir uns wiederfinden, auf unsere Seite wechseln möchte.« Hunt wandte sich Nina zu und erklärte: »Sie liefern überzeugende Argumente, Botschafterin, denen ich auf emotionaler Ebene zustimme. Dennoch werde ich sein Angebot akzeptieren, allerdings nicht unter den Bedingungen, die ihm vorschweben.«

Sie wollte gerade zu einem weiteren Protest ansetzen, als er nun mit mehr Nachdruck darauf bestand: »Ich bin der Statthalter – der Anführer der Allianz. Nicht Sie oder ein Dritter. Obwohl ich weiter ein uniformiertes Mitglied der Republik bin und die Erde mein Zuhause ist, bin ich mittlerweile über die Erde hinaus für weit mehr verantwortlich – das wissen Sie. Also versuchen Sie nicht, die Dinge zu verdrehen oder mich zu einer nationalistischen Entscheidung zu zwingen. Wenn uns dieser Kafarr umsetzbare Geheimdienstinformationen liefern kann, die künftige Angriffe vereiteln und uns bei der Planung meiner Gegenoffensive helfen, dann will ich diese Option zusammen mit ihm erkunden … statt ihn zur Befriedigung eines Drangs nach sofortiger Gerechtigkeit aus einer Luftschleuse zu stoßen. Die Entscheidung ist gefallen.

»Wenn jetzt bitte alle, außer Drew, den Raum verlassen … Ich habe noch einige letzte Fragen an ihn, die ich ihm privat stellen muss. Morgen setzen wir unsere Diskussion fort und beginnen mit der Begutachtung des Schadens, den uns die Zodark zugefügt haben und welche Art von Abhilfemaßnahmen wir in Angriff nehmen müssen, um die Republik auf den Stand vor der Invasion zurückzubringen.«

Die Gruppe erhob sich und verließ den Raum, während Drew an die Bar herantrat und sich einen Drink einschenkte. Miles stand ebenfalls auf und gesellte sich zu ihm. Er entschied sich für einen guten Schluck Tennessee-Whiskey. Mit einer Kopfbewegung deutete er auf zwei Stühle, die ihren Benutzern den wunderbaren Ausblick aus den bodenhohen Fenstern ermöglichten – solange sie nicht durch ihre Abwehrschilde geschützt waren.

»Ihre Präsentation war ausgezeichnet«, beglückwünschte Miles Drew.

»Sie haben ein Recht, so emotional zu sein. Wir wurden gewaltsam angegriffen – wofür auch wir Verantwortung tragen«, wehrte Drew ab und starrte auf die braune Flüssigkeit hinunter, die er vorsichtig in seinem Glas herumschwenkte.

»Nicht jeder Plan läuft wie beabsichtigt, Drew.«

»Ich habe genug Zeit mit den Sondereinsatzkräften und im Geheimdienst verbracht, um das als wahr zu akzeptieren, Statthalter. Trotzdem denke ich immer, dass uns ebenfalls ein Teil der Schuld trifft.«

Miles starrte Drew einen Moment lang scharf an. Seit ihrem ersten Treffen war der Geheimdienstler an seiner Aufgabe gewachsen. Der Mann hatte ein großartiges Potenzial. Trotzdem sah Hunt auch eine gewisse Schwäche in ihm, eine Verwundbarkeit … Miles war sich nicht sicher, ob das ein Pluspunkt oder womöglich doch eine Verbindlichkeit war.

»Drew, Sie erinnern sich, was ich Ihnen über die Last des Kommandos gesagt habe?«

Drew hielt mit dem Schwenken des Inhalts seines Glases inne und antwortete: »Schwer ist die Last des Kommandos …«

» … und schwer sind die Schultern, auf denen es lastet«, fügte Hunt hinzu.

»Wie bewerkstelligen Sie das, Statthalter? Über das Schicksal von Welten zu entscheiden, über Hunderte von Millionen – über Milliarden von Lebewesen – ohne an dem Wissen zu verzweifeln, dass Sie deren Schicksal bestimmen? Ob sie leben oder sterben. Keiner von ihnen hatte je die Wahl. Ihr Schicksal wurde durch jemanden in einer Position der Macht bestimmt, den sie nie getroffen haben oder von dem sie nie wussten, welche Macht er über sie hat«, erkundigte sich Drew, der darum kämpfte, die von ihm erwartete emotionslose Fassade aufrecht zu erhalten.

Miles sah, wie gespalten Drew war, wie er mit der Last der Entscheidung kämpfte, die sie getroffen hatten. Sie hatten Jahre mit der Anstrengung verbracht, die Zodark zu manipulieren und sie dazu zu bringen, in das System ihrer Wahl einzufallen … und damit der Republik in die Falle zu gehen. Stattdessen waren die Zodark unter Ausnutzung der neu entdeckten Humtartechnologie und dank den Falschinformationen, die die Republik über ihre angeblichen Stärken und Schwächen hatte durchsickern lassen, in Sol eingefallen.

Miles stellte sein Glas auf dem Tisch zwischen ihnen ab und beugte sich vor, um Drew in die Augen zu sehen. »Drew, Ihnen fiel eine herausragende Rolle in der Überzeugung der Zodark zu, dass wir dort, wo wir stark waren, schwach waren; dass wir wenige waren, wo wir viele waren … Leben und Schiffe – die waren mit der Entscheidung verloren, die Zodark in unser Hoheitsgebiet zu locken. Um sie als strategische Langzeitbedrohung zu beseitigen, um mir Zeit zu erkaufen, unsere Republik und die Allianz in die Art von Streitmacht zu

transformieren, die den endgültigen Sieg erreichen kann, mussten wir
Risiken akzeptieren und darauf vorbereitet sein, Verluste hinnehmen.

»Drew, ich brauche etwas von Ihnen, dass ich Ihnen weder
befehlen noch von Ihnen verlangen kann, und dennoch ist es
unumgänglich für die Fortsetzung unserer Zusammenarbeit ...«

»Lassen Sie mich raten. Loyalität?«, unterbrach Drew ihn mit
unsicherem Blick.

»Ihre Loyalität?« Miles zog eine Augenbraue hoch. »Drew,
die steht außer Zweifel. Ich weiß, dass ich Ihre Loyalität zur Republik
und zu unserem Volk als Spezies habe. Was ich von Ihnen brauche geht
über Loyalität hinaus – es ist Vertrauen. Unerschütterliches Vertrauen,
dass das, was ich tue, im besten Interesse der Republik, unseres Volkes,
der Menschen und der Allianz insgesamt liegt. Ich brauche Ihr
Vertrauen, ohne mich zu hinterfragen, ohne zu zögern; dass Sie meine
Befehle in dem Wissen ausführen, dass sie Teil eines größeren Plans
sind, über den ich Sie informiert oder auch nicht informiert habe. Drew,
Sie fragten, wie ich mit den Entscheidungen, die ich treffe, leben kann.
Insbesondere mit einer wie dieser. Ich tue es mit schwerem Herzen,
weil ... weil ich es tun muss.«

Dann fuhr Hunt in sanfterem Ton fort: »Es ist nicht etwas, das
ich auf die leichte Schulter nehme oder wahrhaft genieße oder begrüße.
Ich treffe die schwierigen Entscheidungen, da Männer mit weniger
Charakter, Überblick und moralischer Integrität statt meiner dazu
berufen würden, sollte ich die Last des Kommandos, das für mich
ausgewählt wurde, nicht akzeptieren.

»Trotz seiner guten Absichten mangelte es dem altairianischen
König Grigdolly, der auch die Position eines Admirals innehat, an der
Fähigkeit, die Allianz zu vereinen und sie zum Sieg zu führen. Die
Altairianer sind ein mächtiges, technologisch fortgeschrittenes und
zahlenmäßig großes Volk. Sie kontrollieren ein ausgedehntes
Königreich, um das sie viele Spezies innerhalb und außerhalb unserer
Allianz beneiden. Während sie viele Dinge sind ... Gute und
ausgezeichnete Krieger sind sie nicht. Dank ihrer technologischen
Überlegenheit gegenüber anderen, denen sie begegnet sind, gelang es
ihnen, über die Jahrhunderte hinweg zu expandieren und zu wachsen –
bis ihnen die Orbot und damit zugleich auch die Zodark über den Weg
liefen ...«

»Das ist der Grund, weshalb sich die Gallentiner einmischten und Sie anstelle von König Grigdolly zum Statthalter machten. Um den Krieg zu unseren Gunsten zu wenden und zugunsten der Gallentiner«, beendete Drew diesen Gedanken, der langsam zu verstehen begann, wie Miles seine Entscheidungen kalkulierte.

Miles nickte kurz und leerte den letzten Schluck Whisky in seinem Glas, bevor er sich neu einschenkte.

»Drew, in diesem Krieg geht es um weit mehr als Sie sich vorstellen können. Es geht um mehr als nur um die Zodark und die Orbot. Sie sind nur Schachfiguren, Stellvertreter für die wahren Herren des Universums, die im Hintergrund die Stränge ziehen. Wir sind nur Steine auf einem Brett – die ohne Rücksicht im Hinblick auf unsere Zukunft verschoben werden«, erklärte Miles, bevor er Drew noch einen Whisky einschenkte. »Ich brauche Ihre professionelle Meinung über Dakkuri und Ashurina. Können wir Ihnen vertrauen? Manipulieren sie uns als Teil einer größeren Geheimdienstoperation der Mukhabarat oder des Groff? Wie realistisch ist es, dass sie tatsächlich überlaufen, die Seite wechseln wollen?«

Diese Frage hing eine Weile in der Luft. Hunt beobachtete Drew, der tief in Gedanken versunken schien. Er begrüßte die Eigenschaft des Mannes, keine übereiligen Schlüsse zu ziehen. Manchmal konnte er aufgrund seines südstaatlichen Akzents oder der Art, wie er sprach, den Eindruck eines weniger bedachten Agenten erwecken, aber Miles hatte bereits bei ihrem ersten Treffen hinter diese Fassade gesehen. Es war eine gewiefte Art, sich beliebt zu machen, um sowohl potenzielle Gegner als auch Verbündete mit seinem Charme und seinem Mangel an Kultiviertheit für sich zu gewinnen. Er war ein Chamäleon, ein Mann, der in den Hintergrund seines Umfelds rückte und in jeder Situation zu dem wurde, das ihm erlaubte, in aller Öffentlichkeit unsichtbar zu sein.

Drew hob sein neu gefülltes Glas an und nahm zwei große Schlucke, bevor er Hunt in die Augen sah. »Hier ist das, was ich weiß, Statthalter. Das Leben ist kurz. Die Menschen wollen leben. Sie wollen alt werden. Selbst wenn sie es leugnen – sie wollen es. Ich bin bereit, für meine Überzeugung zu sterben, für mein Land. Das bedeutet allerdings nicht, dass ich nicht länger leben will. Das will ich. Diesen Wunsch dicht unter der Oberfläche, dieser Wunsch zu leben ... den sehe ich sowohl in den Augen von Ashurina als auch in diesem Mann

Dakkuri. Sie sind willig, für das, woran sie glauben, zu sterben. Sie sind willig zu sterben, damit ihre Familien leben können. Falls ihnen aber die Chance geboten wird, in Frieden zusammen mit ihrer Familie alt zu werden … dann wählen sie unweigerlich das Leben.«

»Dann halten Sie Dakkuris Wunsch, die Seiten zu wechseln also für aufrichtig?«

»Das tue ich.«

Hunt überlegte einen Augenblick. *Wenn Drew denkt, dass er es ernst meint … dann sollte ich wohl doch mit ihm reden …*

»Ich will mit ihm sprechen. Ihm in die Augen sehen. Ihn etwas fragen, das ich allein ihn fragen kann. Bringen Sie ihn her, in zwei Stunden, in mein Privatquartier. Wegtreten.«

Kapitel Dreiundzwanzig
Der Befall

Zweiter Speer, Bluträuber-Clan
Palácio da Pena
Sintra, Portugal
Erde, Sol-System

Otro fletschte die Zähne, als das nächste winzige fliegende Insekt auf seinem ungeschützten Fleisch landete und sich erneut an ihm labte. Fluchend schlug er nach ihm. Sein Zorn steigerte sich von Minute zu Minute, während er den Bericht über den Erfolg oder Misserfolg ihres Angriffs erwartete. In der Zwischenzeit stand er in dem ehemaligen Esszimmer eines Palastes aus längst vergangenen Zeiten, in dem die gefliesten Wände ganz oben an der Decke in einem komplizierten Muster ineinandergreifender Steinbögen endete. Dieser Tage standen in dem Raum eine Reihe von Tischen mit einer Unzahl von Sternenkarten, und Otor verfluchte diese verdammten beißenden Fliegen.

Otro studierte die digitale Karte, die die Koordinaten der sich nähernden Einheiten der ‚Bluträuber‘ wiedergab. In seinem Kopf schwirrten Strategien; Optionen, die er gehabt hätte, wenn er statt einem Rollkommando eine ausreichend starke Invasionstruppe mit sich gebracht hätte ... Die Republik leistete vehement Widerstand, kämpfte sich von Haus zu Haus voran, von Straße zu Straße entlang einer Kontaktlinie, die sich vom Fluss Tagus im Süden bis hin zur am Berg gelegenen militärischen Festungsanlage Belas im Norden erstreckte. Amadora lag in der Mitte.

Mit dem Finger deutete Otro auf die Parkanlage Monsant. Falls sie die feindliche Verteidigung durchbrechen wollten, mussten sie das in höherer Lage gelegene Monsanto einnehmen. Er hatte dem 4. und 5. Shriktar befohlen, mit ihren Hochgeschwindigkeitsfahrzeugen den Park zu stürmen, in der Hoffnung, die Kontrolle über den hochgelegenen Boden zu erlangen und ihnen damit den Weg nach Lissabon und Umgebung zu öffnen. Es war Stunden her, dass die beiden Shriktar ihren Angriff gestartet hatten. Die verbliebenen drei Gruppen wollte er bis zu dem Zeitpunkt in Reserve halten, an dem die

Elitetruppen eintrafen, die die effektivsten Resultate einbringen würden.

Wir müssen an dieser Front vorbei und ihre Nachhut erreichen ... danach können wir die Städte mit Leichtigkeit verteidigen, ohne eine Umzingelung fürchten zu müssen. Otro konnte das Gefühl, dass die Zeit knapp wurde, einfach nicht abschütteln. *Der Feind würde sich schon bald sammeln, um mit ihrer Einkreisung und Zerstörung zu beginnen.*

Er trat einen Schritt von der Karte zurück, nickte zustimmend und lenkte seinen Blick auf einen anderen Bereich. An einigen ihrer Standorte schlugen sich seine Kräfte gut, drangen ohne jeglichen Widerstand vor. An anderen Stellen wurden sie durch eine gelegentlich überwältigende Anzahl von Gegnern besiegt und abgeschlachtet. Er wusste, es würde nicht lange dauern, bevor sich die republikanischen Kräfte fangen würden. Momentan kontrollierten die Zodark immer noch die Höhe über ihnen – den Weltraum. Sobald die verloren war, würde ihnen nicht viel Zeit bleiben.

Otro war immer noch sehr über das Versagen von Vak'Atioth und dem Groff aufgebracht. Ihr Fehler hatte zur Zerstörung der *Nefantar* geführt. Ein Element ihrer elektronischen Trickkiste hatte allerdings mehr als andere einen Erfolg verzeichnet. Mit dem Beginn der Bodeninvasion war auf den Betriebssystemen, die das Programm der synthetischen Kampfsoldaten steuerten, eine Fehlermeldung aufgetaucht. Getreu ihrem damaligen Vorgehen, als die Republik den Orbot zum ersten Mal begegnet waren, hatte sie die Synthetiker heruntergefahren, um die Systeme zu klären; um sicherzustellen, dass sie nicht kompromittiert waren. Obwohl es keine permanente Lösung war, würde diese Tatsache Otros Kräften einige wertvolle Tage verschaffen, um schwere Verwüstungen anzurichten, bevor die Kampfmaschinen wieder einsatzbereit waren und ihren Einfluss auf dem Schlachtfeld erneut geltend machten.

NOS Griglag stand neben Otro, der sich weiterhin die Karte ansah. Dann kommentierte er: »Mavkah, wenn Sie das große Ganze wie hier vor sich sehen, möchte ich wetten, dass Sie sich eine Invasionsstreitmacht statt einem Stoßtrupp wünschen.« Er lachte frustriert und dennoch voller Stolz. »Nach all dem, was wir allein mit den ‚Speeren' erreicht haben, können Sie sich vorstellen, was wir mit den ‚Hämmern' hätten tun können? Wir hätten diesen Planeten eingenommen – eine neue Welt voller Sklaven, die dem Reich dienen«, verkündete er voller Arroganz. Oder war es womöglich Selbstbewusstsein, das Otro in seiner Stimme hörte?

Otro schnaubte nur. Die Karte hielt ihn weiter im Bann.

Der NOS-Kommandant sprach weiter. »Mavkah, ich bin gekommen, um Ihnen mitzuteilen, dass die Speere Drei und Vier die Linie bei Amadora durchbrochen haben. Sie stehen mit den Shriktar in Kontakt und es gelang ihnen, die Höhen einzunehmen.«

»Fabelhaft, Griglag! Sie bringen wunderbare Nachrichten«, rief Otro überwältigt von der Euphorie des Augenblicks aus. Seit Stunden wartete er nun schon auf konkrete Informationen, die ihn wissen ließen, ob seine Shriktar dem Feind die überlegene Position hatten entreißen können.

Griglag gab etwas auf einem Terminal nahe der Karte ein und brachte ein Bild zu ihrer Ansicht hoch. Auf einen bestimmten Punkt zeigend, informierte er: »Dieser Standort, der Weltraumhafen Humberto … Er stellt ein Problem dar. Die republikanischen Kräfte haben ihn befestigt und halten derzeit weiter durch die Stadt hindurch auf ihre eigenen Einheiten zu, die sich im Süden und Westen des Zentrums von Lissabon zurückziehen. Damit richten sie eine neue Kontrolllinie ein. Im Norden, hier, in Malveira … Speer Eins berichtete soeben von ihrer ersten Begegnung mit den Maschinen, die sie Synth nennen.« Griglag spuckte dieses Wort wie saure Milch aus seinem Mund aus.

»Wie hoch ist ihre Zahl?« Otro war noch nicht gewillt, in Panik zu geraten. Er wusste, dass es nur eine Frage der Zeit war, bevor sie mit diesen Maschinen rechnen mussten.

Abwehrend schüttelte Griglag den Kopf »Nein, Mavkah, das ist ein Missverständnis. Sie trafen nicht auf ein Dutzend oder sogar auf Hunderte von ihnen. Weit gefehlt … Derzeit greifen nur drei oder vier von ihnen an.«

Das verwirrte Otro. *Warum hielt der Kommandant der Speere den Angriff einer solch kleinen Zahl von Maschinen für erwähnenswert? Im letzten Krieg hatten sie ein Vielfaches dieser Zahl zerstört. Wieso stellte dies jetzt ein Problem dar?*

Griglag musste seine Verwirrung erkannt haben. Er erklärte weiter: »Ich verstand es ebenfalls nicht, Mavkah. Auf meine Erkundigung hin, wieso er bei einer so geringen Zahl von Synthetikern

von einem Problem spricht, teilte er mir mit, dass diese Maschinen …
Es sind nicht die gleichen Maschinen, die uns im letzten Krieg
begegnet sind. Er berichtete, dass diese Maschinen anders sind. Sie
scheinen stärker, schneller und auf einer höheren Entwicklungsstufe als
die des letzten Krieges zu sein.«

»Wie bitte? Sie und Ihr Kommandeur sind überrascht, dass die
Republik neue Killerroboter hat? Es hätte mich doch sehr gewundert,
wenn sie diese Maschinen seit dem letzten Krieg nicht verbessert
hätten. Wir können von Glück reden, dass einige Tricks des Groff
funktionierten und ihr Erscheinen bis jetzt hinausgezögert haben«,
machte sich Otro über die Bedenken seines Kommandeurs lustig. Er
fand es weiter unnötig, sich darüber Sorgen zu machen.

Griglag verstand und ließ das Thema fallen. Otro winkte ihm
zu, ihm nach draußen zu folgen, fern von den anderen im
Kommandozentrum. Sobald sie sicher außer Reichweite neugieriger
Ohren waren, hielt er inne, streckte seinen Rücken, in dem die Knochen
knackten, und atmete tief durch.

Otro wandte sich dem militärischen Oberhaupt des
Bluträuberclans zu und erklärte: »Griglag, da wir nun unter uns sind,
möchte ich Ihnen etwas sagen. Es war eine kluge Entscheidung,
Richtung Norden zu ziehen. Als unsere Truppen auf dem afrikanischen
Kontinent landen mussten, um die verbliebenen orbitalen Wachtürme
zu vermeiden, war ich mir zunächst nicht sicher, ob es uns möglich sein
würde, uns über dem Planeten auszubreiten, bevor die Republik
reagieren konnte. Ihr schnelles Denken, die Verlegung unserer Speere
mittels unserer tief am Boden über Land und Ozeane gleitenden
Transporter durchzuführen, war eine hervorragende Idee. Wir mussten
die Schiffe nicht an der Oberfläche geparkt zurücklassen oder mit ihnen
ohne Gefecht in die Umlaufbahn zurückkehren. Ich wünschte mir nur,
es gäbe einen Weg für uns, diesen Planeten zu verlassen und zu
unserem Volk zurückzukehren, um ihm eines Tages von Ihren Erfolgen
hier zu berichten und Sie angemessen zu belohnen.«

Griglag erwiderte: »Das ist sehr aufmerksam von Ihnen,
Mavkah. Vielleicht wird uns Lindow seine Gunst gewähren und uns
einen Weg zurück ins Reich eröffnen. Falls das nicht seinem Willen
entspricht, dann werden wir hier einen Heldentod sterben – auf diesem
Planeten – im Wissen, dass es hier war, wo er uns einlud, sich im
Paradies zu ihm zu gesellen, um mit unseren Kriegern vergangener und

gegenwärtiger Zeiten zu dinieren, während wir die der Zukunft erwarten.«

Otro, der Griglags Aussage aufmerksam zugehört hatte, fühlte sich geehrt, neben einem Zodark zu kämpfen, der Lindow so inständig und absolut verpflichtet war. Ihr Gott und Schöpfer hatte die Gründung ihres Reichs bewirkt. Dank seiner Hilfe war es zu dem geworden, was es heute war. Er wusste, dass das Reich überleben würde – so wie Lindow in jedem von ihnen lebte … selbst wenn er persönlich diesen Kampf nicht überstehen sollte.

Kapitel Vierundzwanzig
Die Gurista

Privatquartier des Statthalters
RNS *Freedom*

Der Statthalter starrte Dakkuri beim Betreten des
Wohnzimmers seines Quartiers durchdringend an. Dies war der Mann,
der für den Verlust so vieler Leben und für so viel Chaos und
Zerstörung verantwortlich war. Der Drang, ihn dort, wo er stand, zu
erdrosseln oder als Strafe für seine Verbrechen seinen Körper von den
beiden Deltas, die ihn begleiteten, langsam und verstümmeln
zergliedern zu lassen, war stark.

*Ich denke, wir werden schnell genug erfahren, ob wir dir
erlauben, weiter zu atmen. Du hebst deinen Wert am besten
überzeugend hervor, Dakkuri ... oder dies wird ein kurzes Gespräch ...*

»Entfernen Sie seine Fesseln«, befahl Hunt, bevor er die
Wachen mit einer Kopfbewegung aufforderte, sich zu den vier
Gallentinern zu gesellen, die Admiral Wiyrkomi zu diesem Treffen
begleitet hatten.

Die Soldaten befolgten seine Anweisung und stellten sich
nach der Entfernung der Handschellen neben die Gallentiner, um dort
den Gefangenen zu überwachen und sicherzustellen, dass dem
Statthalter oder dem Admiral keinerlei Gefahr drohte.

»Kommen Sie mit. Ich mache uns einen Drink. Dann können
wir reden«, forderte Miles Dakkuri auf und trat an die Bar heran, nahe
den Stühlen, in denen er und Drew erst vor kurzem gesessen hatten. Sie
standen immer noch im gleichen Winkel, die die spektakuläre Aussicht
aus den bodenhohen Fenstern erlaubte, außer sie waren von
heruntergefahrenen Abwehrschilden geschützt.

Dakkuri schien sich der Umstände nicht sicher zu sein. Der
Raum, den er betreten hatte, war aufwendig ausgestattet, ungleich
jedem anderen Kriegsschiff, auf dem er sich je befunden hatte. Und da
war da noch die Gegenwart einer anderen Rasse, der er nie zuvor
begegnet war. Das veranlasste ihn, nur zögerlich an die Bar
heranzutreten. Schließlich fragte Dakkuri: »Vielen Dank für den Drink.
Aber ich bin mir nicht sicher, mit wem ich trinke. Wie soll ich Sie
ansprechen?«

Miles hörte die Frage und ignorierte sie, während er eine Flasche Pappy Van Winkle unter der Bar hervorzog. »Wiyrkomi, würden Sie mir und meinen Gast bei einem Drink Gesellschaft leisten?«, lud er seinen gallentinischen Freund ein.

»Selbstverständlich, Statthalter«, erwiderte der Gallentiner in einer militärischen Uniform, die von seiner wichtigen Stellung zeugte.

Miles schenkte drei Gläser des teuren Whiskys ein und forderte Dakkuri auf, sich zu bedienen, während er auf die Stühle zutrat. »Kommen Sie, es gibt viel zu diskutieren«, stellte Hunt mir tonloser Stimme fest und reichte Wiyrkomi sein Glas. »Ich hoffe, er schmeckt Ihnen. Ich dachte, dass dieses Gespräch etwas Besonderes verdient. Diese Flasche, die mir Lilly zum Geburtstag geschenkt hat, sollte dem genügen.« Miles nahm Platz und trank einen Schluck, bevor er Dakkuri aufforderte, es ihm nachzutun.

Der Spionagechef der Mukhabarat tat, was ihm gesagt wurde. Hunt beobachtete das selbstbewusste Auftreten des Mannes und seine scharfen Augen, die alles um ihn herum wahrnahmen. Der Mann, der vor ihm saß, war ein Mörder. Das wusste Miles mit Sicherheit. Aber der Mann strahlte noch mehr aus … sehr viel mehr.

»Sie fragten, wer ich bin. Ich denke, diese Antwort kennen Sie bereits, nicht wahr?«

Dakkuri starrte ihn an. Ihre Augen trafen sich einen Augenblick, bevor er seine Augen senkte. »Sie sind der Statthalter – Miles Hunt.«

»Richtig. Ich bin der Oberbefehlshaber des Galaktischen Reiches, der Statthalter der Milchstraßengalaxie. Der Mann, der rechts neben mir sitzt, heißt Wiyrkomi. Ich denke, dass Ihnen seine Spezies bislang noch nicht begegnet ist. Ist das richtig?«

Dakkuri schüttelte den Kopf.

»Das ist in Ordnung. In unserer Galaxie haben das nur wenige. Wiyrkomi ist ein Admiral. Tatsächlich ist er der Kapitän des Schiffes, auf dem Sie sich gerade befinden. Vielleicht haben Sie von ihm gehört – es ist die RNS *Freedom*.«

Miles registrierte den Ausdruck des Verstehens auf Dakkuris Gesicht, als ihm bewusst wurde, wo er sich befand … an Bord des gallentinischen Kriegsschiffes, das nur wenige gesehen hatten, aber von allen gefürchtet wurde.

»Im Fall, dass Sie es noch nicht gemerkt haben … Wiyrkomi und die Soldaten auf der anderen Seite des Raums sind Gallentiner. Eine Rasse, die beinahe so alt wie die Humtar ist, die uns die Sternentore geschenkt haben, bevor sie im Sand der Zeit verschwanden. Aber wir sind nicht hier, um darüber zu diskutieren. Lassen Sie uns zum eigentlichen Grund Ihres Besuches kommen und ermitteln, ob Ihr Leben über die nächste Stunde hinaus verlängert werden wird.«

Miles stellte fest, dass seine letzte Bemerkung Dakkuri unvorbereitet überrascht und zu einem gewissen Grad aus der Fassung gebracht hatte. Genau das hatte er erreichen wollen. Er bedrängte ihn weiter. »Fangen wir mit dem Grundsätzlichen an. Wie heißen Sie wirklich?«

»Wie Sie wünschen. Ich habe nichts zu verbergen. Meine Absichten sind wahr. Ich hoffe, Ihnen das im Lauf unserer Unterhaltung beweisen zu können. Meinen Vornamen kennen Sie bereits – Dakkuri. Mein Nachname, wie ihn Ihr Volk bezeichnet, lautet Canaan. Ich gehöre dem Clan der Akkad an«, antwortete er. Dann schien er die nächste Frage zu erwarten.

Wiyrkomi meldete sich zu Wort. »Sagen Sie uns, von welchem Planeten Sie stammen und in welcher Konstellation er sich befindet.«

Diese Frage überraschte Dakkuri offenbar so sehr, dass er mit seiner eigenen Frage konterte. »Sie wissen nicht, von welchem Planeten unser Volk stammt? Soweit ich weiß, haben Sie Ashurina bereits über diese Details befragt?«

»Wir wissen, woher Sie kommen, Dakkuri. Das ist nicht der Punkt. In diesem Gespräch geht es darum, festzustellen, ob Ihr geäußerter Wunsch, die Seite zu wechseln, Ihrer wahren Absicht entspricht. Ich schlage vor, dass Sie unsere Fragen einfach wahrheitsgemäß beantworten, da die Tage, Stunden und Minuten Ihres Lebens davon abhängen«, informierte Hunt ihn höflich.

Der Agent schien die Ernsthaftigkeit der Situation zu erfassen. Er erklärte: »Entschuldigen Sie, Statthalter. Ich wollte sagen, dass ich vom Planeten Tanian in einem Sternensystem namens Valencia stamme. Es gehört der Konstellation Yanis an. In Valencia gibt es zwei bewohnbare Planeten –- Tanian und Lagash, die beide von unseren Leuten bevölkert sind. Die Mehrheit meines Volkes lebt im benachbarten System Orinda auf dem Hauptplaneten Gurista, von dem

Ashurina und ihr Clan abstammen. Dazu gibt es noch drei weitere Planeten, die ebenfalls Kolonien unseres Volkes beherbergen.«

Er sagt die Wahrheit, Statthalter. Es entspricht dem, was Ashurina uns mitgeteilt und unsere Überprüfung verifiziert hat, informierte Wiyrkomi ihn über den Neurolink.

Hunt trank einen Schluck seines lange Jahre gelagerten Whiskys und nahm sich die Zeit, den Geschmack und die Erfahrung dieses exquisiten Getränks, das ihm seine Frau zum Geburtstag geschenkt hatte, intensiv zu genießen. Er hatte vorgehabt, ihn aufzubewahren. Vielleicht würde sich ja dieses Treffen – je nach seinem Resultat – als ausreichend wichtige Gelegenheit qualifizieren.

»Dakkuri, Sie erwähnten Ashurina und dann auch Drew gegenüber, dass Sie überlaufen möchten. Ich habe Schwierigkeiten zu akzeptieren, dass ein Mann Ihres Status, Ihrer Position und mit Ihrem Einfluss innerhalb Ihrer Organisation sich plötzlich entschließt, die Seite zu wechseln. Überzeugen Sie Wiyrkomi und mich von der Ernsthaftigkeit Ihrer Absichten. Danach entscheiden wir, ob wir Ihnen erlauben, diesen Raum lebend zu verlassen. Reden Sie. Teilen Sie den Augenblick mit uns, der Sie zu diesem Schritt veranlasst hat; die Offenbarung, die Ihrem Sinneswandel bewirkte.«

»Ich bin mir nicht sicher, ob ich die Bedeutung Ihrer beiden letzten Sätze verstehe, aber ich will Ihnen erklären, wieso ich glaube, dass mein Volk auf der falschen Seite der Geschichte steht. Bevor wir auf die Republik trafen, war – abgesehen von unserer eigenen – die Zodark die einzige mir bekannte Spezies. Ich war nie Sumarer. Ich bin gebürtiger Gurista. Das ist alles, was ich je kennengelernt habe. Von Sumara weiß ich, dass diejenigen, die als Tribut gefordert wurden, diejenigen sind, die Chaos, Verwirrung und Durcheinander unter unserem Volk anrichten. Es sind diejenigen, für deren Handhabung die Mukhabarat ausgebildet wurden.

»Als ich zu den Mukhabarat stieß, kannte ich nichts anderes als unseren Planeten und unser Volk. Die Zodark kannte ich nur als wohltätig, als die, die uns die Technologie durch die Sterne zu reisen und Krankheiten zu heilen gegeben und so gut wie alle Armut und allen Hunger eliminiert hatten. Für uns waren sie wie die Halbgötter. Nach einer gewissen Zeit mit den Mukhabarat wurde eine leitende Stelle auf Sumara frei. Diese Stationierung … dort begann mein Verständnis darüber, wer die Zodark wirklich sind. Nachdem ich der Kafarr für

Sumara geworden war – eine Stellung, die es erforderlich machte, eng mit NOS Heltet zusammenzuarbeiten – erfuhr ich mehr über die Sumarer und die Gurista. Das war etwas, was mich sowohl meine eigenen Aktionen in Frage stellen ließ als auch die unserer Organisation. Ich glaube, Ihr Volk, Statthalter, hat hierfür einen besonderen Ausdruck: ‚Was du gesehen hast, kannst du nicht ungesehen machen. Was du gehört hast, kannst du nicht ungehört machen‘, führte Dakkuri aus, dessen Stimmung sich zusehends trübte.

»Worauf bezieht sich das? Was war es, was Sie sahen und hörten, dass Sie nicht ungeschehen machen können?«, forschte der Gallentiner mit seiner zweiten Frage in diesem Treffen.

Miles bemerkte, wie unbehaglich sich Dakkuri bei dieser Frage fühlte … oder vielleicht mit seiner Antwort. *Wir machen Fortschritte …*

»Ähm … für dieses Wort gibt es keine Übersetzung. Ich denke, Sie haben ein ähnliches Wort oder ein Wort mit einer ähnlichen Bedeutung. Ich fand es in den Geschichtsbüchern Ihrer Spezies. Ich glaube, der Begriff ist ‚Janitschar‘. Das Janitscharen-System wurde exklusiv von einer uralten Gesellschaft, den Ottomanen, praktiziert. Im Zug der Eroberung Europas verhängten sie eine Art Abgabe, die sie in der Form von Kindern eintrieben. Das Kind, das als Abgabe eingenommen wurde, wurde betreut und dazu ausgebildet, als Soldat im Dienst des Sultans oder des ottomanischen Reichs zu dienen. Dieses Tributsystem verlangte die Aushändigung des erstgeborenen Sohns von überwiegend christlichen Familien als Blutsteuer. Das Kind wurde zum Islam konvertiert und dann entweder als Verwalter im Dienst des Staates oder als Soldat – als Krieger für den Islam und Beschützer des Reiches – abgestellt.

»Im Prinzip genau das, was wir sind. Die Sumarer, die Christen in unserem Fall, waren gezwungen, jährlich eine Blutsteuer zu leisten. Und wir, die Gurista, sind die Armee, die dazu kultiviert wird – gezüchtet wie das Vieh – um eines Tages im Schlachthaus unter das Messer geworfen zu werden.«

Während Dakkuri seine Geschichte präsentierte, fand sich Miles fasziniert davon. Die Parallelen zwischen den ottomanischen Janitscharen und den Tributen, die die Zodark auferlegten, waren sich verblüffend ähnlich. *Mein Gott, die Zodark züchteten und kultivierten*

*eine komplett separate menschliche Gesellschaft, um sie als ihre
ultimativen Fußsoldaten einzusetzen ...*

»Statthalter, Sie fragten mich nach dem Grund, der meine
Einstellung den Zodark gegenüber geändert und schließlich meinen
Glauben an sie und meine Treuepflicht ihnen gegenüber erschüttert hat.
Ich kann nicht mit Sicherheit auf einen bestimmten Grund hinweisen.
Es war eher eine Akkumulation. Dennoch kann ich Ihnen einige
Ereignisse nennen, die mir deutlich machten, dass ich eine
Ausstiegsstrategie brauchte. Irgendwann klickte es bei mir, dass wir für
die Zodark nur Schlachtvieh sind; Fußsoldaten, die sie dank unserer
Zahl und Willenskraft einzig zur Ausdehnung ihres Reichs ausnutzen –
ohne jedweden Gedanken an unsere Zukunft oder an unser
Wohlergehen zu verschwenden. Dies wurde mir kurz nach meiner
Einschleusung in die Republik bewusst.

»Hier in der Republik sah ich zum ersten Mal, wie eine
funktionierende Gesellschaft aussieht. Eine, die nicht in Angst vor den
Zodark lebt. Die Menschen haben das Recht, ihre Leben frei zu leben,
Existenzen zu gründen, Bücher zu schreiben, Bilder zu malen ... Es war
hier, wo mir aufging, dass wir – die Gurista – es waren, die benutzt
werden. Und dann, vor einigen Jahren schließlich der auslösende
Faktor ... Sie haben richtig gehört. Nach dieser ausschlaggebenden
Feststellung vergingen noch mehrere Jahre. Dabei müssen Sie
verstehen, dass wir innerhalb der Republik ein kompliziertes, weit
verzweigtes Gegenspionagenetz unterhalten, das ein Auge auf jeden
von uns hat. Die sogenannten ‚Beobachter‘. Es sind diese Beobachter,
die es so gut wie unmöglich machen, die Seite zu wechseln. Falls ich es
dennoch tun wollte, musste ich ein Ereignis finden, das meinen Abgang
deckte und mir erlaubte, sicher überzulaufen, ohne dass mich meine
eigenen Leute töteten ...«

»Ja, wir haben von Ihren Beobachtern gehört. Sie stellen eine
Herausforderung dar, das steht fest. Sie sprachen von einem
auslösenden Faktor. Welcher war das?«, forschte Hunt. Er war sich
nicht sicher, ob Dakkuri versehentlich vom Thema abschweifte.

»Ach ja. Wie gesagt ... Vor einigen Jahren leitete ich ein Safe
House, in dem sich vorübergehend eine Gruppe von Ani aufhielt. Unter
dieser neuen Gruppe befand sich ein Mann namens Sargon. Zuerst
kannte ich seinen Nachnamen nicht. Erst später wurde mir klar, dass er
einer von Ashurinas Halbbrüdern war, der Sohn von Tammuz Zidan –

dem eigentlichen Anführer unseres Volkes. Als ich sah, dass er als Ani für die Mission, die sie ihm übertragen hatten, auserwählt worden war … das war der Moment, in dem ich wusste, dass ich einen Weg finden musste, all das hinter mir zu lassen«, erklärte Dakkuri und fuhr mit der Erläuterung der Mission fort, zu deren Teilnahme Sargon auserwählt worden war.

Miles konnte sich gut an diesen Vorfall erinnern. Die Mukhabarat hatten während des jährlichen Marinesymposiums – ein einmal im Jahr stattfindender Kongress, in dem Firmenrepräsentanten und Schiffsbauer das Neueste in Technologie präsentierten, in der Hoffnung, dass sie einen Offizier für Einkauf, Beschaffung und Vertrieb zu einem zweiten Blick animieren konnten – einen Anschlag auf dem Mond verübt. Da das Symposium auf Luna stattfand, wurde der Ort in großem Umfang von Sicherheitskräften geschützt. Der Erfolg eines Anschlags hier war aus diesem Grund allein davon abhängig, dass ein Ani bereit war, sein Leben zu opfern.

»Dieses Selbstmordattentat war also das Ereignis, das für Sie endlich zu weit ging?«, erkundigte sich Wiyrkomi. Sein Ton verriet Hunt, dass er nicht überzeugt war.

Dakkuri schüttelte den Kopf. »Nein, nicht der Anschlag als solcher«, schüttelte er den Kopf. »Unserer Überzeugung nach standen wir im Krieg. Ein Angriff wie dieser war gerechtfertigt. Was für mich das Fass zum Überlaufen brachte, war die Tatsache, dass sie Sargon für diese Mission erwählt hatten. Er war ein Ani, das trifft zu, aber er hatte ein spezialisiertes Training für weit wertvollere Aufgaben absolviert. Dazu kam, dass sein Vater der Anführer unseres Volkes und seine Halbschwester ein herausragender Spion innerhalb unserer Organisation war. Einer Person, die über solche Verbindungen verfügt, überträgt man kein Selbstmordkommando. Man wählt jemanden von geringerem Wert. Die Nachricht, die zusammen mit seinen Befehlen eintraf, war es, die meine Meinung änderte. Heltet hatte Sargon für diesen Auftrag ausgewählt, um uns Gurista daran zu erinnern, dass keiner von uns zu wertvoll für eine solche Aufgabe war.

»Es machte weder taktischen noch strategischen Sinn. Der einzige Grund für diese Wahl war die Nachricht, die sie seinem Vater senden wollten. Sie wollten ihn daran erinnern, wer weiter die Zügel in der Hand hielt, wem er Rechenschaft ablegen musste. Ich erkannte, dass uns die Zodark nie auch nur im Entferntesten als ebenbürtig ansehen werden. Ich wusste, dass ich einen Plan in die Wege leiten musste … was ich auch tat.«

»Ich kann Ihnen das bisher Gesagte abkaufen, Dakkuri«, nickte Hunt. »Trotzdem unterstützten Sie diese Invasion, indem sie geheimdienstliche Informationen weitergaben, die schlussendlich zum Tod unseres Volkes führen sollte. Sie konnten nicht wissen, wer siegen und wer verlieren würde. Wie erklären Sie mir das?«, bedrängte ihn Miles, der ihm seine Ernsthaftigkeit abnehmen wollte, aber immer noch nicht vollkommen überzeugt war.

Dakkuri antwortete nicht sofort. Er sah eine Weile aus dem Fenster und sammelte seine Gedanken, bevor er ansetzte. »Ihre Aussage ist richtig. Ich arbeitete ganz normal weiter – bis zum Beginn der Invasion. Worauf ich allerdings hinweisen möchte, ist der Punkt, dass es den Zodark nicht gelang …«

»Und das war Ihr Verdienst?«, unterbrach ihn Miles barsch.

»Nein, nicht allein. Es hat viel mit den falschen Informationen zu tun, die Sie Ashurina zur Weitergabe an mich überließen. Aber es gab etwas, dem ich entgegen meinem besseren Wissen das Durchkommen erlaubte – etwas, das im Endeffekt den Ausgang dieser Schlacht positiv beeinflusst hat. Ich wusste von Ihrem parallelen Operationsnetzwerk, auf das Sie umstellten, nachdem Sie Ashurina zum Überlaufen bewegt hatten. Zunächst war ich mir nicht unbedingt sicher, ob sie tatsächlich übergelaufen war oder ob sie die Rolle einer Doppelagentin nur spielte, da wir diese Möglichkeit mit all unseren Spionen im Fall ihrer Gefangennahme diskutiert hatten. Ich fand heraus, dass die technischen Daten der Wachtürme, die sie an mich weitergab, nicht der Wahrheit entsprachen. Die Daten ließen die Systeme weit schwächer erscheinen als sie tatsächlich waren. Das Gleiche galt für viele andere Spezifikationen, wie etwa die Ihrer Kriegsschiffe, Waffen, Verteidigungssysteme, etc., die sie weit verwundbarer aussehen ließen.«

Miles schnaubte. »Sie *wussten* also, dass wir Ihnen auf der Spur waren, gaben die Informationen aber dennoch weiter, da sie den Zodark ein falsches Gefühl der Überlegenheit vermitteln und den Köder, den ich ihnen als Einladung zur Invasion auslegte, attraktiver machen würde?«, forschte Hunt beeindruckt von dem Meisterspion.

»Genau. Ich war mir nicht sicher, wann oder wo die Invasion stattfinden würde, aber ich wusste, dass sich mir, sobald es soweit war, die Gelegenheit zum Überlaufen bot – die ich anschließend auch ergriffen habe.« Dakkuri hielt einen Augenblick inne, bevor er fortfuhr: »Statthalter, ich kann das, was ich oder meine Agenten oder meine Organisation getan haben, nicht rückgängig machen. Das ist unabänderlich. Was ich Ihnen bieten kann ist mein Hintergrundwissen; das Wissen, wie die Mukhabarat vorgehen; wie wir mit dem Geheimnisdienst der Zodark, einer Agentur namens Groff, zusammenarbeiten; sowie alles andere, wovon Sie oder ich glauben, dass es zugunsten Ihres Siegs über die Zodark hilfreich sein könnte. Dies wird meine Wiedergutmachung für all das, was ich getan habe.«

Wiyrkomi lehnte sich in seinem Sessel nach vorn und flüsterte kaum hörbar: »Wie wollen Sie auch nur entfernt eine Wiedergutmachung für all die Leben erbringen, die aufgrund der Pläne, die Sie für Ihre Meister entwarfen und die die gerade gegen uns eingesetzt haben, verloren gingen? Sie haben unser Sternensystem gnadenlos angegriffen und unzählige Millionen Menschen Ihrer Art getötet.«

Der Gallentiner setzte sich wieder in seinem Stuhl zurück, während Hunt Dakkuri beobachtete, der betroffen von dieser Frage, einen Moment stockstill dasaß. Dann sah er ihm ins Gesicht. »Vielleicht hat der Gallentiner recht. Die Wiedergutmachung ist mir unmöglich. Aber was ist mit meinem Volk? Die Gurista haben der Republik oder Ihrer Allianz keinen Schaden zugefügt – bisher … Wenn wir sie von den Zodark trennen könnten, wenn ihnen gezeigt würde, wer sie wirklich sind … wie sie von den Zodark missbraucht werden – vielleicht mit Ashurinas Hilfe … Ich könnte Ihnen dabei helfen, mein Volk zum Überlaufen zu bewegen. Wir könnten die Gurista in die Republik einbringen.«

Miles griff nach seinem Glas und leerte es. Dann bemerkte er, dass er die Flasche an der Bar zurückgelassen hatte. Er erhob sich, bedeutete aber den beiden anderen, sitzenzubleiben. Auf dem kurzen Weg hinüber zur Bar überschlugen sich seine Gedanken. *Wir haben in Erwägung gezogen, die Gurista von den Zodark abzunabeln … ohne die Unterstützung eines Kafarrs …*

Miles füllte alle Gläser neu auf und stellte dann die offensichtliche Frage: »Warum erzählen Sie uns nicht genauer, wie Sie sich das vorstellen – und wie Ashurina in dieses Bild passt?«

In der darauffolgenden Stunde erläuterte Dakkuri die politische Struktur der Gurista-Gesellschaft und ihre Funktionen. Er errichtete, wie die Zodark ihre Gesellschaft in die Clan-basierte Gesellschaft aufgespalten hatten, die sie heute war. Dabei hob er insbesondere die Bedeutung von Ashurinas Clan, der Zidan-Familie, hervor, der gegenwärtig die Machtposition auf der Hauptwelt der Gurista und in der Hauptstadt des Volkes der Gurista einnahm.

Miles wusste, dass Ashurina aus einer politisch wichtigen Familie auf ihrer Heimatwelt stammte. Welch bedeutende Position sie aber tatsächlich einnahm, war ihm bislang nicht klar gewesen. *Falls wir ein Treffen zwischen Ashurina und ihrem Vater arrangieren, um mit ihm die Pläne der Zodark für sein Volk zu teilen – dann ja, dann könnten wir womöglich einen Keil zwischen die Gurista und die Zodark treiben – und sie in den Schoß der Republik zurückbringen.*

Zum ersten Mal an diesem Abend sah er Dakkuri lächelnd an. »Ich denke, dass wir doch noch eine Aufgabe für Sie gefunden haben, Dakkuri. Die Zeit wird es weisen. Sie haben wenig Spielraum. Sehen wir, wie sich die Sache entwickelt. Fürs Erste arbeiten Sie mit Drew zusammen. Er genießt mein volles Vertrauen. Falls er entscheiden sollte, dass Sie lügen, dass Sie planen, uns zu hintergehen, muss er nicht erst meine Zustimmung einholen, um Sie zu eliminieren. Haben wir uns verstanden?«

Der Meisterspion nickte, bevor er Hunt die Hand entgegen streckte. »Soweit ich weiß, schüttelt sich Ihr Volk nach dem Abschluss eines Handels die Hände.«

Miles akzeptierte die ihm gebotene Hand. »Das tun wir. Willkommen im Team, Dakkuri. Und jetzt wollen wir uns darauf konzentrieren, wie wir die Gurista aus den Fängen der Zodark befreien und in den Schoß der Republik einbringen.«

Kapitel Fünfundzwanzig
Die Rede zur Lage der Republik

RNS *Freedom*
Offiziersmesse auf Kita

»Chuck, ich muss Ihnen sagen, wie froh ich bin, dass Sie nicht in dieses Chaos in Portugal verwickelt wurden. Ihre Planänderung, den Aufenthalt auf Havanna in letzter Minute um einen Tag zu verlängern, hat Ihnen wohl das Leben gerettet«, begrüßte Miles Senator Chuck Walhoon herzlich. Sie schüttelten sich die Hände und begaben sich dann an den Tisch, um den herum die anderen bereits Platz genommen hatten.

»Vielen Dank, Statthalter. Ich … ähm … war mir eine Weile nicht sicher, ob wir es schaffen würden«, gab Walhoon zu, der ein wenig verstört und zweifellos strapaziert aussah. »Mit dem Beginn des Angriffs ging alles so schnell. Ich befahl meinem Sicherheitsteam, Havanna umgehend zu verlassen. Wir landeten irgendwo an einem abgelegenen Ort im Nationalpark Guira. Der Leiter des Teams schlug vor, unsere elektronischen Geräte auszuschalten und uns zumindest am ersten Tag bedeckt zu halten.«

Miles wollte sich nicht vorstellen, wie der Angriff der Zodark am Boden ausgesehen haben musste. Öffentlich würde er es nie zugeben, aber ihn plagten immer noch Albträume von dem Abend auf Neu-Eden, an dem die *Rook* zerstört worden war. Der ohrenbetäubende Lärm der Zodark, ihre Provokation, ihr Gebrüll, seine Mannschaftsmitglieder, die einzeln oder zu zweit aufgegriffen und brutal vom Feind in ihrer Hörweite gefoltert worden waren …

Admiral Bailey erhob sich, sobald sie an den Tisch herantraten. »Da ist der Mann der Stunde. Sehen Sie, Statthalter, ich sagte Ihnen doch, dass er überleben wird. Der Senator hat schließlich nicht den KI-Krieg überlebt, um unter den Händen der Zodark zu sterben«, verkündete der Flottenadmiral, der die widerstandsfähige, tapfere Natur des Senators und seinen Willen zu Überleben hervorhob.

»Sie haben recht. Lassen Sie uns gleich zum Thema kommen, ok?«, reagierte Miles auf diesen Kommentar. Er nahm Platz und lud auch alle anderen dazu ein. Bevor er begann, studierte er die Gesichter und die Körpersprache der im Raum Anwesenden. Sie spiegelten

Erschöpfung und sogar eine gewisse Verwirrung wider, wieso sie dazu genötigt wurden, heute an dieser Konferenz teilzunehmen, ohne vorher die Gelegenheit gehabt zu haben, ihre Toten zu beerdigen, ihre Verluste zu betrauern und das Geschehene emotional zu verarbeiten.

Es wird eine Zeit zum Trauern geben ... jetzt ist nicht die Zeit dazu, sagte sich Hunt selbst, bevor ihm aufging, dass es ihnen und seinem Anliegen helfen könnte, wenn er diese Aussage mit den Anwesenden teilte.

»Bevor wir beginnen, möchte ich etwas sagen. Etwas, das ich bereits während unseres Treffens heute Morgen hätte sagen sollen. Was vor acht Tagen geschah ist eine Tragödie, für die es keine Worte gibt. Trotz unserer Anstrengungen, Sol zu schützen und den Sitz der Republik – die Erde – zu sichern, haben wir versagt. Ich habe versagt. Ich habe mein Leben lang im Dienst meiner Nation verbracht, mich ihrer Erhaltung und ihrem Überleben gewidmet, um unserem Volk zu ermöglichen, glücklich und erfolgreich mit ihren Familien zu leben. Ebenso wie ich widmeten auch Sie Ihr Leben unserer Nation. Vielleicht fühlen Sie sich sogar irgendwo schuldig an diesem Angriff oder denken, Sie hätten mehr tun können. Ich kann Ihnen versichern – jedem Einzelnen von Ihnen – dass diese Idee absolut verfehlt ist. Sie trifft einfach nicht zu und ich werde Ihnen nicht erlauben, ein solches Schuldgefühl mit sich herumzutragen.

»Der Angriff auf unsere Heimatwelt und auf Sol war nicht die Schuld einer einzelnen Person oder die Folge unterlassener oder fehlerhafter Planung zur angemessenen Verteidigung der Erde und von Sol. Tatsächlich stehen uns dank unserer Fähigkeit zu planen, aufgrund unseres Drangs zu wachsen und die Menschheit über die Sterne hinweg zu expandieren, nun in unserer Not Alliierte zur Seite und dazu noch ein Militär, dem es gelang, die Zodark von der Zerstörung der Erde abzuhalten. Wir sind uns selbst, unserem Volk und unseren Alliierten, die, während sie uns zu Hilfe kamen, große Verluste erlitten, schuldig, stark zu bleiben. Selbst jetzt, mitten in unserem Schmerz, in unserem Bedürfnis, die, die wir verloren haben, zu betrauern.

»Die Zeit für solche Dinge wird kommen. Jetzt aber, wo unsere Alliierten uns zur Hilfe eilen, ihr Blut neben unserem in den letzten Kämpfen gegen die verbliebenen Standorte der Zodark vergießen, bleibt uns nur, vereint in unserem gemeinsamen Ziel zu leben, zu wachsen und zu expandieren. Aus diesem Grund bitte ich Sie, die kommenden Tage und Wochen Stärke zu zeigen, sich auf unser Ziel zu konzentrieren und ihm treu zu bleiben. Dies im Wissen, dass wir - sobald die Gefahr unserer Ausrottung nicht länger wie das Schwert des Damokles über unseren Köpfen hängt – die, die wir verloren haben, betrauern und ihre Leben durch die Erhaltung unserer Spezies ehren werden, indem wir der Bedrohung der Zodark ein für alle Mal ein Ende setzen«, betonte Miles mit Nachdruck. Einen Augenblick fühlte es sich an, als ob er eine Rede vor den Absolventen der Akademie gehalten hätte, als jemand im hinteren Teil des Raumes zu klatschen begann. Dann erhob sich Senator Walhoon von seinem Stuhl und tat es ihm nach.

Nachdem alle wieder Platz genommen hatten, bemerkte Admiral Bailey: »Miles, das war genau das, was ich und wahrscheinlich alle anderen hier gerade hören mussten. Bravo, mein Freund«, bedankte er sich bei ihm, bevor er das Wort an seinen Stab und die anwesenden Offiziere richtete. »Der Statthalter hat Recht. Das Leben von Milliarden hängt davon ab, dass wir uns zusammenreißen, auf ein Ziel zustreben – ein für alle Mal der Bedrohung durch die Zodark ein Ende bereiten. Machen wir uns an die Arbeit und lassen wir unsere Nation neu aufleben.«
****

Vier Stunden später

Gegen Ende der Konferenz schwirrten Admiral Fran McKee eine Unzahl von Daten durch den Kopf. Obwohl sie in dieser Besprechung eine Menge Themen diskutiert hatten, schien es ihr, als hätten sie allein das Nötigste angesprochen, und auch das nur oberflächlich. Acht Tage lang hatte sie sich allein darauf konzentriert, ihre Flotte intakt zu halten, die republikanische Marineschiffswerft zu schützen und alles ihr Mögliche zu tun, die Aufmerksamkeit der verbliebenen Zodark-Flotte auf sich zu ziehen, damit die Städte der Erde nicht in Schutt und Asche versanken. Zu Beginn der Besprechung hatte Miles hervorgehoben, dass die Vorfälle der letzten acht Tage nicht auf dem Versagen einer einzigen Person beruhte, noch weniger einer bestimmten Person. Das war eine ausgefallene Weise, eine Konferenz zu beginnen. Im Laufe des Tages, in dem jeder Einzelne über seinen Teil des Puzzles berichtete, begann sie zu verstehen, wieso er dies gleich zu Anfang besonders betont hatte. Nachdem sich nach und nach der Umfang des erlittenen Schadens herausgeschält hatte, zog Fran in Erwägung, nach der Rückkehr in ihr Quartier ihre Pistole zu ziehen.

Er hatte recht ... und er wusste genau, wie wir uns am Ende des heutigen Tages fühlten. Verdammt, Miles. Warum fand die Invasion jetzt statt? Sie bezweifelte, dass sie je den wahren Grund erfahren würde, weshalb die Zodark diesen Zeitpunkt für ihren Angriff gewählt hatten.

»Ich denke, das reicht für heute. Wir setzen unsere Besprechung morgen früh um acht Uhr fort und schließen am frühen Nachmittag. Schlafen Sie einige Stunden. Wegtreten«, wies Admiral Bailey die Anwesenden an.

McKee griff nach ihrem Qpad, als ihr jemand leicht auf die Schulter klopfte. »Fran, ich weiß, es ist spät. Wie wäre es mit einem Schlaftrunk?«, erkundigte sich Miles mit einem besorgten Gesichtsausdruck.

»Hmh ... ok. Kleines Seitengespräch nach der Hauptbesprechung?«

Miles lächelte ein wenig. »Ach, Sie dachten, das war der Haupttermin?«

McKee legte den Kopf zur Seite. »War er das nicht?«

Hunt schnaubte bei dieser Frage und wandte sich der Tür zu. Senator Walhoon, Botschafterin Chapman und Admiral Bailey folgten ihm. *Wohl nicht*, dachte sie und steuerte hinter ihnen durch den Gang auf die Quartiere der ranghohen Offiziere zu. Wie immer bewunderte sie die Größe und beeindruckende Macht, die dieses einzigartige Schiff mit auf das Schlachtfeld brachte. Mehr als einmal hatte es die Umstände zu ihren Gunsten gewandt. Seine überragenden Waffen und Fähigkeiten wurden selbst von den besten Schiffen der Orbot nicht übertrumpft.

Der Weg tiefer in das Innere der *Freedom* hinein erinnerte McKee daran, wieso dieser Aspekt des Schiffes sie am meisten beeindruckte. Typischerweise wurde ein Kriegsschiff um die ihm eigenen Waffen und Systeme herum kreiert, die nötig waren, um eben diese Waffen in einer Auseinandersetzung so lange wie möglich funktionsfähig zu halten. Das bedeutete gewöhnlich, dass den Unterkünften der Mannschaften, die diese Waffen bemannten und in denen sie oft über ein Jahr lang lebten, nur am Rande, wenn überhaupt, Beachtung geschenkt wurde. Die Gallentiner sahen das bei der Konstruktion ihrer Kriegsschiffe anders. Sie legten großen Wert auf das Wohlbefinden der Crew, deren Aufgabe es war, das Schiff zu betreiben und in Stand zu halten, seine Waffen abzufeuern und in der Hitze des Gefechts durch die beschädigten Abteilungen des Schiffs hindurch seine wesentlichsten Bestandteile zu erreichen. Das stand in scharfem Kontrast zu dem überwiegend zweckmäßigen Ansatz, den sie auf den Schiffen der Primord, der Altairianer und etwas abgeschwächt auch auf den republikanischen Kriegsschiffen gesehen hatte.

Diese Raumsoldaten haben keine Ahnung, wie gut sie es an Bord eines solchen Schiffs haben ..., dachte Fran mit dem Erreichen der Privatunterkunft des Statthalters.

»Miles, es ist beinahe kriminell, wie palastmäßig diese Räume eingerichtet sind. Man könnte meinen, ich betrete einen Luxusdampfer ...«

McKee kicherte bei Baileys Scherz. Dann registrierte sie, dass sie nicht unter sich waren.

Mit ihrem Eintritt erhob sich jemand, um sie zu begrüßen. Sofort wünschte sich Fran, sie hätte gerade eben nicht zu Baileys Versuch, einen Scherz zu machen, gelacht, da sich der gallentinische Admiral Wiyrkomi nun genötigt sah, auf Baileys Bemerkung zu erwidern.

»Ich will hoffen, dass diese Unterkunft bequemer als die eines Luxuskreuzfahrtschiffes ist. Der Gebieter betrachtet es als eine Frage des Stolzes, wenn es sich eine Marine – ohne ihre Schlagkraft oder die Überlebensfähigkeit ihrer Kriegsschiffe zu kompromittieren – leisten kann, den Anforderungen seiner Mannschaft gerecht zu werden«, konterte der Gallentiner. Fran war ganz seiner Meinung, obwohl die Schiffsbauer der Republik dieses Konzept bislang noch nicht einhundertprozentig aufgegriffen hatten.

McKee sah, dass Bailey rot anlief und wusste, dass er sich blamiert fühlte. Senator Walhoon meldete sich zu Wort und platzierte sich elegant zwischen dem beschämten Flottenadmiral und dem Gallentiner – wie ein Politiker, der kurz vor der Abstimmung noch den Ausgang der Wahl zu seinen Gunsten beeinflussen will. McKee hatte wenig Zeit mit dem Senator verbracht. Sie hasste Politiker, egal ob als Teil des Militärs oder außerhalb. Dennoch musste sie die Eleganz des

Senators anerkennen, mit der er eine potenziell peinliche Situation in eine verwandelte, über die sie alle lachen oder die sie einfach vergessen und zum Alltag übergehen konnten.

McKee folgte Miles in das große Wohnzimmer, wo ihr umgehend aufging, dass die Bedeutung dieser Zusammenkunft ihre Erwartung bei weitem übertraf.

Miles war zur Begrüßung an Admiral Pandolly herangetreten, bevor er dem Rest ihrer Gruppe einen General der Tully namens Muhammadu und einen Senator der Primord namens Aguard vorstellte. Von Aguard hatte sie bereits über ihren Freund Admiral Bjork Stavanger von den Primord gehört, ohne ihn bisher jedoch kennengelernt zu haben. Während Miles weiter die Vorstellung übernahm, ging Fran ein Gedanke durch den Kopf: *Diese Art von Zusammenkunft entscheidet über das Schicksal von Königreichen ...*

Die Gäste nahmen Platz, wobei McKee auffiel, dass Miles als Einziger im Raum stehen blieb. Sein besorgter Gesichtsausdruck überlagerte den Ausdruck der Erschöpfung, den sie während der vorhergehenden Besprechung an ihm gesehen hatte. Ihr Magen verkrampfte sich, als er nun erklärte: »Ich möchte mich bei unseren alliierten Repräsentanten bedanken, die sich so kurzfristig hier eingefunden haben. Es gibt viel zu besprechen. Vor etwas mehr als sechs Jahren kulminierte der Krieg zwischen dem galaktischen Reich und der Allianz der Schattenwelt in einer der größten Weltraumschlachten der uns bekannten Geschichte über dem Planeten Alfheim im Sirius-System. Die Verluste an Leben und Schiffen während dieses mehrtätigen Kampfes waren von bisher nie gehörtem Ausmaß – so hoch, dass ich hoffte, dass sich so etwas im Laufe meines Lebens nicht noch einmal wiederholen würde. Im Rahmen dieser Schlacht gelang uns allerdings etwas, das wir bislang nicht hatten erreichen können ... das Ende des Krieges ... Zumindest dachten wir das.

»Einige Zeit nach der Unterzeichnung der Friedensvereinbarung zur Beendigung dieses blutigen Kriegs, setzte der Geheimdienst der Zodark, das Groff, einen Prozess in Gang, der letztendlich zur Invasion von Sol und dem Angriff auf unsere Heimatwelt Erde führte. Wir suchten den Frieden, während wir uns gleichzeitig auf den Krieg vorbereiteten – auf einen Krieg, den ich zu vermeiden hoffte. Nachdem nun die Feindseligkeiten zwischen unseren beiden Allianzen neu entflammt sind, hat der Feind seinen ersten Schachzug gemacht.«

McKee, die Miles zuhörte, spürte, wie ihr Herz raste, ihre Handflächen feucht wurden und ihr Magen sich weiter verkrampfte. Sie hatten so hart, so lange für einen Frieden gekämpft, nur um jetzt erneut um ihn betrogen zu werden. Die Idee, dass noch mehr Menschen in einer gewaltsamen Auseinandersetzung sterben würden, die kein Ende zu nehmen schien, brachte sie unglaublich auf. *Dieses Mal müssen wir den Job zu Ende bringen ... wir müssen die Zodark eliminieren ... dieses Mal darf es keine Überlebenden geben ...*

» ... neue nachrichtendienstliche Informationen. Das bedeutet, dass die Zeit nicht auf unserer Seite steht. Tatsächlich ist unsere Zeit womöglich bereits abgelaufen. Ich überlasse es nun Admiral Pandolly, Ihnen zu berichten, was das Kraxmer entdeckt hat. Danach wird Admiral Wiyrkomi Ihnen die Nachricht übermitteln, die er vom ‚Herrn der Flotte‘, dem Führer der gallentinischen Marine, erhalten hat«, kündigte Hunt an, bevor er Platz nahm.

Was habe ich verpasst? Ich kann nicht glauben, dass ich meine Gedanken so abschweifen ließ, dachte McKee zornig, während der Altairianer vor die Gruppe trat.

»Im Laufe der vergangenen Wochen registrierten Kraxmer-Agenten eine Reihe von Schiffsverlegungen auf uns bekannte logistische Basen nahe der Neutralen Zone in Sektor Eins-Echo«, begann Pandolly seinen Bericht. Die Übersicht, die er nutzte, projizierte eine Kopie von sich selbst vor jedem der Anwesenden, um dem, was er sagte, besser folgen zu können.

McKee starrte auf die holografische Darstellung und bewunderte diese großartige Technologie. Gerüchteweise hatte sie gehört, dass das Weltraumkommando dieses System schon bald in die republikanische Flotte integrieren würde. Die Sternenkarte, die ungefähr einen Meter vor ihr schwebte, zeigte die Aufteilung der Herrschaftsbereiche zwischen den beiden Allianzen und präsentierte ihr eine sich individuell und eigenständig anpassende Darstellung von genau dem, worüber Pandolly in diesem Moment gerade sprach. Zwei besonders markierte Bereiche schoben sich in den Vordergrund.

»Von besonderem Interesse sind diese beiden Punkte hier«, erklärte er. McKee erkannte einen dieser Bereiche. Es war das System, aus dem heraus die Orbot mit großer Wahrscheinlichkeit die Pharaonis bei der Einnahme des Tully-Systems Serpentis unterstützt hatten. Die Verbindung dieser beiden Systeme mittels eines Wurmlochs hatte den Pharaonis erlaubt, das Sternentor, das ihr Hoheitsgebiet mit dem Tully-System verband, zu umgehen ... und damit dessen vorgelagerte Wachtürme komplett zu vermeiden. McKee richtete ihren Blick auf das zweite hervorgehobene System, das mit dem Bericht des Altairianers nun weiter in den Vordergrund rückte.

»Die Kraxmer sind davon überzeugt, dass uns dieses System die größten Sorgen bereiten sollte. Dieses Sternensystem enthält eine relativ große Flottenbasis, die vorwiegend der logistischen Unterstützung dient. In vorangegangenen Operationen, in denen die Orbot den Zodark Hilfe gewährten, nutzten sie diesen Vorposten in großem Umfang zur fortdauernden Versorgung ihrer Streitkräfte. Seit dem Ende des Krieges konnten wir so gut wie keine Aktivitäten auf diesem Außenposten feststellen. Vor sechs Tagen registrierten wir dann eine Veränderung. Schiffe begannen auf dem Außenposten einzutreffen. Zunächst war es nur eine Handvoll von Versorgungsschiffen – bevor dann eine große Zahl von Kriegsschiffen auftauchte: Schlachtschiffe, Kreuzer, Fregatten und Korvetten. Vor zwei Tagen dann entdecken unsere Agenten die Ankunft von Schiffen der Zodark, deren Zahl schnell auf 46 anwuchs. Die Zahl der Schiffe in sich selbst ist besorgniserregend, wobei uns allerdings die Art der eintreffenden Schiffe besonders beunruhigt«, erläuterte Pandolly, während auf den holografischen Karten die Abbildungen diverser Zodark-Schiffe erschienen.

McKee studierte die Bilder der Schiffe. Sie waren ihr bekannt. Wie Schuppen fiel es ihr von den Augen: *Das sind Truppenschiffe ... die anderen sehen wie Landungsschiffe aus ... Mein Gott, noch eine Invasion ... aber wo dieses Mal?*

»... wir sind davon überzeugt, dass das Ziel dieser nächsten Operation Sol ist. Hier wird die Sache allerdings kompliziert.«

Fran versuchte sich erneut auf das, was Pandolly ihnen vortrug, zu konzentrieren. Es verwirrte sie, dass anstelle von Pandolly plötzlich Admiral Wiyrkomi als Sprecher vor ihr stand. *Bin ich so müde, dass ich mit offenen Augen schlafe, während sie die bevorstehende Schlacht diskutieren, die das Schicksal der Republik entscheiden könnte?* Sie griff in ihre Tasche, wo ihre Finger das Gesuchte ertasteten – eine kleine Pille. Unauffällig schob sie sich das

Mittel in den Mund, wo es sich beinahe sofort auflöste. Sekunden danach spürte sie bereits seinen Effekt. Die Müdigkeit fiel von ihr ab und die Schläfrigkeit, die ihren Kopf benebelt hatte, machte klarem Denken Platz.

Nun konnte Fran Admiral Wiyrkomi ihre volle Aufmerksamkeit schenken, der gerade sagte: »Wir schätzen die Situation folgendermaßen ein. Die Streitmacht der Zodark scheint nicht ausreichend groß genug, um eine ernstzunehmende Invasionskraft darzustellen. Wir vermuten, dass es sich hierbei um eine Rückholungs- oder Rettungstruppe handeln könnte. Die Orbot scheinen ihrerseits mit den Zodark zusammenzuarbeiten; ihnen mit der Einrichtung der Brücke zu helfen, die die beiden Systeme miteinander verbindet. Nach einer Analyse der Zusammensetzung der Orbot-Flotte gehen wir davon aus, dass sie die Operation der Zodark aus einem für die Orbot bedeutenderen Grund unterstützen. Der Zusammensetzung ihrer Flotte nach sieht es so aus, als hätten sie die Absicht, etwas Spezifisches zu zerstören. Etwas, das einen enormen Einsatz an Feuerkraft verlangt, die umgehend zur Verfügung stehen muss …«

»Es ist die *Freedom*. Die muss es sein«, fiel ihm Admiral Bailey ins Wort. »Denken Sie darüber nach … Welches Schiff unserer gesamten Allianz stellt die größte Bedrohung für die Orbot und die Allianz der Schattenwelt dar?«

»Er hat Recht. Es muss die *Freedom* sein«, entfuhr es McKee. Die Worte entkamen ihrem Mund, bevor ihr Hirn Zeit hatte, darüber nachzudenken.

McKee sah, dass Admiral Wiyrkomi und Miles einen nachdenklichen Blick austauschten, bevor sie diese offensichtlichste Option als die wohl zutreffende zu akzeptieren begannen.

Dann sprach Miles erneut mit selbstbewusster Stimme: »Ok. Wenn wir davon ausgehen, dass dies ihr Plan ist, dann sollten wir das zu unserem Vorteil nutzen. Stellen wir ihnen eine Falle. Locken wir sie an, bevor wir mit aller Kraft gegen sie vorgehen und sie vernichten.«
****

Miles registrierte, dass es, nachdem alle gegangen waren, beinahe zwei Uhr früh war. Er und Wiyrkomi waren unter sich und konnten ihre privaten Gedanken austauschen. Miles gab zu: »Der bevorstehende Kampf macht mir Sorgen.«

»Das sollte er«, nickte Wiyrkomi, der aus dem Fenster sah, wo die Erde sich weiter in der Nähe drehte, während eine Ansammlung von Kriegsschiffen Position um die *Freedom* herum eingenommen hatten.

»Ist das eine Schlacht, die wir gewinnen können?«, fragte Miles. Wiyrkomis Antwort bereitete ihm zusätzliches Unbehagen.

Nach einem Augenblick der Stille, in dem die Frage weiterhin unbeantwortet in der Luft hing, drehte sich Wiyrkomi zu ihm um. »Du willst wissen, ob wir dazu in der Lage sind? Das kann ich dir nicht sagen. Ich weiß es nicht. Unser Schiff … Gewiss, es ist leistungsstark. Seine wahre Kraft zeigt sich allerdings erst in seiner Fähigkeit, mit einer vereinten Streitmacht zu kämpfen, die sich auf seine Stärken verlässt und seine Schwachstellen schützt. Diese Flotte, die nötig wäre, um das wahre Potenzial dieses Schiffes voll auszunutzen, haben wir bislang noch nicht gebaut. Ich hatte die Hoffnung, dass uns mehr Zeit für die entscheidende Kraftprobe mit den Orbot bleiben würde. Ich denke, dass die Zodark den Orbot unbewusst genau das gaben, was sie seit langem gesucht haben …«

»Ach, und das wäre …?«, forschte Miles.

»Der Aufenthaltsort der *Freedom*. Vor der Invasion der Zodark fehlte ihnen die definitive Kenntnis, wo sich die *Freedom* aufhielt oder wo wir uns längere Zeit aufhalten werden. Dank der Aktivitäten der Zodark, bewusst oder unbewusst, wissen sie nun, wo die *Freedom* ist und wo wir uns, während sich unser Volk von dem Angriff erholt, aller Voraussicht nach eine Weile aufhalten werden«, erklärte Wiyrkomi. »Statthalter, die derzeitige Situation sieht nicht gut aus. Es ist möglich, dass die Schattenwelt den Orbot Kenntnisse vermittelt oder nachrichtendienstliche Informationen überlassen hat – so wie wir es zugunsten der Republik taten. Klar ist nur, dass die Orbot beschlossen, sich in Marsch zu setzen, um ihre dominante Position nicht nur innerhalb ihrer eigenen Allianz sondern auch über unsere zu etablieren. Das ist etwas, dass wir nicht zulassen dürfen. Nicht, wenn Sie diese Allianzen für einen größeren Krieg – den Krieg gegen die Schattenwelt – konsolidieren wollen.

»Statthalter, ich muss Ihnen etwas sagen. Etwas, das Sie sicher nicht hören wollen …« Wiyrkomi hielt Augenkontakt mit ihm, bevor er fortfuhr: »Der Gebieter wurde von der Lage, in der wir uns derzeit wiederfinden, unterrichtet. Er ist nicht glücklich, Miles …«

Miles spürte einen Anflug von echter Sorge und Furcht bei dieser Aussage. Ihm war nicht entgangen, dass Wiyrkomi mit diesem letzten Kommentar seinen Titel hatte fallen lassen, auf dessen offiziellen Gebrauch er gewöhnlich bestand. Vielmehr hatte er wieder seinen Vornamen benutzt. Wiyrkomi machte sich Gedanken um ihn, falls er bei dem Gebieter in Ungnade fallen sollte.

»Danke Wiyrkomi. Diese Information war äußerst hilfreich. Ich bin derzeit ebenso frustriert wie der Gebieter. Wir haben jedwede Anstrengung unternommen, unsere industriellen Kapazitäten zur Produktion der nötigen Kriegsschiffe auszubauen, den Krieg zu unseren Gunsten zu entscheiden und die Allianzen gemäß seinem Wunsch zu konsolidieren. Zu diesem Zweck kann ich allerdings weder mehr Zeit kreieren noch kenne ich einen Weg, sie zu verlangsamen. Falls es dem Gebieter möglich sein sollte, uns in der Erlangung von mehr Zeit zur Erreichung seines Ziels zu unterstützen, dann bin ich absolut davon überzeugt, dass es wir Menschen sind, denen das gelingen wird. Wir genossen nicht den Luxus jahrhundertelangen Wachstums in Entwicklung, Raumfahrt und Expansion wie die Altairianer und andere in unserer Allianz. Angesichts dessen, was wir während unserer kurzen Zeit im Weltraum bereits erreicht haben, bin ich überzeugt, dass wir über jegliche Zweifel hinaus bewiesen haben, dass wir diejenigen sind, nach denen er gesucht hat«, konterte Miles. Er war sich nicht sicher, ob seine Worte die Ohren des Gebieters erreichen würden, aber sollte dem so sein, wollte er weiterhin standhaftes Selbstvertrauen und Kompetenz demonstrieren – unabhängig von der anstehenden Situation.

Wiyrkomi erhob sich und sah ihn an. »Miles, du kannst von jemandem enttäuscht sein und ihn dennoch für die geeignete Person in seiner Position halten. Obwohl sich diese Meinung mit der Zeit als falsch erweisen kann, hast du ihm das bislang noch nicht bewiesen. Er ist ein scharfsinniger Mann. Er sieht in anderen, was sie in sich selbst nicht sehen. Und tatsächlich, unter den richtigen Umständen und bei passender Gelegenheit entpuppen sie sich wie ein Schmetterling dann genau in das, wovon er immer wusste, dass es in ihnen steckte.

»Zu diesem Zeitpunkt habe ich keine weiteren Details für dich, aber du sollst wissen, dass Hilfe auf dem Weg ist. Meine Aussage, dass ich das Ende dieser Schlacht nicht vorhersagen kann, trifft zu, falls wir sofort antreten müssen. Sollte die Hilfe vor dem

Beginn des Kampfs eintreffen, dann steht das Ergebnis außer Zweifel
... Wir werden gewinnen.«

Kapitel Sechsundzwanzig
Die Gurista-Mission

Militärkomplex Titan
Standort 42
Saturn VI, Sol-System

Kurz nach ihrem Treffen mit dem Statthalter an Bord der
Freedom hatte Admiral Wiyrkomi Hunt den Gebrauch einer streng
geheim gehaltenen gallentinischen Aufklärungsshuttle gestattet, um ihn
bei der Infiltration der Hauptwelt der Gurista zu unterstützen. Mit der
offiziellen Genehmigung der Mission hatte Drew Ashurina und
Dakkuri unabhängig voneinander damit beauftragt, einen Plan zur
Infiltration des Planeten unter Vermeidung ihrer Entdeckung durch die
Zodark oder die Mukhabarat zu entwickeln, und wie sie den Kontakt zu
Ashurinas Vater herstellen sollten. Es war eine einzigartige
Herausforderung und er wollte sehen, wie nahe sich ihre
Problemlösungen kamen. Dieses Projekt sollte sie für die Zeit ihrer
Anreise beschäftigt halten.

Drew entschied sich, als nächstes mit dem Piloten zu reden.
Kurz bevor sie die *Freedom* verlassen hatten, hatte ihm Wiyrkomi
einen Satz Befehle übergeben, die den Piloten der Shuttle als auch die
beiden Soldaten, die in letzter Minute zum Schutz des Schiffes
abkommandiert worden waren, nominal unter seine Kontrolle stellten.

Drew, der die längste Zeit seiner Karriere mit den Deltas
verbracht hatte, war an diese Art Befehle gewöhnt, ebenso wie an diese
Art von Soldaten, die seiner Vermutung nach wie er den
Sondereinsatzkräften angehörten. Dennoch hinterfragte er die Logik,
nur zwei von ihnen abzustellen. Zwei Kämpfer konnten nur so viel
ausrichten, bevor die Dinge gegebenenfalls überhandnahmen.
Andererseits hatte er bislang keine gallentinischen Soldaten in Aktion
gesehen. Er konnte sich ihrer wahren Fähigkeiten und wie gut sie sich
im Kampf behaupten konnten nicht sicher sein.

Drew fand seinen Weg an den Gallentinern vorbei zum
Flugdeck, wobei er auch die sechs C300 hinter sich ließ, auf deren
Anwesenheit der Statthalter bestanden hatte. Nicht, dass Drew ihren
Wert geleugnet hätte. Er traute diesen psychotischen
Tötungsmaschinen einfach nicht, insbesondere nach ihren neuesten

Upgrades. Die Idee, dass die Orbot, die Zodark oder sonst jemand unberechtigten Zugang auf das Betriebssystem der C300 erlangen und sie zum Angriff auf die Menschheit veranlassen könnten, verursachte ihm Albträume. Er erzitterte bei dem Gedanken, einen C300 bekämpfen zu müssen – selbst in seiner neuen Drachenhautpanzerung.

Mit dem Gebrauch des gleichen Bronkis5-Materials, das sie in die Panzerung ihrer neuen Kriegsschiffe miteinbezogen, hatte sich die Widerstandsfähigkeit ihres bisherigen Panzeranzugs um das Zehnfache erhöht. Und als ob das nicht schon genug wäre, beinhaltete ihre neu aufgerüstete Kampf-KI die kombinierte Erfahrung aus Hunderten von Schlachten, an denen die C100 teilgenommen hatten. Obwohl er die Bedeutung der Kampf-Synth im letzten Krieg nicht bestreiten wollte, schien es ihm keine allzu gute Idee, eine Maschine zu kreieren, die stärker, intelligenter und schneller als selbst die besten republikanischen Soldaten war.

Die verbliebene Zeit des Flugs nach Titan verbrachte Drew neben dem Piloten. Er stellte Fragen über die Fähigkeiten des Schiffes und wie der Pilot unter Vermeidung ihrer Entdeckung die Infiltration in das System und die Landung auf dem Planeten vornehmen würde. Obwohl der Pilot zunächst zurückhaltend schien, lieferte er ihm mit jedem Szenarium, über das Drew ihn befragte, mehr subtile Hinweise darauf, wozu das Schiff fähig war und wie es die verschiedenen Herausforderungen, die sich ihnen in den Weg stellen mochten, überwinden konnte. Mit der Ankunft und ihrer Landung am Standort 42 der Titan-Einrichtung, verfügte Drew über ein recht gutes Verständnis, wieso gerade dieses Schiff besonders für einen Aufklärungsauftrag geeignet war, und wieso Admiral Wiyrkomi es Hunt für diese spezielle Mission überlassen hatte – das Schiff war ein Geist. Es schien wie unter einer Tarnkappe zu stecken. Unter Beibehaltung seiner physikalischen Form war es so gut wie unsichtbar. Ohne genaueres Verständnis, wie diese Technologie funktionierte, wusste er nur, dass die Außenhaut des Schiffs dazu fähig war, elektronische Signaturen, die auf den Rumpf aufschlugen, zu absorbieren, und diese Wellenlängen zurückzuschicken, als ob sie auf nichts gestoßen wären.

Drew fand all das interessant und cool. Aber er war ein zum Spion aufgestiegener Mann der Sondereinsatzkräfte. Sein Interesse konzentrierte sich dieser Tage vor allem auf die Spionagekunst und auf

die Suche nach zusätzlichen Werkzeugen, die ihm dabei helfen
konnten, die ihm übertragenen Aufgaben besser zu bewältigen.

Nach dem Andocken am ausschließlich vom republikanischen
Geheimdienst genutzten Hangar betraten sie das Gebäude, wo ihnen
nach ihrer Begrüßung ein Teil der Einrichtung zu ihrem beliebigen
Gebrauch überlassen wurde. Sobald ihre Unterkünfte gesichert waren,
entließ Drew das Team, um sich einzurichten. Er trug ihnen auf, sich
nach dem Abendessen wieder einzufinden, um mit der Diskussion zu
beginnen, was möglich und was unmöglich war, und was sie als Erstes
versuchen sollten.

Die Infiltration eines feindlichen Planeten stellte immer eine
Herausforderung dar – selbst wenn alle den Planeten betreffende
Informationen zur Verfügung standen, wenn im Notfall Hilfe
bereitstand, und wenn ein Ausstiegsplan für den Fall existierte, dass die
Sache schief ging und der Rückzug angesagt war. In ihrem Fall
allerdings hatten sie so gut wie nichts, mit dem sie arbeiten konnten.
Das Wissen, das sie über den Planeten selbst und die Art des Umfelds,
in dem sie landen würden, besaßen, war überwiegend irrelevant oder
längst überholt. Kurz gesagt, sie mussten auf einer leeren Leinwand
arbeiten – was nicht ideal war. Aber Drew hatte bisher noch in keiner
seiner Missionen versagt. Er war fest entschlossen, dass dies nicht seine
erste sein würde.
****

Eine Stunde später

Endlich war Drews Zeit gekommen, sich in sein Zimmer
zurückzuziehen, nachdem endlich auch alle Belange der Gallentiner
und die ihres Schiffs erfüllt waren. Er freute sich auf einige Stunden
des Alleinseins und der Stille, die er zu seiner geistigen Erneuerung
bedurfte.

Er näherte sich dem Raum, um den er für die Zeit, die sie auf
Titan verbringen würden, gebeten hatte. Die Deaktivierung des
magnetischen Schlosses klickte, bevor sich die Tür vor ihm öffnete.
Nach dem Betreten des Raumes lächelte er erfreut. Ohne ihm einen
Grund dafür zu nennen, hatte ihm ein Freund empfohlen, gerade diesen
Raum zu beantragen,

Noch in der Tür stehend nahm Drew sich vor, seinem Freund eine Flasche seines Lieblingsbourbons zu senden. Dort, wo sich eine Wand befinden sollte, konnte Drew durch ein bodenhohes Fenster nach draußen sehen. Es bot dem Bewohner des Zimmers einen unverstellten Blick auf die Oberfläche von Titan.

Drew warf seine Tasche, die einige wenige Kleidungsstücke enthielt, auf das Bett und trat an das Fenster heran. Mit ausgestreckter Hand berührte er das Glas. Einen kurzen Augenblick befürchtete er, dass es brechen oder dass seine Hand durch es hindurch reichen könnte. Bei diesem Gedanken musste er lachen. Und dann fühlte sich seine gegen das Glas gepresste Hand plötzlich kalt an. Er spürte, wie die Kälte, die draußen herrschte, auf sie überging. Dieses Phänomen erklärte er sich damit, dass es eine Folge des Mangels an Wärme und Sauerstoff war. Eine Erinnerung an ihren Status auf Titan. Sie gehörten nicht hierher. Ohne ein philosophisch angehauchter Mann zu sein, fiel es Drew dennoch leicht, seinen Platz unter den Sternen zu verstehen. Er war ein Außenstehender – ein Reisender aus einer anderen Welt. Die Auflagen, die mit diesem Status einhergingen, waren ihm wohl bewusst. Das hielt ihn jedoch nicht davon ab, die visuelle Erkundung von Titan und dem Planeten Saturn, der in der Ferne sichtbar war, in vollen Zügen zu genießen.

Schließlich nahm Drew auf einem Stuhl am nahegelegenen Tisch Platz und öffnete die Vorschläge, die Ashurina und Dakkuri ihm unterbreitet hatten. Er war neugierig, wie sich ihre individuellen Lösungen zum gleichen Problem unterscheiden würden. Würden sie die gleichen Risiken aufzeigen? Welche Variablen würden sie beachten wollen oder einfach ignorieren? Sein größtes Interesse lag jedoch darin zu sehen, ob sie unabhängig voneinander die gleiche Lösung oder zwei verschiedene Wege gefunden hatten, das Problem anzugehen. Er vermutete, dass den beiden nicht bewusst war, dass er sie einem Test unterzog – dass er prüfte, ob sie unabhängig voneinander operierten oder ob ihr Training so tief verwurzelt und eingebettet war, dass sie, egal welche Herausforderung sich ihnen auch stellte, so gut wie jedes Mal ohne relevante Abweichungen zum gleichen Ergebnis kamen.

Drew, der über seine Arbeit mit den Sondereinsatzkräften in die Welt der Spionage eingestiegen war, wusste, dass einige relevante Talente der jeweiligen Bereiche eng miteinander verbunden und voneinander abhängig waren. Der offensichtlichste Denkansatz, die

Identität eines Agenten oder jemanden innerhalb der eigenen
Organisation zu entlarven, war die Suche nach einem Muster. Die
Abfolge täglicher Vorgänge, aus einer bestimmten Sicht gesehen,
verriet so gut wie immer ein verstecktes Muster, das nach seiner
Aufdeckung verfolgt werden konnte. Drews Aufgabe war es,
herauszufinden, ob Ashurinas und Dakkuris Training in der Lösung
eines Problems dazu geführt hatte, dass sie stets einem erkennbaren
Muster folgten und das Problem in beinahe identischer Weise angingen
– ähnlich einer Person, die in der Schule eine mathematische Formel
erlernt hatte. Egal, wie das Problem auch aussah, die Formel zur
Lösungsfindung blieb stets die gleiche – allein die Zahleneingaben
änderten sich.

Er begann mit Ashurinas Vorschlag. Drew überprüfte die
Sicht, aus der sie das Problem angegangen war und nahm spezielle
Punkte zur Kenntnis, die er für wichtig hielt. Danach griff er nach
Dakkuris Bericht. Nach der Hälfte dieser Begutachtung stieß er einen
Seufzer der Erleichterung aus und am Ende seiner Durchsicht war er
sich relativ sicher, dass die beiden ihre Tarnung aufrechterhalten
konnten – hoffentlich lange genug um ihre Mission zu beenden und
anschließend von ihrem Erfolg zu berichten.

*Und jetzt kommt der lustige Teil ... die Entscheidung, wie wir
vorgehen werden.*

Kapitel Siebenundzwanzig
Das Säubern der Bezirke

RNS *Wasp*
TF Silver Fox

Brian hob die Kaffeetasse an den Mund und nahm sich einen Augenblick Zeit, das reiche Aroma des frisch aufgebrühten Kaffees einzuatmen, den ihm sein Adjutant gebracht hatte. Er sah kurz auf die Uhr. Die Besprechung zog sich nun schon 47 Minuten hin. Wenn er etwas aus der Zusammenarbeit mit Major General Crow gelernt hatte, dann das, dass der Mann seine Finger in allem hatte. Er war sich nicht sicher, ob der General seinen Kommandeuren einfach nicht vertraute, oder ob er glaubte, sie könnten von ihm lernen, wenn er sich ständig in die Planungsbesprechungen seiner Regimentskommandeure einmischte.

Brians Erfahrungen nach unterschied sich ein durchschnittlicher Kommandeur von einem großartigen darin, dass der Letztere es verstand, seinen Untergebenen eine klare Zielvorgabe zu geben; einen Zeitrahmen, in dem dieses Ziel erreicht werden musste; die Ressourcen, ihnen dies möglich zu machen – und das Vertrauen in sie, der Erfüllung des Auftrags gewachsen zu sein. Seiner Überzeugung nach zeugte das fehlende Vertrauen in die Kommandeure, ein ihnen gestecktes Ziel allein durch die persönliche Einmischung in die genauen Einzelheiten ihrer Einheiten erreichen zu können, von mangelhafter Führerschaft auf höchster Ebene – von dem Versagen, die neuen Offiziere hinreichend dahingehend auszubilden, um die kompetenten Kommandeure zu werden, die sie werden mussten.

Brian, der nun schon seit beinahe 50 Minuten in dieser Besprechung saß, in der erst drei der insgesamt 16 Regimentskommandeure ihren Bericht abgegeben hatten, glaubte mehr und mehr, dass der Ruf der Größe des Generals mehr mit den zeitlichen Zusammenhängen auf dem Schlachtfeld als mit seiner strategischen Brillanz zu tun hatte. Manchmal lag der Unterschied zwischen strategischem Können und kompletter Inkompetenz allein in der Zufälligkeit des Zeitpunkts. Ein Eintreffen am richtigen Ort zur falschen Zeit konnte verheerende Folgen haben. Demgegenüber konnte der falsche Ort zur richtigen Zeit überraschend eine feindliche Flotte oder eine nicht auf den Kampf vorbereitete Bodentruppe freigeben, die der eigenen Partei einen schnellen Sieg gewährte.

»Colonel Royce, sind Sie noch bei uns?«

Verdammt, in dem Augenblick, in dem ich mir mein Qpad ansehe, ruft er mich auf, dachte er verärgert. »Jawohl, Sir, ich bin bereit«, nickte er in der Hoffnung, beschäftigt auszusehen und dennoch darauf vorbereitet, die Gruppe zu unterrichten.

»Ok, warum berichten Sie uns dann nicht, wie weit Sie mit dem Klären der unterirdischen Ebenen gekommen sind? Wir haben eine Menge Zivilisten, die ich gerne bis zur Neuversiegelung des Biodomes in die unteren Ebenen verlegen möchte«, forderte ihn der General auf.

Brian beugte sich ein wenig nach vorn und starrte in die Kamera. »Seit einigen Tagen erweist sich die Räumung als zunehmend beschwerlich, insbesondere nach der Säuberung der Lebensräume auf der Oberfläche. Die verbliebenen Zodark haben Zuflucht in den unterirdischen Ebenen der Bezirke gesucht. Es gelang uns, die ersten drei Ebenen zu räumen. In etwa einer Stunde beginnt der Einsatz, die vierte und letzten Ebene zu säubern.«

»Gut, gut, das klingt beruhigend. Sie hatten zunächst davon gesprochen, dieses Ziel bereits gestern zu erreichen. Was war der Grund für diese Verzögerung?«, forschte der General.

»Der Mangel an Unterstützung durch die C100 und der Verlust an Truppen. In manchen Distrikten stießen wir auf stark befestigte Positionen – insbesondere in den Artemis und Gemini-Bereichen. Dort verschlissen wir den größten Teil unserer C100, die uns aus der Serpentis-Kampagne geblieben waren ...«

»Colonel, ich verstehe die Situation mit den C100 und ich habe erlebt, wie Ihre Deltas sie an ihren Operationen beteiligen. Wenn uns allerdings keine Synth zur Verfügung stehen, dann müssen Sie eben mit dem arbeiten, was Sie haben. Auf die altbewährte Weise – mit brutaler Gewalt und zahlenmäßiger Überlegenheit«, fiel ihm der General mit einem schlecht getarnten Tadel ins Wort.

Brian sah den General einen Moment lang mit stechendem Blick an. *So arbeiten die Sondereinsatzkräfte nicht. Sie waren ein Skalpell, kein breiter Degen.* Er musste sich daran erinnern, dass der General keinen Unterschied zwischen den Deltas und den regulären Soldaten sah. Das war etwas, was er öfter zu tun schien, als es Royce lieb war. Diese Gruppen gingen auf unterschiedliche Weise vor und ihre Pläne, eine gegnerische Position zu überwältigen, wichen weit voneinander ab. Dann hatte er eine Idee. *Ok, wenn du brutale Gewalt willst, sehen wir doch, ob du bereit bist, einen solchen Einsatz zu unterstützen ...*

»Sir, das ist ein gutes Argument. Wenn Sie, wie erwähnt, bevorzugen, dass wir auf altbewährte Weise mit brutaler Gewalt vorgehen, dann beantrage ich, dass das 327., das uns unterstützen soll, auf der Prioritätenliste zur Zuweisung von Ersatzleuten ganz nach oben rutscht, oder dass, falls nötig, Leute aus anderen Regimentern in das 327. versetzt werden, um zu seiner ursprüngliche Stärke zurückzukehren. Die Verlustrate des 327. im Rahmen der Säuberung der bisher geräumten Distrikte beträgt 21 Prozent – innerhalb der letzten drei Tage. Sie wird stark steigen, falls wir dem Plan der brutalen Gewalt folgen. Ich möchte nur sicherstellen, dass das Regiment, das uns unterstützt, die dringend nötige Hilfe erhält, statt in Bezug auf neues Personal vergessen zu werden.«

Brian sah, dass der General jemanden außerhalb der Kamera ansprach, bevor er ihn erneut ansah. »Ein gutes Argument, Colonel. Manchmal kommt es vor, dass eine Einheit, die von ihrer Familie getrennt wurde, vergessen wird. Vielen Dank, dass Sie als ihr Fürsprecher sicherstellen, dass dies hier nicht geschieht. Vor Ihrem nächsten großen Vorstoß wird das 327. zu 100 Prozent aufgefüllt sein. In der Zwischenzeit tun Sie, was Sie können, und sichern Sie die letzte Ebene. Wir müssen die Zivilisten aus der Gefahrenzone in die Sicherheit der unterirdischen Stockwerke verlegen. Ich hasse es, dies zu sagen, aber wenn wir zur Beschleunigung dieses Vorgangs weitere Soldaten verlieren müssen, dann – so leid es mir tut – müssen einige von ihnen eben sterben, um das zu erreichen.«

Verdammt, was für ein kalter Mistkerl, dachte Brian, bevor er dem General bestätigte, dass die 4. Ebene bis zum Ende des Tages geräumt sein würde.

****

Erster Zug, Demon-Kompanie
327. OAR, Artemis-Distrikt
Mars, Sol-System

Thor führte die Soldaten des Ersten Trupps die Stufen in das
4. Untergeschoss hinunter – in Dunkelheit auf die Stellung eines
Gegners zu, der vor seinem letzten, hoffnungslosen Gefecht stand. Sie
bekämpften nun schon seit Tagen in sämtlichen Distrikten einen Feind,
der wusste, dass er in der Falle saß – der wusste, dass es keinen
Ausweg gab. Jedes Mal, wenn sie auf eine befestigte Position getroffen
waren – ein Wohngebäude, das in eine Todesfalle verwandelt worden
war – hatten sie zunächst die C100 vorgeschickt, die dank ihrer
Geschwindigkeit und Gewandtheit die schwersten Treffer verkraften
konnten und solange weiterkämpften, bis entweder sie oder der Feind
vernichtet waren. Erst danach waren die Angriffsteam vorgedrungen,
um dort weiterzumachen, wo die Maschinen aufgehört hatten oder
zerstört worden waren. Mit dieser Säuberung der Distrikte zog sich der
Feind zurück, bis er endlich die Oberfläche verließ und in den
Untergrund abtauchte, wo er sich über die unterirdischen Ebenen
verteilte.

»Ich nähere mich der Tür«, flüsterte Thor Psycho zu.

»Verstanden. Vielleicht haben wir Glück und die
Wärmekameras funktionieren«, hoffte der LT.

Thor hatte diesbezüglich seine Zweifel. Die Zugangspunkte zu
den Treppenhäusern waren mehr oder weniger kontrollierte Lockout-
Bereiche. Im Fall eines Sicherheitsversagens im Distrikt verlangte das
Sicherheitsprotokoll eine Abriegelung aller Gebäude inklusive ihrer
unterirdischen Ebenen, um die Ausbreitung der Gefahr zu verhindern.
Das brachte es mit sich, dass die unter Druck stehenden Türen der
unterirdischen Geschosse unglaublich dick waren, was die Entdeckung
von Wärmesignaturen durch eine solche Tür hindurch außerordentlich
schwer machte.

»Thor, warum versuchen wir es nicht mit dem Spektrometer?
Das haben wir noch nie versucht«, schlug Cannon vor. Hinter ihm
wartete sein Team – bereit zum Einsatz.

»Ja, zum Teufel … warum nicht?«

Thor fand den Spektrometer-Scanner auf seinem HUD und
aktivierte ihn. Nach einigen Minuten konzentrierten Starrens auf die
Tür und die danebenliegende Wand empfing er endlich ein Bild. Es war
sicher nicht perfekt, bestätigte ihm aber, dass auf der anderen Seite der
Tür keine Zodark auf sie warteten – zumindest nicht in direkter Nähe.

»Die Tür ist frei. Vorbereitung auf Eintritt und Sicherung der anderen Seite«, kündigte er an und gab den Überbrückungscode ein, der sie in den dahinterliegenden Raum einlassen würde. Gleich darauf bestätigte die Lockout-Bedientafel den Code und maß den Druck zwischen den beiden Bereichen. ‚Nominal‘, lautete die Antwort auf dem Display, bevor das Türschloss aufsprang.

»Wir übernehmen, Thor. Young und ich klären den Bereich und dringen an das andere Ende des Raums vor«, bot Cannon an. Er bedeutete den Alpha- und Bravo-Teams, dass sie als Erste Gelegenheit haben würden, den Feind zu stellen. Mit einem leichten Nicken öffnete Thor die Tür … und ihr Abstieg ins Chaos begann.

Cannon führte Team Alpha in die Dunkelheit. Mit seinem leichten Maschinengewehr im Anschlag war er bereit, alles, was sich ihm in den Weg stellen sollte, zu vernichten. Sergeant Logan Young und Team Bravo waren ihnen dicht auf den Fersen. Beide Gruppen stürmten die Kammer und machten dem Rest des Zuges den Weg frei.

Thor, der nur einen Augenblick später eintrat, sah, dass Alpha und Bravo den Raum bereits durchquert hatten und durch den Gang auf eine Kreuzung zuhielten, die den Weg in zwei verschiedene Richtungen öffnete. Während der Rest des Zuges nachrückte, wandte sich Thor nach rechts, wo er Anzeichen eines vorangegangenen Kampfes entdeckte. Blut an den Wänden, ausgedehnte Lachen auf dem Boden … aber seltsamerweise keine Leichen.

»Hier, das sind Schleifspuren. Ich kann nicht sehen, wohin sie führen, aber sie zogen die, auf die sie gestoßen sind, hinter sich her«, schloss Cannon, der mit dem infraroten Marker seiner Nachtsichtbrille auf das deutete, wovon er sprach. In diesem Geschoss war es weiterhin stockdunkel, was den Gebrauch der in ihren HUDs integrierten Nachtsichtvorrichtung nötig machte.

»Warten Sie. Sehen wir, wie der LT vorgehen will.«

Nach dem Studium ihrer Karte und der Grundrisse der Einrichtung, entschieden sie sich für die Drohnen. Besser, sie vorzuschicken und das Risiko ihrer Entdeckung einzugehen, als blind vorzudringen und in einen Hinterhalt zu laufen. Der Zug trennte sich, sobald die Drohnen langsam in verschiedene Richtungen davonflogen. Thor übernahm Trupp Eins und Zwei, während Trupp Drei und Vier dem LT folgten.

Die Gruppen setzten sich in entgegengesetzter Richtung in Bewegung. Die Nachtsichtvorrichtung ihrer HUDs verwandelte die Dunkelheit in Licht.

An der Spitze seiner Leute hielt sich Thor im Schatten und drang mit klopfendem Herzen unablässig Zentimeter für Zentimeter tiefer in das Unbekannte vor. Er wusste, dass diese Mission nicht einfach sein würde, aber musste sie so schwer sein? Sie hätten die Unterstützung einiger C100 haben sollen, hatten aber im Laufe ihrer vorangegangenen Kämpfe offenbar zu viele verloren. Diese Unterversorgung machte sich nun schmerzlich bemerkbar. Tatsache war, dass sich die Zodark, je tiefer sie in die unterirdischen Ebenen vorgedrungen waren, stärker verschanzt hatten und ihre Verteidigung noch brutaler geworden war.

Während sich seine Gruppe langsam weiter im Schatten vorantastete, war er dankbar für die Dunkelheit und ihre Fähigkeit, durch sie hindurch zu sehen. In der Entfernung hörte er den schwachen Lärm eines Kampfes. Den Berichten nach war Trupp Drei auf Kontakte gestoßen.

Die Zodark wussten, dass sie in der Falle steckten. Dies war der letzte Stock, die letzte Ebene, auf die sie sich zurückziehen konnten. Es war der Kampf bis zum bitteren Ende. In diesem Kampf ging es allein darum, wie viele ihrer verhassten Gegner sie noch töten konnten, bevor das Ende kam. Die Auseinandersetzung auf der Seite des LT intensivierte sich. Thor überlegte gerade, ob sie die Richtung wechseln und ihnen Hilfe leisten oder zumindest ihre Zahl verstärken sollten, als plötzlich etwas geschah. Aus einem der Zimmer flog ihnen ein Objekt entgegen. Die Tür fiel wieder ins Schloss, bevor sich das Objekt mitten in dem pechschwarzen Flur, in dem sie sich aufhielten, in eine Mini-Sonne verwandelte.

Im gleichen Augenblick verloren Thors Männer geblendet die Sicht. Ihr Hörsinn wurde überwältigt. Die mit der Explosion der Blendgranate einhergehende Dissoziation warf die Hälfte der Soldaten zu Boden. Thor hatte kaum Zeit, den Gedanken zu registrieren, dass die Zodark diese Blendgranate erst nachdem Trupp Eins bereits an der Tür vorbei war, in den dunklen Gang geworfen hatten. Er blinzelte wiederholt, um die weißen Flecken, die vor seinen Augen schwammen, zu verdrängen. Er wusste, dass sich der Feind gleich aus der Tür auf sie stürzen würde. Er musste seine Sicht wiedererlangen oder er war tot.

Mit einem laut kreischenden Geräusch öffnete sich die Tür, bevor die Zodark mit bedrohlichem Grölen und Geheul in den Gang stürmten, sich auf die gegnerischen Ränge stürzten und mit gutturalen Schreien der Begeisterung und im Rausch blutrünstiger Rage auf ihre Opfer einstachen und sie aufschlitzten.

Thor rollte sich zur Seite. Er versuchte weiter, den Effekt der Granate abzuschütteln, während er seinen Körper langsam anhob und sich auf Hände und Knie stützte. Aus den Augenwinkeln sah er den Tritt kommen, der nur Augenblicke später auf seinem Körper landen würde. Unfähig, diesem Schlag auszuweichen, beugte er seinen Oberkörper nach vorn, um einen Großteil seiner Panzerung und mehr seiner Magazintaschen zwischen seine Rippen und den Tritt zu bringen, der ihn erwartete.

Dann spürte er den Aufschlag. Er stöhnte laut. Ein starker Schmerz schoss ihm durch die rechte Seite seines Brustkorbs, bevor sein Körper wie eine Strohpuppe gegen die nahe Wand aufschlug und vor ihr in sich zusammenbrach.

Scheiße ...

Er fluchte schmerzerfüllt und schnappte nach Luft, während sich seine Sicht verengte. Und dann hörte er die Stimme – die ihm so vertraute Stimme, die er in Momenten großer Not hörte; immer dann, wenn er glaubte, er müsse sterben. Er blinzelte sich die Schmerzenstränen aus den Augen und sah die Figur, der diese Stimme gehörte – die Repräsentation des Kriegers, die ihn in seinen Träumen verfolgte. Sie rief ihm ein Kommando zu und er war machtlos, sich ihr zu widersetzen. *Reiß dich zusammen, bevor du stirbst! Überlass mir die Kontrolle und ich setze dem ein Ende!*

»Zeit zu sterben, Mensch, wie die Sklaven, die deine Spezies sind«, knurrte der Zodark, der beinahe zu ihm aufgeholt hatte.

Thor, der weiter blinzelnd versuchte, seine Schmerzen zu unterdrücken, sah den Schatten, den ein seltsamer Lichtschein über das Wesen warf, das sich ihm mit spielerisch geschwungenen Schwertern weiter näherte. Das Licht war ihm aus dem Raum heraus gefolgt, aus dem der Zodark erschienen war.

Überlass mir endlich die Kontrolle, damit ich es zu Ende bringen kann!, kommandierte die Stimme in seinem Kopf – dieses Mal lauter und dringlicher als jemals zuvor. Einlenkend flüsterte Thor: »Ich übertrage dir die Kontrolle, Thor. Nimm es in die Hand und nutze mich ganz nach deinem Willen …«

Kaum hatte er dem nordischen Gott dies zugestanden, fühlte es sich an, als hätte sich jemand seiner bemächtigt. Es schien ihm, als hätte er der Situation aus weiter Ferne zugesehen, bevor er plötzlich in seinen Körper zurückgekehrt war. Wie auf Abruf spürte Thor die sofortige Rückkehr der Kraft in seinen Händen, die sogleich nach den Tomahawks an seiner Weste griffen. Seine Finger umklammerten ihren glasfaserverstärkten Schaft, bevor er wie eine zusammengerollte Giftschlange in Aktion trat. Sein Körper sprang in die Höhe, bereit, mit hoch erhobenen Waffen anzugreifen.

Der unerwartete Bewegungsschub und die Wildheit des Angriffs überraschten den Zodark. Die Schneiden der Tomahawks trafen seinen Nacken. Thor spürte das Zersplittern der von der Stärke der Aufschläge zertrümmerten Knochen. Die scharfen Klingen durchschnitten Muskeln, Sehnen und Gewebe mit einer einzigen schwingenden Bewegung, die den Zodark beinahe enthauptet hätte. Seine Augen waren immer noch weit aufgerissen und zeugten von seinem Schock.

Thor zog die Tomahawks aus dem Biest heraus und brachte sie wieder an sich. Um sie herum sprudelte ein Geysir von Blut. Der Kopf des Monsters war nur noch knapp mit seinem Körper verbunden, der nun auf dem Boden zusammenbrach. Das sich um seine Füße herum sammelnde Blut erregte in Thor ein Gefühl unendlichen Zorns – eine reine, hasserfüllte Rage, die von ihm Besitz ergriff. Er warf den Kopf nach hinten und stieß sein eigenes grimmiges Kriegsgeschrei aus, während er sich auf den nächsten Zodark stürzte.

Inmitten des Kampfes kehrte der Strom zurück. Das Licht brannte nun. Der Kampf ging weiter. Wie ein Wikinger längst vergangener Zeiten schwang Thor seine Tomahawks und schlug auf das Biest ein. Seine Scheiden drangen tief in dessen entblößtes und unbewehrtes Fleisch ein. Thor prügelte und schlug wie ein von einem Dämon besessener Mann auf den Zodark ein.

Insgesamt zog sich der gesamte Kampf nur über wenige Minuten hin, aber der Schaden war angerichtet. Der Ruf nach Sanitätern wuchs, je mehr die Überlebenden zur Besinnung kamen und eine Bestandsaufnahme ihrer selbst vornahmen.

Schon bald hörten sie schnelle Fußtritte, die Versicherung naher Unterstützung und das Angebot der Hilfe. Nachdem die Verstärkung eingetroffen war und die Situation eingeschätzt hatte, zeigte jemand auf Thor: »Heilige Mutter Gottes, seht euch das an. Thor, sind Sie das?«

Thor hörte seinen Namen und sah nach oben. Er starrte in die Gesichter der Soldaten, die auf ihn zurückstarrten. Über und über mit dem bläulichen Blut der Zodark besudelt, stand er alleine da. Die Tomahawks hingen an seinen Seiten. Blut tropfte an ihren Klingen und an seinem Panzeranzug hinunter.

Jemand trat an ihn heran und rief ihm zu: »Es ist ok, Thor. Der Kampf ist vorbei. Alles ist ok.«

Und dann heulte ein Zodark in einiger Entfernung den Gang hinunter zornig auf und forderte seine Feinde zum Kampf heraus. Thor sah den Lieutenant mit einem sein ganzes Gesicht überziehendes Grinsen an. »Dieser Kampf ist noch nicht zu Ende, Lieutenant.« An dem Offizier vorbei sah er auf die Männer hinter ihm und rief: »Das Töten geht weiter und ich habe noch nicht genug davon. Los geht's, Barbaren!«

Thor umklammerte die Griffe seiner Tomahawks, wandte sich um und rannte den Korridor hinunter auf den Zodark zu – mit einem Kriegsgeschrei, das ihm selbst einen Schrecken einjagte. Während er seine Schritte auf den Feind hin weiter beschleunigte, war er sich sicher, dass seine Vorfahren mit ihm zufrieden waren. Sein Hunger auf Töten war noch nicht gestillt.

Kapitel Achtundzwanzig
Der Sammelpunkt

GN Vraxerian's Mind
Kepler-67

Kommandant Rintuas saß an den Kontrollen der *Vraxerian's Mind* und hatte ein Auge auf eine Aufstellung von Kriegsschiffen nahe eines Außenpostens in der Umlaufbahn von Kepler-67b. Dies war ein Exoplanet, der den Angaben seiner Sensoren nach etwa die gleiche Größe wie der Planet Venus hatte. Rintuas war damit beauftragt, die gesammelten nachrichtendienstlichen Informationen an das Sternensystem in dem Venus lag, weiterzuleiten, und es zu warnen, sobald die Flotte eine Wurmlochbrücke etablierte und sie zu überqueren begann. Als Rintuas den Namen von Admiral Wiyrkomi sah und registrierte, dass das Schiff, mit dem er in Verbindung stand, kein anderes als eine der *SuVee*-Klasse angehörende Titan namens *Emperor Triantis SuVee* war – benannt nach dem Großvater des Gebieters – verstand er, wieso sein Schiff für diese Mission ausgewählt worden war.

Die *Vraxerian's Mind* war von zehn Korvetten das erste Tarnkappenschiff der *Vraxerian*-Klasse, das in Dienst gestellt worden war. Zwei weitere waren mittlerweile ebenfalls aktiv. Die sieben anderen befanden sich in unterschiedlichen Stadien der Fertigstellung. Etwas, das sie vor langer Zeit entdeckt hatten, machte diese Schiffe zu etwas Besonderem. Ein Expeditionsteam hatte ein System auf eine mögliche Kolonisierung hin überprüft. Während einer seiner mannigfaltigen Begutachtungen und Scans der Planeten und der Monde des Systems hatte es in der Umlaufbahn um den Mond nahe einem jovianischen Planeten eine Struktur entdeckt.

Nahe dieser Struktur hatte das Team ein angedocktes, aber längst aufgegebenes Schiff gefunden. Sie ermittelten, dass es sich hierbei um ein Schiff der Humtar von unbekannter Klasse und mit ungewissem Verwendungszweck handelte. Die Wissenschaftler entschieden, es zur weiteren Analyse mit sich zurückzubringen. Erst Jahre später, nachdem sie einen Weg gefunden hatten, das Schiff erneut mit Energie zu versorgen, wurde ihnen bewusst, dass es mit einer Art biologischem Material beschichtet war, das mit dieser Energie zum

Leben zu erwachen schien. Im Anschluss daran fanden sie heraus, dass diese Beschichtung – woraus immer sie auch bestand – auf das Schiff gerichtete elektronische Signale absorbierte, was es für die derzeitigen Erkennungssysteme so gut wie unsichtbar machte. Nachdem die Wissenschaftler und Ingenieure einen Weg gefunden hatten, das Material zu reproduzieren, begann die Entwicklung der *Vraxerians*. Nach dem erfolgreichen Abschluss von 12 Erkundungsfahrten – ohne ein einziges Mal von der Legion entdeckt zu werden – war es Rintuas mehr oder weniger egal, wie das organisch-synthetische Material arbeitete. Wichtig war ihm allein, dass es funktionierte.

Wie jeder andere Marineoffizier wusste er, dass der Krieg gegen die Schattenwelt keiner war, den sie auf sich allein gestellt gewinnen konnten – oder einer, in dem sie wie Zauberei über eine uralte Waffe stolpern würden, die ihre Rettung garantierte. Dies war ein Krieg, den sie allein durch die Zusammenarbeit mit anderen Spezies gewinnen konnten, die Seite an Seite zum Wohle aller kämpften. Das bedeutete, dass sie Alliierte finden mussten, die sie sich zu Freunden und Partnern machen konnten, die bereit waren, bedeutsame Unterstützung und Hilfe zu leisten. Aus diesem Grund war ihre Mission, ruhig zu verharren und die in der Nähe von Kepler-67 eintreffenden Schiffe zu beobachten, so wichtig. Wie ihnen mitgeteilt worden war, hatte sich diese Allianz – die sogenannte Schattenwelt – mit der Legion verbündet. Da diese durch die Legion ermächtigte Allianz nun einen Krieg mit einem Arm ihrer Allianz – dem galaktischen Reich – begonnen hatte, würden seine Mannschaft und er ihr Bestes geben, Admiral Wiyrkomi zu alarmieren, sobald sich diese Streitmacht in seine Richtung in Bewegung setzte.
****

Nayi Akat
Kepler-67b

NOS Damavik legte sein Tablet ab. Er hatte den Bericht gelesen und war mit der Analyse und dem Schlachtplan, wie sein Feldkommandeur die Gurgorra auf der Oberfläche einsetzen würde, zufrieden. Tatsächlich war es ein genialer Plan. *Der hätte mir einfallen sollen.* Er holte tief Luft und wandte sich an den Kommandanten ihrer Bodentruppen. »NOS Izal, Sie haben einen hervorragend ausgeklügelten Plan entwickelt. Ich stimme ihm zu.« Dann lachte Damavik und klopfte Izal auf die Schulter. »Diese Idee hätte ich haben sollen, nicht Sie.«

Izal und seine Lieutenants lachten mit ihm. Sie waren froh, dass er ihren Plan bezüglich des Einsatzes der Gurgorra nach der Landung auf der Oberfläche gut fand.

Nachdem sich alle wieder beruhigt hatten, wurde Damavik ernst. »Unmittelbar nach unserer Ankunft in Sol werde ich den blauen Stern aktivieren. Es wird einen Moment dauern, bevor er voll funktionsfähig ist, bevor er einen Impuls mit einer Reichweite von zwei Millionen Kilometer ausstrahlt. Unabhängig davon, ob er noch am Leben oder uns vorausgegangen ist, um einen Sitz in der Gesellschaft von Lindow für uns vorzubereiten ... Der blaue Stern wird Sie zu ihm führen.«

»Was, wenn diese Schakale ihre elektronischen Tricks auf uns anwenden? Kann der blaue Stern ihre Störmaßnahmen überwinden?«, wollte einer von Izals Kriegern wissen.

Damavik nickte. »Ihre Blockierung sollte darauf keinen Einfluss haben. Der blaue Stern operiert auf einer spezifischen Unterfrequenz. Wir haben ihn in mehreren Schlachten zu Zeiten intensiver elektronischer Störmaßnahmen getestet. Er wurde nie funktionsunfähig – selbst bei vorsätzlichen Versuchen unsererseits. Es gelang uns einfach nicht. Er wird funktionieren.«

»Damavik, stimmt es, dass der Mavkah antworten muss? Wird der Stern uns den Weg weisen, selbst wenn er nicht reagiert und mit dem Sicherheitscode antwortet?«, forschte Izal.

Damavik legte seinem Kriegskameraden die Hand auf die Schulter und sah ihm in die Augen. »NOS Izal, es wird funktionieren. Die Bestätigung dienst allein der schnelleren Bestimmung des Aufenthaltsort des Mavkah. Der blaue Stern wird uns zu ihm führen, unabhängig davon, ob er den Erhalt der Nachricht bestätigt oder nicht. Er ist dazu bestimmt, die sterblichen Überreste des Mavkah zu finden, sollte Lindow es vorziehen, mit ihm zu dinieren, statt uns dieses Vergnügen zu erlauben. Es wird funktionieren. Sie werden Erfolg haben. Gehen Sie jetzt. Bereiten Sie Ihre Krieger vor. Bereiten Sie die Gurgorra vor. Wir haben viel zu tun.«
****

Vortex der Vernichtung

Captain Narkeh' sah den Admiral an und informierte ihn: »Die letzten Schiffe sind eingetroffen. Wir sind einsatzbereit und erwarten Ihren Befehl.«

Admiral Garkeh sah sich auf der Brücke des Superträgers der *Tikiona*-Klasse um und registrierte, dass alle bereit waren – zumindest traf das auf die Orbot zu. An Captain Narkeh' gewandt, erkundigte er sich: »NOS Damavik bestätigt, dass seine Kräfte zum Einsatz bereit sind?«

»Das sind sie, Admiral.«

Garkeh nickte ihm kurz zu. Eine Geste, zu der ihn aus unerfindlichen Gründen seine biologische Seite veranlasste. Da war er sich sicher. Diesen Gedanken schob er zur Seite. Die Zeit rationaler Gedanken, die Zeit des Krieges, war gekommen. Es gab nichts Wichtigeres; nichts außer dem Krieg würde seine Gedanken nun mit Beschlag belegen. Heute stand ihnen ein großer Sieg bevor; der Tag, an dem sie dieses Kriegsschiff – die *Freedom* – vernichten würden.

»Der Befehl ist erteilt. Lassen Sie uns beginnen.«

Mit diesem Kommando begann die räumliche Anomalie zum Aufbau der Brücke zwischen Kepler-67 und Sol Gestalt anzunehmen.
****

GN Vraxerian's Mind
Kepler-67

»Hier bitte, Commander. Eine frische Kanne Raztitle«, bot ihm der Erste Soldat Landuzo an und reichte ihm eine Tasse der heißen Flüssigkeit.

Rintuas akzeptierte die Tasse und hob sie an die Lippen. Einen Augenblick atmete er die aufsteigende Hitze ein und genoss ihr Aroma, bevor er von der Flüssigkeit trank. Das überraschende Alarmsignal, das plötzlich auf der Brücke ertönte, brachte ihn beinahe dazu, sein Getränk zu verschütten. Erschrocken rutschte er in seinem Stuhl nach vorn.

»Statusbericht! Was ist passiert?« Er begann der Mannschaft Befehle zuzurufen, die sie unmittelbar befolgten.

»Sir, es ist die Flotte. Sie beginnen mit dem Aufbau der Brücke«, informierte ihn einer seiner Offiziere.

»Ok, dann ist es soweit. Das ist unser Signal. Schicken Sie eine Nachricht an Admiral Wiyrkomi. Informieren Sie ihn, dass die Flotte sich in Bewegung gesetzt hat. Übermitteln Sie ihm in jedem Fall die endgültige Zusammensetzung der Flotte. Sie sollen wissen, wer zu ihnen auf dem Weg ist.«

Nach dem Absenden dieser ersten Warnung schickte Rintuas eine Nachricht an die zweite Flotte, die er seinen Befehlen nach ebenfalls auf dem Laufenden halten sollte. Er hatte keine Ahnung, wie groß sie war oder wer sie anführte. Er wusste nur, dass der Befehl, diese zweite Flotte ebenfalls zu benachrichtigen, von der Admiralität kam.

»Ok, Leute. Zeit, uns etwas Unterhaltung zu gönnen«, lächelte er, während sie auf das Ablegen der feindlichen Flotte warteten. Sobald das System, ausgenommen dem Außenposten, verlassen war, würden sie zwei Schocker auf den Außenposten loslassen und im Anschluss daran umgehend aus dem System heraus nach Sol zurückspringen. Dort würden sie sehen, welche Art von Hilfestellung sie leisten konnten, ohne ihr Schiff einem Risiko auszusetzen. Es war Zeit, am Geschehen teilzuhaben

Kapitel Neunundzwanzig
Die Befreiung

Zweiter Speer, Bluträuber-Clan
Palácio da Pena
Sintra, Portugal
Erde, Sol-System

Der Lärm des Krieges, der Explosionen und der ständig
steigenden Zahl von Flugzeugen und Drohnen kamen der Anhöhe, auf
der der Palácio da Pena oder der Pena-Palast im Naturpark Sintra-
Cascais angesiedelt war, immer näher.

Mavkah Otro studierte das digitale Schlachtfeld, das er vor
sich sah und prüfte die Stellungen der Streitkräfte – seiner eignen und
die seiner Gegner. Es war deutlich, dass ihnen die endgültige Schlacht
bevorstand. Es war der Moment, den sein Gott für ihn vorgesehen hatte
– wie damals, als seine Sippe ihn zum NOS gemacht hatte, dann zum
Stammesführer und später zum Anführer des gesamten Clans. Dank
seines steigenden Ruhms auf dem Schlachtfeld sowie seiner taktischen
Begabung hatte er die Aufmerksamkeit des politisch einflussreichen
NOS Utulf erregt, dessen Wahl in den Hohen Rat zu Otros Aufstieg in
das Malvari geführt hatte – und zur Position des Mavkah. *Dennoch lief
hier etwas nicht richtig.* Sein Aufstieg durch die Ränge, sein Überleben
einer Unzahl politischer als auch militärischer Auseinandersetzungen –
all das zielte auf diesen Höhepunkt hin: seine Ernennung in den Rat
durch Zon Utulf und schlussendlich die Übernahme der Position seines
Mentors, seines Gönners und Förderers. All das schien derzeit zum
Scheitern verurteilt zu sein. Dennoch verspürte er eine seltsame innere
Ruhe. Er hatte seinen Frieden mit der Situation gemacht. Beinahe, als
ob Lindow neben ihm stehen und ihm zuflüstern würde: »Vertrau mir.
Glaube daran, dass ich mit dir noch nicht fertig bin.«

Die Tür zum Einsatzzentrum öffnete sich und NOS Griglag
sprach Otro an. »Mavkah, der Feind hat die letzte Begrenzung erreicht.
Es wird nicht mehr lange dauern, bis sich unsere verbliebenen Krieger
zur endgültigen Schlacht auf das Gelände des Palasts zurückziehen
werden.«

Otro nickte mit diesem Bericht und legte eine Hand auf Griglags Schulter. »Glauben Sie an ihn, Griglag. Der Große Lindow hat uns noch nicht aufgegeben.«

Otro hatte diesen Satz kaum zu Ende gesprochen, als Griglag die Augen aufriss. Er trat einen Schritt zurück und deutete auf Otros Brust - auf den blauen Stern, den der Mavkah um den Hals trug. Er pulsierte wie der Schlag eines Herzens.

Otro griff nach der Kette und nahm den vibrierenden blauen Stern in die Hand. Er sah Griglag an und drückte mit aller Kraft – solange, bis die Farbe des pulsierenden Lichts von blau auf blutrot wechselte. So hell, dass alle es sehen konnten.

»Unser Vertrauen wurde belohnt – unsere Unterstützung ist eingetroffen.«

NOS Griglag strahlte voller Freude, Schock und Überraschung. Laut rief er aus: »Lindow hat uns gerettet! Ich muss es den anderen mitteilen. Wir müssen standhalten. Unsere Befreiung steht bevor!«

Kapitel Dreißig
Die *Vanguard* steht bereit

RNS *Vanguard*
IVO Republikanische Marinewerft

Commodore Dobbs studierte das Bild der taktischen Aktionskarte. Sie begrüßte, dass ihr 1O vorgeschlagen hatte, die Karte auf dem Hauptmonitor der Brücke wiederzugeben. Die Fläche, die den gesamten Bereich der vorderen Brücke abdeckte, vermittelte der Brückenmannschaft ein beeindruckendes 360 Grad-Situationsbewusstsein auf eine Entfernung von bis zu 1.100.000 Kilometern hin. Die Nachricht, die gerade erschien, informierte sie, dass das System keine neuen oder unbekannten Kontakte entdeckt hatte.

Der negative Kontaktbericht hätte sie beruhigen sollen – was er nicht tat. Das Flaggschiff der Flotte, die RNS *Freedom* versandte stündlich einen Bericht über mögliche Kontakte mit der Schattenwelt an die Kapitäne und CICs sämtlicher Schiffe der Flotte. Diese stündlichen Updates verdankten sie den gemeinsamen Anstrengungen altairianischer und gallentinischer Späher tief hinter den feindlichen Linien, die die Bewegungen der feindlichen Flotte verfolgten. Als sie hörte, wie diese Informationen gesammelt wurden, war sich Dobbs zunächst nicht sicher, ob dies ein Scherz sein sollte oder ob es tatsächlich der Wahrheit entsprach. Dann hatte ihr ein in der CIC-Abteilung an Bord der *Freedom* tätiger Freund das Bild einer gallentinischen Erkundungsshuttle zukommen lassen. Der Freund konnte ihr nicht verraten, wie das möglich war, aber allein die Tatsache, dass ein Schiff unentdeckt die neutrale Zone durchqueren konnte, war unfassbar. Sie hoffte, dass die Gallentiner eines Tages bereit sein würden, diese Technologie für den Gebrauch durch die Republik zu teilen.

»Commodore, wir erhielten gerade den stündlichen Bericht des Geschwaders. Alle Schiffe im grünen Bereich. Der Captain der *Rass* möchte Sie wissen lassen, dass er den Status von Reaktor vier von gelb auf grün angehoben hat. Sein Ingenieur teilte ihm mit, dass ein fehlerhafter Messfühler der Grund für den berichteten Energieanstieg war. Er versichert uns, dass das Problem behoben wurde und alle

Abteilungen nun im grünen Bereich arbeiten«, informierte sie Commander Wright. Dobbs hatte ihm die Aufgabe übertragen, mit der *Rass* in Kontakt zu bleiben und jeden problematischen Bericht von einem der Schiffe ihres Geschwaders weiterzuverfolgen.

»Gut zu hören, Commander. Danke, dass Sie ein Auge darauf haben. Der Himmel weiß, wann sich die Schattenwelt zeigen wird. Sobald sie das tut, brauchen wir jedes uns zur Verfügung stehende Schiff.«

Mit einem zuversichtlichen Lächeln erwiderte Wright: »Ich bin mir sicher, dass sich unsere Flotte im Fall eines weiteren Invasionsversuchs durch die Schattenwelt behaupten wird. Zum einen ist die *Freedom* dieses Mal bereits vor Ort. Zudem sandten die Primord eine 42 Schiffe starke Expeditionskraft und die Altairianer verstärkten Admiral Pandollys Flotte. Er verfügt nun über 81 Kriegsschiffe. Selbst die Tully, schwach wie sie sind, schickten ein Geschwader von neun Schiffen, um uns zu beizustehen. Wenn Sie bedenken, dass ein Großteil der Dritten Flotte zusammen mit der *Freedom* eintraf und dazu die Zahl addieren, die uns am Ende zur Verfügung stand, dann stehen uns insgesamt 132 alliierte Kriegsschiffe zur Seite, zusätzlich zu den 84 Schiffen unserer eigenen Streitmacht. Ich möchte behaupten, dass wir über eine recht solide Flotte verfügen.«

Dobbs nickte zustimmend. Sie bewunderte seinen Optimismus. Manchmal wünschte sie sich, er könnte etwas davon an sie weitergeben. Dennoch – sie musste der Mannschaft und den Offizieren ein positives Bild bieten. Sie erwarteten von ihr, einen stoisch ruhigen Kapitän zu sehen, der jederzeit Kontrolle über die Situation hatte. *Wenn dem nur so wäre ...*

»1O, diesen Optimismus dürfen Sie nie verlieren. Es ist so einfach, ihn aufzugeben – und so schwer, ihn wiederzuerlangen.«

»Weise Worte, Captain. Wenn das alles ist ...«

»Ja, alles ok. Lassen Sie mich wissen, falls sich etwas ändert. Ich werde Ihr früheres Angebot annehmen und mich eine Weile in mein Quartier zurückziehen; die Gelegenheit für eine kurze Pause nutzen, solange wir noch unbehelligt sind.« Sie erhob sich und verkündete: »Der 1O hat die Brücke. Ich bin in meinem Quartier, falls mich jemand braucht. Sollte sich hier draußen etwas ändern, rufen Sie mich.«

»Aye, Captain, der 1O hat die Brücke«, bestätigte Commander Wright und nickte ihr kurz zu. Dobbs verließ die Brücke auf dem Weg

zu ihrer nahegelegenen Unterkunft. Sie war froh, dass ihr 1O sie dazu überredet hatte, vor dem Beginn der Auseinandersetzung etwas Schlaf zu bekommen. Die letzten 27 Stunden hatte sie von schwarzem Kaffee und Stims gelebt. Früher oder später musste sie ihrem Körper eine Pause gönnen und ihrem Geist erlauben, sich zu regenerieren. Nach dem Betreten der Kapitänskabine setzte sie sich auf das Bett, um ihre Stiefel auszuziehen. Bevor sie diese Aufgabe erledigen konnte, war sie bereits eingeschlafen. Ein Fuß hing in einer Socke über die Kante ihres Bettes hinaus, während der andere weiter in ihrem Stiefel steckte.
****

Im Kapitänsstuhl sitzend erkannte Commander Wright in den Mienen seiner Leute ihre Nervosität, vielleicht sogar die Sorge darüber, was sich in den kommenden Stunden ereignen mochte. Basierend auf den Berichten, die sie von der *Freedom* erhalten hatten, wussten sie, dass sich die gegnerische Flotte auf eine Invasion vorbereitete – allein der genaue Zeitpunkt war ihnen unbekannt. Eines war allerdings sicher: Eine Mannschaft konnte sich nicht auf unbeschränkte Zeit in hoher Aktionsbereitschaft befinden. Früher oder später setzte die Erschöpfung ein und die Konzentration ging verloren. Sobald dies geschah, war es schwer, die Crew scharfsinnig und kampfbereit zu halten. Er war froh, dass Dobbs seinen Rat angenommen hatte, sich einige Stunden Schlaf zu gönnen. Sie kommandierte das Geschwader. Es war wichtig, dass sie sich ausruhte, um ihr Denken scharf zu halten. Wenn sie es schon nicht selbst sah, dass musste er als ihr 1O versuchen, sie davon zu überzeugen.

»Ops, nutzen wir die Ruhe vor dem Sturm. Führen Sie den Mannschaftswechsel jetzt durch. Ich hätte gerne frische Augen an den Stationen und die den Dienst abgebende Crew im Ruhe-Modus«, befahl Commander Wright und änderte damit die ursprünglichen Befehle seines Kapitäns.

»Verstanden, Commander. Ich informiere die Abteilungsleiter und die Teamchefs von dieser Änderung.«

Nun richtete Wright seinen Blick erneut auf den Hauptbildschirm der Brücke und auf die TAM. Innerlich war er von der Größe der Flotte, die sie innerhalb so kurzer Zeit hatten zusammenstellen können, tief beeindruckt. Die unbändige Stärke, die sie repräsentierte, war schwer zu erfassen – obwohl er wusste, dass eine noch mächtigere Flotte auf dem Weg war, um sich ein Gefecht mit ihnen zu liefern.

Wie konnte eine so große Flotte – eine so mächtige Flotte - besiegt werden?

Eine Flotte dieser Größe hatte er im letzten Krieg nur einmal während der letzten Schlacht erlebt – in der Zweiten Schlacht um Sirius während der zweiten Invasion von Alfheim. Wenn er ehrlich war, war dieser Kampf sehr intensiv und furchterregend gewesen. Aber er hatte den Krieg beendet – zumindest waren sie davon ausgegangen. Heute, am Vorabend einer neuen Schlacht, saß er wieder im Kapitänssessel. Er konnte nur hoffen, dass ihnen das Glück weiter hold blieb und dass dies der Endkampf sein würde, der die Dominanz der Zodark und ihrer Cyborg-Herrscher, der Orbot, beenden würde.

Minuten verwandelten sich in Stunden. Er war froh, dass er die Mannschaft zum richtigen Zeitpunkt ausgetauscht hatte. Er brauchte sie in Topform, ebenso wie sie ihren Befehlshaber brauchten. Ein Blick auf die Uhr auf der Brücke verriet ihm, dass es Zeit war, den Kapitän zu wecken. Er sandte eine Nachricht an ihren Neurolink, um sie zu wecken.

Einen Augenblick später textete sie ihm: *Sie hatten recht, 1O, diesen Schlaf habe ich dringend gebraucht. Gibt es etwas, das ich wissen muss, oder habe ich Zeit, zu duschen und einen Kaffee zu trinken?*

Sehen Sie? Ich sagte Ihnen doch, dass Sie sich nach einigen Stunden Schlaf wie eine neue Person fühlen werden. Nein, alles ruhig. Es gibt nichts zu berichten. Ich ordnete die Rotation der Mannschaft zwei Stunden früher an. Einige auf der Brücke sahen bereits etwas mitgenommen aus und ich will derzeit noch keine Stims ausgeben – nicht bis der Feind auftaucht und wir sie unbedingt brauchen.

Gute Entscheidung, 1O. Danke, dass Sie die Initiative ergriffen und aufmerksam genug waren, dies rechtzeitig zu erkennen. Sehen Sie? Wir machen doch noch einen Kapitän aus Ihnen. Ich bin in 20 Minuten da.

Ist doch klarn, dass ich nach all dem hier mein eigenes Kommando übernehmen werde, dachte er erfreut. Dobbs war eine gute Offizierin und Vorgesetzte. Er würde so viel er konnte von ihr lernen und sie war bereit, ihn zu unterrichten.

Fünf Minuten waren vergangen und er spürte das Verlangen, aufzustehen und sich zu strecken. Als 1O und bei Gelegenheit stellvertretend für den Captain, wurde er oft mit den Berichten der verschiedenen Abteilungsleiter an Bord des Schiffes überflutet. Die Navy liebte ihre Berichte und der Himmel möge der Person beistehen, die ein Formular unrichtig ausgefüllt oder einen Bericht nicht rechtzeitig abgeliefert hatte. Die Verwaltungsgötter würden sie mit unschönen schriftlichen Ermahnungen zerschmettern und – sollten sie sich nicht umgehend um die Situation kümmern – sie ihren Vorgesetzten zur Verhängung von Disziplinarmaßnahmen melden.

Verdammte Etappenhengste ... immer müssen sie uns das Leben schwer machen.

Er bewegte seinen Oberkörper und seinen steifen Rücken hin und her. Einige seiner Knochen machten Knackgeräusche. Plötzlich leuchtete am oberen Ende der TAM ein Warnsignal auf. *Warnung - Anomalie entdeckt – Warnung - Anomalie entdeckt ...*

»TAO, gehen Sie sofort näher an diesen Standort heran! Kommunikation, Stufe Eins schiffsweit und dann höchste Alarmstufe. Danach schicken Sie diesen Befehl an den Rest des Geschwaders, während der Commodore zur Brücke kommt«, befahl Commander Wright. Mit dieser Anordnung versetzte er ihr Schiff und den Rest ihres Geschwaders in Gefechtsbereitschaft. Sollte sich die Anomalie als harmlos erweisen, könnte ihn jemand als übereifrig oder übernervös charakterisieren. Falls es sich aber um *die* Flotte handeln sollte, die sie erwarteten … dann standen sie während dieser bedeutsamen ersten Augenblicke, nachdem ein Schiff die Brücke überquert hatte und seine Sensoren einige Momente zur Neukalibrierung benötigten, zum Zuschlagen bereit.

»Aye, Commander, Ausrichtung der TAM auf die Anomalie«, erklärte der stellvertretende TAO. *Verdammt, ich wusste, ich hätte Maggie nicht erlauben sollen, Geschütz Drei persönlich zu überprüfen. Ich brauche sie hier. Jetzt!,* tadelte Wright sich selbst. Commander Littles Stellvertreter würde ihre Abteilung bis zu ihrer Rückkehr leiten müssen.

Die Mannschaft auf der Brücke trat in geschäftige Aktion. Alle Abteilungen, die von der Brücke aus geleitet wurden, erhielten ihre Befehle und bereiteten die *Vanguard* auf den Kampf vor.

Während Commander Wright ungeduldig den Bericht der TAM über die von ihr entdeckte Anomalie erwartete, sah er kurz auf den Waffenbildschirm hinunter, auf dem das grüne Licht ihrer primären und sekundären Türme auf ein helleres Grün wechselte – was bedeutete, dass sie feuerbereit waren. Gerade wollte er den Blick abwenden, als die Statusangabe von Turm Drei von Gelb – einsatzbereit, aber limitiert – auf Rot – funktionsunfähig – wechselte.

Das darf doch nicht wahr sein … Ausfall eines primären Turms direkt vor dem Beginn der Schlacht?

»Verdammt noch mal, TAO? Ich brauche den Status von Turm Drei, sofort! Und wo zum Teufel steckt Commander Little?«, rief er aufgebracht.

»1O, Kommunikation hier. Eingehende Nachricht vom Befehlshaber der Flotte an alle Schiffskommandanten«, kündigte Commander Waldman an.

»Kommunikation, stellen Sie es auf die Brücke durch. Wohl am besten, wenn wir es alle gleichzeitig hören.«

»Gute Entscheidung, 1O. Ich übernehme die Brücke«, erklärte Commodore Dobbs, die soeben hinter ihm die Brücke betrat.

»Der Captain hat die Brücke«, wiederholte Commander Wright und wechselte vom Kapitänssessel auf seinen eigenen hinüber.

Dann öffnete sich die Verbindung zur *Freedom* und Statthalter Miles Hunt begann seine Ansprache.

»Hier spricht Statthalter Hunt an Bord der *Freedom*. Der Augenblick, den wir zu vermeiden suchten, ist gekommen. Vom Reich der Schattenwelt aus wurde eine Brücke aufgebaut, die nun von ihrer Flotte überquert wird. Unsere Flotte bereitet sich auf die Schlacht vor – eine Schlacht, die das Schicksal der Republik und das unserer Allianz bestimmen wird. Ich möchte jeden Einzelnen von Ihnen daran erinnern, dass wir Krieger sind, kampferprobt und vereint in unserem Drang nach Freiheit und Überleben gegen diesen Angriff der grausamen Rasse der Zodark und ihren tückischen Cyborg-Herren, den Orbot.«

Der Statthalter setzte seine Rede fort. Inzwischen registrierte die TAM die feindlichen Kontakte nahe der Anomalie. Erst 52 Schiffe, dann 81 … 119 … 182 …

»Die gegnerische Flotte mag unschlagbar und uns weit zahlenmäßig überlegen erscheinen, aber wir haben etwas, das ihnen abgeht. Eine Allianz, die bereit ist, Schulter an Schulter zu stehen, vereint in unserem gemeinsamen Wunsch nach Unabhängigkeit. In wenigen Augenblicken, mit dem Beginn der Schlacht, bitte ich Sie, tief in sich hineinzusehen. Finden Sie ihre innere Stärke und erinnern Sie sich daran, aus welchem Grund wir kämpfen. Denken Sie an unsere Alliierten und an Ihre Kampfgefährten, die neben Ihnen stehen, die sich entschieden haben, mit Ihnen zu kämpfen und die, falls nötig, bereit sind, neben Ihnen zu sterben. Und jetzt in den Kampf! Tod unseren Feinden!«

Ein wildes Geschrei brach auf der Brücke aus. Die Raumsoldaten erwachten zum Leben, als mit dem Ergehen des Angriffsbefehls der Flotte Adrenalin ihren Körper überflutete.

Commodore Dobbs wandte sich an ihren 1O. »Commander, Sie haben die Brücke. Bringen Sie mir einige Abschüsse, während ich das Geschwader leite. An die Arbeit!«

Commander Wright erhob sich von seinem Sitz als der Commodore an ihre Station herantrat. Der Blick auf die TAM informierte ihn, dass die Zahl der Kriegsschiffe, die ihnen gegenüberstand, weit höher war, als er es für möglich gehalten hatte. Aber dann entdeckte er sie – eine Gruppe von Transportern – und plötzlich schienen die Zahlen nicht länger so bedrohlich zu sein. *Nicht, wenn 20 Prozent ihrer Flotte Transportschiffe sind. Ich denke, die werden sich gut als Trophäen in der Offiziersmesse machen,* dachte er teuflisch grinsend bei dem Gedanken, sie in Reichweite ihrer Waffen zu bekommen.

»Steuermann – das Einverständnis des Commodore unterstellt – nehmen Sie Kurs auf die Transportschiffe. Die Jagdsaison ist eröffnet. Und ich habe großen Hunger …«
****

Anmerkung der Autoren

Miranda und ich hoffen, dass Ihnen dieses Buch gefallen hat. Falls Sie der Action weiter folgen möchten, dürfen Sie sich freuen. Das nächste Buch der Serie *In das Ungewisse* steht zur Vorbestellung bereit. Mit einem einfachen Klicken auf diesen Link wird das Buch mit seinem Erscheinen auf dem Markt umgehend auf Ihr Gerät heruntergeladen werden. Ein Großteil von Ihnen weiß, dass Miranda und ich seit über zwei Jahren Bücher in zwei Genres schreiben. Leider hat dieser Versuch einen Punkt erreicht, an dem das Aufrechterhalten dieser halsbrecherischen Geschwindigkeit nicht länger möglich ist. Ich setzte das Vorbestellungsdatum für *In das Ungewisse* weit genug in die Zukunft, dass ich nun genug Zeit haben sollte, die beiden letzten Bücher unserer Monroe-Doktrin-Serie zu beenden. Anschließend möchte ich dann alle meine Schreibfertigkeiten auf eine einzige Serie konzentrieren. Ich will dahin zurück, jeweils nur an einer Serie zu arbeiten, um effizienter zu schreiben, weniger Zeit zu brauchen und nicht gegen eine Wand zu laufen.

Ich hoffe, Sie bleiben mir treu, während ich mich zunächst auf die Beendigung der Monroe-Doktrin konzentriere, um im Anschluss daran all meine Energie und Aufmerksamkeit den beiden letzten Büchern *dieser* Serie zu widmen. Wie bisher, versuchen wir auch weiterhin unsere vorbestellten Bücher frühzeitig herauszugeben. Sichern Sie sich Ihre Kopie noch heute. Ohne gleichzeitig eine andere Serie oder andere Bücher in Arbeit zu haben, kann ich Ihnen versprechen, dass die beiden letzten Bücher der *Aufstieg der Republik*-Serie fantastisch sein werden.

Sollten Sie Interesse an den Erscheinungsdaten unserer aktuellen Veröffentlichungen haben und E-Mails über besondere Preisangebote erhalten möchten, registrieren Sie sich doch bitte auf unserer E-Mail-Verteilerliste: https://www.frontlinepublishinginc.com.

Sie mögen Hörbücher? Wir bieten Ihnen eine großartige Auswahl erst kürzlich produzierter Bücher für Ihr Hörvergnügen. Unsere gesamte *Red Storm*-Serie als auch unsere *Falling Empire*-Serie stehen nun als Hörbücher zur Verfügung, sowie mehrere unserer *Aufstieg der Republik*- und der *Monroe-Doktrin*-Serien. Untenstehend finden Sie die komplette Liste.

Als unabhängige Autoren sind Leserrezensionen enorm wichtig für uns, da sie einen hohen Stellenwert bei zukünftigen Lesern einnehmen. Wenn Ihnen dieses Buch gefallen hat, möchten wir Sie herzlich bitten, eine positive Rezension bei Amazon und Goodreads zu hinterlegen. Wir sind jedem, der sich die Zeit nimmt, einen Kommentar zu schreiben, äußerst dankbar.

Es bedeutet uns viel, unsere Leser über die Sozialen Medien näher kennenzulernen, insbesondere auf unserer Facebook-Seite https://www.facebook.com/RosoneandWatson/. Manchmal bitten wir unsere Leser auch um ihre Unterstützung bei der Entwicklung neuer Bücher. Es ist schön, auf verschiedene Erfahrungsbereiche zurückzugreifen zu können. Eine Gruppe von Beta-Lesern unterstützt uns mit einem letzten Blick über unsere Bücher, bevor sie offiziell auf den Markt kommen, und hilft uns mit Änderungen in letzter Minute. Falls Sie Teil dieses Teams werden möchten, besuchen Sie doch bitte unsere Autoren-Webseite: https://www.frontlinepublishinginc.com/ und schicken Sie uns eine Nachricht über den »Contact«-Tab.

Vielleicht gefallen Ihnen auch einige unserer anderen Werke. Nachfolgend finden Sie die vollständige Liste:

Sachliteratur:
Iraq Memoir 2006–2007 Troop Surge
Interview with a Terrorist

Romane:
The Monroe Doctrine Series
Volume One
Volume Two
Volume Three
Volume Four
Volume Five
Volume Six
Volume Seven

Deutsche Fassungen der Serie *Monroe-Doctrin:*

Rise of the Republic Series
Into the Stars

Into the Battle
Into the War
Into the Chaos
Into the Fire
Into the Calm
Into the Breach
Into the Terror
Into the Uncertain (Vorbestellung möglich)

Deutsche Fassungen der Serie *Aufstieg der Republik*:
In die Sterne
In die Schlacht
In den Krieg
In das Chaos
In das Feuer
In die Stille
In die Bresche

Apollo's Arrows Serie (Koautor T.C. Manning)
Cherubim's Call

Crisis in the Desert Serie (Koautor Matt Jackson)
Project 19
Desert Shield
Desert Storm

Falling Empires Serie
Rigged
Peacekeepers
Invasion
Vengeance
Retribution

Red Storm Serie

Battlefield Ukraine
Battlefield Korea
Battlefield Taiwan
Battlefield Pacific
Battlefield Russia
Battlefield China

Michael Stone Serie

Traitors Within

World War III Series

Prelude to World War III: The Rise of the Islamic Republic and
the Rebirth of America
Operation Red Dragon and the Unthinkable
Operation Red Dawn and the Siege of Europe
Cyber Warfare and the New World Order

Kinderbücher:

My Daddy has PTSD
My Mommy has PTSD

Abkürzungsschlüssel

AI	Künstliche Intelligenz
AO	Einsatzbereich
AT	Angriffstransporter
ATK	Akron Thornberry Kinetics (Firmenname)
BLUF	Bericht beginnt mit den Schlüsselinformationen / Schlussfolgerungen
CAS	Luftnahunterstützung
C-FLO	Leiter der Flugoperationen
CIC	Operationszentrale
DARPA	Agentur zur Projektforschung in fortgeschrittener Verteidigung
DZ	Absetzzone
ETA	Geschätzte Ankunftszeit
EW	Elektronische Kriegsführung
FTL	Schneller-als-das-Licht
HQ	Hauptquartier
HUD	Frontscheibenanzeige
HVAC	Heizung, Lüftung, Kühlung
HVI	Person von hohem Wert
IFF	Identifikation Freund oder Feind
IMS	Interstellarer Marschalldienst
JATM	Gemeinsam weiterentwickelte taktische Rakete
JSOC	Vereintes Kommando für Spezialoperationen
LMG	Leichtes Maschinengewehr
LT	Lieutenant / Leutnant
LZ	Landezone
MOH	Tapferkeitsmedaille
MOS	Orbitalstation Mars
NCO	Unteroffizier
NFL	Nationale Football-Liga
NIP	in das Nervensystem integrierte Prozessoren
NOS	Admiral oder ranghoher Militärkommandant der Zodark
OAD	Orbitale Angriffsdivision
OAT	Orbitale Angriffstruppen
ODA	militärische Einsatzgruppe Alpha

	(Sondereinsatztruppe)
ORD	Orbitale Rangerdivision
PDA	Öffentliche Zurschaustellung von Zuneigung
PDG	Waffen zur Verteidigung des Nahbereichs
PSD	Personenschutzgruppe
RPC	Ferngesteuertes Fahrzeug
SF	Sondereinsatztruppe
SIGACT	Signifikante Aktivitäten
SITREP	Lagebericht
SOF	Sondereinsatzkräfte
SWAT	Sondereinsatz(-Team)
TAM	Taktische Gefechtskarte
TAO	Taktischer Gefechtsoffizier
TF	Task Force
UP	Unbekannte Person
VLS	Vertikales Abschusssystem
1O	Stabsoffizier / Stellvertreter des kommandierenden Offiziers